UN PARADIS POUR LEXIE

HAWAÏ : SOLDATS D'ÉLITE, TOME 2

SUSAN STOKER

DU MÊME AUTEUR

Autres livres de Susan Stoker

Hawaï : Soldats d'élite

Un paradis pour Élodie

Un paradis pour Lexie

Un paradis pour Kenna (19 Oct 2021)

Un paradis pour Monica

Un paradis pour Carly

Un paradis pour Ashlyn

Un paradis pour Jodelle

Forces Très Spéciales : L'Héritage

Un Sanctuaire pour Caite

Un Sanctuaire pour Brenae

Un Sanctuaire pour Sidney

Un Sanctuaire pour Piper

Un Sanctuaire pour Zoey

Un Sanctuaire pour Avery

Un Sanctuaire pour Kalee

Mercenaires Rebelles

Un Défenseur pour Allye

Un Défenseur pour Chloé

Un Défenseur pour Morgan

Un Défenseur pour Harlow

Un Défenseur pour Everly

Un Défenseur pour Zara

Un Défenseur pour Raven

Ace Sécurité

Au Secours de Grace

Au Secours d'Alexis

Au Secours de Bailey

Au Secours de Felicity

Au Secours de Sarah

Forces Très Spéciales Series

Un Protecteur Pour Caroline

Un Protecteur Pour Alabama

Un Protecteur Pour Fiona

Un Mari Pour Caroline

Un Protecteur Pour Summer

Un Protecteur Pour Cheyenne

Un Protecteur Pour Jessyka

Un Protecteur Pour Julie

Un Protecteur Pour Melody

Un Protecteur pour l'avenir

Un Protecteur Pour Les Enfants de Alabama

Un Protecteur Pour Kiera

Un Protecteur Pour Dakota

Delta Force Heroes Series

Un héros pour Rayne

Un héros pour Emily

Un héros pour Harley

Un mari pour Emily

Un héros pour Kassie

Un héros pour Bryn

Un héros pour Casey

Un héros pour Wendy

Un héros pour Mary

Un héros pour Macie

Un héros pour Sadie

Un héros pour Annie (Feb 2022)

CHAPITRE UN

Pierce « Midas » Cagle se faufila dans le grand désert, concentré sur ses cibles. Lui et son équipe de SEAL avaient été largués par hélicoptère à environ cinq kilomètres de là, assez loin de l'endroit où les deux otages étaient retenus. Leur objectif était de sauver les otages américains et danois et de tuer ou capturer les ravisseurs.

Ceci était une mission de routine pour Midas et son équipe, hormis un détail.

Il connaissait l'une des otages.

Lexie Greene était allée au lycée avec lui. Il ne l'avait pas revue ni contactée depuis presque quinze ans, mais il s'était tout de suite souvenu d'elle quand il avait lu son nom.

Lexie était arrivée dans son lycée pour leur année de terminale. Midas n'aurait sans doute pas échangé plus de deux mots avec elle, sauf qu'ils avaient été mis ensemble pour un devoir d'anglais. Elle avait été drôle, aimable et intelligente. Midas avait été très surpris, car elle était normalement réservée et regardait rarement les gens dans les yeux.

Midas, au contraire, était extraverti et populaire. Il était le capitaine de l'équipe de natation et champion national de ce sport. Toutes les filles l'appréciaient, alors il n'avait jamais eu besoin de faire beaucoup d'efforts pour trouver des copines.

Après avoir eu son diplôme, Midas avait rejoint la marine et il était devenu SEAL, ne pensant plus à la jeune fille timide qu'il avait connue autrefois. Jusqu'à ce qu'il lise le rapport concernant les otages dans le désert de Somalie.

Depuis qu'il avait compris que Lexie était la fille qu'il avait connue au lycée, Midas avait presque obsessionnellement regardé les vidéos d'elle et de Dagmar Brander envoyées par les ravisseurs. Brander était contrôleur de gestion pour Food For All, une O.N.G. internationale pour laquelle Lexie travaillait également.

Dagmar et elle sortaient du bâtiment Food For All à Galkayo, une ville près de la frontière de la Somalie et de l'Éthiopie, quand ils avaient été jetés à l'arrière d'un camion et conduits dans le désert.

C'était arrivé trois mois plus tôt et les ravisseurs exigeaient dix millions de dollars pour le retour de Dagmar et Lexie. Au début, c'était cinq, mais quand les fonds avaient vite été réunis par le frère de Dagmar, les ravisseurs avaient décidé que non, c'était cinq millions pour chaque otage.

Pendant que les négociations continuaient, Lexie et Dagmar avaient langui des mois dans le désert.

Apparemment, Dagmar n'allait pas bien. Il avait des problèmes cardiaques et dans la dernière vidéo, Lexie suppliait pour le paiement de la rançon, car elle pensait que son patron avait eu une attaque.

En apprenant cela, les États-Unis et le Danemark avaient décidé qu'il était temps d'agir. Les SEAL intervenaient avec l'équipe danoise des Jaeger Corps. Il s'agissait des forces spéciales d'élite du Danemark, et leur assistance était la bienvenue.

D'après leurs informations, dix à quinze hommes gardaient les otages dans le désert, et des photos par satellite montraient la disposition de leur camp de fortune. Il y avait quelques arbres décharnés sous lesquels Lexie et Dagmar passaient la plupart de leur temps. Ils ne semblaient pas être attachés ni retenus autrement... parce que franchement, où auraient-ils pu s'enfuir ? Ils étaient à au moins quinze kilomètres de l'avant-poste le plus proche, et encore plus loin de Galkayo.

Midas vit Mustang signaler qu'Aleck et lui allaient passer sur la droite. En hochant la tête, Midas montra le côté gauche, puis Pid. Mustang désigna Jag et Slate et fit tourner son doigt en l'air.

Leur plan était de s'étaler et d'entourer le camp. Les forces spéciales danoises allaient faire de même, en restant un peu plus en arrière, afin de s'assurer qu'aucun des ravisseurs ne parvienne à échapper aux SEAL.

Pour la première fois depuis des lustres... peut-être pour la toute première fois... Midas était angoissé par une mission. Il savait que c'était à cause de son lien personnel avec l'otage.

Il était aussi curieux au sujet de Lexie après avoir lu son dossier. Cela faisait quatorze ans qu'elle travaillait pour Food For All. Elle avait voyagé dans le monde entier, vécu dans une douzaine de pays différents... et pourtant, elle avait encore un air innocent dans les vidéos. Ce qu'elle devait avoir vu dans certaines des parties les plus pauvres du monde ne l'avait pas rendue blasée ou dure. Tout le contraire des expériences de Midas.

Il était ridicule de penser qu'elle était la même que celle qu'il avait connue au lycée. Malgré tout, en regardant sa photo dans le rapport et en la voyant dans les vidéos enregistrées par les ravisseurs, Midas avait l'impression qu'elle n'avait pas beaucoup changé. L'idée qu'elle puisse être blessée ou tuée au cours des vingt prochaines minutes était abominable.

Il se demandait également si elle se souvenait de lui.

C'était peu probable.

En général, les gens qu'ils sauvaient étaient des inconnus. Des noms sur un morceau de papier. Des hommes et des femmes malchanceux mêlés à des situations dangereuses, souvent sans que ce soit de leur faute. Mais connaître personnellement une victime d'enlèvement, c'était nouveau pour lui. Il avait été entraîné à se concentrer sur le travail et à bloquer tout le reste. Mais il n'arrêtait pas de penser à la Lexie qu'il avait connue autrefois.

Comment elle rougissait timidement quand il lui faisait un compliment parce qu'elle avait de bonnes idées pour leur projet.

Comment elle fronçait le nez quand elle réfléchissait beaucoup.

Comment elle s'était arrêtée pour aider un garçon à ramasser les affaires qu'il avait fait tomber dans le couloir, un matin.

Comment Lexie avait payé le déjeuner d'une camarade qui n'avait pas assez d'argent, avant de devoir reposer le sandwich qu'elle avait eu l'intention de manger elle-même, car elle n'avait plus ce qu'il fallait pour le payer.

Le fait que Lexie travaillait pour une O.N.G. était la preuve que la fille gentille qu'il avait connue était maintenant une femme attentionnée et généreuse. Midas voulait être certain qu'une telle personne vivrait encore longtemps.

Il reporta son attention sur le travail en cours, déterminé. Lexie et Dagmar avaient assez souffert. Il était temps de les faire sortir du désert et de les ramener en sécurité.

* * *

Elizabeth Lexie Greene était allongée sur le dos sous ce qu'elle considérait comme « son » arbre et elle fixait les étoiles. Leur éclat était incroyable ici, sans la pollution lumineuse. Il faisait nuit noire dans le désert quand la lune n'était pas pleine, comme ce soir. Leurs ravisseurs avaient des lanternes et des torches, mais il était tard et la plupart des hommes qui les gardaient s'étaient endormis.

Il y avait un feu près de l'un des deux camions, mais il était

4

presque réduit à des braises. Dagmar ronflait doucement à quelques mètres d'elle et Lexie se tourna pour regarder dans sa direction. Elle ne voyait qu'une vague silhouette de son corps sur le sol, mais elle était rassurée de l'entendre respirer.

Elle avait cru plus d'une fois qu'il était en train de mourir. Il avait très certainement eu une attaque à un moment donné, car il parlait d'une voix traînante maintenant, et son côté gauche semblait plus faible. Elle ne connaissait pas très bien cet homme avant leur enlèvement. Cela faisait presque six mois qu'elle était à Galkayo quand Dagmar était arrivé pour vérifier les procédures et s'assurer que tout fonctionnait selon les normes de Food For All.

Elle avait l'habitude des inspections. Après avoir travaillé pendant des années pour l'organisation, Lexie savait que le conseil d'administration envoyait régulièrement des contrôleurs pour vérifier les différentes opérations dans le monde. Dagmar était là depuis une semaine seulement et ils étaient en route pour inspecter un des jardins de l'association dans un quartier proche quand ils avaient été enlevés dans la rue.

C'était la chose la plus effrayante que Lexie ait jamais vécue. Elle racontait avec enthousiasme tout ce qu'ils avaient fait pour aider les habitants locaux et le bon fonctionnement du jardin quand d'un seul coup, elle avait été jetée à l'arrière d'un camion et visée à bout portant.

Les premières semaines avaient été les pires. Essayer de s'habituer à vivre à l'air libre dans le désert, essayer de ne rien dire ou faire qui les pousse à la frapper, et espérer malgré tout être libérée.

Mais après avoir entendu la somme qu'exigeaient les ravisseurs, Lexie commençait lentement à se résigner au fait qu'elle n'allait sans doute pas sortir vivante de ce désert. Dagmar allait potentiellement convaincre les kidnappeurs de le laisser partir. Il avait l'argent. Des tonnes. Et son frère jumeau avait fait tout ce qui était en son pouvoir pour le faire libérer.

Mais Lexie ? Elle était facilement remplaçable. Elle était

l'un des milliers d'employés de Food For All. Et elle n'avait pas vraiment de famille. Personne n'allait payer cinq millions de dollars pour elle. C'était impossible.

Elle avait été stupéfaite quand la rançon d'origine avait été rassemblée en quelques jours par le frère de Dagmar. Malheureusement, au lieu de les laisser partir, les ravisseurs étaient devenus plus cupides : ils avaient modifié les conditions de leur libération, exigeant cinq millions pour chaque otage… et déclarant qu'aucun d'entre eux ne serait libéré tant que tous les dix millions n'avaient pas été transférés. Apparemment, ils étaient certains que si cinq millions pouvaient être rassemblés si vite, cinq millions de plus n'étaient pas un problème.

Ils avaient eu tort.

Lexie se sentait terriblement coupable que Dagmar et elle soient encore dans le désert alors que son frère avait réuni la rançon d'origine. Surtout en pensant à la santé de Dagmar. Il avait besoin de voir un médecin. Besoin d'un hôpital. Et à la place, ils étaient allongés sur le sol dur et sablonneux avec seulement un arbre mourant au-dessus de leurs têtes pour les protéger des éléments, priant qu'il se passe quelque chose et que leurs ravisseurs les relâchent enfin.

Un bruit au loin attira l'attention de Lexie.

Normalement, elle n'aurait jamais remarqué les bruits étranges, mais elle était dans le désert depuis assez longtemps pour savoir ce qui était ordinaire et ce qui ne l'était pas. Elle leva la tête et regarda dans la direction d'où venait le bruit, mais à cause de l'obscurité, elle ne vit pas grand-chose.

Puis, le ciel leur tomba soudain sur la tête.

Elle eut l'impression que plusieurs dizaines d'hommes se mirent à crier tous ensemble. Hurlant à tout le monde de se mettre à terre. De lever les mains en l'air.

Elle entendit même quelqu'un appeler *son* nom, demandant à Dagmar et elle de ne pas bouger.

— Oh mon Dieu, souffla-t-elle.

Elle avait du mal à croire ce qui arrivait. Elle avait rêvé d'un sauvetage à peu près chaque nuit depuis son enlèvement, mais elle n'y avait jamais vraiment cru. Comme Dagmar était un peu influent dans son pays, son seul espoir avait été que le gouvernement danois envoie quelqu'un pour les aider.

Mais les voix qu'elle entendit parlaient en anglais.

— Quoi ? demanda Dagmar, réveillé en sursaut par le brouhaha autour d'eux.

— Reste allongé ! chuchota Lexie en se glissant vers l'endroit où il était couché. Je crois que l'on vient nous sauver ! lui dit-elle avec enthousiasme.

— Pourvu que ce soit vrai, chuchota Dagmar.

Au cours des trois derniers mois, Dagmar était devenu de plus en plus déprimé. Il n'avait pas l'habitude de vivre à la dure. Et être malade n'avait pas aidé. Au début, il avait été optimiste, certain d'être relâché au bout de quelques jours. Mais avec chaque semaine qui s'écoulait, son comportement avait empiré. Lexie ne pouvait pas vraiment lui en vouloir d'avoir été abattu : elle avait eu son propre quota de mauvais jours. Et ce n'était pas de sa faute s'il était né riche, s'il n'avait jamais eu besoin de se battre pour quoi que ce soit dans la vie.

Les ravisseurs qui s'éveillèrent au milieu de tous les cris ne firent pas ce qu'on leur ordonnait. Au lieu de lever les mains et de se rendre, ils attrapèrent immédiatement leurs armes automatiques qu'ils gardaient sur eux nuit et jour. Ils tirèrent au hasard dans l'obscurité autour du camp.

Lexie poussa un petit cri et cacha sa tête entre ses bras en essayant de se rendre aussi petite que possible. Le bruit des coups de feu résonnait dans le désert silencieux et elle n'arrivait à penser qu'à la douleur que l'on devait ressentir en prenant une balle. Elle avait envie de se rouler en boule, mais elle se dit qu'il valait mieux rester allongée.

Les tirs résonnaient dans le désert, déchirant le calme de la nuit. Les ravisseurs criaient et essayaient de comprendre qui leur tirait dessus, et d'où. Le cœur de Lexie battait très vite. Elle était terrifiée à l'idée que l'un des kidnappeurs attrape Dagmar ou elle et les utilise comme un bouclier humain pour essayer de s'échapper.

Elle n'arrivait pas à différencier les balles des gentils et des méchants, ne savait pas du tout si Dagmar et elle étaient sur le point d'être sauvés ou si leurs ravisseurs allaient gagner la bataille. Si c'était le cas, l'embuscade allait les mettre en colère... ils allaient peut-être même les tuer.

Elle savait qu'elle respirait trop fort, mais elle n'arrivait pas à se calmer. Elle garda les yeux fermés pendant que les bruits de coups de feu s'espaçaient de plus en plus. Elle entendit des hommes crier en anglais et elle priait pour que ce soit bon signe.

— Lexie ? lança une voix.

Lexie leva lentement la tête. Elle grimaça quand un rayon de lumière l'aveugla. Elle referma les paupières.

— Pardon, dit la voix grave qui s'était approchée. Est-ce que ça va ?

Lexie leva une fois de plus la tête, mais elle ne fit aucun mouvement pour se relever. Elle avait l'habitude de devoir obtenir la permission avant de faire quoi que ce soit, alors elle ne pensa même pas à s'asseoir ou à se lever. Même quand la personne qui lui parlait ne criait pas et ne semblait pas énervée.

Elle n'arrivait pas à distinguer les traits de l'homme qui se tenait au-dessus d'elle, mais elle voyait qu'il portait un uniforme de camouflage pour le désert. Il avait une veste avec toutes sortes de gadgets attachés dessus. Lexie avait mal au cou à force de regarder si haut, mais encore une fois, elle n'allait pas bouger avant d'avoir reçu la permission.

— Lexie, as-tu été touchée ?

Oui. Il lui avait posé une question.

— Non. Je veux dire, je ne crois pas, dit-elle doucement.

— Peux-tu t'asseoir ? demanda-t-il.

Lexie hocha la tête, même si elle n'en était pas certaine. Elle n'avait encore jamais eu si peur de sa vie. Mais comme elle n'était pas du genre à reculer devant les difficultés, Lexie fit de son mieux pour se mettre à genoux, assise sur les talons.

— Comment vont-ils ? demanda un autre homme en s'approchant d'eux.

— Lexie va bien. Je ne sais pas trop pour Dagmar.

Dagmar !

Lexie se tourna vite vers lui et elle vit qu'il se roulait laborieusement sur le dos et qu'il clignait vite des paupières. Sa main droite massait le côté gauche de son torse, ce qui n'était pas bon signe.

— Merde, jura le deuxième homme avant de tourner la tête et de siffler.

Soudain, trois autres s'étaient approchés de leur petit arbre pour s'accroupir à côté de Dagmar. Elle les entendit parler à Dagmar en danois... mais il ne répondit pas.

— Allez, viens, Lex, on va te sortir de là, dit l'homme qui s'était approché d'elle le premier. Il tendit le bras et passa la main sous son coude. Elle accepta son aide pour se relever, s'appuyant sur lui afin de s'écarter un peu de l'endroit où elle avait paisiblement regardé les étoiles peu de temps auparavant.

— Est-ce que tout va vraiment bien ? demanda l'homme.

Lexie leva les yeux... et remarqua pour la première fois comme il était grand. Elle ne s'était jamais sentie très petite : un mètre soixante-dix, c'était une taille assez moyenne pour une femme, mais ce type la surplombait de beaucoup.

— Tu es vraiment grand, lâcha-t-elle avant de froncer le nez à cause de sa remarque inepte.

Mais le soldat se mit à rire.

— C'est vrai. Je fais un mètre quatre-vingt-treize. C'est pénible d'être grand quand on essaie de surprendre quelqu'un. Je ne me mêle pas très bien à l'environnement.

Lexie aurait aimé mieux le voir. Il y avait quelque chose chez cet homme qui lui semblait... familier. Mais c'était insensé. Ils étaient au milieu d'un désert d'Afrique. Il était impossible qu'elle connaisse ce type.

— Je ne sais pas, dit-elle. Personne du camp ne vous a vus jusqu'à ce que vous vous mettiez à crier.

— C'est vrai. C'est bon de te revoir.

Lexie fronça les sourcils.

— Je suis désolée, mais nous connaissons-nous ?

— Pardon. Oui, autrefois. Je suis Pierce Cagle. Nous étions au même lycée en terminale.

Lexie écarquilla les yeux de surprise. C'était un véritable retour dans le passé.

Même sans la nuit et sans être au milieu du désert, elle ne pensait pas qu'elle l'aurait reconnu. Elle ne se trouvait pas dans les couloirs de son ancien lycée et il était la dernière personne qu'elle s'attendait à revoir. Particulièrement à l'autre bout du monde.

— Midas ! cria un des autres hommes. L'hélico arrive dans cinq minutes !

L'homme devant elle hocha le menton, puis il la regarda à nouveau.

— Tu portes toujours ce surnom ? demanda-t-elle.

Il y avait tant de choses qu'elle aurait voulu demander maintenant, mais c'était la question qui était sortie naturellement. Elle se souvenait que les élèves l'appelaient Midas à cause de toutes les médailles d'or qu'il avait gagnées avec son équipe de natation.

Il gloussa, l'air un peu gêné.

— Oui. Ma mère a voulu me faire une blague quand j'étais au camp d'entraînement : elle a envoyé un colis adressé à mon surnom. Il est resté.

— Dommage qu'il n'y ait pas d'eau ici pour que tu montres tes talents de natation, songea bêtement Lexie, avant de le regretter tout de suite.

Elle était vraiment maladroite. Elle l'avait toujours été.

Mais étonnamment, Midas se contenta de sourire.

— Il y en a beaucoup à Hawaï où je suis en poste.

— Tu es à Hawaï ? Vraiment ? J'ai toujours voulu vivre là-bas, dit Lexie.

Midas attrapa encore son coude et la tira hors du chemin des trois hommes qui portaient Dagmar.

— Je peux marcher, se plaignit faiblement l'autre otage.

— Oui, monsieur, répondit quelqu'un avec un accent danois. Mais pourquoi marcher alors que nous pouvons vous porter tout aussi facilement ?

— Où allons-nous ? demanda Dagmar.

— La meilleure option serait de retourner directement au navire qui nous attend sur la côte de Somalie, dit l'un des autres soldats. Mais votre frère a payé pour qu'un médecin soit envoyé par avion jusqu'à Galkayo. Il est ici depuis un mois en attendant votre libération. Votre frère a été catégorique : vous devez vous rendre à l'hôpital dès que vous avez été sauvé, afin d'y être examiné. Particulièrement quand il a appris que vous n'alliez pas très bien.

— Parfait, dit Dagmar. Oui, c'est mieux. Je veux voir mon médecin. Pas un inconnu qui ne connaît pas mon passé. Je suis sûr que Magnus l'a perçu dès que j'ai commencé à me sentir mal. C'est notre lien entre jumeaux... expliqua-t-il.

Lexie était au courant de la connexion entre Magnus et Dagmar. Il en avait parlé plusieurs fois au cours des derniers mois. Elle aurait préféré se rendre directement au navire, mais d'un autre côté, si elle avait été aussi malade que lui, et que quelqu'un se faisait assez de souci pour elle pour envoyer un médecin juste au cas où elle serait libérée, elle aurait sans doute voulu le voir également.

— Est-ce que tu peux marcher ? lui demanda Midas.

Lexie hocha la tête.

— Oui.

Il la fixa longuement.

— Quoi ? demanda-t-elle.

Il haussa les épaules.

— C'est juste que tu es... vraiment très calme.

— Je ne le suis pas vraiment, rétorqua-t-elle. Intérieurement, c'est le bazar. Mes jambes sont toutes molles et j'ai du mal à croire que tout ceci est vrai. J'ai eu des rêves de ce genre, tu sais. Dans lesquels on venait nous sauver. Mais je me réveillais toujours et j'étais encore ici, sous cet arbre, à essayer de ne pas être carbonisée par le soleil.

— C'est réel, lui dit-il.

Le vrombissement d'un hélicoptère résonna au loin et Lexie se tourna pour regarder dans cette direction, même s'il faisait encore nuit et qu'elle ne voyait pas grand-chose. Elle se retourna vers Midas.

— Sont-ils tous morts ?

Il ne fit pas semblant d'ignorer ce qu'elle voulait dire.

— Oui. Nous avions espéré en capturer au moins un afin de l'interroger, mais ça n'a pas marché.

Lexie déglutit. Quand Dag et elle avaient été enlevés, elle avait essayé de ne pas détester ses ravisseurs. Elle se souvenait en avoir entendu un parler de sa famille... de sa fille qui venait de naître. Et comment un autre était le seul soutien de ses parents âgés. Ses ravisseurs étaient humains, et les circonstances particulières motivaient souvent les actes. La pauvreté, la faim et le fait de se sentir impuissant étaient bien trop courants dans les endroits où elle avait vécu.

Mais à mesure que le temps passait, et surtout après qu'ils aient doublé le montant de la rançon, elle avait eu des difficultés à ressentir la moindre empathie pour ces hommes. Qu'ils soient désespérés ou pas, rien ne leur donnait le droit de retenir Dag et elle contre leur volonté et de les terroriser pendant des mois.

— Ça t'ennuie, n'est-ce pas ? demanda Midas.

Lexie haussa les épaules et laissa Midas l'éloigner du coin de sable où elle avait vécu plusieurs mois et la conduire plus loin dans le désert.

— Ils n'étaient pas vraiment gentils, mais ils ne m'ont pas fait de mal. Ils ne m'ont pas violée.

— Ils t'ont seulement retenue contre ta volonté, rabaissée, et donné l'impression que tu ne valais rien.

Lexie trébucha, mais Midas fit en sorte qu'elle ne tombe pas.

— Comment le sais-tu ? demanda-t-elle tout bas.

— Je connais le genre, répondit Midas sèchement. Quand ils ont obtenu les cinq premiers millions, ils auraient pu vous laisser partir. À la place, ils ont été cupides : ils ont sûrement dit que c'était de ta faute si tu n'étais pas déjà libre. Que si tu étais une meilleure employée, si tu étais plus importante, les autres cinq millions auraient déjà été payés. Ils ont même sûrement donné l'impression que c'était de ta faute s'ils étaient des enfoirés cupides qui voulaient plus d'argent.

Lexie garda les yeux rivés sur le sol pendant qu'ils traversaient le sable vers ce qu'elle supposait être la zone d'atterrissage de l'hélicoptère venant les récupérer.

Midas n'avait pas tort. Elle avait été ravie quand la rançon avait été réunie si vite, croyant qu'ils allaient être relâchés. Quand ils les avaient informés que le prix sur leur tête avait augmenté, Dagmar avait été *furieux*. Il avait perdu son sang-froid pour la première fois, s'était déchaîné, avait demandé qu'ils le laissent partir, puisque c'était sa famille qui avait rassemblé les cinq millions.

Leurs ravisseurs avaient simplement ri.

Et Lexie s'était sentie très mal. Parce qu'il n'avait pas tort. C'était de sa faute s'il était toujours coincé dans le désert.

— Ne fais pas ça, dit Midas.

— Ne fais pas quoi ?

— Ne les laisse pas t'influencer. Peu importe d'où venait l'argent et combien il y en avait. Quoi qu'on leur donne, ça allait seulement leur donner envie d'en avoir plus.

Lexie supposait que c'était vrai, mais elle se sentait quand même coupable.

— Quand l'hélico arrive, ferme les yeux pour empêcher le sable d'y entrer, ordonna Midas.

— Comment vais-je pouvoir m'en approcher si je ne vois rien ? demanda Lexie.

— Je m'occupe de toi.

Le désir invoqué par ces mots fut immédiat et intense... et surprenant.

Elle avait toujours été solitaire. Parfaitement heureuse de déménager d'un endroit à l'autre, d'un pays à l'autre, toute seule. Elle n'avait pas d'amis proches ou de famille. N'avait pas eu de compagnon sérieux depuis des années. Elle aimait être célibataire et pouvoir voyager dans le monde entier.

Mais après ce qu'elle avait traversé au cours des trois derniers mois, Lexie comprenait pleinement à quel point elle était seule au monde. Son père n'avait pas été un très bon père et il était parti maintenant. Ils avaient trop bougé quand elle était jeune pour construire de véritables amitiés. Elle n'était pas allée à la fac et les gens qu'elle avait rencontrés par l'intermédiaire de

Food For All étaient géniaux, mais ils étaient occupés à bouger partout et à aider les autres, tout comme elle. Et ça lui allait très bien.

C'était pour cette raison qu'elle avait fini par oublier ce que cela faisait de s'appuyer sur quelqu'un.

Peut-être n'avait-elle *jamais* connu ce sentiment.

Ces quelques mots de Midas lui avaient donné envie de le vivre.

— Lex ? demanda-t-il.

— Pardon, oui, je t'ai entendu, lui dit-elle en faisant de son mieux pour chasser sa mélancolie.

Dès qu'elle aurait pris une douche – et bu une dizaine d'énormes verres d'eau fraîche –, elle se sentirait plus comme elle-même.

— Mais si je trébuche sur du sable, je vais être fâchée contre toi.

Midas rit.

— J'ai l'impression de me souvenir que tu es toujours très calme. As-tu déjà été fâchée contre quelqu'un dans ta vie ?

Lexie fut encore une fois surprise que cet homme se souvienne d'elle. Il l'avait impressionnée au lycée. Il était populaire à l'époque, mais il n'avait pas été désagréable. Il ne regardait jamais les autres de haut et il défendait ceux qui se faisaient embêter. Il était amical... et il avait même à peu près réussi à cacher sa déception quand ils avaient été mis ensemble pour un projet.

Elle haussa les épaules.

— La colère n'aurait pas changé grand-chose à la situation.

— C'est vrai.

Alors qu'ils étaient en train de discuter de tout et de rien dans le désert obscur, elle fut surprise lorsqu'ils furent soudain entourés par un tunnel de vent. Un hélicoptère apparut de nulle part, ses hélices envoyant du sable dans toutes les directions.

Lexie ferma immédiatement les yeux contre l'assaut, mais elle ne put s'empêcher de s'appuyer contre Midas. Elle sentit son bras passer autour de son dos pendant qu'elle se recroquevillait pour ne pas être martelée par les grains de sable pointus. Elle ne savait pas du tout comment il faisait pour y voir, mais quand elle le sentit avancer, elle n'hésita pas à le suivre d'un pas traînant.

— Lève la main, lui dit Midas d'une voix forte dans son oreille, au bout d'une minute environ.

En gardant les yeux bien fermés, Lexie fit ce qu'il lui ordonnait. Elle sentit immédiatement que sa main était saisie par quelqu'un d'autre. Avant qu'elle puisse reprendre son équilibre, elle eut l'impression de voler... et le sable disparut.

Elle entrouvrit les yeux et vit qu'elle se trouvait à l'intérieur de l'hélicoptère et que Midas montait derrière elle.

Un homme vêtu exactement comme Midas indiqua l'autre côté de l'hélicoptère, et Lexie se rendit immédiatement à l'endroit désigné. Elle s'installa sur le sol et regarda Dagmar être chargé à bord puis, une demi-douzaine d'autres soldats monter après lui.

Quelqu'un lui tendit un casque et elle l'enfila sur les oreilles, poussant un soupir de soulagement quand le silence se fit immédiatement.

Midas vint s'asseoir à côté d'elle et il ajusta le micro plus près des lèvres de Lexie.

— Peux-tu m'entendre ?

Lexie hocha la tête.

Il lui sourit.

— Bien.

Elle voulait demander où ils se rendaient et ce qui allait se passer ensuite, mais elle fut soudain incroyablement épuisée. L'adrénaline qui avait couru dans ses veines au moment de la fusillade avait commencé à s'estomper et elle avait des difficultés à garder les yeux ouverts.

Quand Midas posa un bras autour de ses épaules et la serra contre lui, elle le laissa faire. Sa tête atterrit sur son épaule et elle soupira. Elle entendit les soldats se parler à travers leur casque audio. Ils étaient inquiets pour l'état de Dagmar et parlaient de l'arrêt qu'ils allaient faire à Galkayo.

Mais Lexie n'écoutait que vaguement. Une fois que la porte de l'hélicoptère fut refermée et qu'elle sentit l'énorme machine décoller, c'était comme si son corps et son esprit s'étaient éteints.

Elle était en sécurité. Ses ravisseurs étaient morts. Rien d'autre n'avait d'importance.

* * *

Abshir Farah regardait depuis sa cachette située à environ huit cents mètres, débordant de frustration, lorsque les deux hélicoptères s'élevèrent dans le ciel nocturne. Il avait quitté le campement pour partir chasser exactement au bon moment. Il était certain que ses amis et ses camarades étaient morts. Il avait entendu les coups de feu et il était arrivé en courant pour les aider, mais quand il s'était approché du campement, il était évident que les soldats avaient déjà tué tout le monde.

Ils avaient attendu trop longtemps pour se débarrasser de leurs prisonniers. Ils auraient dû prendre les cinq millions de dollars et les libérer. Mais à la place, ses camarades avaient insisté pour en avoir plus.

La colère monta en Abshir. Il avait *besoin* de cet argent. Sa famille mourait de faim, vivait dans la crasse. Il avait compté sur l'argent pour les sortir de leur taudis et les installer dans une vraie maison. Sa femme était enceinte de leur sixième enfant, et il lui était impossible de nourrir une personne de plus sans cette rançon.

Mais il y avait encore une possibilité de récupérer les prisonniers…

Les hélicoptères se dirigeaient vers Galkayo. S'il avait de la chance – et il était clair qu'il était chanceux, puisqu'il était encore en vie et pas mort dans le sable avec ses amis –, ils retournaient à l'endroit où tout avait commencé.

Il avait entendu des rumeurs affirmant que la famille du Danois avait envoyé son médecin personnel. Il n'y avait qu'un seul hôpital en ville et s'il était conduit là-bas, Abshir et quelques autres pouvaient le récupérer. Et cette fois, ils allaient accepter les cinq millions de dollars.

Ça valait le coup d'essayer.

Abshir savait qu'il n'avait pas beaucoup de temps. Il lui fallait se rendre au campement et voir si l'un des camions fonctionnait encore. Il ne savait pas du tout si les soldats avaient saboté les véhicules. Si possible, il allait retourner en ville et raconter aux autres ce qui était arrivé. Ils allaient vouloir venger leurs amis et les familles de ses camarades tués n'allaient pas être contentes que des étrangers soient venus dans leur pays et qu'ils aient tué leurs proches.

Oui, avec de la chance, il allait récupérer l'homme et la femme et cette fois ils allaient être plus intelligents quant à leurs exigences. Plus intelligents pour se cacher. Ils pourraient peut-être s'acharner un peu sur la femme et voir si le gouvernement américain ne pouvait pas avancer un peu d'argent pour elle en plus des cinq millions pour l'homme.

Il avait une deuxième chance pour sauver cette opération, mais Abshir devait travailler vite. Il devait répandre la nouvelle de ce qui était arrivé.

Au fond de lui, il savait que ce qu'il faisait n'était pas bien. Mais dans son monde, c'était chacun pour soi. Et Abshir avait besoin d'argent pour nourrir sa famille. Si les cinq millions disparaissaient, ils étaient tous foutus.

CHAPITRE DEUX

Midas n'était pas content. Son équipe et lui s'étaient attendus à voler jusqu'au navire de la Marine américaine stationné dans le golfe, mais ils avaient appris au début de la mission que l'équipe des forces spéciales danoises avait reçu l'ordre de se rendre à Galkayo et de conduire Dagmar à l'hôpital.

Apparemment, Magnus Brander avait assez d'argent pour que le gouvernement cède à sa demande de ramener son frère dans la ville où il avait été kidnappé afin qu'il puisse avoir son médecin personnel. Alors, et seulement alors, allait-il consentir à ce que Dagmar soit conduit ailleurs... avec son médecin, bien sûr.

Dans l'hélicoptère, son équipe et lui avaient brièvement envisagé de déposer Lexie sur le navire américain et de laisser Dagmar aux soins de ses compatriotes, mais Lexie était devenue visiblement perturbée pour la première fois en entendant ce plan. À la lumière de tout ce qu'elle avait traversé, et parce qu'ils étaient inquiets pour sa santé mentale tout autant que son bien-être physique, Mustang avait décidé de s'en tenir au plan modifié du début qui était d'accompagner les soldats danois et Dagmar à l'hôpital.

Le médecin de Dagmar pourrait alors faire un court

examen, Lexie serait examinée par un médecin en même temps, et ensuite ils allaient pouvoir dégager de là. Lexie allait avoir des difficultés à dire au revoir à l'homme avec lequel elle avait été maintenue en captivité pendant des mois, mais avec un peu de chance, elle aurait un peu plus de temps pour se rendre compte qu'elle était enfin en sécurité, et elle allait pouvoir se sentir plus calme à l'idée de partir.

La situation n'était pas idéale, mais les SEAL avaient l'habitude de devoir s'adapter à la dernière minute. De plus, Dagmar avait effectivement besoin d'une aide médicale d'urgence.

Quand la décision fut prise, Lexie s'était endormie contre son épaule, et elle ne sembla pas réagir malgré le bruit que faisaient les autres dans leur micro.

Il était émerveillé de voir qu'elle n'avait pas changé depuis le lycée. Enfin, pas exactement. Elle était plus âgée, bien sûr, mais elle avait les mêmes cheveux bruns frisés qui semblaient n'en faire qu'à leur tête. Même sales après des mois dans le désert, les mèches semblaient être en vie et s'enrouler autour de l'équipement accroché à sa veste. Elle avait utilisé un morceau de ficelle qu'elle avait sûrement trouvé dans le désert pour rassembler ses cheveux qui lui tombaient sur les épaules, mais ça ne suffisait pas à les domestiquer complètement.

Midas se souvenait qu'il avait été fasciné par ses cheveux au lycée, quand il était en train de travailler sur leur projet d'anglais. Elle les faisait constamment passer derrière ses oreilles, mais ils tombaient inévitablement en avant, ce qui irritait Lexie. À l'époque, elle sentait la pêche, et il ne savait pas si c'était son shampooing ou une crème ou quoi, mais il avait associé le fruit sucré à elle pendant des mois après l'avoir vue pour la dernière fois. Elle ne sentait pas les pêches maintenant, bien sûr, mais ça n'empêchait pas son cerveau de se rappeler l'odeur.

Ses yeux noisette étaient aussi exactement comme dans son souvenir. Ils avaient une façon étonnante de déceler les mensonges. Un jour, il avait été contrarié par quelque chose – il ne savait plus quoi – et quand elle lui avait demandé comment il allait, il avait menti et dit qu'il allait bien. Elle l'avait examiné en silence, puis elle avait doucement insisté pour qu'il se confie à elle.

En dehors de ses parents, elle était peut-être la seule personne de sa jeunesse qui avait pris la peine de voir plus loin que l'apparence du sportif joyeux derrière laquelle il se cachait.

Elle faisait une vingtaine de centimètres de moins que lui, et même si Midas détestait l'admettre, il n'avait pas manqué de remarquer la façon dont elle avait pris des formes depuis le lycée. Même après avoir passé des mois dans le désert, elle avait encore des courbes intéressantes. Il n'avait pas réussi à décrocher son regard de ses fesses quand elle était montée dans l'hélicoptère. Il avait l'impression d'être un énorme crétin parce qu'il la reluquait au milieu d'une mission, mais cela ne diminuait en rien son admiration.

Au-delà de ses cheveux ou de son apparence, Midas était impressionné par son attitude. Au fil des ans, il avait observé à peu près toutes sortes de réactions de la part des personnes qu'il avait secourues. Certains étaient morts de peur, d'autres étaient hystériques et ne pouvaient pas être calmés, et puis il y avait les otages qui étaient énervés parce qu'ils n'avaient pas été sauvés plus vite. Mais Lexie était dans une catégorie à part. Elle restait calme. Elle était clairement effrayée, mais pas paralysée par la peur. Elle était inquiète pour Dagmar, et assez intelligente pour laisser les SEAL faire leur travail.

Midas était intrigué, c'était certain. Lexie Greene avait grandi pour devenir ce qui semblait être une femme incroyable.

Elle bougea et Midas la serra contre lui alors que l'hélico commençait à ralentir. Ils devaient atterrir un peu en dehors de la ville. Aleck et Pid, avec deux des soldats danois, allaient s'occuper de trouver un moyen de transport pendant que le reste du groupe restait près de l'hélicoptère et des otages libérés.

La situation n'était pas idéale, loin de là. Le soleil se levait, ce qui signifiait que les habitants allaient se réveiller. Bien que cette partie du pays ne soit pas aussi ouvertement hostile envers les soldats occidentaux, personne ne voulait prendre le risque. D'où leur réticence à revenir en ville.

— Est-ce que quelqu'un a prévenu mon médecin de ma présence ? demanda Dagmar quand l'hélicoptère descendit vers le sol.

Midas fronça légèrement les sourcils. Cet homme était resté éveillé pendant tout le vol, parlant de ce qu'il avait enduré dans le désert. Il n'avait pas une seule fois demandé comment allait Lexie. Ni si quelqu'un avait été blessé pendant leur évacuation.

Jusqu'ici, il n'était pas très impressionné par Dagmar, peu importe qu'il soit malade.

— Nous le ferons à l'atterrissage, le rassura sèchement Slate.

Apparemment, ses coéquipiers étaient du même avis que Midas.

— Est-ce qu'elle va bien ? demanda Jag en hochant la tête vers Lexie.

Elle était appuyée de tout son poids contre Midas, ce qui ne le gênait pas du tout. Il se demandait quand elle avait eu une bonne nuit de sommeil pour la dernière fois. Il aurait parié que c'était avant qu'elle se fasse enlever.

Midas hocha la tête, ne voulant pas dire grand-chose alors que tout le monde écoutait avec les oreillettes.

Lexie ne s'éveilla que lorsque l'hélicoptère eut un soubresaut en atterrissant. Elle leva la tête et regarda autour d'elle, un peu perdue. Midas l'aida à retirer son casque après lui et tous les autres.

Il l'observa pendant qu'elle se rappelait où elle était et ce qui était arrivé. Elle se tourna et le regarda dans les yeux, fronçant le nez pour s'excuser.

— Pardon de m'être endormie sur toi, dit-elle d'une voix basse et légèrement rauque.

Une mèche de ses cheveux s'était emmêlée dans le filet de

sa veste et Midas voulut la décrocher en même temps que Lexie. Leurs doigts se frôlèrent... et ce qui ressemblait à une décharge électrique remonta le long du bras de Midas.

Il était évident qu'elle avait ressenti une sensation similaire, car elle écarquilla les yeux et laissa immédiatement tomber la main.

— Pardon, répéta-t-elle.

— Tu n'as pas à demander pardon, lui dit-il. Il me semble qu'au lycée, tes cheveux avaient déjà leur propre caractère.

Elle laissa échapper un petit rire.

— J'ai sérieusement envisagé de les couper une fois ou deux. Ils me cassent les pieds.

Midas la regarda, horrifié.

Elle leva les yeux au ciel.

— Ce ne sont que des cheveux. Ils auraient repoussé. De plus, pour l'instant, ils sont dégoûtants. Si j'avais pu, je les aurais coupés dans le désert.

Midas savait que cela lui aurait sans doute fait du bien physiquement, et peut-être mentalement aussi, mais il ne put s'empêcher d'être soulagé qu'elle ne l'ait pas fait.

— Restez vigilants, les avertit Aleck quand il sauta de l'hélicoptère avec Pid. Nous n'avons pas eu l'occasion de prendre la température de la ville. Nous allons revenir dès que possible.

— De prendre la température ? demanda Lexie en regardant Midas.

— De voir comment les locaux considèrent les Occidentaux, répondit Jag.

Lexie jeta un coup d'œil dans sa direction et hocha la tête.

— Je pense que, comme dans beaucoup d'endroits, il y a ceux qui détestent tout ce qui est américain et occidental, mais pour la plupart, j'ai trouvé que les gens ici étaient courtois et accueillants.

Midas sourit, tout comme ses amis. Ils étaient peut-être courtois et accueillants avec quelqu'un comme elle, quelqu'un qui était là pour les aider et aussi peu menaçant qu'elle. Mais c'était très différent avec des soldats.

— Espérons que ce soit vrai, maugréa Mustang.

— Vous ne me croyez pas, répondit Lexie en se redressant.

— Ce n'est pas que nous ne te croyons pas, dit Mustang. Mais tu as été enlevée ici. Ta façon de voir tout en rose peut t'empêcher de réaliser que les gens ne sont pas ravis d'avoir des Occidentaux dans leur ville.

— Je ne suis pas une idiote, dit Lexie d'un ton très maîtrisé, tout en communiquant son irritation. Il y a des enfoirés partout. Il suffit de regarder le journal pour le savoir. À la maison, les gens s'entre-tuent également. Maltraitent les enfants. Prennent des otages contre des rançons. La Somalie, et l'Afrique en général, n'est pas plus dangereuse que certains des quartiers où j'ai grandi.

Midas ne pouvait s'empêcher d'être d'accord avec elle. Elle avait raison. Vraiment.

Mustang hocha la tête.

— D'accord.

— Sérieusement, insista-t-elle. J'ai rencontré quelques-unes des personnes les plus généreuses ici. Des familles qui n'ont rien, mais qui vous proposeront quand même de partager leur dernière cuillerée de haricots. C'est un peuple fier, et je pense que tout ce qu'ils veulent, c'est être traités avec respect et vivre une vie confortable. Pas une vie extravagante, mais une vie où ils ne s'inquiètent pas constamment pour leur repas suivant.

Midas se souvenait de Lexie comme étant un peu soumise. Elle avait toujours été réservée et elle ne disait pas grand-chose. Mais l'écouter défendre les personnes qu'elle avait rencontrées à Galkayo modifiait la façon dont il la voyait. Elle était passionnée et elle défendait ce qu'elle pensait être juste. Elle avait clairement trouvé une vocation et ça se voyait.

Elle lui rappelait une maman ourse défendant ses petits. C'était impressionnant.

— Du calme, je n'essayais pas de t'offenser, toi ou le peuple somalien, dit Mustang avec un sourire.

Midas sentit qu'elle détendait ses muscles.

— Pardon, dit-elle en fronçant encore son nez d'un air adorable. Je me sens protectrice envers les gens avec qui je travaille. Ce n'est pas parce que quelqu'un a besoin d'argent qu'il a moins de valeur ou qu'il représente une menace.

— Nous sommes entraînés à considérer tout le monde comme une menace, fit remarquer Jag.

Lexie se tourna vers lui.

— C'est un peu triste, dit-elle doucement.

C'était le cas. Mais ça les avait maintenus en vie, alors ça ne gênait pas Midas. Il savait qu'il était un peu désabusé. Il ne faisait pas facilement confiance à d'autres que les membres de son équipe. Il avait tendance à voir les problèmes partout. Lexie était tout le contraire. Elle faisait d'abord confiance, et elle découvrait sans doute à la dure que quelqu'un n'était pas aussi sincère que prévu.

Cela lui donna envie de la protéger contre tout le mal de ce monde.

Ce qui était ridicule, car elle était une mission. Rien de plus.

Bien sûr, ça avait fonctionné pour Mustang et Élodie – une femme dont son coéquipier était tombé amoureux lors d'une mission précédente –, mais c'était un coup de chance. Un miracle. Quand Dagmar aurait vu son médecin et qu'il serait arrivé en sécurité sur le navire de la marine, il ne reverrait jamais Lexie. Elle l'intriguait, mais dans quelques heures, elle ne serait plus qu'un souvenir.

Il eut l'impression d'attendre le retour d'Aleck, Pid, et des membres du Corps Jaeger pendant une éternité. Quand ils revinrent, le soleil grimpait plus haut dans le ciel et la chaleur commençait à rendre l'intérieur de l'hélicoptère inconfortable.

Lexie semblait enfin comprendre qu'ils avaient été sauvés. Elle n'était pas aussi choquée qu'auparavant. Et la panique qu'elle avait ressentie en apprenant qu'elle et Dag pouvaient être séparés s'était dissipée, même s'il était évident que Dagmar n'allait pas bien. Elle continuait d'ailleurs à le surveiller d'un air inquiet.

Le grondement de deux camions qui arrivaient fut bienvenu et Midas aida à préparer Dagmar pour le transport. Lexie resta en retrait afin de ne pas les gêner, mais elle participait là où c'était possible.

Quand ils eurent installé Dagmar à l'arrière d'un camion, Midas fit signe à Lexie.

Elle s'approcha immédiatement de lui.

— Assieds-toi là, lui dit-il en indiquant un coin à l'arrière du camion, éloigné du hayon.

Sans se plaindre, elle grimpa et se décala au bout d'une espèce de banc jusqu'à être coincée au fond. En hochant la tête avec satisfaction, Midas se tourna vers Mustang... et il vit que son ami le fixait d'un air amusé.

— Quoi ? demanda-t-il doucement avant de suivre Lexie à l'intérieur.

— Rien. Je remarque juste que tu la protèges totalement, n'est-ce pas ?

— Ne commence pas, grommela Midas.

— Quoi ? répéta Mustang, pas très innocemment.

En décidant d'ignorer les moqueries de son ami, Midas sauta à l'arrière du camion et s'installa près de Lexie. Il était logique de la placer vers le fond. Mustang et lui se trouvaient ainsi entre elle et le hayon... et quiconque pouvait vouloir leur faire du mal.

Il resta extrêmement vigilant pendant leur trajet à travers la ville. Les membres de l'équipe ne risquaient pas d'oublier ce qui était arrivé à Mogadiscio. Et même si Galkayo n'était pas aussi grande que la capitale, il ne se le pardonnerait jamais si Lexie avait été sauvée d'un enlèvement pour se faire tuer après être retournée dans la ville qu'elle semblait aimer.

Midas scruta les alentours pendant que les camions

roulaient jusqu'à l'hôpital. C'était un immeuble en béton de deux étages au milieu de Galkayo. Il n'y avait pas vraiment une salle des urgences, juste un grand espace ouvert qui était déjà bondé. Slate et Jag portèrent le brancard sur lequel se trouvait Dagmar, et ils furent immédiatement conduits dans un couloir jusqu'à une chambre privée.

Midas fit signe à Lexie de le suivre, mais elle secoua la tête et marcha vers le bureau de l'accueil à la place.

— Que fais-tu ? demanda-t-il en s'approchant d'elle.

— Je ne vais pas arriver ici et passer devant tous ces gens, protesta-t-elle.

— Lexie, tu as été enlevée, dit Midas, exaspéré. Tu es déshydratée, sale, et tu dois être examinée maintenant, pas dans quelques heures.

Elle redressa les épaules et une fois de plus, elle fronça le nez avant de parler.

— Et tout le monde ici attend depuis on ne sait combien de temps. Je vais bien, Midas. Oui, j'ai soif et je tuerais pour une douche, mais ça ne veut pas dire que mes besoins sont plus importants que ceux des autres.

— Nous allons partir dès que Dagmar sera examiné et que tu auras eu l'occasion de lui faire tes adieux, dit Midas. Et puisque nous sommes ici, tu vas au moins subir un examen rapide avant notre départ.

— Je pense que nous savons tous les deux que Dagmar ne va pas bien. Il a peut-être même besoin d'une opération. Je ne sais pas si c'est possible ici, mais il ne partira pas dans l'heure qui vient, insista Lexie. Nous avons le temps.

Midas soupira. Elle avait raison, mais ça ne lui plaisait pas.

— As-tu toujours été aussi entêtée ? demanda-t-il.

Elle afficha alors un sourire qui illumina littéralement son visage.

— Non. Je pense que tu fais ressortir ça chez moi.

Midas rit. Elle mentait et ils le savaient tous les deux.

— Très bien, mets ton nom sur la liste. Mais je reste à tes côtés jusqu'à ce que nous partions.

Son sourire se transforma en froncement de sourcils.

— Pourquoi ?

— Pourquoi quoi ?

— Je suis très bien ici, dit-elle. Regarde tous les gens autour de nous. Personne ne va venir ici et me traîner dehors.

— Tu as raison, ils ne le feront pas. Parce que je serai à côté de toi pour m'en assurer.

Lexie le regarda longuement avant de hocher la tête.

— D'accord.

— D'accord, répéta Midas.

Elle se fit marquer sur la liste et expliqua pourquoi elle était là. Comme prévu, la dame lui dit que l'attente allait être longue à cause de toutes les personnes avant elle. Lexie se contenta de hocher la tête.

Ils se dirigèrent vers un coin avec deux places libres et elle s'installa sans se plaindre sur la chaise inconfortable. La femme assise à côté d'elle avait un petit enfant. Lexie se tourna immédiatement vers le petit garçon et engagea la conversation avec lui.

Midas la regarda avec un mélange de surprise et d'admiration. Elle venait d'être sauvée d'un foutu enlèvement, et elle était là, assise dans une salle d'attente bondée à jouer avec un enfant. C'était la personne la plus sincère et la plus exaspérante qu'il connaissait. Elle aurait dû demander quelque chose à boire et à manger. Insister pour être examinée afin de pouvoir changer de vêtements et se doucher. Mais à la place, elle semblait parfaitement satisfaite de faire passer tous les autres avant elle.

Sa naïveté était un peu inquiétante. C'était charmant de temps en temps, mais surtout, c'était dangereux pour sa sécurité.

Une heure plus tard, Midas en eut assez.

Il voyait que l'énergie de Lexie était en train de retomber, alors qu'elle faisait de son mieux pour agir comme si tout allait bien. Quand Pid traversa le hall d'accueil pendant une de ses rondes, Midas lui fit signe de demander à ce que Lexie se fasse examiner. Peu importe que ça implique de la faire passer avant les autres qui attendaient.

Vingt minutes plus tard, on appela le nom de Lexie et Midas l'aida à se lever. Elle chancela un peu et il se renfrogna.

— Je vais bien, dit-elle. J'ai juste bougé trop vite.

Il ne prit pas la peine de répondre. Ils savaient tous les deux que c'était faux. Elle était à bout de forces et il en avait assez de faire comme si tout allait bien alors que ce n'était pas le cas.

Il la stabilisa en lui donnant son bras pour traverser la salle d'attente jusqu'au couloir dans lequel Dagmar avait disparu bien avant. Midas n'avait pas eu d'autres nouvelles de l'état de cet homme, mais il savait que ses coéquipiers s'occupaient de la situation. Mustang et l'un des membres du Corps Jaeger le surveillaient, pendant que les autres hommes des deux équipes patrouillaient la zone et l'hôpital.

Une infirmière les conduisit jusqu'à une cage d'escalier et Midas entendit Lexie gémir doucement. Il avait envie de la soulever et de la porter, mais il avait l'impression que ça risquait de l'humilier. Il fit alors passer son bras autour de sa taille afin de la soutenir du mieux qu'il pouvait pendant qu'ils grimpaient à l'étage. L'infirmière les fit entrer dans une petite pièce à mi-chemin du couloir.

La femme fit de son mieux pour cacher son dégoût, mais il était évident quand elle dit :

— Il y a une petite douche dans la salle de bains, si vous voulez vous laver. Il y a également des brosses à dents et du dentifrice.

Lexie ne se vexa pas. À la place, elle sembla s'animer un peu.

— Oh, ce serait merveilleux de me brosser les dents ! Et j'aimerais beaucoup me doucher. Oh, mais je n'ai rien à mettre après.

L'infirmière dévisagea Lexie de la tête aux pieds et dit :

— Je vais aller vous chercher une blouse.

— Merci beaucoup.

L'infirmière sortit et Lexie se tourna vers Midas avec un immense sourire.

— Mon Dieu, je suis tellement excitée !

Midas vit que c'était le cas. Il en fallait si peu pour la rendre heureuse.

L'infirmière revint avec une blouse et une poche de solution saline, anticipant clairement les ordres du médecin. Elle tendit les vêtements à Lexie et posa le liquide pour intraveineuse sur le comptoir à côté.

— Prenez votre temps, dit-elle. Il faudra un moment avant que le médecin puisse venir vous examiner.

Elle tourna ensuite les talons et sortit de la pièce.

Midas eut envie de demander que le médecin examine Lexie en priorité, mais il savait qu'elle n'allait pas être contente s'il faisait des histoires. Au moins, elle était dans une chambre maintenant. C'était déjà ça.

Lexie lui fit un petit sourire et indiqua la salle de bains.

— Je vais juste y aller et... tu sais. Tu n'es pas obligé de m'attendre ici. Je suis certaine que tu as des choses de super-soldat à faire, dit-elle en gesticulant avec le bras.

Midas rit.

— Des choses de super-soldat ?

Lexie haussa les épaules.

— Oui.

— Je te l'ai déjà dit, je vais rester à tes côtés jusqu'à ce que nous soyons en sécurité sur ce navire.

— Personne ne va entrer ici et m'enlever, protesta-t-elle.

— Tu as raison. Parce que comme je te l'ai dit avant, je serai là pour m'en assurer.

— Très bien. Mais si je chante faux sous la douche, je ne veux aucun commentaire.

Elle se retourna et partit vers la minuscule salle de bains.

Midas l'avait aperçue quand ils étaient entrés dans la chambre. La douche était seulement un robinet sortant du mur. Pas de cabine. Pas de rideau. Mais il supposait que Lexie s'en moquait. Une douche était une douche.

Pendant qu'elle était occupée à se laver, Midas demanda des nouvelles à son équipe. Aleck expliqua qu'ils attendaient toujours les résultats des tests de Dagmar et que tout semblait normal dans l'hôpital.

Soulagé, Midas fit les cent pas dans la chambre, essayant de se débarrasser de son énergie nerveuse. La mission dans le désert s'était passée sans heurts. Ils avaient récupéré les otages et en dehors de leur passage non prévu en ville, tout se passait bien.

Il ne savait pas pourquoi il n'arrivait pas à chasser son malaise.

Vingt minutes plus tard, et environ dix minutes avant qu'il pensât la revoir, Lexie ouvrit la porte de la salle de bains. Elle avait les cheveux mouillés, mais ils étaient tout aussi bouclés que quand ils étaient secs. La blouse d'hôpital qu'elle portait était un peu grande pour elle, mais elle était beaucoup plus jolie maintenant qu'elle était propre.

— J'avais besoin de ça, avoua-t-elle.

— C'est fou comme une longue douche chaude peut faire du bien, dit Midas en faisant de son mieux pour supprimer les images soudaines de Lexie nue sous la douche.

Ces images étaient complètement inappropriées. Il était en mission : il devait s'en souvenir.

— Chaude ? répéta-t-elle en fronçant le nez.

Midas grimaça.

— Elle était froide, c'est ça ?

— Oui, mais franchement, ça n'avait pas d'importance. Je n'ai encore jamais été aussi heureuse de voir du dentifrice et du savon de ma vie. Mes cheveux auront besoin de shampooing pour devenir gérables, mais je suis déjà ravie de ce que j'ai eu.

— Viens. Viens t'asseoir, dit Midas.

Lexie s'assit sur la table d'examen au milieu de la pièce et poussa un soupir de soulagement.

— Allonge-toi, ordonna Midas.

Pour preuve de sa fatigue, Lexie ne protesta pas. Elle obéit et s'allongea sur la table rembourrée. Il n'y avait pas de coussin, mais ça ne semblait pas la perturber.

En regardant autour de lui, Midas prit une décision soudaine. Il risquait d'avoir des problèmes, mais tant pis. Lexie avait attendu assez longtemps. Il fouilla dans des tiroirs jusqu'à trouver ce dont il avait besoin.

Il ouvrit un sachet de lingettes antiseptiques et tendit la main vers le bras de Lexie.

— Que fais-tu ? demanda-t-elle en retirant son bras et en le serrant contre son ventre.

— Je démarre l'intraveineuse, répondit Midas sans hésiter.

— Mais... je n'ai pas de médecin, protesta Lexie

Midas ne put empêcher le rire au fond de sa gorge.

— Je suis un SEAL. Je sais préparer une intraveineuse.

— Je ne voudrais pas que tu aies des problèmes.

Midas se contenta de secouer la tête. Il voulait que ce soit fait, mais il avait besoin de son consentement. Il la regarda dans les yeux et dit :

— As-tu confiance en moi ?

Quelque chose s'éveilla en lui quand elle n'hésita même pas avant de répondre :

— Oui.

— Tu es déshydratée, Lex. Tu as besoin de liquide. L'unique bouteille d'eau que tu as bue pendant que nous attendions ne suffit pas. Une intraveineuse sera plus rapide et tu te sentiras mieux en un temps record. Avec un peu de chance, le médecin de Dagmar va finir vite et nous pourrons vous ramener en hélicoptère jusqu'au navire de la marine. Mais tant que nous ne connaissons pas l'état de Dagmar, nous ne savons pas à quoi ressembleront les heures qui viennent. Laisse-moi t'aider.

Elle se mordit un instant la lèvre inférieure avant de hocher la tête.

— D'accord.

Midas l'examina.

— Tu as des difficultés à accepter de l'aide, dit-il d'un ton pragmatique.

— J'aime être celle qui aide, pas le contraire, dit-elle en haussant les épaules. De plus, je t'ai laissé me sauver du désert, non ?

Midas rit.

— C'est vrai. Allez, donne-moi ton bras.

Elle le fit et il remarqua vaguement que Lexie ne détourna pas le regard pendant qu'il préparait son bras pour l'aiguille.

— Tu n'es pas sensible ?

— Non. J'ai vu plus que ma part de choses grotesques.

— Du genre ? demanda Midas qui voulait qu'elle continue à parler.

Il ne savait pas trop si l'intraveineuse allait être compliquée. Si elle était trop déshydratée, il allait avoir des difficultés à trouver une veine.

— Des enfants avec des plaies remplies d'asticots. Des bébés avec des ventres tellement distendus par la famine qu'ils avaient l'air d'avoir avalé un melon. Des femmes ayant été battues par leurs maris jusqu'à ne plus pouvoir ouvrir les yeux tellement ils étaient gonflés. Des hommes dont les pieds étaient si abîmés qu'ils étaient couverts de sang et de pus. Et pourtant ils enfilaient encore des chaussures qui ne leur allaient pas et marchaient quinze kilomètres pour trouver un travail et gagner de l'argent pour leurs familles.

Elle parlait d'une voix monocorde et sans émotion, mais Midas eut l'impression que c'était un mécanisme de protection.

Heureusement, l'aiguille glissa dans son bras sans difficulté et quand il eut branché la solution saline et qu'elle était accrochée sur une perche près d'elle, il s'installa au bord du lit, près de sa hanche.

Lexie regarda son bras, le sac de solution saline, puis les yeux de Midas.

— Waouh, c'était impressionnant.

— Je t'ai dit que je savais le faire, dit-il d'un ton un peu satisfait.

— Effectivement.

— Toujours aussi calme, dit-il en secouant la tête.

Lexie haussa les épaules et Midas posa une main à côté de sa hanche opposée et se pencha un peu plus près. Elle ne détourna pas le regard du sien.

— Je n'arrive pas à te cerner, dit-il doucement. J'ai tant de questions. Et je ne peux m'empêcher de vouloir connaître tous tes secrets et découvrir ce qu'il se passe derrière tes beaux yeux noisette.

CHAPITRE TROIS

Lexie cligna des paupières en regardant Midas. Il valait mieux qu'il ignore ce qu'elle pensait à ce moment précis. Il aurait sans doute été consterné. Ou en tout cas, choqué de savoir qu'elle se demandait si ses lèvres étaient aussi bonnes qu'elles en avaient l'air.

C'était complètement inapproprié. Mais Lexie venait de traverser trois mois cauchemardesques en tant qu'otage. Elle avait le droit d'avoir quelques pensées indécentes.

Pierce Cagle avait toujours été beau. Grand, les épaules larges, mince, drôle, un fabuleux sourire et un bon caractère. Quand elle l'avait rencontré au lycée, il était clairement trop bien pour elle. Elle était la nouvelle qui se fondait dans le décor. Il était Midas, l'enfant chéri de la piscine et de toute l'école. Elle n'avait jamais entendu dire du mal de lui. Il était même en bons termes avec ses quelques ex-copines.

Quand elle avait dû travailler avec lui sur un projet d'anglais, elle avait été morte de peur. Mais finalement, ces quelques semaines lui avaient suffi à développer un gros béguin. Bien sûr, elle n'avait rien fait, et il ne l'aurait jamais remarquée de toute façon. Mais même après leur diplôme et quand elle avait accepté sa première mission avec Food For All, elle avait pensé à lui de temps en temps. Elle s'était demandé où il était et ce qu'il avait fait de sa vie.

Puis, d'un seul coup, il était de retour.

C'était étrange d'être soudain secourue par un homme qu'elle connaissait et pour lequel elle craquait... et de découvrir qu'il était tout aussi incroyable qu'elle le trouvait une quinzaine d'années auparavant.

Et il voulait connaître *ses* secrets ? Elle n'en avait pas.

Elle ne put s'empêcher de regarder la main gauche de Midas qui était posée sur sa cuisse. Pas d'alliance. Mais d'un autre côté, ça ne voulait pas dire grand-chose, car elle supposait que même s'il était marié, il n'aurait pas porté d'alliance en mission.

— Quoi ? demanda-t-il.

Mince. Il était trop observateur. Elle se souvenait de cela également.

— Rien.

— Lex... quoi ? insista-t-il en se penchant encore plus près.

— Je me demandais juste si tu étais marié.

Il sembla surpris par la question.

— Non. Je ne le suis pas.

— Ah.

Lexie ne savait pas trop quoi dire d'autre. L'homme penché au-dessus d'elle avait vraiment changé physiquement depuis le lycée. Il était plus musclé. Pas aussi fin. C'était difficile à dire exactement, parce qu'il portait son uniforme et tout l'équipement autour de son torse, mais il semblait avoir les mêmes épaules larges qu'à l'époque, mais ses cuisses et son derrière étaient plus arrondis.

Eh oui, elle l'avait remarqué. Comment aurait-elle pu faire autrement ? Elle n'était pas morte, et Midas était vraiment séduisant.

Quand il rit, elle releva le regard vers son visage.

Merde, avait-elle fixé ses jambes ? Ou pire, *entre* ses jambes ?

En sachant qu'elle était sans doute en train de devenir écarlate, Lexie fit de son mieux pour cacher sa gêne.

— Très bien, d'accord... j'étais juste... euh... en train de me demander si ce détour allait obliger quelqu'un à se demander quand tu allais rentrer.

Lexie ne savait pas du tout ce qu'elle racontait, mais il fallait au moins qu'elle essaie d'expliquer pourquoi elle le dévisageait et voulait savoir s'il était marié.

— Quand nous partons en mission, nous ne pouvons pas dire combien de temps nous partons, expliqua Midas. Pour des raisons de sécurité nationale.

— Ça paraît logique. Mais je pense que ce doit être dur pour toi.

— Dur pour *moi* ? demanda Midas en fronçant les sourcils. Ne veux-tu pas dire, dur pour ma femme inexistante ?

— Eh bien, oui. Ce doit être pénible de ne pas savoir où tu es et ce que tu fais, mais je peux imaginer que c'est tout aussi stressant pour toi. Tu pourrais te demander ce que fait ta *femme*, si elle va bien, si les toilettes débordent, si le jardin est tondu... tu sais, ce genre de choses...

Elle s'interrompit en se sentant bête.

— Laisse tomber. Je suis clairement en train de délirer.

Midas secoua la tête. S'était-il penché encore plus près ?

Oui. Merde alors ! Il lui fallut faire un effort colossal pour ne pas lever les mains et attirer sa tête vers elle. Normalement, elle n'était pas une personne très sensuelle, mais maintenant qu'elle était en sécurité, propre et qu'elle se sentait beaucoup mieux, elle n'arrivait pas à retenir ses pensées folles.

— Mustang est marié, dit-il doucement.

— Ah bon ?

— Oui. Il a rencontré Élodie en mission. Pas très loin d'ici, à vrai dire. Elle était sur un navire-cargo qui a été pris par les pirates.

— Oh ! s'exclama Lexie. Elle va bien ?

— Oui. Quoi qu'il en soit, elle a fini à Hawaï et ils ont

commencé à sortir ensemble. Il y a eu d'autres incidents, mais ils vont bien. Ils se sont mariés... et tu as raison, Mustang s'inquiète effectivement pour elle. Je pense que cela fait partie de notre nature. Nous résolvons les problèmes. Nous en savons trop sur le côté sombre de la vie et ne pas être là si quelque chose se passe mal le ronge. Élodie est tout à fait capable de se débrouiller, et elle a des gens qui veillent sur elle quand nous ne sommes pas là-bas, mais ce n'est pas pareil.

— Élodie. C'est un prénom inhabituel en Amérique.

Midas hocha la tête, mais Lexie sentit son regard descendre vers ses lèvres et elle ne put s'empêcher de les lécher.

Il se pencha encore plus près et juste au moment où Lexie était sûre qu'il allait l'embrasser, la porte s'ouvrit et un homme à la peau sombre portant un long manteau blanc entra dans la petite salle d'examen.

Midas se leva et s'écarta de la table, mais il ne partit pas très loin. Il resta au niveau de ses pieds, comme s'il était prêt à la protéger si le médecin faisait quelque chose qui ne lui plaisait pas. Lexie eut envie de protester, de lui dire qu'il était ridicule, mais après avoir été seule pendant ce qui lui semblait être toute sa vie, elle aimait le voir près d'elle.

— C'est si bon de vous voir, Lexie Greene, dit le médecin avec un sourire. Nous tous ici à l'hôpital avons été inquiets pour vous.

— Merci, lui dit Lexie, émue.

— Quand vous avez été enlevée, nous avons eu peur pour vous, poursuivit le docteur. Nous n'étions pas certains que vous alliez revenir.

Lexie fronça le nez et hocha la tête.

— Moi non plus.

Le médecin jeta un coup d'œil à Midas avant de se retourner vers elle.

— Les Somaliens sont des gens bien. Nous ne voulons pas tous faire du mal aux Occidentaux.

— Je sais, lui dit-elle. Je suis ici depuis assez longtemps pour le voir par moi-même.

Le médecin hocha la tête avant de dire :

— Vous avez l'air en bonne santé. Meilleure que votre ami.

— Comment va-t-il ? J'avais peur qu'il ait fait une attaque. Il s'est mis à parler d'une voix traînante et il semblait faible sur le côté gauche, dit Lexie.

Le médecin hocha la tête.

— Je suis désolé, je ne peux pas donner de détails sur les autres patients.

— Je comprends.

Le médecin jeta un autre coup d'œil à Midas.

— J'ai besoin d'examiner ma patiente.

Midas croisa les bras sur son torse.

— Je ne partirai pas. Ma mission est de ramener mademoiselle Greene en sécurité et je ne la laisserai pas sortir de ma vue avant d'avoir rempli cette mission.

Lexie se sentit légèrement abattue en sachant qu'elle était seulement sa « mission ». Cependant, cela lui rappelait que Midas travaillait. Il n'était pas venu en Afrique à cause d'elle spécifiquement, mais parce qu'on le lui avait ordonné.

Elle fut soudain ravie de ne pas s'être complètement humiliée en l'embrassant. Cela aurait été horriblement gênant.

— Lexie ? demanda le médecin. A-t-il votre permission de rester ?

Elle hocha la tête.

— Oui.

— Je suppose que ceci est votre travail ? demanda le médecin en levant le bras de Lexie pour examiner l'intraveineuse insérée par Midas.

— Oui.

Le médecin examina l'aiguille et hocha la tête.

— Ça m'a l'air bien.

Puis, il poursuivit son examen en demandant ce qui était arrivé pendant sa captivité et comment elle se sentait.

Lexie n'avait pas honte de répondre à ces questions. Elle n'avait rien fait de mal et même si elle n'avait pas aimé ce qui lui était arrivé, elle savait que cela aurait pu être bien pire.

Au bout de vingt minutes de manipulations et de questions, le médecin fit un pas en arrière.

— Vous êtes déshydratée, brûlée par le soleil et vous êtes couverte de morsures de puces des sables, mais je pense que ce n'est pas une surprise. Je n'ai rien vu de dangereux dans l'immédiat, mais je vous recommande de consulter un médecin en rentrant aux États-Unis et de faire des analyses sanguines complètes. Même si vous avez l'air bien, et que vous avez eu beaucoup de chance, vous pouvez néanmoins avoir des problèmes sous-jacents qui ne sont pas évidents lors d'un examen physique. Êtes-vous certaine de ne pas avoir subi d'agression sexuelle ?

Lexie secoua la tête.

— Oui, certaine.

Elle vit le médecin jeter un autre coup d'œil à Midas avant de la regarder à nouveau dans les yeux.

— Je peux faire venir une infirmière pour en parler avec vous, si vous préférez.

— Sincèrement, personne ne m'a touchée de cette façon, je le jure.

Le médecin semblait toujours sceptique, mais il hocha la tête.

— Très bien.

— Combien de temps pensez-vous que Dagmar Brander devra rester ici ? demanda Midas.

— Je ne sais pas. Son médecin a insisté pour avoir des analyses sanguines et notre labo y travaille en ce moment même. Il... il est très malade.

Midas hocha la tête.

— Lexie peut-elle rester ici jusqu'à ce qu'il soit relâché ?

— Bien sûr, dit le médecin. Elle a besoin d'être réhydratée.

Je ferai amener une autre poche de solution quand celle-ci sera vide.

Lexie supposait qu'elle aurait dû être irritée parce que Midas et le médecin parlaient entre eux et pas avec elle, mais elle était si épuisée qu'elle n'arrivait pas à garder les yeux ouverts. La table d'examen était la chose la plus confortable sur laquelle elle s'était allongée depuis des mois et l'air conditionné dans l'immeuble était délicieux.

Elle sursauta quand une main atterrit sur son épaule et elle ouvrit les yeux.

— Je m'excuse. Je ne voulais pas vous surprendre, dit le médecin. Le mieux que vous puissiez faire, c'est vous reposer. J'espère que ce qui est arrivé ne vous dégoûtera pas du pays pour toujours.

— Non, répondit Lexie. Je voudrais certainement revenir un jour.

L'homme plus âgé lui sourit, serra la main de Midas, puis tourna les talons et quitta la petite salle.

Lexie s'était attendue à se sentir mal à l'aise en étant seule avec Midas après toutes les questions que le médecin avait posées sur sa santé, mais elle était simplement trop fatiguée pour avoir l'énergie d'être gênée.

— Ferme les yeux, dit Midas doucement.

— Ce serait impoli, dit Lexie, mais ses paupières se fermèrent quand même.

Il rit.

— Ça va. Je vais aller prendre des nouvelles de mon équipe, mais je reviens.

— Je pensais que tu n'allais pas me quitter, marmonna Lexie.

Elle entendit Midas ricaner.

— Je ne pars pas plus de quelques minutes. Je vais aller demander à une des infirmières de venir ici pendant mon absence. Et puis, tu seras endormie dans trente secondes.

— Pas du tout, protesta-t-elle faiblement, ne sachant même pas pourquoi elle le contredisait.

Elle crut sentir une main caresser ses cheveux, mais elle décida qu'elle devait délirer. Pourquoi Midas la toucherait-il si tendrement ? Elle était une inconnue pour lui... même s'ils se connaissaient autrefois.

— Dors, Lex. Quand Dagmar aura le feu vert pour partir, nous aurons un autre trajet bruyant et inconfortable en hélicoptère jusqu'au navire.

Lexie hocha la tête et elle était sur le point de sombrer quand elle ouvrit brusquement les yeux.

Elle fut surprise de voir Midas très près de son lit, en train de la regarder. Elle croyait qu'il était parti, ou au moins au niveau de la porte.

— Midas ?

— Oui, Lex ?

— Si tout va très vite plus tard et que j'oublie... merci de m'avoir trouvée. Je veux dire, je sais que c'est ton travail, mais quand même. Merci.

— Ceci a été une de mes missions les plus édifiantes depuis très longtemps, dit-il mystérieusement. Je reviens bientôt. Tu te sentiras mieux quand tout ce liquide sera en toi.

Lexie hocha la tête. Elle voulait lui demander pourquoi c'était édifiant de sauver des otages. Elle avait supposé qu'en tant que SEAL, il le faisait tout le temps.

Trop fatiguée pour y songer davantage, Lexie ferma les yeux et s'endormit.

CHAPITRE QUATRE

Midas se força à sortir de la chambre de Lexie et à passer dans le couloir. Cette femme l'avait intensément troublé pour des raisons qui lui échappaient. Elle était timide, généreuse, drôle et si confiante que c'était presque effrayant. Il ne savait pas du tout pourquoi elle n'était pas blasée et désabusée après avoir travaillé dans l'une des zones les plus pauvres du monde.

Ce n'était qu'en l'entendant parler au médecin qu'il avait compris qu'elle n'en voulait pas à ses ravisseurs de l'avoir maintenue en otage. Elle croyait sincèrement qu'ils étaient simplement des hommes désespérés faisant des choses désespérées pour de l'argent.

Midas secoua la tête, incrédule. Lexie en voulait peu ou pas du tout aux hommes qui auraient pu la tuer sans hésiter si son équipe et les soldats des forces spéciales danoises ne les avaient pas pris par surprise.

Mais il ne pouvait nier que sa... *bonté* le touchait d'une façon qu'il n'avait encore jamais ressentie. Il ne savait presque rien sur la femme que Lexie était devenue, et il ne savait pas grand-chose non plus de l'adolescente qu'elle avait été. Mais ça ne semblait pas avoir d'importance. Elle l'intriguait et il se sentait très protecteur envers elle.

Midas croisa Slate dans le couloir du rez-de-chaussée et il eut des nouvelles de Dagmar. Comme le médecin de Lexie l'avait dit, il n'allait pas bien. Il s'accrochait, mais il paraissait devenir de plus en plus faible et non de plus en plus fort, maintenant qu'il recevait enfin des soins médicaux.

— Nous ne devrions pas rester trop longtemps, avertit Midas.

— Je sais. J'aimerais partir avant-hier, acquiesça Slate. Tout comme Mustang. Il a parlé au médecin du moment où nous pourrions le déplacer. Il a besoin de soins cardiaques avancés, ce qu'il n'aura pas ici. Plus nous attendons, plus son cœur risque de subir des dégâts.

— Pourquoi ce retard, alors ?

— Son frère travaille à affréter un avion pour le ramener directement au Danemark. Mais apparemment, cela nécessite beaucoup de paperasse, sans parler de la question de savoir si Dagmar est assez solide pour prendre ce vol.

— C'est une bonne chose, non ? demanda Midas. Le frère a assez d'argent pour faire rentrer Dagmar chez lui le plus vite possible.

Slate haussa les épaules.

— Je le crois, mais jusqu'ici les médecins n'ont pas accepté de le relâcher. Et on nous a demandé d'aider le Corps Jaeger à assurer la sécurité d'ici jusqu'à l'aéroport. Il ne faudrait pas qu'il se fasse enlever une nouvelle fois juste au moment où il est sur le point de prendre l'avion. Alors tant que les médecins, le frère de Dagmar et le gouvernement danois n'ont pas décidé de l'étape suivante, nous attendons. Et tu sais comme *j'adore* ça. Comment va Lexie ?

Midas n'était pas ravi de devoir attendre plus longtemps que nécessaire, mais il était soulagé que Lexie reçoive les soins médicaux dont elle avait besoin.

— Bien. Elle est déshydratée, mais elle a eu de la chance. Elle dort à l'étage pendant que nous attendons.

— Et toi, ça va ? demanda Slate.

— Oui, pourquoi ?

— C'est juste que tu semblais... extraordinairement inquiet pour Lexie.

— Je la connais, avoua-t-il.

— *Quoi ?*

— Je la connais. Nous sommes allés au lycée ensemble.

— Pourquoi n'as-tu rien dit ? demanda Slate, stupéfait.

— Ça n'aurait rien changé. Je ne l'ai pas vue depuis notre remise de diplôme. Ce n'est pas comme si nous étions amis.

Midas fit de son mieux pour garder un ton nonchalant. Il aurait dû savoir que son coéquipier allait remarquer ses sentiments contradictoires.

— Mais il y a quelque chose, hein ? C'est pour cette raison que tu as insisté pour veiller sur elle pendant que nous sommes ici, insista Slate.

— C'est juste que... je l'ai dans la peau, finit par dire Midas. Et je ne sais pas pourquoi.

— Je ne suis sans doute pas la personne avec qui il faudrait avoir cette conversation, car ma dernière relation sérieuse date de... Oh, c'est vrai... jamais. Mais après avoir vu Mustang et Élodie se tourner autour, et le stress qu'il ressentait quand il n'a pas eu de nouvelles d'elle après que nous avons quitté ce navire-cargo, tout ce que je peux dire est : prends ses coordonnées. Et donne-lui les tiennes.

— Je ne suis pas Mustang, insista Midas.

— C'est vrai. Et Lexie n'est pas Élodie. Mais je te connais, Midas. Si elle te trouble, il te faudra découvrir pourquoi. Et tu ne peux pas le faire si tu ne communiques pas avec elle.

— Je suis certain que ce n'est que la situation. Et le fait que je la connais, rétorqua Midas en ne croyant pas ses propres mots. Et dès que nous atterrirons sur ce vaisseau de la marine, nous serons séparés et ce sera tout. Ici, ce n'est pas exactement le bon endroit ni le bon moment pour essayer d'apprendre à nous connaître. Dans quelques heures, maximum, elle sera juste une autre mission.

— Je ne sais pas pourquoi tu essaies tant de la congédier, mais personne ne peut te forcer à la fréquenter contre ton gré. Cependant, tu sais aussi bien que moi que les choses n'arrivent pas par hasard. Nous avons traversé trop de situations merdiques et vu trop de foutus miracles pour que ce soit une coïncidence.

Midas pinça les lèvres. Slate avait raison. Ils avaient même parlé plus d'une fois des coïncidences. Quelles étaient les chances pour qu'il soit envoyé à la rescousse de quelqu'un qu'il avait connu dans sa jeunesse ? Elles étaient minuscules.

— Quel mal y a-t-il à obtenir son adresse mail ? demanda Slate. Je ne sais pas si elle a un téléphone, mais si c'est le cas, échangez vos numéros.

— Elle travaille pour une O.N.G. internationale, protesta Midas. C'est déjà assez compliqué que mon travail me fasse parcourir le monde, mais ce n'est pas comme si je pouvais déménager en Afrique pour être avec elle si nous sommes bien ensemble.

Il fit de son mieux pour se convaincre de ne pas aller plus loin avec la femme qui l'intriguait.

— Des excuses, dit Slate, impitoyable. Si c'est ton âme sœur, c'est ton âme sœur. Tu trouveras bien un moyen pour que ça fonctionne.

— Putain, t'es énervant, dit Midas à son ami. Il me tarde que tu rencontres quelqu'un et que tu trouves toutes sortes de raisons pour ne pas être avec elle.

— C'est hautement improbable. Je suis un grincheux qui voit le pire chez les hommes. Et contrairement à toi, ça ne me gêne pas d'avoir une relation superficielle avec une femme. Je ne cherche pas un lien profond et je ne veux pas immédiatement qu'une fille emménage avec moi et se marie.

— Si tu rencontres celle qu'il te faut, tu seras obligé de changer d'avis.

— Ne rêve pas trop.

— Hé, les gars, dit Jag en marchant vers eux. Ça fait quelques minutes que j'essaie de vous contacter par radio.

— Fait chier ! Ces machins sont merdiques, dit Slate en secouant la tête et en tapotant son oreillette. Je savais que nous aurions dû prendre les radios longue distance.

— C'est trop tard maintenant, dit Jag.

— Que se passe-t-il ? demanda Midas.

— On dirait que nous avons environ une heure avant de partir. Le médecin de Dagmar a enfin donné le feu vert pour le déplacer.

— Nous allons au navire ? Ou à la piste d'atterrissage ?

— La piste, dit Jag. Magnus Brander a enfin obtenu ce qu'il voulait et il paie une tonne d'argent pour faire sortir son frère d'ici. L'hélico passera nous prendre là-bas et nous conduira au navire, puis nous rentrerons à la maison peu de temps après. Comment va Lexie ?

— Elle va bien. Elle dort à l'étage dans une salle d'examen. Je la réveillerai dans trois quarts d'heure environ et nous vous rejoindrons ici avant de sortir. Aucun problème avec les habitants ?

— Jusqu'ici, dit Jag. Pid et Aleck surveillent le quartier. Je pense que nous avons fait entrer Dagmar et Lexie avant que la plupart des gens se rendent compte que nous étions ici.

— Je suppose que tous les ravisseurs n'étaient pas au camp, ajouta Slate. Selon nos informations, il y avait environ dix-huit personnes qui allaient et venaient depuis le désert. Nous n'en avons abattu qu'une douzaine. Il nous faudra être vigilants tant que nous n'aurons pas décollé.

Midas et Jag hochèrent la tête.

— Oui, c'est pour cette raison qu'Aleck et Pid veillent au grain.

Mal à l'aise d'avoir laissé Lexie toute seule, Midas dit :

— Je vais remonter. Prévenez-moi si les horaires changent. Plus tôt nous sortirons d'ici, mieux je me sentirai.

— Pareil pour moi, acquiesça Slate.

Midas ne nargua même pas son ami au sujet de son impatience légendaire. À ce moment précis, il était complètement sur la même longueur d'onde que Slate. Il hocha la tête vers ses amis et marcha vers les escaliers.

Il se glissa dans la salle de Lexie, salua l'infirmière quand elle partit, et il fut soulagé de voir Lexie à l'endroit où il l'avait quittée. Elle s'était tournée sur le côté et le bras avec l'intraveineuse pendait du bord de la table. Ses cheveux étaient presque secs maintenant, et encore plus désordonnés qu'avant.

Midas sourit, sans savoir pourquoi il était aussi fasciné par ses cheveux. Peut-être parce qu'ils étaient sauvages et indomptables et qu'elle était tout le contraire. C'était une dichotomie étrange.

Il rapprocha une chaise du lit, s'installant entre Lexie et la porte, et fixa la femme qui dormait sur la table.

Qu'y avait-il chez elle qui l'attirait de façon si inattendue ? Ça n'avait aucun sens. Il ne la connaissait même pas vraiment. Mais ce qu'il avait appris depuis qu'il l'avait vue allongée sur la palette dans le désert lui suffisait à vouloir en savoir plus.

Il réfléchit à un moyen pour renouer avec elle, mais tout ce qu'il imaginait était ridicule. Il ne savait pas ce qu'elle avait l'intention de faire en arrivant sur le navire de la marine américaine. Il avait supposé qu'elle allait prendre un vol pour les États-Unis jusqu'à ce que Food For All lui assigne une nouvelle mission. Midas ne connaissait pas suffisamment l'organisation pour deviner dans combien de lieux ils opéraient dans le monde. Lexie allait-elle retourner en Afrique ? En Amérique du Sud ? Aux Caraïbes ? Il y avait tant de gens qui avaient besoin d'aide qu'elle pouvait être envoyée n'importe où.

Et lui était en poste à Hawaï. Le paradis. Bien sûr, il y avait aussi des gens dans le besoin là-bas, mais il supposait qu'Hawaï n'était pas sur la liste prioritaire de Food For All.

En soupirant, Midas secoua la tête. Il ne savait pas du tout comment Lexie et lui allaient pouvoir créer une véritable relation… il ne savait même pas si elle était intéressée.

Quoique... il avait vu la façon dont elle l'avait examiné plus tôt.

Il n'arrivait pas à croire d'avoir été sur le point de l'embrasser. C'était vraiment inapproprié.

Non, ça n'était pas malin de rester en contact avec Lexie. C'était trop compliqué. Il lui restait encore pas mal d'années dans la marine et il n'imaginait pas qu'après des années à voyager dans le monde, Lexie veuille se poser dans un seul endroit. Elle risquait de s'ennuyer au bout d'une semaine.

Se sentant déprimé à cause d'une relation qui prenait fin avant même qu'elle commence, Midas ferma les yeux et glissa sur sa chaise afin de pouvoir poser la tête sur le dossier. Il croisa les jambes au niveau des chevilles et fit de son mieux pour arrêter de réfléchir.

Une détonation tira Midas de sa petite sieste, quinze minutes plus tard.

Il se redressa d'un coup sur sa chaise et pencha la tête en essayant de comprendre ce qui l'avait réveillé.

Quand une deuxième détonation se fit rapidement entendre, Midas se mit en mouvement. Il sauta de sa chaise et s'approcha de Lexie en un clin d'œil.

— Lex ? Réveille-toi ! dit-il urgemment à voix basse.

Elle ouvrit immédiatement les yeux et le fixa.

— Qu'est-ce qui ne va pas ?

Midas fut sur le point de la poser sur le sol quand il vit l'intraveineuse dans son bras. Il poussa un juron.

— Une seconde, ne bouge pas, ordonna-t-il.

Lexie hocha la tête sans hésiter. Il eut juste le temps d'apprécier le fait qu'elle ne pose pas un million de questions pendant qu'il manipulait l'intraveineuse qu'il lui avait faite. Elle n'avait pas reçu autant de la solution saline qu'il l'aurait voulu, mais tant pis. Il retira rapidement l'aiguille de son bras et appuya avec force sur la petite plaie pendant qu'il la faisait asseoir.

Il entendit des cris, maintenant. Ils étaient étouffés, venant d'un endroit à l'intérieur de l'hôpital. Il ne savait pas de combien de temps ils disposaient, mais il supposait que ce n'était pas beaucoup.

— Nous devons sortir d'ici, dit-il à Lexie.

Elle hocha la tête.

— D'accord.

Midas était très impressionné. Elle ne paniquait pas. Il vit qu'elle était effrayée – ses yeux étaient dilatés et elle respirait un peu trop vite –, mais elle ne cédait pas à la panique.

Il prit sa main et la posa sur la petite blessure de son avant-bras.

— Ça arrêtera bientôt de saigner, mais pour l'instant, appuie dessus.

Lexie hocha la tête quand il se dirigea vers la porte. Il écouta un moment, puis il l'entrouvrit. En entendant des hommes crier dans la cage d'escalier, il la referma immédiate-ment. Sans un mot, il traîna Lexie vers la fenêtre.

— Midas ?

— Quelque chose cloche, dit-il en affirmant une évidence. Je n'ai pas de nouvelles de mon équipe, mais je suppose que les ravisseurs manquants ont découvert où nous avons conduit Dagmar et toi, et ils ne sont pas contents.

— Penses-tu qu'ils vont bien ?

— Les ravisseurs ? demanda Midas sans comprendre, tout en se concentrant sur la fenêtre et en préparant un plan d'évasion.

— Non. Tes amis. Et Dagmar.

— Ils vont très bien, lui dit Midas.

En réalité, il ne savait pas du tout ce qu'il se passait au rez-de-chaussée de l'hôpital. Il n'avait aucune information par sa radio, mais il n'avait pas le temps de s'en inquiéter. Il devait éloigner Lexie des personnes qui essayaient de prendre le contrôle de l'hôpital. Et il estimait qu'il avait environ trois minutes, au maximum, avant que les hommes dans la cage d'escalier ouvrent la porte de la salle d'examen à la recherche des otages disparus.

En regardant par la fenêtre, Midas fut soulagé de voir une gouttière juste à côté de la fenêtre. Il se tourna vers Lexie.

— Je vais passer le premier. Il te suffit de te placer sur ce petit rebord en dehors de la fenêtre, de te décaler jusqu'à la gouttière en te plaquant au mur, puis de glisser vers le bas. D'accord ?

Lexie pencha la tête pour regarder la fenêtre derrière lui, puis elle le fixa avec ses immenses yeux noisette.

— Tu es fou ?

— Non. Je serai en bas pour t'attraper et ralentir ta descente.

— Midas, ce n'est pas un poteau de pompier. C'est une fichue gouttière. Je ne peux m'accrocher à rien !

Midas posa les mains de chaque côté de son visage et il l'inclina vers lui.

— Tu peux le faire, Lex. Tu *dois* le faire. Je ne sais pas qui sont ces hommes qui crient dans les escaliers, mais d'après les détonations que j'ai entendues, ils ne sont pas là pour distribuer des bonbons et de la bonne humeur. Oui, j'ai une arme, mais je n'ai pas une quantité illimitée de balles. Nous devons sortir d'ici. Je ne les laisserai pas te mettre la main dessus. Compris ?

Elle déglutit, inspira profondément, puis hocha la tête.

— D'accord ? demanda-t-il en essayant de ne pas être impatient, alors même qu'il savait que chaque seconde comptait.

Ils devaient être sortis d'ici avant que les hommes dans le couloir atteignent cette salle.

— D'accord. J'ai toujours voulu essayer le *pole dance*. Ça y ressemble un peu.

Ce n'était pas vrai, mais il ne la contredit pas et ne rit pas non plus de sa plaisanterie.

— Regarde-moi, puis fais exactement comme moi. On va y arriver.

Elle hocha la tête et Midas ne perdit plus de temps. Il détestait la laisser dans cette salle, mais ils ne pouvaient pas sortir en même temps par la fenêtre. Il regrettait d'être au premier étage, mais au moins, si l'un d'entre eux tombait, ça n'était pas mortel.

En se baissant, Midas jeta une jambe par-dessus le rebord de la fenêtre et sortit. La corniche ne faisait qu'une petite dizaine de centimètres, mais cela lui suffit pour se décaler très vite vers la gouttière.

— Maintenant, Lex. Allez, viens, l'encouragea-t-il en faisant de son mieux pour coller ses semelles contre la gouttière glissante en métal.

Il attendit que Lexie se trouve sur le bord de la fenêtre avant de laisser la gravité faire son travail. Il jura intérieurement quand il vit qu'elle avait les pieds nus. Merde. Elle ne portait qu'une paire de tongs quand ils l'avaient sauvée du désert, mais cela aurait été mieux que rien. Il n'avait même pas pensé à les lui prendre : il avait été trop focalisé sur le fait de sortir de la salle.

C'était trop tard maintenant. Il trouverait bien quelque chose plus tard. Les choses importantes d'abord.

— Fais-le, chuchota-t-il.

Midas avait les cheveux dressés dans sa nuque et il avait l'impression d'être une cible facile. La salle d'examen donnait sur une ruelle, qui était vide pour l'instant, mais il savait que ça n'allait pas durer. Lexie et lui devaient se dépêcher de sortir d'ici et de trouver une cachette.

Étonnamment, les pieds nus de Lexie furent un avantage. Sa peau l'aida à se coller à la gouttière en rendant sa descente extrêmement lente. Quand elle fut à sa portée, Midas leva les bras et la retira du mur. Il voulait la porter – il détestait tant de devoir poser ses pieds nus et propres dans la saleté de la ruelle –, mais il avait besoin d'avoir les mains libres pour les protéger pendant leur fuite.

— Ça va ? demanda-t-il.

Lexie hocha la tête.

Sans un mot de plus, Midas accrocha les doigts de Lexie à la taille de son pantalon et longea la ruelle, s'éloignant de l'hôpital. Il s'attendait d'une seconde à l'autre à entendre quelqu'un hurler depuis une des fenêtres du premier étage, mais ils parvinrent miraculeusement au bout de la ruelle sans être repérés.

Cependant, ils ne se fondaient pas vraiment dans le décor. Deux blancs dans un quartier majoritairement noir étaient très visibles. Et le fait qu'il portait un treillis pour le désert et un fusil sur l'épaule n'aidait pas non plus. Tous ceux qu'ils croisaient allaient facilement pouvoir se souvenir d'eux et dire dans quelle direction ils étaient partis à leurs poursuivants.

— Ici le deux, vous m'entendez ? dit Midas dans le micro de la radio pendant que Lexie et lui s'enfonçaient plus loin dans le quartier autour de l'hôpital.

Il ne fut accueilli que par le silence. Merde.

Ils savaient que ces radios n'étaient pas les meilleures avant de quitter les États-Unis, mais personne ne s'était attendu à ce qu'elles rendent l'âme au milieu d'une mission. Midas n'était pas trop inquiet. Son équipe n'allait pas partir sans Lexie et lui, et ils avaient suffisamment parlé d'un plan B pour leur plan B pour savoir quoi faire. Il détestait néanmoins se sentir coupé de ses amis.

Midas partagea son attention entre l'endroit où ils allaient et Lexie. Les rues et les allées dans lesquelles ils sinuaient étaient couvertes de terre, mais il était possible qu'il y ait du verre brisé ou d'autres choses risquant de lui couper les pieds. Il détestait aussi le fait de ne pas lui avoir donné autant de solution saline qu'il l'avait espéré. Putain, cette femme venait d'être retenue en otage pendant des mois, et maintenant ils fuyaient Dieu sait quoi.

Mais Midas était certain que s'ils étaient restés dans cette salle d'hôpital, ils seraient sans doute morts tous les deux. Les bruits qu'il avait entendus étaient des explosions. Et quand il avait regardé dans la ruelle après être descendu par la gouttière, il avait vu de la fumée s'élever du bâtiment.

Il priait pour que son équipe aille bien, mais Lexie était sa mission. La sauver avait été l'objectif depuis le début, et rien n'avait changé.

Midas s'arrêta au bout d'une autre ruelle et jeta un coup d'œil au coin d'une maison, avant de jurer doucement et de revenir sur ses pas.

— Quoi ? Qu'as-tu vu ? demanda Lexie en le suivant.

— Rien de bon, dit-il sombrement.

Il avait vu une demi-douzaine d'hommes descendre la rue en direction de la ruelle. Ils tenaient tous les six des fusils semi-automatiques et ils avaient l'air fâchés. Il y avait de plus en plus de cris tout autour d'eux. Apparemment, ces hommes étaient en train d'agacer les voisins. Il ne savait pas si ces gens étaient des alliés des ravisseurs, mais Midas n'avait pas du tout envie d'affronter un groupe d'hommes armés, quelle que soit la raison.

Il fronça les sourcils en essayant de réfléchir à une destination, mais le nombre de voix qui criaient tout autour semblait augmenter chaque minute qui passait.

Ce n'était pas bon. Pas bon du tout. Il ne fallait surtout pas qu'ils soient coincés. Midas ne pouvait s'empêcher de repenser à Mogadiscio. Des visions de ce que la mentalité de la foule avait fait aux hommes des forces spéciales et aux pilotes piégés dans la ville lui passèrent devant les yeux.

Pendant qu'il faisait courir Lexie le long d'une autre ruelle étroite, une porte s'ouvrit soudain et Midas s'arrêta brusquement.

Il sentit Lexie se coller contre son dos, mais il ne bougea pas en fixant la femme à la peau sombre qui avait ouvert la porte.

La femme et lui échangèrent un regard pendant ce qui semblait une éternité, quand Lexie pencha la tête sur le côté et dit :

— Astur ?

— Lexie ? demanda la femme.

Avant que Midas puisse l'arrêter, Lexie l'avait contourné et elle serrait l'inconnue dans ses bras.

— Oh ! C'est si bon de te voir !

Le regard de la femme se posa à nouveau sur Midas, puis au bout de la ruelle, quand ils entendirent d'autres hommes crier.

Sans un mot, Astur attrapa le bras de Lexie et la tira vers la porte dont elle venait de sortir.

Midas n'avait pas l'intention de laisser les deux femmes hors de sa vue, et il les suivit de près. Ça ne le gênait pas d'entrer, cela les cachait de la foule grandissante dans les rues, en plus des hommes armés dont il était de plus en plus certain qu'ils étaient à la recherche de Lexie, mais il ne savait pas du tout s'ils étaient en train de se jeter dans la gueule du loup.

La porte se referma derrière eux et Midas se rendit compte qu'ils étaient à l'arrière d'une espèce de magasin.

— Tu as des problèmes, dit Astur à Lexie.

Elle fronça le nez et hocha la tête.

— Cache-toi. Ici.

— Nous ne voulons pas te causer des problèmes, rétorqua immédiatement Lexie. Si nous pouvons traverser ton magasin et sortir par l'avant, tout ira bien.

— Pas bien, dit Astur en secouant la tête. D'autres hommes. Cherchent les Américains. J'ai entendu.

— Merde, jura Lexie.

Elle leva les yeux vers Midas.

— Qu'allons-nous faire ? Tu devrais peut-être partir. C'est moi qu'ils cherchent, pas toi. Tu peux retourner auprès de ton équipe et...

Elle finit par se taire.

Peu importe ce qu'elle allait dire. Il n'avait pas l'intention de la quitter. Absolument pas.

— Je ne partirai pas, dit-il sévèrement.

— Cache ici, répéta Astur. Je travaille au magasin. Personne ne sait tu es ici.

Midas l'examina. Il ne savait pas du tout qui était cette femme. Mais il ne voyait pas de malveillance dans ses yeux. Au contraire, il voyait plus de l'inquiétude : pas pour lui, mais pour Lexie. Ça ne le surprenait pas.

Elle poussa Lexie sur le côté et s'accroupit près de la porte par laquelle ils venaient d'entrer. Elle tira sur les planches près de ses pieds jusqu'à révéler un petit espace. C'était sans doute un espace de stockage et Midas vit quelques boîtes de conserve et des cartons pliés au fond, posés directement dans la terre.

— Cache ici, dit Astur en se redressant et en montrant le trou.

Lexie leva à nouveau les yeux vers lui et Midas détesta voir l'incertitude sur son visage. Lui non plus n'était pas sûr que ce soit une bonne idée. Il ne connaissait pas cette femme : il était possible qu'elle travaille avec les hommes qui les cherchaient et qu'elle les guide jusqu'à eux dès qu'ils étaient entrés dans le trou.

D'autres cris résonnèrent dans la ruelle à l'extérieur du magasin et Lexie écarquilla les yeux.

— Je ne pense pas que nous passerons tous les deux là-dedans, chuchota-t-elle.

— Ça ira, dit Midas en prenant une décision.

Ça allait être serré, c'était certain. Il n'était pas vraiment petit et comme il était le plus grand de l'équipe, c'était la situation la moins idéale pour lui. Mais s'il pouvait ainsi protéger Lexie, il allait le faire.

Il entra dans le trou qui ne faisait qu'un mètre de profondeur. Il s'assit sur son derrière et fit passer son arme sur son flanc droit. Il se décala aussi loin que possible sur la droite, et fit signe à Lexie de le rejoindre.

Elle semblait encore plus sceptique, maintenant qu'il était dans le trou.

— On dirait un cercueil, lui dit-elle avec un froncement de sourcils.

— Lexie, nous n'avons pas le temps, l'avertit Midas quand les voix à l'extérieur semblèrent se rapprocher.

— Merde, maugréa-t-elle.

Puis elle se tourna vers la femme qui les avait conduits dans le magasin et la serra encore dans ses bras.

— Merci, Astur.

— Tu as aidé Astur et les enfants. Nous t'aidons, dit-elle en serrant Lexie.

Puis elle la repoussa doucement et lui indiqua impatiemment le trou.

Avec une profonde inspiration, Lexie entra prudemment dans le trou et s'allongea à côté de Midas. Elle gigota un peu en essayant de se mettre à l'aise, et avant même qu'elle se soit arrêtée de bouger, Astur avait replacé les planches, faisant tomber de la poussière sur eux. Une lumière passait à travers les fentes du plancher, leur donnant juste assez d'éclairage pour se voir.

À la seconde où elle eut reposé la dernière planche de la cachette, la porte vers la ruelle s'ouvrit avec fracas.

Midas se raidit et enroula le doigt autour de la gâchette de son fusil. C'était le moment décisif. Astur pouvait très bien révéler leur cachette ici et maintenant, et si les hommes avaient aussi des armes – et s'ils étaient malins – ils allaient tirer d'abord et poser des questions après.

Mais il n'y eut pas de coup de feu. Il eut l'impression que plusieurs hommes marchaient d'un pas lourd dans la pièce arrière du magasin. Ils se mirent à parler en somalien. Midas ne savait pas du tout ce qui était dit, mais Astur ne semblait pas avoir peur de dire ce qu'elle pensait. Ils levèrent la voix et à un moment, Astur tapa du pied. En tout cas, il eut l'impression que c'était elle. Parce qu'elle était outrée ? Fâchée ? Frustrée ? Midas ne le savait pas, mais il n'avait jamais été aussi tendu. Il sentait chaque respiration de Lexie, entièrement plaquée contre lui. Elle avait la tête posée sur son épaule, un bras serré contre elle, et donc contre lui, et l'autre posé sur son bas-ventre. Il la sentait s'agripper à sa veste et leurs jambes étaient emmêlées.

Cela dura peut-être cinq minutes, ou quinze, mais au bout d'une attente très tendue durant laquelle elle tapa encore du pied et qu'il y eut d'autres cris, les hommes finirent par quitter la petite salle, retournant dans la ruelle d'où ils venaient.

Il ne resta plus que le silence et même Astur quitta la petite pièce, se dirigeant sans doute vers l'avant du magasin.

— Merde alors, chuchota Lexie.

— Chut, avertit Midas tout doucement.

Il la sentit hocher la tête contre lui et elle détendit ses muscles un par un.

Ils restèrent allongés dans ce trou étroit sous le plancher pendant ce qui lui sembla être des heures.

La chaleur montait et les jambes de Midas commencèrent à avoir des crampes. Malgré tout, il ne bougea pas. Il avait été entraîné à rester dans une seule position pendant des heures, mais pas Lexie. Et elle n'était toujours pas tout à fait remise après son épreuve. Midas avait déjà été impressionné par elle, mais chaque minute qui passait, son admiration augmentait.

La porte arrière s'était ouverte deux fois de plus, et chaque fois, Astur avait affronté les visiteurs jusqu'à ce qu'ils finissent par partir. Midas savait qu'ils étaient à une quinte de toux ou à un éternuement d'être découverts, et il priait pour que les saletés qui tombaient entre les fissures ne déclenchent rien.

Les cris et les hurlements dans la ruelle s'arrêtèrent et le silence remplit leur cachette et l'arrière-salle du magasin. Quand Midas eut l'impression que ce n'était plus très dange-reux de parler tout bas, il chuchota :

— Est-ce que ça va ?

— Oui. Et toi ?

— La pêche. C'est ainsi que doivent se sentir les sardines dans une boîte.

Il sentit plus qu'il n'entendit le rire de Lexie contre son épaule. Puis elle dit :

— Comment puis-je être en train de rire ? Il n'y a absolument rien de drôle dans cette situation.

— Encaisse et avance, dit Midas.

— Pardon ?

— Encaisse et avance, répéta-t-il. C'est quelque chose que nous disions à l'entraînement des SEAL. Cela signifie que la situation est mauvaise, mais qu'il faut la gérer. Il faut accepter la situation merdique, mais inévitable afin de pouvoir avancer.

— Ce n'est pas très motivant, il me semble, dit Lexie. Tu as quoi d'autre ?

— La seule journée facile était hier ? plaisanta-t-il.

Étonnamment, Midas appréciait le moment. Sans doute parce que Lexie ne paniquait pas et qu'elle n'était pas hystérique. C'était le genre de conversation qu'il aurait eue avec l'un de ses coéquipiers dans une situation similaire.

— Oui, mais non. Parce qu'hier n'était pas facile, dit Lexie d'un ton sans équivoque. Essaie encore.

Midas rit doucement.

— Que dirais-tu de... tu es incroyable. Et il n'y a personne avec qui j'aimerais plus être dans cette situation.

— Mais bien sûr, dit-elle en secouant légèrement la tête. Et moi j'ai un château en Espagne à te vendre.

— Sérieusement, penses-tu que je voudrais avoir Mustang là-dedans avec moi ?

Ce fut au tour de Lexie de rire doucement, maintenant.

— Euh... c'est peut-être un peu inconfortable. Je veux dire, ça ne doit déjà pas être drôle de m'avoir là-dedans avec toi. Nous ne sommes pas tout à fait adaptés à ce trou.

— Je dirais que nous sommes parfaitement adaptés l'un à l'autre, dit Midas avant de réfléchir à ce qu'il venait de dire.

— Heureusement que j'ai pu me doucher. Tu n'aurais pas été aussi content de m'avoir presque allongée sur toi si je sentais encore comme ce matin. Trois mois, c'est long quand on n'a pas de savon.

Midas fit alors quelque chose qu'il avait eu envie de faire depuis qu'il l'avait vue allongée sur cette table d'examen. Il tourna la tête et enfouit son nez dans ses cheveux. Elle ne sentait pas vraiment le soleil et les roses, mais les mèches étaient douces contre son visage.

— Es-tu en train de me sentir ? demanda-t-elle, perplexe.

— Je respire, c'est tout, rétorqua-t-il. Et tes cheveux sont en plein milieu.

— Tu es bizarre, lui dit-elle.

Midas sourit. C'était vrai. Mais il s'en moquait. Il relâcha un peu sa prise sur son fusil pour la première fois et il leva la main pour toucher ses cheveux et les retirer du visage de Lexie.

Ce n'était pas le moment ni l'endroit pour penser qu'il aimait sentir Lexie dans ses bras. Il se sentait relativement en sécurité pour l'instant, mais il n'avait pas l'intention de sortir de leur cachette avant la tombée de la nuit, espérant que ceux qui les cherchaient allaient abandonner. Il leur restait encore un certain nombre d'heures à passer.

Sa conversation avec Slate au sujet des coïncidences qui n'existaient pas lui revint en tête. Midas s'était résigné au fait qu'il n'avait pas le temps d'apprendre à connaître Lexie avant qu'ils partent chacun de leur côté. Eh bien, l'univers lui avait plus ou moins ri au nez comme pour dire : « tu veux du temps ? Je vais te donner du temps. ».

— Parle-moi d'Astur, dit-il en posant la première question qui lui vint à l'esprit. Comment savais-tu que tu pouvais lui faire confiance ?

CHAPITRE CINQ

Lexie avait l'impression d'être horrible. Elle était là, cachée pour survivre, et elle profitait du fait d'être collée contre Midas. Si quelqu'un lui avait dit quand elle était au lycée qu'elle serait un jour dans cette situation, elle lui aurait ri au nez.

Elle ne pouvait nier qu'elle appréciait la sensation de son corps dur sous le sien. Elle était amusée qu'il ait senti ses cheveux. Et elle adorait la sensation tendre de sa main sur sa tête, écartant ses boucles folles de son visage. Le fait que leur cachette ne soit pas plongée dans l'obscurité la plus totale était un avantage. Astur avait laissé la lumière dans la petite arrière-salle du magasin et les rayons qui passaient à travers les fentes du plancher suffisaient tout juste à ce que Lexie n'ait pas l'impression d'être enterrée vivante.

Elle était toujours morte de peur et elle ne se sentait pas très bien. Elle avait faim et soif, mais elle ne voulait pas prendre le risque de quitter leur cachette. Les hommes n'essayaient pas de la trouver pour lui faire un pot de départ. Ils avaient paru très énervés qu'elle se soit échappée.

Elle s'en voulut de ne pas avoir demandé à Midas ou à un de ses coéquipiers combien de gens ils avaient tués au campement dans le désert. Elle comprenait maintenant qu'il devait au moins y en avoir un qui s'était échappé. Un qui avait vu ce qui était arrivé et qui avait fait courir le bruit.

Elle, plus que tout autre savait ce que l'argent de la rançon représentait pour les ravisseurs. Elle n'était pas d'accord avec leur manière d'obtenir de l'argent pour survivre, mais d'un autre côté, elle les comprenait. Les gens désespérés faisaient des choses désespérées, surtout s'ils avaient une famille.

Elle avait rencontré des gens très désespérés en travaillant pour Food For All, particulièrement ici en Somalie. La hiérarchie des besoins de Maslow était réelle. En général, on ne pensait pas trop à ses besoins de base, car ils étaient facilement satisfaits. La nourriture, l'eau, un abri, le sommeil, les vêtements. Tout le reste était secondaire.

— Lex ? l'encouragea Midas.

Elle se rendit compte en sursautant qu'il lui avait posé une question.

— Pardon. J'ai rencontré Astur quand je suis arrivée ici il y a environ six mois. Food For All fournit un logement à ses employés, mais toutes les chambres dans le bâtiment principal étaient prises, alors on m'a donné une petite maison à environ deux pâtés de maisons. J'étais plutôt contente. J'aime vivre parmi les habitants. Quoi qu'il en soit, environ une semaine après mon arrivée, je venais de quitter le garde-manger quand Astur est arrivée avec ses trois enfants. Hodan, sa fille, a environ cinq ans ; Cumar, son deuxième fils, a neuf ans ; et Shermake, son aîné, a 16 ans. Ils étaient assez mal en point. Ils étaient sales, leurs vêtements étaient déchirés, et Hodan était la seule à porter des chaussures. Astur ne parlait pas beaucoup d'anglais, mais j'ai compris qu'elle cherchait de la nourriture pour ses enfants.

Lexie détestait se souvenir de cela, mais elle savait qu'Astur et sa famille faisaient partie des nombreuses personnes affamées et sans nourriture dans le monde.

— J'ai fait demi-tour pour aller leur chercher de la nourriture, mais mon chef de l'époque était en train de fermer le bâtiment et il m'a dit non, que nous étions fermés et que c'était contre le règlement de donner de la nourriture ou des vêtements après les heures d'ouverture. Ça m'a énervé. Je veux dire, toute la mission de Food For All est de fournir de la nourriture à tout le monde, bon sang. J'avais entendu de mauvaises choses sur ce responsable avant d'arriver dans le pays, mais j'avais ignoré ces rumeurs en me disant qu'il s'agissait de ragots. Quoi qu'il en soit, Astur était bouleversée, mais elle a pris Hodan et Cumar par la main et elle est partie. Et même si je n'étais pas ravie, je ne voulais pas énerver mon patron dès la première semaine, alors je n'ai rien dit. Je suis rentrée chez moi et en arrivant dans ma rue, j'ai revu Astur et ses enfants. Ils s'étaient installés sous l'auvent d'un magasin en face de ma petite maison. Alors... je les ai invités à entrer.

— Bon sang, Lex, dit Midas en secouant la tête.

— Je sais, je sais... mais tu aurais dû les voir, Midas. Ils avaient besoin que quelqu'un se soucie d'eux. Et à ce moment-là, j'étais la seule dans les parages. Je les ai donc convaincus d'entrer et j'ai préparé un repas simple et rapide pour tout le monde. Quand j'ai commencé à réorganiser les meubles, en les poussant sur les côtés pour préparer un couchage sur le sol, Astur s'est mise à pleurer. J'ai eu des difficultés à la convaincre de rester, mais ils ont passé la nuit dans mon salon. Le matin, ils ont pris un petit-déjeuner, puis ils sont partis. Mais ce soir-là, je les ai revus dans la rue et je les ai invités à revenir. C'est arrivé tous les jours pendant environ un mois. Shermake, le fils le plus âgé, était le plus doué en anglais, et nous nous sommes entraînés tous les soirs. Ils étaient très silencieux et respectueux et le matin ils partaient passer la journée ailleurs. J'ai commencé à apprécier leur compagnie, alors j'étais heureuse quand ils attendaient près de ma maison à mon retour du travail.

— Tu leur donnais de la nourriture gratuite et un logement, pourquoi n'auraient-ils pas continué à revenir ? dit sèchement Midas.

— Mais ils me donnaient tout autant, insista Lexie. J'étais dans un nouveau pays, essayant de comprendre tous les us et coutumes, et Shermake m'a beaucoup aidée. Astur m'a emmenée au marché des fermiers un week-end, et c'était fascinant de voir l'interaction entre elle et les vendeurs. Je n'ai jamais vu de négociatrice aussi féroce. Eh oui, je payais la nourriture, mais si elle essayait vraiment de profiter de moi, elle n'aurait pas cherché à obtenir le meilleur prix.

— On dirait qu'elle a fini par s'en sortir, puisqu'elle travaille ici dans ce magasin, fit remarquer Midas.

— Shermake m'a dit que leur père était parti en Éthiopie pour gagner de l'argent pour la famille. Il est parti plus longtemps que prévu et Astur s'est retrouvée à court d'argent. Elle a perdu leur petite cabane et n'a pas eu d'autre choix que de vivre dans la rue avec ses enfants. Yuusuf est finalement revenu et il a eu beaucoup de chance. Il a gagné assez pour leur louer une autre maison et Astur a décidé qu'elle voulait aussi travailler pour leur famille afin qu'ils ne se retrouvent plus jamais à la rue.

Midas ne dit rien et Lexie pencha la tête en arrière en essayant de voir son expression. Elle n'avait pas assez de place pour bouger davantage, mais elle voyait les contours de son visage. Il avait la mâchoire serrée et elle pensa même y voir tressaillir un muscle.

— Quoi ? chuchota-t-elle.

Il baissa le menton et tourna légèrement la tête afin de la regarder dans les yeux.

— Tu t'es toujours souciée des autres, dit-il.

Lexie haussa les épaules. Autrefois, elle était gênée de vouloir s'occuper des autres, mais après en avoir fait sa carrière, elle avait cessé de se soucier de ce que pensaient les gens.

— Tant d'autres ont une vie bien pire que moi. Ça fait du bien de pouvoir les aider.

Il y eut un moment de silence avant que Midas demande :

— As-tu eu une vie difficile ?

Lexie ne répondit pas, ne sachant pas trop quoi dire. Elle ne voulait pas que cet homme ait pitié d'elle. Elle allait bien. Elle avait survécu et elle était satisfaite de sa vie actuelle.

— Quand j'ai rejoint la Navy, j'étais tellement naïf, dit Midas. J'ai grandi avec des parents aimants et un frère et une sœur fabuleux. Karen me cassait les pieds, mais j'aurais tué n'importe qui essayant de lui faire du mal. Je suppose que c'est ce que font les grands frères pour leur petite sœur. Max essayait toujours de me ressembler. Il a même rejoint l'équipe de natation et ce petit merdeux a brisé un de mes records.

Lexie sourit. Elle ne savait pas grand-chose sur Midas, ils n'étaient pas vraiment d'amis au lycée, alors elle buvait ses paroles concernant chaque petit détail sur lui.

— Mes parents étaient heureux, ils nous ont traités comme si nous étions ce qu'il y avait de plus important dans leur vie, et nous avons toujours eu des Noëls merveilleux avec une tonne de cadeaux. Quand je leur demandais tous les vêtements à la mode, ils me les achetaient en général. J'avais beaucoup d'amis et je n'ai jamais eu à travailler très dur pour avoir de bonnes notes à l'école. J'étais gâté, je peux l'avouer maintenant, même si mes parents ont quand même fait en sorte que nous apprécions ce que nous avions. Mais quand j'ai rejoint la marine... tout d'un coup, je n'étais rien. Juste un autre soldat qui avait été un gros poisson dans la petite mare de sa ville, et puis je suis devenu ce menu fretin dans l'énorme océan. Ça a été un choc.

— Je suis certaine que tu n'es pas resté un petit poisson pendant longtemps, fit remarquer Lexie.

Il rit doucement et elle sentit son torse se soulever contre le sien parce qu'ils étaient collés l'un contre l'autre. Si elle s'était trouvée dans ce trou du plancher avec quelqu'un d'autre, Lexie aurait été extrêmement mal à l'aise. Mais quelque chose chez Midas l'aidait à se détendre.

— J'ai appris très vite que peu importe notre passé. Si nous voulions arriver au bout du camp d'entraînement, puis de l'entraînement des SEAL, il nous fallait tous travailler ensemble.

— Encaisse et avance, dit Lexie en souriant.

— Exactement. Au cours des années, j'ai vu beaucoup de choses terribles. Des gens qui agissaient comme des enfoirés les uns avec les autres. En manquant de respect envers leurs enfants, leurs femmes, leurs voisins. En se battant pour quelque chose qu'ils ne comprenaient sans doute même pas. As-tu déjà vu le film *World War Z* ?

Lexie écarquilla les yeux à cause du changement de sujet.

— Il y a un rapport, dit Midas.

— C'est le film avec Brad Pitt et les zombies, n'est-ce pas ?

Midas hocha la tête.

— Oui. Bref, il y a un moment où ils sont en train de fuir les zombies à Jérusalem et le personnage de Pitt regarde en arrière et voit un petit garçon dans le chaos, accroupi au milieu de la route avec les mains sur la tête. Les zombies le contournent sans même le regarder alors qu'ils mordent tous les autres. Tu es un peu comme ce gamin.

Lexie fronça le nez et les sourcils.

— Comment ça ?

— Les autres autour de toi se battent et grappillent quelque chose. De la nourriture. Du pouvoir. De l'argent. Et puis il y a toi. Une lumière calme dans l'obscurité. Qui distribue des sourires et de la nourriture. Qui se crée des amis dans les territoires les plus hostiles. C'est comme si l'obscurité ne pouvait pas te toucher.

— Euh, je crois que tu oublies que j'ai été enlevée et prise en otage, répondit Lexie sèchement.

— Non, je ne l'oublie pas. Tu as été enlevée et c'est affreux. Mais ils ne t'ont pas touchée. Et crois-moi, c'est un putain de *miracle* en ce qui me concerne. La plupart des otages n'ont pas autant de chance. Ils t'ont gardée plutôt en bonne santé et en vie.

— Ils voulaient de l'argent, dit Lexie, se sentant obligée de le mentionner. S'ils me tuaient, cela aurait diminué la rançon de moitié.

Elle le sentit hausser les épaules.

— Tout ce que je dis, c'est que je me rends compte que tu as toujours été ainsi. Tu as fait tout ce que tu pouvais pour te lier d'amitié avec les enfants qui avaient des problèmes sociaux à l'école. Tu donnais ton propre argent du déjeuner pour acheter un sandwich à quelqu'un d'autre. Tu t'es portée volontaire pour être dans un groupe d'enfants avec lesquels personne ne voulait travailler. Tu es quelqu'un de bien, Lexie. Et même si ça me fait complètement paniquer de penser que tu as sans doute invité des inconnus dans ta maison et que tu les as nourris pendant des années, il est évident que tu aimes ce que tu fais.

Après un long moment de silence, Lexie lâcha :

— J'ai rejoint Food For All pour m'éloigner de mon père.

Elle sentit tous les muscles se raidir sous son corps.

— Explique.

— Il ne me frappait pas, mais il n'était pas très agréable, avoua Lexie pour la toute première fois.

Elle n'avait jamais parlé de son père à personne. En partie parce qu'elle n'était pas très proche de ses collègues. Elle n'avait jamais passé assez de temps avec eux. Parce qu'elle changeait de lieu fréquemment et que ses collègues aussi, cela faisait partie de la vie de se rencontrer un jour, puis de les voir disparaître le lendemain. Mais en étant allongée dans l'obscurité avec Midas et parce qu'il la connaissait d'autrefois, elle eut l'impression que s'ouvrir à lui n'était pas aussi difficile qu'elle s'y attendait.

— Il n'a jamais trop su quoi faire avec une fille. Il était également alcoolique, se faisait toujours renvoyer de son travail parce qu'il y allait en étant ivre. Nous n'avions pas de belles fêtes de Noël. Je pense que la dernière fois que nous avons eu un sapin, c'était quand j'étais au primaire. Quand il buvait, la dernière chose à laquelle il pensait, c'était à me préparer à manger.

— Où était ta mère ? demanda Midas.

— Partie. Elle nous a quittés quand j'étais petite. Je me

souviens à peine d'elle. Mon père et elle se disputaient tout le temps. Mes souvenirs se résument à des cris et au fait que je me cachais dans ma chambre pendant leurs disputes. Quoi qu'il en soit, nous avons beaucoup déménagé, ce qui explique pourquoi j'ai atterri à Portland pour mon année de terminale.

En repensant à cette année et au moment où elle avait rencontré Midas pour la première fois, elle songea aux difficultés de l'école pour elle.

— Je ne suis pas stupide, dit-elle d'un ton un peu plus féroce que prévu.

— Je n'ai jamais dit que tu l'étais... la rassura Midas, perplexe.

Elle sentit qu'il caressait doucement le bras qu'elle avait posé autour de son ventre. Elle ne savait pas à quel moment il avait commencé à le faire, mais elle trouva cela incroyablement... réconfortant.

— Pardon. C'est sorti de nulle part. Je pensais à l'école et comme c'était compliqué pour moi. Mes notes n'étaient pas très bonnes. C'est juste que... je suis dyslexique. Et parce que nous avons déménagé autant et que mon père s'intéressait à l'argent pour s'acheter à boire, il n'a jamais pris la peine de me faire tester. L'école a été un enfer. Les lettres étaient toutes mélangées sur la page pour moi et je faisais de mon mieux pour cacher que j'étais perdue la plupart du temps. Je n'en veux pas à mes professeurs de ne pas l'avoir vu, j'ai beaucoup triché pour les évaluations.

Elle haussa les épaules avant de continuer.

— Il y avait toujours quelqu'un de plus intelligent ou de plus bête que moi sur lequel il fallait se concentrer. Je passais inaperçue.

— Merde, Lex... commença Midas.

Mais elle l'interrompit.

— Non, ça va. Mon père n'aidait pas en se moquant de moi et en me traitant d'idiote quand je rapportais mon bulletin de notes. Et je ne cherche pas la pitié, mais je me souviens de presque chaque fois que quelqu'un a été gentil avec moi pendant mon enfance, car ça arrivait si rarement. Il y avait cette fille, elle s'appelait Renee et je crois que nous étions en CM1 ensemble. Nous étions en récréation et elle a demandé si je voulais jouer avec elle. C'était la première fois que quelqu'un me le demandait. Nous avons joué sur les balançoires et couru ensemble à la récréation pendant le reste de l'année. J'étais tellement heureuse. L'année suivante, elle était dans une classe différente et elle a trouvé de nouvelles amies, mais je suis encore reconnaissante pour cette année-là. Puis, au collège, un garçon a remarqué que j'étais assise toute seule au déjeuner, sans manger, et il m'a acheté un cookie. Je pourrais continuer, mais... je suis sûre que tu comprends. Quand on est invisible et que quelqu'un vous voie enfin et fait quelque chose de gentil, ça vous marque. Et je ne le dis pas pour que tu te sentes coupable de ta propre enfance, ou de tout ce que tu as pu faire dans le passé. J'essaie juste d'expliquer pourquoi je suis comme je suis. Mais pas très clairement, avoua-t-elle en riant un peu. Pour la plupart des gens, y compris mon propre père, j'étais invisible. Je vois les personnes invisibles, Midas. Ils m'appellent, et je ne peux m'empêcher d'être gentille avec eux. D'essayer de les aider. Cela me donne une telle satisfaction et j'espère que peut-être, juste peut-être, ils se souviendront un jour que quelqu'un a fait quelque chose de gentil pour eux et ils feront pareil. Le monde a besoin de plus de gentillesse et de moins de haine.

— Oui, c'est vrai, acquiesça Midas.

— Et pendant que j'y pense, merci de ne pas avoir piqué une crise quand madame Allen nous a mis ensemble pour ce projet.

— Lex, commença Midas, mais elle l'interrompit encore.

— Non, je suis sérieuse. Je sais que j'étais la dernière personne avec laquelle tu voulais travailler. Tu avais des vues sur Candace et elle était furieuse de ne pas être dans ton groupe. Mais tu m'as quand même souri et tu ne m'as pas donné l'impression d'être un fardeau.

— Tu as travaillé comme une malade sur ce projet, dit Midas. Et tu as eu de très bonnes idées.

Elle haussa les épaules.

— Je suis sûre que tu aurais pu avoir un A avec quelqu'un d'autre. Je n'ai pas beaucoup aidé à rédiger.

— Hé, j'ai été ravi du B que nous avons eu. J'ai apprécié de parler avec toi, Lexie. Je suis juste désolé de ne pas avoir été au courant de ta situation.

— Ne le sois pas. Il était impossible pour toi de le savoir et je n'avais pas l'intention d'en parler et de te faire ressentir de la pitié. De plus, tu représentes un de ces bons souvenirs dont je te parlais tout à l'heure. L'école était horrible pour moi. Mais grâce à toi, je peux me rappeler mon année de terminale et avoir au moins quelques impressions agréables.

Midas ne s'était pas détendu. Au contraire, il semblait encore plus tendu maintenant. Lexie n'avait pas voulu le contrarier.

— Parles-tu toujours à ton père ? demanda-t-il au bout d'un moment.

— Non. Il est mort il y a quelques années. Cirrhose.

— Bien.

Ce simple mot fut dit avec une virulence que Lexie n'avait jamais entendue de la part de Midas.

— Il ne te méritait pas. Je comprends mieux pourquoi tu es comme tu es, et pourquoi tu fais ce que tu fais, maintenant. Aucun père ne devrait dire à son enfant qu'il ou elle est stupide. Tu as dit ne pas avoir été maltraitée, mais tu l'as été, Lex. Je suis désolé que ce soit arrivé, mais tu as eu le dernier mot. J'espère qu'il est mort dans la douleur et la solitude et qu'il te regarde maintenant en regrettant chaque mot dur qu'il t'a dit.

— Midas, protesta Lexie, mais il continua.

— Le fait qu'Astur n'ait pas hésité à t'aider ne me surprend pas du tout. Tu es un rayon de soleil et de bonté dans une vie autrement difficile et sombre. Tu as été là pour elle et ses enfants quand elle a eu le plus besoin de gentillesse. Ne change pas, Lex. Jamais. Le monde a besoin de plus de gens comme toi. Tu compenses les gens comme moi.

Lexie secoua la tête.

— Non, Midas, tu es un homme bon.

Il ricana.

— Tu ne me connais pas.

— D'accord, tu n'as pas tort, mais je ne connais personne qui aurait fait pour moi ce que tu as fait. Tu es resté à mes côtés, tu n'as pas attendu que le médecin me mette cette intraveineuse pour me réhydrater. Tu ne m'as pas quittée quand les choses ont mal tourné, alors que nous savons tous les deux que tu aurais pu aller beaucoup plus vite si je n'avais pas été accrochée à toi. Tu m'as fait confiance quand j'ai dit qu'Astur allait nous aider et tu ne t'es pas plainte et n'as pas hésité à descendre dans ce trou avec moi. Au cas où tu ne l'aurais pas remarqué, ceci aurait été beaucoup plus confortable sans moi.

— Et c'est autre chose qui m'énerve tant pour toi, rétorqua Midas. Le fait que tu ne connais personne qui aurait fait la chose décente pour t'aider me paraît ridicule.

Elle secoua la tête, ne sachant pas trop comment le faire comprendre à Midas.

— Je ne suis pas comme les Candace du monde, lui dit-elle. Les gens ne changent pas de direction pour m'ouvrir les portes, pour m'acheter à déjeuner ou ne font pas d'effort pour apprendre à me connaître. Mais n'aie pas pitié de moi. Ça ne me gêne pas. J'ai appris à apprécier ma propre compagnie. Je peux faire ce que je veux, vivre où je veux et si je veux dépenser mon salaire pour une famille dans le besoin qui vit en bas de la rue, je peux le faire sans m'inquiéter de ce que l'on pourrait penser.

— Je vais le répéter, le monde a besoin de plus de Lexie que de Candace.

Ces mots lui firent du bien. Mais elle avait l'impression qu'il les affirmait à cause de la situation.

— Tu ne me crois pas, dit Midas avec une perspicacité impressionnante.

— Je crois que tu le penses en ce moment, dans cette situation, oui, dit-elle avec diplomatie.

Elle le sentit secouer la tête.

— J'aurais aimé que ton père soit encore en vie. J'aurais aimé lui rendre visite et lui dire comme il a été idiot.

Lexie éclata de rire. Elle ne put s'en empêcher.

— Quoi ?

— Mon père s'en serait moqué. Il ne se souciait pas du tout de ce que les gens pensaient de lui.

— Mes parents t'adoreraient, lui dit Midas.

Lexie sursauta légèrement.

— Quoi ? Non.

— Si, insista-t-il. Ils me disent toujours que je ne souris pas assez. Ils se plaignent que je ne suis pas assez gentil avec les gens. Je veux dire, je ne suis pas un enfoiré, mais je ne fais pas d'efforts pour me lier d'amitié et mon travail m'a rendu cynique, j'ai des difficultés à faire confiance. Toi ? Tu es gentille avec *tout le monde*. Ils t'adoreraient.

Lexie ne sut pas quoi dire. Elle bougea dans les bras de Midas et grimaça quand une goutte de sueur glissa le long de sa tempe. La blouse d'hôpital qu'elle portait était humide à cause de la chaleur et de la sueur, et la douche qu'elle avait prise récemment lui semblait remonter à une éternité.

— Est-ce que ça va ? demanda Midas.

— J'ai juste chaud. Mais c'est mieux que d'avoir pris une balle ou d'avoir été à nouveau enlevée, dit-elle rapidement.

— Tu cherches toujours le côté positif.

— Ça n'aide pas d'être négatif tout le temps, lui dit-elle. Cela donne seulement l'impression que la situation est pire.

— C'est vrai.

— Par exemple, il aurait pu y avoir des bestioles dans ce trou, dit-elle, et elle sentit Midas frissonner.

— Je déteste les insectes, dit-il.

Lexie ne put s'empêcher de rire.

— Le grand méchant SEAL déteste les insectes ?

— Oui. Je préfère les serpents et les alligators, ou même les chauves-souris.

— Les insectes en général ne me gênent pas, avoua Lexie. Ils sont plutôt fascinants. Mais je ne supporte pas les cafards. Ces choses-là m'horripilent.

— Comment vont tes pieds ? demanda Midas au bout d'une minute.

Lexie soupira.

— Quoi ?

— Tu changes de sujet de conversation plus vite que n'importe qui. D'abord, nous parlons des insectes, puis tu me demandes comment vont mes pieds.

— Je vais te donner un aperçu de mon train de pensée. Nous parlions des insectes, ce qui m'a fait penser à tes morsures de puces des sables. Ce qui m'a conduit à penser à l'hôpital et à ton bonheur après ta douche. Et puis je me suis dit que j'aimais beaucoup tes cheveux. Ils donnent l'impression d'être complètement indépendants. Puis je me suis souvenu comme tu as été heureuse de pouvoir enfiler une blouse d'hôpital alors que beaucoup de gens auraient été contrariés de ne pas avoir leurs propres vêtements. Ce qui m'a rappelé la douceur de ta peau quand je t'ai mis l'intraveineuse et enfin, ta peau m'a fait penser à tes pieds sans chaussures quand nous nous sommes échappés de l'hôpital. Je ne peux pas m'asseoir et les examiner moi-même maintenant parce que, eh bien, on ne peut pas bouger ne serait-ce que d'un centimètre dans cette espèce de cercueil, alors j'ai décidé d'au moins te demander comment allaient tes pieds.

— Euh... waouh. D'accord. Ça semble logique. Ils vont bien. Je n'ai pas porté de chaussures depuis longtemps. Je veux dire, j'avais des tongs, mais elles étaient de mauvaise qualité et me faisaient mal aux pieds. Alors je m'en passais la plupart du temps. Le dessous de mes pieds est dur, et franchement, je voulais plus m'éloigner des gens qui posaient des bombes dans un hôpital que m'occuper de mes pieds.

— Effectivement. Je vais y jeter un coup d'œil quand nous sortirons d'ici.

— Quand nous sortirons d'ici, il nous faudra sans doute rejoindre ton équipe. Nous n'aurons pas le temps de nous asseoir et de mettre un pansement sur mes bobos, lui dit-elle.

— Tu admets donc que tu as été blessée. Où ? Qu'est-ce qui te fait mal ? Nous pouvons peut-être arriver à bouger pour...

— Je vais *bien*, Midas, sérieusement. Et nous ne pouvons pas bouger.

Il soupira. Au bout d'un moment, il dit :

— Tu m'as appelé Midas.

S'habituant à ses changements de sujet brutaux et les trouvant secrètement très mignons, Lexie joua le jeu.

— C'est le nom que te donnent tes amis. Tu ne l'aimes pas ?

— Élodie appelle Mustang par son prénom, Scott.

Lexie ne savait pas trop où il voulait en venir.

— Préfères-tu que je t'appelle Pierce ?

Il haussa les épaules.

— Je veux que tu m'appelles comme tu en as envie. Je dois admettre que ce serait bizarre d'entendre mon prénom. Je sais que ça ne trouble pas Mustang, mais les seules personnes qui m'appellent Pierce sont mes parents et mon frère et ma sœur.

— Je sais que les professeurs t'appelaient tous Pierce, mais c'est difficile pour moi de penser à toi avec ce nom-là. Je suppose que c'est parce que je t'ai vu en mode SEAL. Et un SEAL qui s'appelle Pierce, ça ne colle pas.

Il rit.

— Ton prénom n'est pas Lexie, mais c'est celui que tu utilises. Y a-t-il une raison ?

— Ma mère a choisi le prénom Elizabeth. Quand elle est

partie, mon père a décidé qu'il détestait ce prénom et il m'a dit en des termes très clairs qu'il allait m'appeler Lexie et que je devais m'habituer à ce prénom. J'étais trop jeune pour vraiment comprendre ou m'en soucier. Et quand j'ai grandi suffisamment... j'ai été d'accord avec lui. Alors j'ai gardé Lexie.

— C'est un joli prénom. Unique.

Merde. Cet homme était terrible. Elle savait qu'elle interprétait sans doute la situation plus qu'elle ne l'aurait dû, mais ils avaient traversé des moments intenses au cours de la demi-journée passée, ce qui lui donnait l'impression d'être encore plus proche de lui.

— Alors, que se passe-t-il ensuite ? demanda-t-elle.

— Nous attendons, répondit-il immédiatement.

— Non, je veux dire quand nous serons sortis d'ici et que nous aurons rejoint ton équipe pour quitter Galkayo ?

Il secoua la tête.

— Tu recommences avec ta positivité, maugréa-t-il.

— Quoi ? Tu préfères que je reste allongée ici en croyant que quelqu'un viendra nous trouver, te tuer et me traîner dans le désert pour demander une rançon qu'ils n'obtiendront sans doute jamais, alors ils finiront par en avoir assez de me nourrir et de m'apporter de l'eau et ils me vendront à quelqu'un d'autre qui m'utilisera et abusera de moi ou bien ils me tueront directement, laissant mon corps dans le désert qui sera nettoyé par les charognards et les puces des sables ?

— Mon Dieu. Non ! Merde.

— J'ai tendance à être positive, mais ça ne veut pas dire que je ne sais pas être négative, lui dit-elle.

— C'est évident. Alors, d'accord, quand nous quitterons ce trou, que nous aurons rejoint mon équipe et que nous serons sortis d'ici, nous ferons ce que nous avions prévu depuis le début : nous prendrons un hélico jusqu'au navire de la marine. Tu auras de la nourriture, tu seras examinée par un autre médecin, et tout sera organisé afin de te ramener aux États-Unis. Food For All sera contacté et je suppose qu'ils seront ravis que tu ailles bien, et ils feront en sorte de te ramener aux États-Unis afin que tu te remettes de ton épreuve. As-tu un point de chute ?

Lexie soupira. À aucun moment de la description des événements Midas n'avait mentionné le fait de rester en contact. Elle s'y était attendue. Elle représentait un travail pour lui. Mais c'était quand même un peu vexant.

— Pas vraiment. Je veux dire, je suppose que l'Oregon est plus ou moins mon point de chute. Quand j'ai eu mon premier poste à l'étranger, je n'avais pas grand-chose en matière de meubles. J'ai laissé la majorité de mes affaires – tu sais, les vêtements supplémentaires, les livres, les bibelots, ce genre de choses – dans la maison de mon père. Le propriétaire s'est plus ou moins débarrassé de tout après la mort de mon père. Les choses que j'ai laissées là-bas ne m'ont jamais vraiment manqué. J'ai rassemblé quelques affaires au cours des années, mais Food For All emballe tout et déplace mes biens quand je change de lieu, un peu comme dans l'armée quand les soldats doivent se rendre à un poste différent.

Midas hocha la tête.

— Ça paraît logique.

Quand il ne dit rien de plus, Lexie ferma les yeux. Elle ne savait pas ce qu'elle attendait qu'il dise : qu'il voulait qu'elle déménage à Hawaï ? C'était ridicule.

— Penses-tu que je peux fermer les yeux pendant un moment ? demanda-t-elle en faisant de son mieux pour ne pas laisser entendre d'émotion dans sa voix.

— Bien sûr. C'est sans doute une bonne idée. Je ne sais pas combien de temps nous allons passer ici. Il vaut mieux que nous restions discrets jusqu'au coucher du soleil. Ensuite, nous pourrons sortir sous couvert de l'obscurité. Est-ce que ça ira sans manger pendant si longtemps ? Je m'en veux de ne pas avoir pensé à te donner quelque chose à l'hôpital.

— Je vais bien.

Et c'était vrai. À cause du temps qu'elle avait passé dans le désert, elle avait l'habitude des longues périodes sans nourriture. Et l'eau qu'elle avait bue ainsi que les fluides qu'elle avait reçus par intraveineuse avant de devoir s'échapper de l'hôpital allaient suffire à la faire tenir jusqu'à la nuit tombée.

— Alors, dors, dit Midas.

— Je ne suis pas trop lourde contre toi ? Je pourrais sans doute me décaler un peu, proposa-t-elle en espérant un peu qu'il serait d'accord.

Elle avait vraiment besoin de s'écarter de cet homme. Il l'avait émue et elle avait la sensation terrible que ça allait lui briser le cœur quand il allait la laisser sur le navire de la marine.

— Trop lourde ? Aucun risque, Lex. Reste. J'aime t'avoir contre moi.

Merde. Personne ne lui avait jamais donné l'impression d'être aussi en sécurité et importante que lui. Une femme de trente-trois ans pouvait-elle avoir un béguin ?

Oui, décida-t-elle. Tout à fait.

Sans un mot de plus, Lexie ferma les yeux. Midas avait une odeur de sueur et de graisse pour les armes et de cuir, mais bizarrement, ça ne la gênait pas. Sans doute parce qu'elle savait qu'elle transpirait aussi et qu'elle n'était pas très fraîche en ce moment. Elle préférait de loin l'odeur de Midas à celle de quelqu'un qui portait trop d'eau de Cologne et qui sentait le parfum industriel.

— Midas ? chuchota-t-elle.

— Oui ?

— Merci d'être venu me chercher.

Elle aurait pu jurer l'avoir senti déposer un baiser sur son crâne, mais elle se dit qu'elle imaginait des choses.

— Merci d'être la femme forte et positive que tu es. Ceci aurait vraiment été horrible si tu n'avais fait rien d'autre que râler et te plaindre de l'hébergement.

Lexie sourit, même si elle avait des difficultés à rester positive, tout d'un coup.

Elle allait se sentir mieux en se réveillant. Quand elle était fatiguée, les pensées négatives semblaient s'infiltrer un peu plus facilement dans son cerveau. À la nuit tombée, elle allait mieux gérer ses émotions.

De plus, dormir lui donnait un peu de répit pour ne pas ressentir encore plus de choses pour l'homme sous son corps.

Avant de succomber au sommeil, elle sentit les doigts de Midas caresser doucement son bras.

CHAPITRE SIX

Midas fixa les planches à quelques centimètres de sa tête. Il ne savait pas combien de temps Lexie était restée endormie contre lui, mais il se dit que c'était plusieurs heures.

Il n'arrivait pas à dormir. Il était trop vigilant par rapport aux mouvements au-dessus d'eux. Des gens allaient et venaient par la porte de derrière à quelques centimètres de leur cachette et il gardait la main droite sur le fusil à ses côtés.

Il ne savait pas du tout ce que faisait son équipe, mais il supposa qu'ils avaient trouvé refuge quelque part en attendant que le soleil tombe au-dessous de l'horizon, comme lui. Il ne craignait pas qu'ils partent sans lui. Un SEAL n'abandonnait jamais un autre SEAL. Ils allaient attendre aussi longtemps qu'il lui fallait pour sortir de sa cachette.

Midas se demanda aussi ce qui était arrivé à l'hôpital. Il espérait que Dagmar avait pu être exfiltré sans complications.

Comme c'était arrivé presque toute la journée, ses pensées revinrent vers la femme qui était presque allongée sur lui. Il avait eu raison en pensant que cette mission n'était pas comme les autres. Non seulement c'était la première dans laquelle il connaissait personnellement l'un des otages... mais il ressentait des choses pour Lexie qu'il n'avait encore jamais ressenties pour quelqu'un qu'il avait sauvé avant.

Il avait détesté apprendre son enfance difficile. Il ne comprenait pas comment elle pouvait être si bonne, si gentille, après avoir été traitée comme elle l'avait été. Mais c'était le cas. La façon dont Astur l'avait saluée était la preuve que ce n'était pas non plus exagéré. Elle avait sauvé la vie de cette femme et sans doute celles de ses enfants aussi, en les accueillant sans rien demander en retour. Et il était évident qu'Astur était reconnaissante.

Il n'avait jamais rencontré personne d'aussi altruiste que Lexie. Elle s'inquiétait pour les autres avant de penser à elle-même.

Une part de lui voulait la secouer et lui dire qu'elle devait prendre soin d'elle d'abord, mais il pensait que s'il le faisait, elle allait se contenter de lui sourire, de lui tapoter la main et de lui dire qu'elle allait bien.

Il n'avait jamais rencontré une femme comme elle. Et il avait terriblement envie de la connaître encore mieux. Il voulait découvrir tous ses secrets. Tout ce qu'elle aimait et détestait. Les endroits où elle avait aimé travailler. Ses espoirs et ses rêves.

Quand elle avait demandé ce qui allait se passer ensuite, il avait tout décrit avec le moins d'émotion possible : mais ce qu'il ne lui avait pas dit, c'était à quel point il voulait rester en contact avec elle.

Rien dans sa situation n'avait changé. Il allait devoir retourner à Hawaï et son travail avec la Navy allait continuer. Il n'était pas fan des relations à longue distance, mais il avait très envie de savoir quels étaient les projets de Lexie.

Même s'il ne l'avait pas mentionné plus tôt, il avait l'intention de rester impliqué dans sa vie, si elle l'acceptait. Il voulait lui parler au téléphone, par mail, ou même lui écrire une foutue lettre manuscrite si nécessaire. Elle avait vraiment éveillé son intérêt et il n'était pas prêt à la laisser partir comme s'ils ne venaient pas de vivre certaines des heures les plus intenses de leurs vies ensemble.

Lexie bougea contre lui et Midas attendit de voir si elle allait se réveiller entièrement cette fois, ou si elle allait se rendormir comme elle l'avait fait plusieurs fois auparavant. Midas n'était pas du genre à aimer rester assis à ne rien faire. Il avait toujours été du matin, pressé de se lever et de commencer sa journée. Il ne regardait pas beaucoup la télévision et si on lui donnait le choix, il préférait aller marcher, ou courir, ou nager plutôt que de traîner à ne rien faire.

Étonnamment, il était pourtant parfaitement satisfait de rester allongé là et de tenir Lexie pendant qu'elle dormait. Oui, il n'avait pas d'autre choix à ce moment-là, mais il se disait que faire une grasse matinée le dimanche avec elle à la maison devait être tout aussi incroyable.

Cela aurait dû le faire paniquer. À la place, il se sentit triste... parce qu'il était à peu près certain que ça n'arriverait jamais. Il ne voyait pas comment il pouvait passer de cette cachette avec Lexie dans un trou sous un magasin somalien à son lit confortable à Oahu avec elle dans ses bras.

— Mince, chuchota Lexie en se réveillant.

— Quoi ? demanda Midas, alarmé, son esprit se préparant déjà à sortir de ce trou et à lui trouver de l'aide pour ce qui n'allait pas.

— J'avais espéré que ce n'était qu'un rêve, dit-elle.

Midas se détendit légèrement.

— Si ça peut te consoler, les choses sont assez calmes depuis un moment, maintenant. Dans une heure environ, je pense que nous pourrons sortir d'ici et aller chercher mon équipe.

Elle hocha la tête.

— Je n'avais pas prévu de dormir si longtemps.

— Tu en avais besoin.

— As-tu pu dormir ? demanda-t-elle.

— Je me suis reposé.

Il n'allait certainement pas baisser la garde pour dormir. Pas alors que Lexie risquait d'être blessée ou à nouveau enlevée. Elle était sa mission... mais elle était aussi bien plus que cela. C'était personnel pour lui, désormais.

Lexie bougea encore contre lui. Il n'y avait pas assez d'espace pour qu'elle puisse manœuvrer davantage.

— Ça va ? demanda-t-il.

— Je suis un peu raide.

Midas la sentit fléchir ses pieds l'un après l'autre, ce qui lui fit penser une fois de plus à son absence de chaussures. Le fait qu'elle soit pieds nus le gênait de façon viscérale. Il aurait dû mieux prendre soin d'elle. L'idée qu'elle soit obligée de marcher dans Galkayo sans chaussures le répugnait.

— Quoi ? demanda Lexie.

Midas sursauta de surprise.

— Comment ça, *quoi* ?

— Tu es devenu tendu. Qu'est-ce qui ne va pas ?

Midas ne fut pas surpris qu'elle soit sur la même longueur d'onde. Ils étaient allongés comme des amants, alors il était difficile de cacher toute réaction physique.

— Je pensais seulement à ton absence de chaussures, avoua-t-il. Je me sens très mal pour ça.

— Pourquoi ? Ce n'est pas comme si tu avais eu le temps de m'en trouver. Et nous ne nous attendions pas à devoir passer par la fenêtre comme nous l'avons fait. De plus, être pieds nus est quelque chose que les habitants d'ici ont tous vécu à un moment de leur vie.

— C'est vrai. Mais je suis responsable de toi. J'aurais dû anticiper ce qui pouvait tourner mal. J'ai été trop laxiste.

— Tu n'es *pas* responsable de moi, rétorqua Lexie avec virulence. Je veux dire, d'accord, bien sûr, aux yeux du gouvernement ta responsabilité est de me conduire au navire. Mais je suis une adulte, Midas. Je suis parfaitement capable de prendre mes propres décisions dans la vie. Et je doute que tu disposes d'une capacité de médium pour savoir ce que tout le monde autour de nous va faire à chaque seconde de la journée. Je suis très reconnaissante que ton équipe et toi vous m'ayez libérée avec Dagmar, mais ça ne veut pas dire que je suis une demoiselle en détresse sans cervelle. Si je commençais à crier maintenant et que je rameutais tous les méchants, serais-tu responsable de ce qui m'arrive ensuite ? Ou si j'insistais pour m'arrêter et faire les courses en venant ici, aurais-tu été responsable des conséquences ? Les problèmes, ça arrive, Midas. Nous pouvons soit les gérer au fur et à mesure, ou alors paniquer et piquer une crise. Je n'ai pas eu le luxe de pouvoir piquer une crise dans ma vie. J'ai dû m'essuyer les mains et me relever. Et je n'ai pas l'intention de m'arrêter maintenant. Sauf si tu me dis que tu es une espèce de voyant et que tu sais ce qui arrivera à l'avenir, tu dois arrêter de t'en vouloir pour des choses que tu ne peux pas contrôler.

Mon Dieu. Elle était sublime.

Elle était sensée et passionnée, et à des lustres de la diva pourrie gâtée. Il n'était pas vexé par son coup de gueule. Oui, son argumentation était un peu exagérée et il n'avait pas cru que sa remarque allait la déclencher ainsi. En tout cas, ça ne le repoussa pas du tout. Il aimait qu'elle n'ait pas peur de donner son avis.

Midas n'avait jamais vraiment réfléchi au genre de femme qu'il voulait sur le long terme… mais c'était ça. C'était elle. Il voulait une partenaire forte et pragmatique, une compagne qui pouvait continuer à fonctionner quand il était envoyé en mission.

Apparemment, il ne répondit pas assez vite pour elle, car elle demanda :

— Es-tu fâché contre moi ? Je suis désolée. Maintenant que j'ai réfléchi deux secondes à ce que tu as dit, je me rends compte que j'ai un peu exagéré. Je peux aussi avouer que je ne sais pas ce que je ferais si tu n'étais pas là. Je ne saurais pas quoi faire ensuite… en dehors de retourner au bâtiment de Food For All, ce qui n'est sans doute pas une très bonne idée pour moi maintenant. Je ne dis pas que je n'ai pas peur, parce que ce serait faux. Mais si je laisse mes peurs me submerger, les choses pourraient encore empirer.

— Je ne suis pas fâché et je suis d'accord. Depuis le moment où j'ai vu ton nom sur les dossiers et que j'ai compris que je te connaissais, cette mission a cessé d'être comme les autres pour moi. J'apprécie et j'admire ta façon de te conduire jusqu'ici, Lex. Tu as été incroyable. C'est juste que... je n'aime pas l'idée de te voir dans une position désavantageuse. Je pourrais te porter s'il le fallait, mais ce serait alors plus difficile pour moi de nous protéger tous les deux. Le fait que tu ne portes rien aux pieds signifie que tu pourrais être blessée et je ne peux rien y faire. C'est ça qui m'ennuie dans le fait que tu sois pieds nus. Cela te rend plus vulnérable. C'est tout.

Il sentit Lexie inspirer profondément avant de hocher la tête contre lui.

— Je suis désolée. Je suis toujours grincheuse quand je me réveille. Sais-tu ce qui me manque le plus ?

— Quoi ?

— Le café. La bonne sorte. La sorte qui est beaucoup trop sucrée et qui n'a même pas vraiment le goût du café. La sorte qui réveille vos papilles dès la première gorgée. Cette gorgée-là, c'est le paradis.

Midas rit doucement.

— J'aime le café noir.

— Bah, c'est dégoûtant.

Son sourire s'élargit. Puis il redevint sérieux.

— Quels sont tes projets quand nous t'aurons mise en sécurité ? ne put-il s'empêcher de demander.

Il savait que sa façon de changer de sujet de conversation irritait les gens. Ils venaient de parler de café et il ramenait soudain la conversation dans une direction plus sérieuse. Mais c'était parce qu'il l'imaginait assise chez lui sur sa terrasse derrière la maison à regarder le lever du soleil, buvant une tasse de café bien trop sucré en souriant.

Il savait que les chances que cela arrive étaient pratiquement inexistantes. Il ne pouvait s'empêcher de se demander où elle allait après la Somalie. Allait-elle retourner aux États-Unis ? Immédiatement accepter un autre poste ? Si elle prenait des congés, elle ne semblait pas avoir de famille ou d'amis proches avec lesquels elle pouvait traîner jusqu'à être prête à reprendre le travail.

Mais au lieu de lui demander comment il était passé du café à son avenir, il la sentit hausser les épaules contre lui.

— Je ne sais pas.

Cette courte réponse ne le rassura pas.

— Je dois parler à mon responsable à Food For All et voir quelles sont les possibilités. Si ça se trouve, je n'ai plus de travail.

— C'est n'importe quoi, dit Midas avec colère. Ce n'est pas comme si tu te baladais en ville en cherchant des problèmes quand tu as été enlevée. Tu étais avec un de leurs chefs et devant leur bâtiment. Si tu n'as plus de travail, tu devrais les attaquer en justice.

Lexie lui tapota le ventre comme pour essayer de le calmer.

— Je disais juste que c'était une possibilité. Je ne pense pas réellement qu'ils vont me renvoyer parce que j'ai été enlevée.

— Ils n'ont pas intérêt, grogna Midas.

— Le fait est que j'aime mon travail, dit Lexie. J'aime aider les autres à se remettre sur pied. C'est satisfaisant de voir les hommes, les femmes et les familles avec lesquels je travaille parvenir à se débrouiller. À ne plus avoir besoin de Food For All. J'aimerais continuer ce que je fais... mais je pense être prête à choisir mes postes en faisant un peu plus attention.

Midas ferma les yeux de soulagement.

— Bien, dit-il.

Il sentit plus qu'il ne la vit le regarder.

— Tu vas retourner à Hawaï, hein ?

— Oui, dit Midas en ouvrant les yeux et en voyant les mêmes foutues planches au-dessus de son visage qu'il fixait depuis des heures. Il rentra le menton et regarda Lexie. Ses cheveux étaient emmêlés autour de son visage et il sentait quelques mèches toucher sa barbe naissante.

— Food For All n'aurait pas d'antenne à Honolulu, par hasard ?

La question lui était venue sans réfléchir et il souhaita désespérément apercevoir le regard de Lexie.

— Je ne sais pas. Mais je le pense. Ils sont dans beaucoup de grandes villes des États-Unis. New York, Chicago, Détroit, Orlando, Houston, Los Angeles... je suppose qu'Hawaï a son lot de familles affamées et sans domicile.

— C'est le cas, confirma Midas.

Ils se regardèrent en silence. Midas avait envie de lui dire combien il aurait aimé qu'elle vienne à Hawaï, mais il ne savait pas comment elle allait le prendre. Oui, ils s'étaient connus dans ce qui semblait maintenant être une autre vie, mais ils étaient très différents depuis le lycée. Et Lexie était satisfaite de son travail. Et elle était douée. Elle pouvait aider les gens dans le besoin à Hawaï, mais voulait-elle s'installer dans un seul endroit après avoir vécu et travaillé dans autant de lieux exotiques ?

Il voulut lui poser la question, mais à la place, il déposa doucement un baiser sur son front. Il laissa ses lèvres traîner sur sa peau, ayant envie de plus, mais ne voulant pas profiter de la situation.

Il sentit la main de Lexie bouger sur son estomac. Elle monta le long de son torse, frôlant sa veste en kevlar et les différents outils qui y étaient attachés, et puis elle posa les doigts sur sa joue.

— Lex ? chuchota-t-il.

Elle ne répondit pas verbalement, mais il la sentit bouger contre lui. Elle leva le menton et leurs bouches ne se trouvèrent qu'à quelques centimètres de distance.

Mon Dieu. Il avait envie de l'embrasser. Il en avait plus

envie que tout ce qu'il avait pu vouloir dans sa vie. C'était comme si son âme lui criait de la goûter. De la faire sienne.

C'était insensé. Ils étaient toujours en danger. Il était un SEAL qui vivait à Hawaï et elle était une otage qu'il avait sauvée.

Mais elle était aussi bien plus que cela.

Lexie humecta ses lèvres puis rapprocha sa tête.

Leurs lèvres se frôlèrent légèrement. Une fois. Deux fois.

Midas grogna. Il détestait ne pas avoir plus de place. Il détestait ne pas pouvoir la toucher comme il voulait. Avec la main toujours sur son visage, Midas lécha la lèvre inférieure de Lexie, lui demandant la permission d'entrer.

Elle la lui accorda immédiatement, mais au lieu d'attendre qu'il fasse le premier pas, elle poussa sa langue dans sa bouche.

Midas sourit en embrassant Lexie à son tour.

Elle embrassait comme elle faisait tout le reste... avec enthousiasme et au diable les conséquences. Leur baiser fut plus émouvant que passionné, mais il n'en fut pas moins un tournant dans la vie de Midas

Au bout d'une minute environ du meilleur baiser plein d'émotion qu'il ait eue dans sa vie, il sentit Lexie s'écarter. Elle le fixa en caressant sa joue avec le pouce. Il ne savait pas si elle avait conscience de le faire.

Midas avait lui aussi terriblement envie de la toucher. De poser la main derrière sa tête, de mêler ses doigts à ses cheveux indomptables et de la dévorer. Mais il ne put que soutenir son regard et faire en sorte qu'elle sache combien il l'admirait et souhaitait garder le contact avec elle.

Il inspira pour le dire, lorsque la porte de derrière s'ouvrit et quelqu'un entra dans le magasin.

Soudain, l'atmosphère changea. La main de Midas se serra sur son fusil et toute son attention se reporta sur les bruits de pas au-dessus : au lieu de continuer vers le magasin, ils s'arrêtèrent. Ils entendirent gratter sur le bois et Midas se raidit davantage.

Il se sentit encore plus protecteur envers la femme qui était dans ses bras, maintenant. Personne n'allait la lui prendre. C'était hors de question.

Une des planches au-dessus d'eux bougea légèrement, puis la personne qui l'avait déplacée fit un pas en arrière.

— C'est bon. En sécurité, dit une voix grave au-dessus.

Midas ne bougea pas. Et quand Lexie se déplaça contre lui comme pour repousser les planches, il secoua vivement la tête. Elle retomba contre lui.

— Lexie ? C'est Shermake.

— Shermake ? demanda-t-elle d'une voix assez forte pour que la personne l'entende.

Midas pinça les lèvres de frustration. Il se souvenait que Shermake était le nom du fils aîné d'Astur, mais il n'avait aucun moyen de savoir si c'était vraiment lui au-dessus d'eux. Et s'il était de leur côté ou de celui des ravisseurs.

Il n'avait pas le choix maintenant, l'homme dans le magasin savait manifestement qu'ils étaient là, alors il devait agir.

D'un mouvement rapide, il bondit hors du trou. Il savait qu'il avait bousculé Lexie trop violemment, mais il ne pouvait pas faire autrement. Il préférait qu'elle ait des bleus plutôt qu'elle soit morte.

Les planches au-dessus d'eux volèrent hors de son chemin quand il sortit du petit espace sous le plancher. Les muscles de Midas protestèrent après être restés si longtemps dans la même position, mais il ignora cette douleur insignifiante. Il pointa son fusil sur le jeune homme.

Shermake leva immédiatement les mains pour montrer qu'il n'était pas armé.

En regardant autour de lui, Midas vit qu'il était venu seul dans le magasin, mais ça ne voulait pas dire qu'il n'y en avait pas d'autres à l'extérieur, attendant de leur tendre une embuscade.

— Ami ! dit vite le garçon.

Midas sentit plus qu'il ne vit Lexie s'agenouiller à ses pieds et il dit :

— Reste en bas, Lex.

— Shermake ? demanda-t-elle encore en ne tenant pas compte de son avertissement.

Puis elle se leva complètement et s'assit sur le bord du trou.

— C'est moi, dit le jeune garçon avec un petit sourire pour Lexie.

Elle tira sur le pantalon de Midas.

— Ça va, Midas. Je le connais. C'est le fils d'Astur. Tout va bien.

Midas ne pouvait pas en être complètement certain, mais il baissa son arme afin de ne plus viser directement le gamin.

— Ne fais pas... dit Midas, mais trop tard.

Lexie était déjà sortie du trou dans lequel ils avaient passé des heures, et elle avança vers Shermake. Ils s'embrassèrent comme des amis qui s'étaient perdus de vue depuis longtemps, séparés depuis des années.

— Tu es devenu tellement grand ! s'exclama Lexie avec un petit rire.

— Et toi, petite, rétorqua Shermake.

Midas calcula et comprit que le gamin devant lui était davantage un homme qu'un petit garçon. Il avait sans doute autour de dix-sept ans maintenant, et ici, cela signifiait qu'il avait beaucoup plus de responsabilités qu'un gamin du même âge aux États-Unis. Il faisait quelques centimètres de plus que Lexie et il allait sans doute dépasser le mètre quatre-vingt à la fin de sa croissance. Il portait un tee-shirt noir, un short marron qui tombait jusqu'à ses genoux, et une vieille paire de tennis. Ses cheveux étaient courts... et il regardait Lexie comme s'il vénérait le sol sur lequel elle marchait.

Grâce à ce regard, Midas se détendit un peu. Il ne vit rien d'autre que de l'inquiétude pour elle dans le regard du jeune homme.

— Que fais-tu ici ? demanda Lexie.

Shermake la regarda comme si elle était folle.

— Je t'aide. Mère a dit que tu étais ici. J'ai dû attendre la nuit. Je suis heureux que tu vas bien. Pardon que mon peuple t'a volée.

— Ce n'était pas de ta faute. Ton anglais est vraiment devenu bon, le complimenta Lexie.

— J'ai entraîné, dit Shermake. Viens, on y va. Je sais où sont soldats américains et Danemark.

— Et Dagmar ? demanda Lexie. L'homme qui a été enlevé avec moi ?

Shermake secoua la tête.

— Je ne sais pas.

— Attends, intervint Midas, pas encore prêt à faire entièrement confiance à ce jeune homme. Je suis désolé, mais je ne te connais pas. Comment savoir si nous pouvons te faire confiance ?

— Midas, protesta Lexie.

Il ne détourna pas le regard de celui de Shermake.

— Toi fais confiance, dit-il. Je connais les hommes qui cherchent Lexie. Pas bien. Paresseux. Ne veulent pas travailler pour l'argent. Abshir Farah. Il était dans le désert. Pas tué. Il est revenu ici raconter l'histoire du combat du désert et demander aux amis de prendre Lexie encore. Veulent de l'argent. Je peux vous ramener à vos amis. Faites confiance.

Midas pinça les lèvres. Il était toujours possible qu'ils n'aient pas tué tous les ravisseurs, mais il était surpris par la rapidité avec laquelle cet Abshir était revenu à Galkayo et avait rassemblé des troupes. Son équipe et lui avaient fait une erreur en revenant. Ils auraient dû se rendre directement au navire. Mais le Corps Jaeger les avait convaincus d'accepter le plan de Magnus. L'argent faisait la loi et il était évident que la famille Brander avait un pouvoir sérieux pour influencer les forces spéciales comme l'avait fait Magnus.

— Je jure sur la vie de ma famille. Lexie est en sécurité avec moi, dit Shermake d'un ton calme et sincère.

Midas finit par hocher la tête. Il n'avait toujours pas confiance à cent pour cent, mais il était préférable d'avoir un guide dans les rues de Galkayo. Particulièrement s'il savait où était cachée son équipe.

Il tendit une main vers Lexie et quelque chose en lui s'apaisa quand elle s'approcha immédiatement de lui.

— Reste près de moi en toutes circonstances, ordonna-t-il. Si je vais trop vite, dis-le-moi. Si tu as mal, dis-le-moi afin que je puisse t'aider.

— D'accord, Midas. Promis.

— Je suis sérieux. Nous ne savons pas du tout à qui ou à quoi nous attendre de l'autre côté de cette porte. Mon objectif a toujours été de te faire sortir d'ici en sécurité. Peu importe que nous ne soyons plus dans le désert, mon but reste le même.

— Je comprends, dit-elle solennellement.

Midas ne put s'empêcher d'ajouter :

— Et après ça – il indiqua le trou dans le plancher avec sa tête –, je suis encore plus déterminé à m'assurer que tu sortes d'ici sans une égratignure.

Lexie se lécha les lèvres comme si elle se souvenait de ce qui était arrivé juste avant que Shermake les interrompe. Elle hocha la tête.

Midas tendit la main et fit passer une mèche de cheveux derrière son oreille. Ils étaient collés contre sa tête d'un côté, le côté qui avait été appuyé contre lui. Il voyait des traces de sueur dans son cou et sous ses bras. Elle n'était pas présentable... et il n'avait encore jamais été aussi attiré par une femme de sa vie.

Un bruit derrière eux attira l'attention de Midas et il regarda par-dessus l'épaule de Lexie pour voir Shermake assis sur le sol en train de détacher ses chaussures.

Il les retira et tendit les tennis à Lexie.

— Tu mets aux pieds.

Lexie sembla perplexe.

— Quoi ?

— Tes pieds. Tu mets, répéta Shermake.

— Il te donne ses chaussures, expliqua Midas.

Lexie secoua la tête et fit un pas en arrière, se cognant contre Midas.

— Non, je ne vais pas prendre tes chaussures, dit-elle avec entêtement.

— Oui. Prends, dit Shermake, tout aussi têtu.

Midas prit les chaussures et hocha la tête vers le jeune homme.

— Mets-les, Lex.

— Non. Midas, tu ne comprends pas. Quand je l'ai rencontré il y a des mois, il n'avait pas une seule paire de chaussures. Il était pieds nus, tout comme son frère et sa sœur. Je n'accepterai pas ses chaussures. Je ne peux pas.

— Si, insista Midas en s'agenouillant à ses pieds avec une des tennis.

— Je trouverai une autre paire. Grand carton de chaussures de France. Beaucoup de chaussures pour tous. J'en trouve d'autres. Tu as besoin. Mes pieds sont durs. La rue me gêne pas. Tu as *besoin*.

— Merde, souffla Lexie. Il sera vexé si je ne les prends pas.

— Exactement. Maintenant, viens, je ne sais pas pour toi, mais je suis prête à sortir d'ici, lui dit Midas.

Il était ému que le garçon ait proposé ses chaussures à Lexie. Cela allait faire disparaître un de ses nombreux soucis pendant leur trajet dans les rues de la ville. Il se sentait beaucoup mieux de ne pas avoir à s'inquiéter sur le fait que Lexie marche sur du verre et se blesse. Il espérait simplement que ça n'arrive pas à Shermake à la place.

Elle posa une main sur son épaule pour garder l'équilibre en soulevant un pied. Midas glissa la chaussure sur elle et la serra autant que possible. Quand la deuxième tennis fut mise, elle se tourna vers le jeune homme. Elle le prit encore dans ses bras.

— Merci beaucoup.

— Ça te va ?

Midas savait que non. Les chaussures étaient bien trop grandes, mais elle lui sourit et hocha quand même la tête.

— Elles sont parfaites, lui dit-elle.

— Nous pas besoin chaussures, lui dit l'adolescent. Besoin d'éducation. Apprenez-nous à faire des chaussures et pas besoin de charité. Apprenez-nous à faire des habits et nous pas besoin d'habits américains d'occasion. Apprenez-nous à faire électricité, faire mathématiques, faire durer l'eau, et le peuple somalien deviendra fort.

Lexie lui serra le bras.

— Je sais.

— Pas besoin de prendre l'argent des autres, nous pouvons le faire pour nous-mêmes, ajouta Shermake.

Midas hocha la tête. Il comprenait. Quel était le proverbe, déjà ? Donnez un poisson à un homme et il peut nourrir sa famille. Apprenez-lui à pécher et il peut nourrir un village.

Shermake secoua la tête comme pour s'éclaircir les idées, puis il s'agenouilla près du trou dans lequel Midas et Lexie s'étaient cachés toute la journée et il replaça les planches pour dissimuler l'endroit.

— On part maintenant, dit-il.

Midas prit la main de Lexie et la reposa une fois de plus sur la taille de son pantalon.

— Fais attention, lui dit-il en regardant ses pieds. Ne trébuche pas.

— Ça n'arrivera pas, dit-elle.

Puis ils se faufilèrent tous les trois par la porte donnant sur la ruelle derrière le magasin. Il ne faisait pas aussi sombre que Midas l'aurait voulu, mais le soleil était bien sous l'horizon. Dans environ trente minutes, il allait faire nuit noire et avec un peu de chance, Lexie et lui seraient alors de retour auprès de son équipe.

Shermake avança d'un pas assuré dans la ruelle et Midas le suivit avec plus de prudence. Il était à quatre-vingt-dix pour cent sûr que l'adolescent ne les trahirait pas, mais il n'avait pas l'intention de risquer la vie de Lexie en baissant sa garde.

Ils sortirent d'une rue et s'engouffrèrent immédiatement dans une autre ruelle. Puis une autre. Et ainsi de suite. Shermake resta dans les allées étroites de la ville, caché dans les ombres. Il n'hésitait pas quand il décidait de tourner à gauche ou à droite, et Midas fut rapidement perdu. Ils traversèrent quelques quartiers louches, mais le peu de gens qui les virent ne regardèrent même pas dans leur direction.

Au bout de vingt minutes, ils étaient arrivés dans une partie de la ville plus prospère que celle qu'ils avaient quittée. Shermake s'accroupit dans encore une autre ruelle et Midas fit de même, toujours conscient de Lexie à ses côtés.

— Vous allez seuls, maintenant, dit Shermake. Traversez la route ici, à droite jusqu'à la maison marron, puis gauche et vous verrez soldats.

Midas hocha la tête.

— Merci.

— C'est pour Lexie.

— Je sais.

Midas n'était pas du tout offensé. Lexie avait une façon d'obtenir la loyauté de toutes les personnes qui l'entouraient.

— Je ne t'oublierai jamais, dit Lexie en contournant Midas pour serrer une dernière fois Shermake dans ses bras.

Ils se levèrent tous au moment où ce dernier déclara :

— Je ne t'oublie jamais, aussi.

Lexie s'écarta et garda les mains sur les épaules de l'adolescent.

— Continue à étudier. Ton anglais est bon, mais il peut être mieux.

Elle lui sourit pour lui faire savoir qu'elle le taquinait.

— Tu vas faire de grandes choses, Shermake. Je le sais. Dis à Hodan et Cumar que je suis désolée de les avoir ratés. Prends soin de ta mère.

— Promis. Allez maintenant. Fais attention.

Lexie hocha la tête.

Midas passa la main dans une des poches de sa veste et en sortit quelques shillings somaliens. Son équipe et lui faisaient en sorte de toujours porter un peu de monnaie locale sur eux, au cas où. Cela avait servi plus d'une fois au cours des missions passées.

Le taux de change des shillings vers les dollars était ridicule, au point que Midas n'était pas trop surpris que les ravisseurs de Lexie et Dagmar veuillent si désespérément les récupérer. Mille shillings valaient moins que deux dollars américains. La plus grande valeur de shilling était mille, et il en sortit vingt, tout ce qu'il avait sur lui, avant de les tendre à Shermake.

Celui-ci écarquilla les yeux et fit un pas en arrière en secouant la tête.

— Prends-les, lui dit Midas. J'aurais aimé que ce soit plus, mais c'est tout ce que j'ai sur moi.

— Pas aidé pour argent, dit l'adolescent avec entêtement.

— Je sais, précisa Midas. Mais s'il te plaît, laisse-moi t'aider. Je te suis redevable et je ferai ce que je peux pour t'aider ainsi que ta famille à l'avenir, mais pour l'instant, ça me ferait plaisir que tu acceptes ceci.

Cela représentait moins de quarante dollars, mais il avait l'impression que pour Shermake et sa famille, c'était une fortune. Le taux de pauvreté dans le pays était estimé à soixante-neuf pour cent, ce qui signifiait que de nombreuses personnes gagnaient moins de deux dollars par jour.

Midas ne savait pas comment il allait pouvoir tenir sa promesse d'aider la famille de Shermake, mais il allait le découvrir. Il ne pourrait jamais entièrement dédommager Astur et Shermake de ce qu'ils avaient fait pour Lexie. Et lui-même par extension.

Le garçon hocha enfin la tête et accepta l'argent qu'il fourra dans une poche de son pantalon. Puis il tourna les talons sans un mot de plus et repartit d'où il était venu.

— Merde, maintenant je pleure, dit Lexie en reniflant.

Midas voulut la réconforter, mais il devait la conduire en sécurité.

— Pleure en marchant, dit-il doucement.

— Tu es un homme bien, Pierce Cagle, dit-elle en attrapant une fois de plus la taille de son pantalon.

— Juste un homme reconnaissant. Il aurait pu nous conduire tout droit vers les gens qui te cherchaient.

— Il n'aurait pas fait ça. Il a vu les difficultés de sa famille et il déteste ne pas pouvoir les aider davantage. C'est un bon gamin.

— Même les bons gamins peuvent perdre leur chemin à l'idée de gagner beaucoup d'argent, dit Midas.

— Je sais.

Elle ne rajouta rien d'autre et Midas n'insista pas. Ils marchèrent jusqu'au bout de la ruelle et quand Midas scruta la rue, celle-ci était vide. Il s'empressa de suivre les instructions de Shermake et au bout de cinq minutes, il aperçut ce qu'il avait vu de mieux depuis des heures.

Cinq silhouettes sortirent de l'ombre. Des silhouettes que Midas reconnaissait.

— Il était temps que tu décides de nous rejoindre, plaisanta Aleck.

— Merde, Midas, tu as fait la sieste quelque part, ou quoi ? demanda Pid.

— Putain de radios, il nous faut jeter celles-là et en trouver de nouvelles, se plaignit Slate.

— Ça va, vous deux ? demanda Mustang.

— Bon sang, que lui as-tu fait, Midas ? On dirait qu'elle est passée dans l'essoreuse, dit Slate.

— Tu devrais voir l'autre type, plaisanta Lexie.

Tout le monde rit et la tension dans l'atmosphère baissa considérablement.

Midas fut soulagé qu'elle ne soit pas offensée par le commentaire de Slate. Jusqu'ici, elle avait pris les choses comme elles venaient et c'était vraiment incroyable. Mais Lexie avait beau tenir le coup, elle allait certainement craquer à un moment donné. Elle avait traversé un enfer et même si elle s'en sortait remarquablement bien, il avait l'impression qu'elle allait s'effondrer si elle avait un moment de solitude pour réfléchir à tout ce qui était arrivé.

— On dégage d'ici ? Où avez-vous casé Dagmar et le Jaeger Corps ? Allons les chercher et sortons d'ici, dit Midas.

Un silence tomba... et Midas jura intérieurement.

— Quoi ? Sont-ils déjà partis ? demanda Lexie en regardant tout le monde, perplexe.

Pour la première fois depuis qu'ils avaient quitté l'hôpital, Midas enfila la sangle de son arme autour de son bras et de sa tête, posant le fusil dans son dos. Il n'avait pas besoin de la garder prête à tirer, car son équipe allait protéger à la fois Lexie et lui.

Il posa le bras autour de Lexie et la serra contre lui pendant que Mustang lui annonçait la nouvelle.

— Il ne s'en est pas sorti. Je suis vraiment désolé, Lexie.

— Quoi ? chuchota-t-elle, choquée.

— Quand les explosifs se sont déclenchés à l'hôpital, il a eu une grosse crise cardiaque. Il n'a pas survécu.

— Non, souffla-t-elle en secouant la tête. Il allait bien. Je veux dire, je savais qu'il était malade, mais il parlait. Il allait bien.

— Il a eu une attaque dans le désert, comme tu l'as deviné. Son cœur était trop faible pour supporter plus de stress. Quand les ravisseurs ont découvert qu'il était mort et que tu avais filé entre leurs doigts, ils sont partis à ta poursuite. Les Jaeger Corps sont partis il y a quelques heures avec sa dépouille. Ils se dirigent vers l'Italie, puis le Danemark, expliqua Mustang.

Le menton de Lexie tomba et elle poussa un long soupir. Elle resta ainsi, les bras ballants, pendant que Midas la serrait contre lui.

— Lex ? demanda-t-il.

— Je vais bien, dit-elle doucement. Je ne peux pas imaginer ce que pensera son frère. Je suppose qu'ils étaient très proches. C'est nul qu'il ait été sauvé pour mourir juste avant de rentrer chez lui.

— Je suis certain que Magnus Brander appréciera tes condoléances quand nous t'aurons déposée dans un endroit sûr, dit Jag.

— Oui, répondit Lexie en hochant la tête, mais Midas vit qu'elle était perdue dans ses pensées.

— Allez, viens, dit-il. Sortons d'ici, OK ?

— Ça me va, dit Pid.

— On n'attendait que toi, dit Slate avec un petit sourire en coin.

Midas savait que ses amis le taquinaient. Il était évident qu'ils avaient été inquiets.

— Comment as-tu fait pour nous trouver, au fait ? demanda Mustang.

— Un ami de Lexie nous a montré le chemin.

Il expliqua le rôle de Shermake et de sa mère dans leur évasion, puis il ajouta :

— J'aimerais beaucoup leur rendre la pareille quand nous serons à la maison.

— Je suis sûr que Baker sera heureux de t'aider à les retrouver, dit Alex. Il aura seulement besoin de leur nom et des autres détails dont tu te souviens, et ce sera fait.

— Qui est Baker ? demanda Lexie.

— Un type chez nous à Hawaï qui s'occupe de choses, dit Jag.

— Waouh, c'est vague, se plaignit Lexie.

— Il est difficile à expliquer, lui dit Mustang en marchant. C'est un ancien SEAL, un surfeur hardcore et une sorte d'ordinateur central. Il connaît tout le monde, peut trouver n'importe quelle information sur n'importe qui, et il est terriblement grognon.

— Il m'a l'air fascinant. Est-il aussi beau que vous autres ? demanda Lexie.

— Tu penses que nous sommes beaux ? dit Jag en gonflant le torse.

— Eh bien, vous avez tous l'air un peu rudes. Surtout lui, dit Lexie un inclinant la tête vers Slate.

Ses amis se mirent à rire. Il était évident qu'elle avait du chagrin pour Dagmar, mais elle faisait quand même de son mieux pour être amicale avec son équipe.

— T'ai-je déjà formellement présentée à tout le monde ? demanda Midas.

— Non. Mais ce n'est pas comme si nous en avions vraiment eu le temps.

— C'est vrai. Alors, voici Aleck. Son nom de famille est Smart, ce qui explique son surnom[1], commença doucement Midas pendant qu'ils marchaient.

Il supposait qu'ils étaient en route vers la zone d'atterrissage de l'hélicoptère qui devait venir les chercher. Ils allaient devoir monter très vite à bord, au cas où les ravisseurs essayeraient une dernière fois d'empêcher Lexie de quitter le pays.

— Alors, es-tu vraiment un Monsieur je-sais-tout, ou es-tu simplement coincé avec ce surnom ? demanda Lexie.

— Oh, je suis à cent pour cent à la hauteur de mon surnom, dit Aleck avec un sourire.

— À côté de lui, il y a Pid, son nom de famille est Stuart.

Lexie poussa un grognement.

— Bon sang, vous avez besoin de meilleurs surnoms.

— Puis il y a Jag, dont le nom est Jagger.

— Ah, c'est mieux, dit Lexie avec un sourire dans sa direction.

— Celui qui est impatient, c'est Slate – son nom de famille est Stone – et Mustang est notre chef d'équipe.

— Celui qui est marié à Élodie, n'est-ce pas ?

— Tu as entendu parler de ma femme ? demanda Mustang.

Elle hocha la tête.

— Nous avions un peu de temps à tuer, aujourd'hui, dit-elle.

— Élodie et toi, vous avez quelque chose en commun. Elle aussi, je l'ai rencontrée au Moyen-Orient. Bien sûr, elle était sur un navire et pas à terre, mais quand même.

— Elle me semble incroyable, dit Lexie.

— C'est le cas, approuva Mustang.

— Et elle fait de sacrés hamburgers, ajouta Aleck.

Lexie grogna.

— Ne parlons pas de nourriture, d'accord ?

Midas nota l'urgence de trouver de la nourriture pour Lex.

Ils marchèrent encore cinq minutes, l'équipe bavardant avec Lexie. Midas savait qu'ils essayaient de la distraire des quelques minutes extrêmement dangereuses à partir de l'arrivée de l'hélicoptère.

Ils atteignirent la périphérie du quartier dans lequel ils avaient marché et Midas observa la grande étendue de désert. C'était fascinant de voir comment la ville s'arrêtait simplement en laissant la place au désert. Il n'y avait pas la moindre lumière devant eux, seulement du sable à perte de vue... ce qui n'était pas très loin, puisqu'il faisait nuit noire.

— Peut-elle courir avec ces tennis énormes ? demanda Pid à Midas.

— Je peux courir, répondit Lexie elle-même.

— Pardon, je ne voulais pas t'ignorer.

— Je suppose que ces chaussures ont une histoire, dit Jag. Il me semble que tu ne les portais pas quand nous t'avons sauvée du désert.

— Non. Shermake me les a données, dit Lexie.

— Oui, Baker voudra absolument proposer son aide, intervint Slate en comprenant l'importance du geste de l'adolescent qui avait cédé ses chaussures.

— Vous êtes tous prêts ? demanda Mustang.

Tout le monde hocha la tête.

— Prêts pour quoi ? chuchota Lexie à Midas.

— À courir. Quand cet hélicoptère va s'approcher, tout le monde sera au courant. Et les gens qui ne veulent pas que tu partes vont essayer d'arriver ici le plus vite possible.

— Alors, c'est une bonne chose qu'ils ne peuvent pas courir plus vite que le vol de l'hélicoptère, non ?

Midas entendit rire ses coéquipiers, mais il n'arrivait pas à arracher son regard à Lexie. Elle semblait incroyablement triste, mais elle avait maintenant également une lueur déterminée dans les yeux. Elle avait toujours l'air d'avoir traversé un enfer, mais cela faisait maintenant en quelque sorte partie de son charme.

— Absolument, acquiesça Midas. Reste à côté de moi. Mustang et Aleck vont passer devant, nous les suivrons, et Pid, Jag et Slate couvriront nos arrières. Quand nous arriverons à l'hélicoptère, il te suffira de lever les bras et Mustang et Aleck t'aideront à monter. Écarte-toi de la porte dès que tu montes à bord. D'accord ?

— D'accord, répondit-elle immédiatement. Et nous avons déjà fait ça une fois, tu te rappelles ? Ce sera du gâteau.

Sa voix tremblait un peu, mais elle leva le menton comme pour le défier de faire un commentaire.

Midas n'avait pas du tout l'intention de dire quoi que ce soit. Il aurait été inquiet si elle n'était pas un peu effrayée par ce qui allait se passer. Midas avait cependant la plus grande confiance dans les pilotes des hélicoptères Night Stalker. C'étaient des durs à cuire et ils savaient voler dans les pires conditions. Tant qu'ils arrivaient à monter à bord de l'hélicoptère, tout allait bien se passer.

— Il arrive, dit Mustang.

Midas entendit les pales de rotor de l'hélicoptère qui volait vite et très bas en direction de la zone d'atterrissage.

En l'espace de quelques secondes, le sable se mit à voler dans toutes les directions et Midas sentit Lexie baisser la tête contre lui en faisant de son mieux pour se protéger le visage. Il prit sa main dans la sienne et se pencha.

— Au bout de trois, cours comme une folle. Garde les yeux fermés. Je t'empêcherai de tomber.

Elle hocha la tête et il eut un pincement à cause de la confiance qu'elle lui accordait.

— Un, deux, *trois*, compta-t-il avant de se mettre à courir, Lexie à ses côtés.

Le sable frappait son visage, mais il l'ignora. Il était plus important de se mettre à l'abri que de se soucier d'un peu d'inconfort. Il regarda Mustang et Aleck sauter par l'ouverture de l'hélicoptère et se retourner immédiatement avec les bras tendus.

Midas plaça Lexie devant la porte et cria :

— Lève les bras, Lex.

Elle obéit tout de suite et disparut à l'intérieur de l'hélicoptère. Midas bondit derrière elle et fut rapidement suivi par les autres coéquipiers. Au bout de quelques secondes, il sentit l'hélicoptère basculer et ils furent à nouveau dans les airs.

Tout le monde resta tendu pendant quelques minutes en volant à toute vitesse vers le désert... et avec un peu de chance, loin de tout ce qui pouvait essayer de les abattre.

Leur sortie de Galkayo se passa sans incident. Les lumières de la ville somalienne devinrent de plus en plus petites et Midas poussa un soupir de soulagement. Il se tourna vers Lexie et leva le pouce. Ils n'avaient pas pris le temps de mettre des casques, alors ils ne pouvaient pas se parler, mais ça ne sembla pas être important. Elle lui fit un grand sourire et leva le pouce à son tour.

Oui, on pouvait dire qu'il avait Lexie Greene dans la peau. Et Midas ne savait pas du tout comment il allait pouvoir la laisser partir.

CHAPITRE SEPT

Lexie fit de son mieux pour afficher un visage positif et joyeux pour les SEAL. Elle leur était reconnaissante de ne plus craindre de se faire enlever à nouveau, mais son avenir était toujours aussi incertain. De plus, elle était complètement dépassée. Elle ne savait pas grand-chose au sujet de l'armée, et être déposée sur un navire de la marine américaine était si loin de sa zone de confort que ce n'était même pas drôle.

En outre, elle savait que le temps qu'elle avait passé avec Midas touchait à sa fin. Il allait retourner à Hawaï avec son équipe et elle serait une fois de plus toute seule.

Pour la première fois de sa vie, Lexie ne fut pas heureuse de son style de vie solitaire. Quand elle avait rejoint Food For All au début, elle avait été ravie de s'éloigner de son père, de ses remarques méprisantes et de ses commentaires qui la rabaissaient continuellement. Elle avait aimé vivre seule et n'avoir à rendre de comptes à personne. Mais maintenant, elle comprenait qu'elle n'avait absolument personne qui s'inquiétait pour elle. Personne qui se posait des questions si elle disparaissait de la surface de la Terre.

Son enlèvement lui avait fait comprendre sa solitude. Et c'était nul.

Elle adorait la complicité que Midas semblait avoir avec ses amis, et entendre parler de Mustang et de sa femme avait fait monter en elle un désir viscéral. Elle voulait connaître cette proximité, mais ne savait pas du tout comment l'obtenir. Avec des amis ou avec un homme.

Et c'était encore plus nul de ressentir un tel lien avec Midas. Elle voulait penser qu'il le ressentait également. Le baiser qu'ils avaient partagé avait été renversant pour elle. Mais ils n'avaient pas eu le temps de parler de ce qu'il signifiait... s'il avait un sens. Il était peut-être né seulement de la situation.

Midas lui avait donné un casque antibruit à porter dans l'hélicoptère, mais il n'était pas relié aux autres, alors elle ne savait pas du tout de quoi ils parlaient. Midas lui tapota l'épaule et désigna la petite fenêtre, et elle se redressa pour regarder à l'extérieur où elle aperçut un énorme navire de la marine. Il faisait nuit dehors, mais les lumières du vaisseau étaient comme un signal de bienvenue. L'hélicoptère tourna et commença à descendre. Lexie se prépara.

Cette fois, c'était fini. Ils allaient atterrir et elle devait faire ses adieux à Midas.

Elle n'était pas prête.

Mais qu'elle soit prête ou pas, l'hélicoptère ralentit en descendant sur le pont du navire.

Lexie sursauta terriblement quand Midas posa la main sur sa cuisse. Ils ne pouvaient toujours pas se parler à cause du bruit, mais quand elle le regarda, il sourit et hocha la tête.

L'importance que prenait ce simple contact était un peu pathétique. Lexie n'était pas du genre tactile. Comment l'aurait-elle pu après être restée célibataire si longtemps ? Mais après avoir passé la journée collée contre Midas, elle commençait à comprendre pourquoi les gens avaient tant besoin de contact humain.

L'hélicoptère atterrit sans problème et Lexie grimaça lorsque les spots lumineux inondèrent l'intérieur par la porte ouverte. Midas l'aida à retirer son casque, puis Slate et Jag lui tendirent les mains pour la faire descendre de l'engin.

Une femme fut là pour l'accueillir.

— De la part de l'*USS Nimitz* et de tout son équipage, bienvenue à la maison, Lexie, dit-elle.

— Euh… merci, marmonna Lexie.

— On m'a donné l'ordre de vous conduire tout droit à l'infirmerie afin que vous soyez examinée. Ne vous inquiétez pas, vous êtes en sécurité, maintenant.

Lexie hocha la tête. Elle avait pensé attendre que Midas et son équipe sortent de l'hélicoptère, mais la femme fit un geste de la main et dit :

— Après vous.

N'ayant pas le choix, Lexie marcha dans la direction indiquée par la femme. Elle jeta un coup d'œil en arrière pour voir si Midas venait également, mais elle vit qu'il était occupé à parler avec son équipe et les autres officiers de la marine qui avaient accueilli l'hélicoptère. Il ne la regarda même pas quand elle s'éloigna.

Lexie se sentait déstabilisée et anxieuse maintenant que Midas n'était pas avec elle. C'était idiot. Elle se trouvait sur un navire américain et la femme qui l'accompagnait à l'infirmerie était bienveillante. Mais elle avait espéré pouvoir au moins dire au revoir à Midas. Le remercier encore. Lui dire…

Elle ne savait pas trop ce qu'elle voulait dire.

La femme ouvrit une épaisse porte en acier et Lexie franchit le seuil. Elle grimaça quand elle se referma bruyamment derrière elles. Le son lui parut très définitif.

Et voilà. Midas allait retourner à Hawaï avec son équipe et elle allait…

Elle ne savait pas trop ce qu'elle allait faire ensuite.

Une fois à l'intérieur du navire, la femme marcha devant elle et guida Lexie en descendant plusieurs escaliers et en longeant des couloirs jusqu'à ce qu'elle soit complètement perdue. Elle n'aurait jamais pu retrouver son chemin jusqu'au pont... pas sans beaucoup d'aide.

Pendant qu'elle marchait, la femme bavardait de tout et de rien, indiquant des lieux comme l'endroit où mangeaient les soldats et les officiers, et les salles de repos. Toutes les personnes qu'elles croisaient hochèrent respectueusement la tête, mais à mesure qu'elle s'éloignait de l'hélicoptère et des SEAL, Lexie se sentait de plus en plus mal à l'aise. Elle savait qu'elle avait l'air mal en point. Ses cheveux étaient sûrement ébouriffés dans tous les sens, comme d'habitude, sa blouse était couverte de sueur et de saleté, et elle portait les tennis trop grandes de Shermake à ses pieds. Tous les marins qu'elle croisait étaient vêtus d'uniformes parfaitement repassés.

Enfin, elles arrivèrent à une porte couverte d'une grande croix rouge. Elles entrèrent dans l'infirmerie et la femme lui indiqua une table vers le fond de la pièce. La salle était vide et pour une raison étrange, Lexie se sentit encore plus complexée. Elle n'avait jamais à l'aise en étant au centre de l'attention.

— Vous pouvez aller vous asseoir là-bas, dit la femme. Le médecin a été averti de votre présence, alors je suis certaine qu'il arrivera bientôt.

— Je ne veux pas déranger, dit Lexie.

La femme fronça les sourcils comme si elle ne comprenait pas.

— Déranger ? demanda-t-elle.

— Oui. Si le médecin dormait, par exemple, j'aurais pu attendre demain matin pour le voir. Je n'ai besoin que d'un endroit pour dormir.

La matelote secoua la tête.

— Lexie, vous avez été prise en otage. Vous devez être examinée tout de suite. De plus, c'est son travail.

— C'est vrai. Pardon, dit Lexie en ayant l'impression de s'être fait gronder.

— Il y a un peignoir là-dedans que vous pouvez mettre, dit la femme en montrant une pile de vêtements enveloppés dans du plastique. Je vais sortir pendant que vous vous changez. C'est vraiment bon de vous voir. Nous étions tous avec vous.

Puis elle hocha la tête, tourna les talons et quitta la pièce.

Lexie ne bougea pas. Elle ne voulait pas changer de vêtements. Elle se sentait déjà assez vulnérable. Elle ne voulait pas être presque nue en rencontrant le médecin pour la première fois.

Elle frissonna en prenant conscience de la température fraîche de la salle, et elle leva les pieds et les posa sur le bord de la table d'examen sur laquelle elle était assise. Elle savait qu'elle contaminait probablement le papier propre en dessous, mais elle s'en moquait. Elle entoura ses genoux avec ses bras et poussa un soupir.

Elle ne savait pas pourquoi être ici était plus effrayant que tout ce qu'elle avait fait au cours des dernières vingt-quatre heures. Peut-être parce qu'elle était entourée d'inconnus et qu'elle ne savait pas du tout ce qui allait se passer ensuite. Ce n'était pas agréable. Comment allait-elle descendre de ce navire ? Où allait-elle se rendre ? Avait-elle toujours un travail auprès de Food For All ?

Elle n'aimait pas sentir qu'elle avait si peu de contrôle sur sa propre vie.

Lexie posa la joue sur ses genoux remontés. Elle était soudain épuisée. Elle avait carburé à l'adrénaline depuis que les SEAL avaient attaqué le camp dans le désert. Oui, elle avait un peu dormi dans le trou avec Midas, mais elle avait l'impression qu'une éternité s'était écoulée depuis.

Ses muscles lui faisaient mal, son cœur souffrait pour Dagmar, et elle était triste de ne pas avoir pu dire au revoir à Midas et ses amis. Elle savait qu'ils sauvaient sûrement des gens tout le temps, et qu'elle ne représentait sans doute rien de spécial, mais c'était la première fois qu'*elle* avait été sauvée. Et elle se serait sentie bien mieux si elle avait au moins pu les remercier.

Ne sachant pas combien de temps s'était écoulé, Lexie

sursauta quand la porte de l'infirmerie s'ouvrit. Un homme qui semblait bien trop jeune pour être médecin entra dans la pièce. Il lui sourit et dit :

— Lexie Greene ?

Elle hocha la tête.

— Je suis le docteur Chow. Si j'ai bien compris, vous avez été prisonnière de guerre pendant plusieurs mois, n'est-ce pas ?

Lexie fut irritée. C'était stupide, mais elle n'arrivait pas à croire que ce type n'était pas déjà au courant.

Puis elle se sentit tout de suite mal. Quel égocentrisme de sa part. Pourquoi pensait-elle que tout le monde devait automatiquement savoir qui elle était et ce qu'elle avait traversé ?

— Oui. Mais je me sens assez bien, tout bien considéré.

Il portait ce qui ressemblait à un iPad et il se mit à tapoter dessus. Il leva la tête vers elle après un court moment et fronça les sourcils.

— Vous n'avez pas mis de peignoir.

— Non, dit-elle. Je me sens plus à l'aise avec ce que je porte maintenant.

C'était le cas.

Le médecin hocha la tête, comme s'il interprétait ce qu'elle avait dit.

— Vous êtes en sécurité ici, lui dit-il. Personne ne vous fera de mal.

— Je sais, répondit Lexie.

Puis elle comprit soudain ce qu'il voulait dire.

— Je n'ai pas été violée, dit-elle.

Il hocha encore la tête, mais il était évident qu'il ne la croyait pas.

Lexie eut envie de pleurer. Elle ne voulait pas être ici.

— Je ne l'ai pas été, insista-t-elle. Je suis fatiguée. Et j'ai faim. Et soif. J'ai mal partout après m'être cachée toute la journée dans un trou sous le plancher d'un magasin à Galkayo. J'ai froid parce que je n'ai pas l'habitude de l'air conditionné. Mais je suis franchement surprise de me sentir en forme. J'ai simplement besoin d'une douche, de vêtements propres et d'un endroit pour dormir.

C'était agréable de dire ce qu'elle pensait.

Les paroles suivantes du médecin sapèrent toutefois son assurance.

— Et si vous me laissiez faire un examen complet pour que je découvre de quoi vous avez besoin.

Lexie soupira. Elle savait que cet homme ne faisait que son travail. Elle hocha la tête. Que pouvait-elle faire d'autre ?

* * *

Midas était contrarié. Après avoir atterri sur le porte-avions, il avait été momentanément occupé à parler avec les Night Stalkers qui étaient passés les prendre à Galkayo et quand il s'était retourné pour accompagner Lexie jusqu'à l'infirmerie, elle avait disparu.

Mustang l'avait informé qu'elle avait déjà été conduite ailleurs. Puis, le reste de l'équipe et lui avaient dû faire un débriefing de la mission. Il avait dû expliquer ce qu'il avait fait à l'hôpital et à quel endroit Lexie et lui étaient restés cachés toute la journée. Il avait écouté le reste de l'équipe faire leur rapport sur la mort de Dagmar et raconter ce qu'ils avaient fait pour éviter les groupes d'hommes cherchant Lexie et Dagmar.

La réunion en visio avec leur commandant à Hawaï avait duré trois heures. Quand tout avait été enregistré et rapporté et que leurs officiers supérieurs étaient satisfaits pour le moment, Midas et le reste de son équipe furent congédiés.

Ils avaient quelques heures pour dormir, car juste après les premières lueurs du soleil, ils allaient être envoyés en Corée du Sud avant de retourner à Hawaï. Midas était épuisé, mais il était impossible qu'il dorme sans voir comment allait Lexie.

Il était certain qu'elle allait bien. Elle dormait sûrement de toute façon, mais partir sans lui parler ne semblait pas... correct. C'était comme s'ils avaient une affaire en suspens.

Après tout, ils avaient été interrompus juste après un baiser incroyable et il n'avait même pas eu l'occasion de lui faire savoir qu'il voulait rester en contact.

— Tu vas rejoindre Lexie ? demanda Mustang dans le couloir étroit devant la salle de conférence dans laquelle ils avaient passé les dernières heures. Les autres étaient déjà partis pour aller se doucher et dormir.

— Oui, dit-il un peu plus énergiquement que voulu.

— Du calme. Je ne faisais que poser la question.

— Pardon. Je sais.

— Les choses ont été assez intenses pendant un moment, hein ?

Midas hocha la tête.

— Elle a été incroyable. Elle n'a pas paniqué. Même quand nous avons dû passer par la fenêtre de l'hôpital, elle n'a pas hésité. Elle a couru dans les rues avec moi sans porter de chaussures, Mustang. Et elle ne s'en est pas plainte une seule fois.

— Elle ne semble pas être du genre à se plaindre, dit son ami. Heureusement que vous avez croisé cette femme qu'elle connaissait.

— Oui. Mais si ce n'était pas elle, je suis convaincu que ça aurait été quelqu'un d'autre. Elle n'a pas la moindre trace de méchanceté et elle est si généreuse que c'est presque un défaut.

Mustang inclina la tête.

— On dirait qu'elle représente plus qu'une mission pour toi.

— Je le pense, avoua Midas à voix haute pour la première fois.

Puis il secoua la tête.

— Mais il est impossible que ça fonctionne.

Mustang éclata de rire. Il rejeta carrément la tête en arrière en se moquant de lui.

Midas lança un regard noir à son ami.

— Tu es un enfoiré, dit-il en fronçant les sourcils.

— Je suis désolé, dit Mustang qui ne paraissait pas désolé du tout. Mais tu es là, en train de dire que ça ne peut pas marcher avec une femme que tu as sauvée. Tu expliques ça à un homme qui vient d'épouser la femme qu'il a sauvée alors qu'il était en mission à l'autre bout du monde.

Midas pinça les lèvres. Le commentaire de son ami était alambiqué, mais il s'était fait comprendre.

Mustang poursuivit.

— Écoute. Je sais ce que tu ressens, d'accord ? De tous les membres de l'équipe, je suis le mieux placé pour ça. Tu sais comme j'étais fou quand nous sommes revenus à Hawaï et que j'attendais d'avoir des nouvelles d'Élodie. Je vous ai tous rendus dingues. Mais il y avait quelque chose de différent chez elle. Les chances pour que ça fonctionne étaient infimes, mais je me tiens devant toi en étant un homme marié et très heureux, follement amoureux de sa femme, et je te dis de ne pas abandonner. Je ne t'ai encore jamais vu aussi perturbé par une femme, Midas. Ne la laisse pas être ton plus grand regret. Une relation avec elle n'est peut-être pas facile, mais ça pourrait aussi être la meilleure chose qui te soit jamais arrivée.

— C'est juste que je ne sais pas comment ça pourrait fonctionner.

— Moi non plus, à l'époque. Tout ce que je savais, c'était que je n'aimais pas abandonner Élodie sur ce navire, dit Mustang. Il faut juste que tu aies confiance : si vous êtes faits l'un pour l'autre, cela fonctionnera.

— Eh ben, c'est très vague, se plaignit Midas.

Mustang pouffa.

— Pardon. Va la retrouver, Midas. Dis-lui franchement que tu veux rester en contact. Et tu verras bien où ça vous mène.

— Merci.

Mustang lui donna une tape sur l'épaule et hocha la tête.

— Pour info, elle me plaît. Évidemment, je ne la connais pas aussi bien que toi, mais je comprends l'attrait.

L'approbation de son ami comptait beaucoup pour Midas.

Ça ne l'aurait pas empêché de rester en contact avec elle, mais c'était bien plus agréable de savoir que Mustang l'approuvait.

Midas savait qu'il aurait sans doute dû se doucher avant de chercher Lex, mais il était trop impatient de la voir. De découvrir ce que le médecin avait dit. De s'assurer qu'elle allait bien. Il lui fallut un moment pour trouver l'infirmerie parce qu'il ne connaissait pas le navire, mais après quelques mauvaises directions, et après avoir demandé le chemin à quelques marins qui étaient encore debout même à cette heure de la nuit, il la trouva. Midas ne savait pas du tout si elle était là, mais c'était un début.

Il poussa la porte et scruta la salle. Il y avait plusieurs tables d'examen ainsi que des lits le long du mur du fond, pour les patients ayant besoin de surveillance supplémentaire. Il aperçut immédiatement le seul lit de camp occupé au fond de la pièce.

Midas s'en approcha, impatient de parler à Lexie.

En la voyant, il se sentit mal.

Elle était allongée sur le côté et la couverture sur elle vibrait parce qu'elle tremblait si fort.

— Mais qu'est-ce que ? murmura-t-il.

Midas s'agenouilla à côté du lit et posa la main sur l'épaule de Lexie.

— Lex ?

Elle roula vers lui... et Midas s'en voulut immédiatement. Elle avait le visage rouge et marqué par les larmes, ses yeux étaient gonflés et il vit d'autres larmes couler de ses paupières.

Sans un mot, il la souleva et la poussa doucement, grimpant sur le petit matelas avec elle.

— Midas ? Que fais...

— Pousse-toi, l'interrompit-il.

Elle obtempéra, même si le minuscule espace restant sur le matelas n'allait pas suffire. Midas se mit donc dans une position qu'il connaissait.

Il souleva Lexie et roula sur le dos, la calant contre lui dans la même position qu'une grande partie de la journée. Il était difficile de croire qu'ils étaient dans ce trou seulement quelques heures auparavant.

Au lieu de protester, Lexie se lova contre lui et tourna le visage vers son épaule. Elle posa le bras sur son torse et cette fois, il sentit tout. Sans sa veste en Kevlar et tout son accoutrement de combat, elle était encore plus agréable contre lui.

— Tu es si chaud, dit-elle doucement.

Midas bougea afin de tirer la couverture par-dessus ses épaules.

— L'infirmerie est toujours maintenue dans le froid, je ne sais pas pourquoi, lui dit-il.

— Ça va. C'est juste qu'après avoir passé tout ce temps dans le désert brûlant, je pense que mon corps a totalement perdu les pédales.

C'était bon de l'entendre parler à peu près normalement, mais Midas s'en voulait encore d'avoir été absent au moment où son adrénaline avait fini par s'évaporer et où elle avait craqué.

— Est-ce que tu vas bien ? Qu'a dit le médecin ? Pourquoi portes-tu toujours la même blouse ? Portes-tu sérieusement encore les chaussures de Shermake ? demanda Midas en sentant les tennis contre ses mollets lorsqu'elle s'enroula autour de lui.

— Il a dit que j'étais déshydratée, répondit Lexie dont l'irritation s'entendait facilement dans son ton. Il n'était pas content quand je n'ai pas voulu me changer. Il était condescendant et il m'a donné l'impression que mon enlèvement était de ma faute. On aurait dit qu'il espérait que je sois très abîmée ou que l'on m'ait tiré dessus et quand tout ce qu'il a pu trouver était que j'avais faim, que j'étais sale et que j'avais soif, il a été déçu.

Midas s'énerva dix fois plus. Il fit cependant de son mieux pour garder une voix calme.

— Je suppose que la vie sur un porte-avions n'est pas

toujours très excitante pour le médecin du navire. Je suis désolé qu'il t'ait traitée ainsi.

Elle haussa les épaules, mais ne fit aucun commentaire. Ses tremblements finirent par disparaître et Midas la sentit soupirer contre lui.

— Midas ?

— Oui, Lex ?

— Que fais-tu ici ?

— Tu pensais que j'allais partir sans te dire au revoir ? demanda-t-il.

Elle haussa encore les épaules.

— Je ne connais rien au fonctionnement de l'armée. Je me suis dit que toi et tes amis risquiez de partir tout de suite.

— Non. Il nous a fallu faire un débriefing. Après notre atterrissage, j'ai discuté avec nos pilotes, puis je me suis tourné et tu avais disparu.

— J'allais dire quelque chose, mais tu étais occupé... et la femme qui m'a accueillie semblait pressée, dit Lexie.

— Je suis désolé, dit-il.

Elle secoua la tête.

— Non, ce n'est rien.

— Tu as mangé ?

— Oui. Le médecin a appelé quelqu'un et ils m'ont porté quelque chose.

— Quelque chose ?

— Oui, ne me demande pas ce que c'était. Une espèce de viande avec une sauce épaisse. Franchement, j'avais si faim que j'aurais mangé n'importe quoi.

— As-tu pu avoir ton café sucré ? demanda-t-il.

Elle ricana.

— Non. Deux poches de fluide pour intraveineuse et deux bouteilles d'eau.

— Pour être honnête, c'était sans doute mieux pour toi.

— Je sais.

— Tu sais qu'il y a une douche ici, dit-il doucement.

— C'est bête, mais plus le médecin essayait de me convaincre de me changer, plus ça me rendait nerveuse. Je n'ai *rien*, Midas. Rien. Pas de vêtements. Pas de chaussures. Même pas de sous-vêtements. Et si on m'enlève cette blouse...

Sa voix s'estompa.

Midas la comprenait. Vraiment.

— Ce n'est pas grave, dit-il.

— Si. Je suis ridicule. Je veux dire, cette blouse n'est même pas vraiment à moi. Je l'ai portée moins d'une journée. Elle est sale et pleine de sueur... mais c'est littéralement tout ce que j'ai.

Midas eut le cœur serré.

— Et je ne vais pas abandonner les chaussures de Shermake. Il me les a données alors que c'était sans doute sa seule paire. Oui, il pourra en obtenir une autre auprès de l'organisme caritatif qui les distribue, mais quand même.

— Tout va bien, la rassura-t-il encore en passant une main dans ses cheveux.

Ils étaient tout aussi indisciplinés que la première fois qu'ils étaient restés allongés ensemble, mais cette fois il avait les mains libres et assez de place pour la toucher. Ses doigts s'emmêlèrent dans les mèches épaisses et il ne put s'empêcher de sourire.

— Si tu ne fais pas attention, tu vas perdre ta main, lui dit-elle.

Elle avait arrêté de pleurer et Midas se sentait mieux. Il détestait penser à elle allongée seule dans cette pièce, frigorifiée, mal à l'aise et bouleversée.

— Je vais prendre le risque.

Plusieurs minutes s'écoulèrent en silence. Midas était satisfait de la tenir et de caresser doucement ses cheveux.

Lexie rompit le silence en demandant :

— Je sais pourquoi *moi* je porte encore mes vêtements sales et malodorants, mais pourquoi toi aussi ?

Il rit.

— Nous sommes allés au débriefing et nous sommes sortis

il y a peu. Je voulais m'assurer que tu étais bien installée et que tu allais bien, alors je suis venu directement ici.

Elle se hissa sur un coude et le regarda d'un air incrédule. Il y avait une lampe allumée de l'autre côté de la salle, c'était largement suffisant pour se voir.

— Quoi ? demanda-t-il.

— Quand pars-tu ?

— Dans quelques heures.

Elle se laissa retomber sur lui avec un soupir.

— Il y a une douche ici dont tu pourrais t'en servir, dit-elle en faisant écho à ses mots.

— Je sais. Mais je suis bien, là.

— Midas ?

— Je suis là.

— Tu vas me manquer, avoua-t-elle doucement.

Midas ferma les yeux de soulagement. Mon Dieu, cette femme était bien plus courageuse qu'il ne l'était en ce moment. Il n'avait pas voulu lui mettre la pression. Pas voulu lui parler de la suite, s'il y en avait une pour eux.

— À moi aussi.

— À toi aussi, tu vas te manquer ? le taquina-t-elle.

— Petite maligne. Tu as suivi des cours auprès d'Aleck ? Non, c'est *toi* qui vas me manquer.

— Mais pas le fait que je t'écrase quand tu essaies de dormir.

— À vrai dire, ça me plaît. Beaucoup. Penses-tu vouloir rester en contact quand nous partirons ? lâcha Midas.

Il grimaça à cause du côté soudain de sa question, mais il ne pouvait plus revenir en arrière. Il retint sa respiration en attendant sa réponse.

Elle leva une fois de plus la tête pour le regarder.

— Sérieusement ?

— Oui ?

C'était davantage une question qu'une affirmation.

— J'aimerais beaucoup, dit-elle avec un sourire.

— Ouf, dit-il en exagérant.

— Mais je dois t'avertir, je dicte mes e-mails et mes textos, parce que tu sais... à cause de ma dyslexie, et il y a généralement des erreurs.

— Je m'en moque, s'empressa-t-il de dire.

— Ça te gênera peut-être quand tu ne comprendras pas ce que je te dis, l'avertit-elle.

— Si je ne comprends pas, je te le dirais. Mais tu sous-estimes mes capacités. Je suis un grand méchant SEAL, tu sais.

Elle rit en se rallongeant.

— Je n'ai encore jamais ressenti ceci auparavant, avoua-t-il.

— Quoi ?

— Ce lien. Cet intérêt. Cette excitation d'apprendre à connaître quelqu'un. Cette frustration de devoir partir dans quelques heures. Cette inquiétude de ce que tu vas vivre ensuite.

Lexie ne répondit pas immédiatement.

— Lex ? C'est trop ?

— Non, dit-elle en secouant la tête. C'est juste que... je ressens la même chose, mais je me demandais si c'était à cause des circonstances. Je t'ai dit que je n'étais pas une demoiselle en détresse, mais si je l'étais, finalement ? Si je me sentais si liée à toi parce que tu m'as sauvée ?

Midas ne put s'empêcher d'être déçu par cette idée. Il la comprenait cependant. Vraiment.

— Je ne peux pas te dire ce que tu dois ressentir. Mais tu dois comprendre que j'ai participé au sauvetage de plus de personnes que je ne peux en compter. Et je n'ai jamais sauté une douche, un repas et une sieste pour m'assurer qu'elles allaient bien. J'ai toujours laissé les médecins faire leur travail et je suis passé à autre chose. Quelque chose chez toi m'a touché, Lex. C'est peut-être parce que je te connaissais au lycée. Je ne sais pas. Mais je ne suis pas prêt à tout laisser tomber. Je n'ai encore jamais vu Mustang aussi heureux et satisfait qu'il l'est en ce moment. Et si ça a fonctionné pour

Élodie et lui, pourquoi ça ne fonctionnerait pas pour moi aussi ?

Il en avait sans doute trop dit, mais c'était important et il le savait. Il avait l'impression que s'il partait sans faire comprendre à Lexie que ceci n'était pas anodin pour lui, il ne la reverrait plus jamais.

— Je ne sais pas du tout ce que me réserve l'avenir, dit-elle doucement. Sérieusement, je n'en ai aucune idée. Où je vais, comment vais-je retourner aux États-Unis, si j'y retourne d'ailleurs ? Il faut que je parle à mon patron de Food For All et que je découvre si j'ai encore un emploi. Je suis morte de peur et avant que tu arrives ici, je me sentais très mal pour moi-même et je m'apitoyais sur mon sort. Mais tu me plais, Midas. Depuis toujours, même quand nous étions adolescents. Et maintenant que je te connais un peu mieux... oui, je veux vrai-ment garder le contact.

— Bien, dit-il fermement. Je te donnerai mon numéro de téléphone, mon adresse mail, mon adresse postale. Tu peux m'appeler, m'écrire ou m'envoyer des textos quand tu veux. Et tu vas te remettre sur pied, je le sais. Les autorités sur le navire travaillent à un moyen de te conduire dans un endroit sûr, et ils vont t'aider à contacter les gens de Food For All. Ne t'inquiète pas pour tout ça. Tu es en de bonnes mains ici sur ce navire.

Elle hocha la tête contre lui.

— D'accord. Je te donnerai mon adresse mail aussi.

— D'accord, répéta-t-il.

Il avait l'impression qu'une tonne de briques tombait de ses épaules. Elle voulait garder le contact. Ça ne répondait pas à la question de la suite des événements, mais c'était un début.

Allongé ainsi avec Lexie contre lui, il sentit ses paupières devenir lourdes. Il avait réglé l'alarme de sa montre afin d'être certain de s'éveiller à temps, et cela, en plus de la femme en sécurité dans ses bras et de sa promesse de communiquer avec lui après son départ, suffit enfin à lui faire baisser sa garde.

Midas tomba dans un profond sommeil, plus reposant que

tous ceux depuis qu'il avait appris que Lexie Greene, une fille qu'il connaissait autrefois, avait été enlevée.

* * *

Midas eut l'impression que sa montre vibra quelques minutes plus tard, alors qu'il s'agissait en réalité de trois heures. À regret, il s'échappa de sous Lexie et se dirigea vers la petite salle de bains de l'infirmerie. Il vit son sac posé à côté de la porte et sourit. Heureusement qu'il y avait Mustang. Il se doucha et enfila des vêtements propres avant de retourner auprès de Lexie.

Elle s'était tournée sur le côté après son départ et elle serrait l'oreiller contre sa poitrine. Midas remonta la couverture qui avait glissé de ses épaules et il ne put résister à l'envie de se baisser et de l'embrasser sur le front.

Elle ouvrit les yeux et le fixa pendant une seconde avant de se tourner sur le dos.

— C'est l'heure ? demanda-t-elle.

— Malheureusement, oui.

— Fais attention.

— Toujours.

— Tu t'es douché.

— Oui, je me suis dit que mes coéquipiers n'allaient pas apprécier ma puanteur pendant les longs vols jusqu'à la maison. Sans parler de tous les autres.

— Ta propreté me fait remarquer ma saleté, dit-elle en fronçant le nez.

— Je t'ai laissé des vêtements dans la salle de bains, lui dit Midas.

Elle écarquilla les yeux.

— Ah bon ?

— Oui. Ils seront trop grands, l'avertit-il. Toi et moi nous ne faisons pas exactement la même taille. Mais je me suis dit que le tee-shirt trop grand ne te gênerait pas. Il te faudra enrouler le bas du jogging, mais ça devrait faire l'affaire jusqu'à ce que tu trouves quelque chose qui t'ira mieux. Ils ont un intendant sur le navire, alors tu pourras y récupérer quelque chose à ta taille.

— Merci, chuchota-t-elle.

— J'ai aussi laissé deux paires de chaussettes et un petit sac. Tu pourras y mettre tes chaussures et tes affaires afin que personne ne les jette par mégarde.

— Mince, tu vas me faire pleurer, dit Lexie en s'asseyant.

— Ne fais pas ça, la supplia Midas.

Ils se regardèrent longuement.

Midas ne savait pas trop qui avait fait le premier pas, mais ils étaient soudain tous les deux penchés l'un vers l'autre. Puis leurs lèvres se rencontrèrent. Contrairement à leur baiser à Galkayo, celui-ci ne commença pas lentement et doucement. Il fut passionné et presque désespéré dès le début.

Midas pouvait utiliser ses mains, cette fois, et il les posa derrière la tête de Lexie. Elle ne se retint pas non plus, gémissant du fond de la gorge et empoignant le tee-shirt de Midas. Il ne s'était pas encore rasé, et il avait conscience que ses poils de barbe devaient irriter sa peau, mais il ne pouvait pas s'arrêter.

Leurs langues se battirent en duel ; il mordilla sa lèvre inférieure et elle fit de même. Il inclina la tête d'un côté, puis de l'autre, tout en la maintenant immobile pour assaillir ses lèvres.

Midas était dur comme un piquet et il voulait renverser Lexie sur le lit et lui montrer ce qu'elle représentait pour lui. Mais ce n'était ni le moment ni l'endroit. N'importe qui pouvait entrer et Midas ne voulait surtout pas mettre Lexie dans une situation gênante.

Il s'écarta, mais garda la main sur sa tête. Il monta son autre main et la posa sur sa joue. Ils respiraient fort et il voyait qu'elle avait les pupilles dilatées. Ses joues étaient rouges, ses lèvres gonflées par leur baiser. Elle était magnifique et Midas détestait devoir la quitter.

— Waouh, chuchota-t-elle.

— Ceci n'est pas un au revoir, dit-il d'une voix plus dure que nécessaire.

Elle hocha la tête.

— Je suis sérieux, prévint-il. À la seconde où tu descends de ce navire, je veux que tu récupères un téléphone. Même un de ces téléphones jetables. J'ai besoin de pouvoir te parler. De savoir où tu es, ce qu'il se passe.

— Je suis sûre que Food For All pourra m'aider à en obtenir un, dit Lexie.

— Bien.

Il appuya le front contre le sien et démêla lentement sa main de ses cheveux. C'était comme si ses cheveux voulaient s'accrocher à lui, car il lui fallut quelques secondes pour se libérer de cette masse bouclée.

— Tout ira bien, dit-il doucement. Tu es incroyable, Lexie. Les choses finiront par être résolues. Je le sais.

Il ne savait pas s'il parlait de leur relation ou de la vie en général, mais peu importe. Il avait bien conscience que Lexie n'avait pas besoin de lui. Elle s'en sortait très bien toute seule. Mais il commençait à penser que c'était *lui* qui avait besoin d'*elle*. Elle lui donnait envie d'avoir des choses auxquelles il n'avait encore jamais pensé. Une famille. Faire plus que simplement exister entre deux missions.

— Je te préviendrai quand nous serons de retour à Hawaï.

Elle hocha la tête.

Midas s'écarta et soupira. Il était temps pour lui de partir.

— Pas d'au revoir, dit-il encore.

Elle hocha la tête.

— À plus tard, dit-il doucement.

— À plus.

Midas se leva et marcha en arrière jusqu'à la porte, ne voulant pas lui tourner le dos. Il attrapa la poignée, inspira profondément puis, il poussa la porte avant de finir par se retourner et sortir.

Chaque pas dans le couloir était douloureux, mais il se

promit que ce n'était pas la dernière fois qu'il la voyait. D'une façon ou d'une autre, il allait revoir Lexie et lui prouver que le lien qu'ils avaient ressenti était réel. Et pas seulement une histoire de circonstances.

Magnus Brander était assis dans un fauteuil en cuir de son bureau et il avait le regard perdu dans le vide, incrédule. Il ne savait pas du tout comment c'était arrivé. C'était déjà assez terrible que son frère, son jumeau, ait été enlevé, mais Magnus n'avait pas une seule fois pensé qu'il n'allait pas s'en sortir.

Certaines personnes trouvaient ridicule l'idée qu'il y ait une sorte de connexion spéciale entre les jumeaux, mais dans le cas de Dagmar et lui, c'était absolument vrai. Quand ils étaient bébé, ils avaient eu leur propre langage. Ils avaient babillé pendant des heures et ils étaient parfaitement capables de se comprendre.

Au primaire, ils avaient piqué des crises si on ne leur permettait pas d'être dans la même classe, dans les mêmes équipes, ou de faire les mêmes activités. Puis ils étaient devenus des adolescents turbulents, jouant les tours habituels des jumeaux à leurs professeurs et leurs amis.

Et tout le long, ils avaient été connectés par un lien viscéral.

Quand Dagmar était tombé de son vélo et qu'il s'était cassé le bras, Magnus l'avait senti. Quand Magnus avait eu un accident de voiture à vingt ans, Dagmar avait été la première personne à l'appeler, ayant su que quelque chose n'allait pas.

Alors quand Dagmar avait été enlevé en visitant un des avant-postes de Food For All, Magnus l'avait immédiatement perçu.

Il avait fait tout ce qui était en son pouvoir pour libérer son jumeau, avançant même personnellement le total de la rançon exigée.

Mais ça ne suffisait pas.

Les enfoirés étaient revenus sur leur accord et avaient doublé le montant.

Il était impensable que Magnus paie pour une Américaine qu'il ne connaissait même pas. Et plus il en avait appris sur cette Lexie Greene, plus il était devenu inflexible. Elle n'avait même pas de formation universitaire, bon sang ! Elle n'était personne. N'avait personne. Pourquoi lui – ou Food For All, d'ailleurs – aurait-il dû payer pour sa libération ? Les employés comme elle, il y en avait à la pelle.

Dagmar était intelligent. Et talentueux. Et il valait quelque chose.

Et Magnus venait d'apprendre que son frère était mort. Mais il n'avait pas besoin d'être informé officiellement.

Il avait déjà su que son autre moitié avait disparu. C'était comme si au moment où c'était arrivé, une partie de son âme avait été détruite.

Il avait un vide dans le torse à l'endroit où était située la présence de Dagmar. Les gens sans jumeau ne pouvaient le comprendre.

Magnus était engourdi.

Pourtant au fond de lui, une étincelle d'émotion était en train de grandir...

La détermination de faire payer la mort de son frère à la personne responsable.

En ce qui le concernait, il n'y avait qu'une seule personne à blâmer.

Cette connasse de Lexie Greene.

Sans elle, Dagmar aurait été relâché quand les ravisseurs avaient appris que les cinq millions étaient rassemblés. Mais à cause de Lexie, ils étaient devenus cupides. Ils avaient décidé d'en attendre davantage.

Magnus se moquait de savoir si on pensait qu'il était fou. Il savait qu'il ne l'était pas. Lexie était la raison pour laquelle l'autre moitié de son âme, son meilleur ami, était *mort*.

C'était une moins que rien ! Si elle avait eu du mérite ou

assez d'importance pour que quelqu'un avance la rançon pour elle, son frère aurait encore été en vie ! Elle était la raison pour laquelle les ravisseurs n'avaient pas libéré son frère.

Et elle allait regretter d'être restée en vie alors que son frère était mort. Magnus ne savait pas comment ni quand, mais il allait faire en sorte que ça arrive.

Lexie Greene devait mourir. Elle aurait aussi bien pu coller un pistolet contre la tête de Dagmar et lui tirer une balle. Ceci était de sa faute. *Entièrement de sa faute.*

CHAPITRE HUIT

Lexie scruta la foule en marchant vers le tapis à bagages de l'aéroport international d'Honolulu. Cela faisait un mois, deux jours et dix-huit heures depuis qu'elle avait vu Midas pour la dernière fois.

La première chose qu'elle avait faite en Allemagne après y avoir été envoyée par Food For All pour parler à un de leurs spécialistes de la relocalisation, c'était trouver un téléphone portable. Elle avait envoyé un e-mail à Midas en lui faisant savoir qu'elle avait désormais un téléphone et il avait répondu en moins de dix minutes.

Depuis, ils avaient communiqué par textos, par e-mail ou par des appels téléphoniques chaque jour, pendant qu'elle passait du temps à se reposer en Allemagne, à rassembler ses idées et à remplacer sa garde-robe. Elle avait choisi de rester si longtemps, car elle devait beaucoup réfléchir à son avenir.

Elle était reconnaissante envers Food For All, car ils avaient fait tout leur possible pour l'aider dans sa transition vers les États-Unis. Ils avaient également payé son hôtel en Allemagne et lui avaient donné tout le temps dont elle avait besoin pour se remettre de ce qu'elle avait traversé et savoir ce qu'elle voulait faire ensuite. Même si elle n'avait été maintenue captive que pendant trois mois, elle avait l'impression d'avoir tout raté. C'était bête, vraiment : il n'y avait pas eu beaucoup de changements, mais s'habituer à pouvoir faire ce qu'elle voulait, quand elle le voulait, était plus difficile qu'elle ne l'avait cru.

On lui avait également permis de choisir sa prochaine mission. Elle pouvait se rendre partout dans le monde où Food For All était présent. En général, elle devait choisir des missions en fonction de ce qui était disponible et de son ancienneté. Même si elle travaillait pour l'organisation depuis une quinzaine d'années, il y avait beaucoup de gens au-dessus d'elle, alors elle n'avait jamais eu les missions les plus prisées.

Quand on lui présenta la liste de tous les lieux où était implanté Food For All, il n'y en avait qu'un qui l'attirait vraiment.

C'était de la folie. Allait-elle vraiment choisir de se rendre à Hawaï à cause d'un homme ?

Oui. Absolument.

Lexie n'arrivait pas à se sortir de la tête le temps qu'elle avait passé avec Midas. Même si elle ne souhaitait à personne de vivre l'épreuve qu'elle avait traversée, elle ne pouvait s'empêcher de se souvenir des attentions de Midas pendant leur visite à l'hôpital de Galkayo. Il avait été assez soucieux d'elle pour ne pas attendre que le médecin lui mette l'intraveineuse. Elle s'était sentie en sécurité quand ils s'étaient cachés des hommes qui la pourchassaient. Elle n'avait encore jamais été protégée par quelqu'un. Et même si elle savait que c'était en partie parce qu'elle représentait une mission, elle était sûre que ce n'était pas la seule raison.

Et ses baisers ne ressemblaient à rien de ce qu'elle avait connu. Elle n'était pas sans expérience, mais elle s'était sentie comme une vierge quand il l'avait embrassée. Simplement parce que ce qu'elle avait ressenti quand il avait posé ses lèvres sur les siennes était nouveau.

Elle avait aussi choisi Honolulu parce que les sensations enivrantes en elle ne s'étaient pas apaisées depuis qu'elle avait dit au revoir à Midas sur ce navire. Elles étaient seulement devenues plus intenses. Il lui envoyait des *memes* amusants, était adorable dans ses textos, et envoyait de longs e-mails décousus sur ce qu'il faisait chaque jour. Il n'agissait absolument pas comme un homme qui ne s'intéressait qu'au sexe. Elle en avait rencontré beaucoup de ce genre. Et aucun n'avait essayé d'apprendre à la connaître comme le faisait Midas.

Elle voulait et elle méritait un homme bon. Qui faisait des efforts pour la rendre heureuse. En retour, elle allait faire de même. Jusqu'ici, rien ne lui avait fait penser que Midas n'était pas cet homme.

Elle avait été très angoissée quand elle l'avait appelé pour lui dire qu'elle avait la possibilité de se rendre à Honolulu. S'il pensait que ce n'était pas une bonne idée, elle pouvait se rabattre sur son deuxième choix : Paris. Elle n'était jamais allée en France et elle s'était dit que c'était un endroit à découvrir au moins une fois dans sa vie.

Mais à la seconde où elle avait mentionné à Midas qu'elle songeait à Hawaï, il avait réagi comme un enfant le matin de Noël. Il était extrêmement enthousiaste, lui disant sans hésitation qu'il adorerait qu'elle vienne à Honolulu.

La voilà donc.

Lexie se sentait comme une ado avec son premier béguin. Chaque fois que son téléphone vibrait ou annonçait un message, elle souriait comme une idiote. Elle avait donné ses horaires de voyage à Midas, mais elle ne s'attendait pas à ce qu'il la rejoigne à l'aéroport. Elle avait prévu de se rendre au petit studio que Food For All lui avait fourni pour y dormir au moins douze heures. Ensuite, elle pouvait faire un brin de toilette et voir si Midas voulait la rejoindre quelque part.

Elle le vit dès qu'elle entra dans la zone des bagages de l'aéroport.

Et il était encore plus beau que dans ses souvenirs.

Midas se tenait au milieu d'une allée, sans se soucier du fait que les voyageurs devaient le contourner avec tous leurs bagages. Il était assez grand pour voir au-dessus de la plupart des passants et ses yeux perçants croisèrent son regard quand elle marcha vers lui.

Il portait un jean qui semblait moulé sur sa silhouette musclée. Il avait aussi l'air d'être né pour porter la chemise hawaïenne qu'il arborait. Les grandes fleurs d'hibiscus bleues ornant la chemise en coton faisaient ressortir la couleur de ses yeux. À ses pieds, il avait une paire de tongs. L'ensemble, avec sa peau bronzée, donnait l'impression qu'il était à sa place dans ce paradis hawaïen.

Il était également intimidant, ainsi. Dans le désert, quand il portait son uniforme, une veste en kevlar, des lunettes de vision nocturne, des bottes et qu'il était couvert de saleté comme elle, elle ne s'était pas sentie aussi impressionnée. Mais en le voyant maintenant, un mètre quatre-vingt-treize de très bel homme, elle s'arrêta net.

Il avança avant que Lexie remarque qu'elle s'était arrêtée de marcher, et il se trouva soudain devant elle. Sans hésiter, il la prit dans ses bras.

Et d'un seul coup, tous les complexes de Lexie s'évanouirent.

Elle s'emboîtait parfaitement contre lui, comme en Somalie. D'accord, ils étaient debout et pas allongés dans un minuscule trou dans le sol ou un petit lit d'hôpital, mais la sensation était la même.

— Bienvenue à Hawaï, dit-il en s'écartant sans retirer les bras autour d'elle.

— Merci, chuchota-t-elle.

— Tu as l'air...

Il arrêta de parler comme pour chercher le mot adéquat.

— Fatiguée ? Ébouriffée ? Comme une des personnes sans domicile que je sers ? demanda-t-elle en fronçant le nez.

Elle s'était habillée confortablement pour les longs vols jusqu'à Hawaï. Son pantalon en coton à taille élastique et son chemisier fin à manches longues n'étaient pas vraiment à la pointe de la mode. Mais c'était confortable, ce qui était le but recherché.

— Extrêmement belle, dit Midas en la parcourant des yeux depuis le haut de sa tête jusqu'au bas de son corps.

Il caressa son bras avec la main et entortilla une mèche de cheveux bruns incontrôlables. Elle avait fait de son mieux pour les domestiquer avant de quitter l'Allemagne, mais après tant d'heures de voyage, et après avoir dormi dans les fauteuils inconfortables des avions, elle était certaine qu'ils étaient aussi peu présentables que la première fois qu'elle l'avait rencontré.

Lexie sentit son ventre se serrer pendant qu'il se contentait de la regarder. Ses yeux lui indiquèrent tout ce qu'elle avait besoin de savoir. Qu'il était tout aussi heureux de la voir qu'inversement. Une partie de l'angoisse concernant le bien-fondé de sa venue ici se dissipa. Si Midas se jouait d'elle, c'était un maître absolu. Mais elle ne le croyait vraiment pas. C'était agréable de connaître un homme qui était ouvert au sujet de ses sentiments.

Puis lentement, comme s'il attendait qu'elle le rejette – ce qui n'allait absolument pas se produire – Midas pencha la tête vers elle. Lexie se leva sur la pointe des pieds et le rejoignit à mi-chemin. Leur baiser fut tendre et doux, et bien trop court d'après elle. Mais toutes les étincelles qu'elle avait ressenties un mois auparavant étaient encore là.

— Je t'ai apporté quelque chose, dit Midas en la lâchant à contrecœur et en se penchant pour ramasser le sac en papier à ses pieds.

Lexie n'avait même pas remarqué qu'il portait le sac : elle avait été trop occupée à reluquer son corps.

Il sortit un collier de fleurs incroyable et lui sourit.

— Puis-je ? demanda-t-il.

Lexie ne savait pas pourquoi elle rougissait, mais elle sentit la chaleur de ses joues. Elle hocha la tête et baissa le menton pendant qu'il levait le collier de fleurs au-dessus de sa tête.

À la seconde où les fleurs s'installèrent sur ses épaules, elle fut entourée par l'odeur du plumeria.[1]

Elle baissa la tête et enfouit son nez dans les pétales avant de lui sourire.

— J'adore. Merci.

— Avec plaisir, lui dit Midas avant de retirer doucement ses cheveux du collier.

Les pétales étaient frais contre sa joue, mais c'était la sensation de ses doigts contre sa peau qui lui donna des frissons.

— Tes affaires devraient être sur le carrousel numéro trois, dit-il en lui tendant une main et en attrapant son bagage à main de l'autre.

Lexie ne put s'arrêter de sourire alors qu'ils traversaient l'aéroport côte à côte. C'était bête, mais personne ne l'avait jamais rejoint à l'aéroport auparavant. Elle avait toujours rassemblé ses propres bagages et s'était rendue vers la file des taxis pour parvenir au logement que Food For All avait prévu pour elle. Elle comprenait comment on pouvait s'habituer à ce genre d'attentions. Elle le comprenait vraiment.

Et cela angoissa un peu Lexie. Ça allait être extrêmement douloureux si ça ne fonctionnait pas entre Midas et elle. Elle savait qu'il allait mettre la barre très haut pour de potentiels futurs petits amis. Il l'avait déjà fait avec ses e-mails et ses appels téléphoniques, en la rejoignant à l'aéroport, en lui offrant le collier de fleurs.

Merde, ce n'était peut-être pas une bonne idée, finalement.

— Je sais que tu es sans doute épuisée, alors j'ai demandé aux autres de repousser la grande fête de « bienvenue à Hawaï » qu'ils avaient prévue pour toi.

Lexie écarquilla les yeux.

— Quoi ?

— Ils sont enthousiasmés par ton arrivée. Pas aussi heureux que moi, mais presque. Alors ils ont prévu un barbecue sur la plage pour te souhaiter la bienvenue en ville. L'immeuble d'Aleck possède une superbe plage privée et des grills que nous pouvons utiliser. Élodie a accepté de cuisiner pour nous, même si ce n'était pas dur de la convaincre. Ce sera ce week-end à la place, samedi après-midi. Est-ce que ça te va ? Sinon, nous pouvons le décaler. Je leur ai dit qu'il te faudrait d'abord vérifier avec tes patrons ici et voir à quoi ressemble ton emploi du temps.

Lexie avait la tête qui tournait.

— Euh... waouh. D'accord.

— Qu'est-ce qui ne va pas ? C'est trop ? Les autres peuvent être un peu... enthousiastes, parfois. Et nous avons tendance à inventer n'importe quelle excuse pour nous voir pendant nos loisirs. Si tu n'as pas envie de...

— Si, si, le rassura-t-elle vite. C'est juste que je n'ai encore jamais eu une fête de bienvenue.

Midas lui sourit.

— Je suis heureux de pouvoir être ton premier.

Merde, c'était un peu salace en sortant de sa bouche, mais Lexie se contenta de faire un sourire en coin.

— Ha. Pardon. On aurait dit un pervers, dit-il lorsqu'ils s'approchèrent du tapis à bagages.

Il lâcha le petit bagage et la plaqua à nouveau contre lui. Lexie atterrit contre son torse avec un petit *ouf*. Il sourit.

— Je n'arrive pas à croire que tu es là.

— Moi non plus, dit-elle en posant les mains sur son torse.

Son sourire s'estompa lorsqu'il devint plus sérieux.

— Mais je suis tellement reconnaissant pour ça. Ceci n'est pas anodin pour moi. Je sais que ça va vite, mais je n'ai pas pu arrêter de penser à toi depuis que j'ai quitté ce navire. J'ai adoré chaque conversation que nous avons eue et je vivais pour tes messages et tes e-mails. Tu es différente, Lexie. Je ne sais pas pourquoi, mais tu l'es.

Elle déglutit. Elle ne savait pas du tout comment il avait compris qu'elle avait besoin d'être rassurée. D'un autre côté, peut-être ne le savait-il pas et était-il tout aussi nerveux qu'elle. Mais elle appréciait qu'il ne tourne pas autour du pot et qu'il dise exactement ce qu'il pensait. C'était rafraîchissant et elle espérait que c'était bon signe pour leur relation.

— Pareil pour moi. J'étais angoissée à l'idée de ce que j'allais faire après la Somalie. Sans toi et la femme de Food For All qui m'avez plus ou moins tenu la main en m'expliquant ce qui allait se passer ensuite et en m'aidant avec les médias, je ne sais pas ce que j'aurais fait.

— Tu aurais trouvé, j'en suis certain, lui dit Midas. Les quelques interviews que tu as faites étaient parfaites. Tu as très bien condamné les ravisseurs tout en mettant la lumière sur les gens moins fortunés dans le monde. Ton organisation devrait être très fière de toi.

Lexie haussa les épaules d'un air gêné.

— Tu étais là-bas. Tu as vu comme les habitants veulent désespérément nourrir leur famille et vivre sans avoir constamment à s'inquiéter de la corruption, d'où vient leur repas suivant et s'ils auront un toit au-dessus de leur tête, Je ne suis pas d'accord avec les enlèvements contre rançon, mais je les comprends.

— Eh bien, il n'y aura pas d'enlèvement ici au paradis, dit fermement Midas.

— Parfait.

Ils restèrent longtemps à se regarder, ignorant le brouhaha des gens qui bavardaient autour.

— Mustang avait raison, dit Midas au bout d'un moment.

— À quel sujet ?

— Il a prétendu que si ça devait fonctionner, ça allait fonctionner.

Lexie fronça le nez.

— Euh... On dirait un proverbe très vague que les gens mettent dans les biscuits chinois.

Midas éclata de rire et Lexie l'observa. Il était si beau, encore plus quand il riait. Et elle était dans ses bras. Bon sang, elle avait l'impression d'être la femme la plus chanceuse au monde.

— C'est grosso modo ce que je lui ai dit. Mais te voici.

Elle aurait pu suggérer qu'il n'y avait aucune garantie pour que ça marche entre eux. Les relations exigeaient un travail difficile, et il était possible qu'ils découvrent qu'ils n'étaient pas aussi compatibles que ce qu'ils espéraient. Même si elle adorait parler avec Midas et qu'il semblait y avoir un lien, au bout de quelques mois, les choses pouvaient être très différentes. Mais elle ne regrettait pas de prendre le risque et de venir à Hawaï. Si la relation avec Midas ne fonctionnait pas, elle allait être très malheureuse, mais elle allait finir par s'en sortir. Elle était à Hawaï, elle faisait un métier qu'elle adorait, et elle n'avait pas besoin d'un homme pour être heureuse, elle l'avait déjà prouvé.

Elle ne pouvait cependant nier qu'avoir Midas à ses côtés était extrêmement agréable.

Les valises commencèrent à apparaître sur le tapis roulant et Midas la tourna dans ses bras afin de coller le dos de Lexie contre son torse, ses mains autour de sa taille. Elle indiqua sa valise et il la souleva sans même un grognement. Lexie était impressionnée : elle savait comme elle était lourde. Elle avait dû payer des frais supplémentaires en Allemagne parce qu'elle dépassait le poids autorisé.

Elle attrapa la poignée de son bagage à main pendant que Midas tirait la grosse valise vers la sortie. Une fois de plus, il lui prit la main et lui sourit afin de passer la porte.

Lexie inspira profondément, appréciant l'odeur de l'air tropical. Elle n'arrivait pas à croire qu'elle était vraiment là. À Hawaï. Oui, elle avait choisi cette mission parce que Midas vivait ici, mais elle était enthousiaste à l'idée de vivre tout ce que l'île d'Oahu avait à offrir. La randonnée, la nage, le bodyboard, la plongée sous-marine, les visites touristiques, assister à un luau[2]... elle voulait tout faire.

— Tu as l'air heureuse, fit remarquer Midas quand ils s'approchèrent de son véhicule.

Lexie se contenta de fixer la Ford mustang décapotable dans laquelle Midas posait sa valise.

— Elle est à toi ? demanda-t-elle.

— Non. J'ai juste décidé qu'elle avait l'air cool et je me suis demandé si ta valise passait sur le siège arrière, dit-il avec un visage sérieux.

Lexie tourna son regard surpris vers lui.

Il rit.

— Oui, bien sûr qu'elle est à moi. Je sais que c'est un peu exagéré, mais quand je suis arrivé ici au début, je ne pouvais pas m'imaginer rouler sans décapotable. C'était une bonne affaire, parce qu'elle a quelques années.

— Elle est... merde, Midas, elle est parfaite.

Le sourire de Midas s'élargit.

— Je vois que tu l'apprécies.

— L'apprécier ? Je l'adore !

Il lui prit son bagage à main et l'ajouta à la valise à l'arrière.

— As-tu quelque chose pour attacher tes cheveux ? J'adore tes cheveux quand ils sont tout ébouriffés, mais je me dis que tu ne seras pas ravie quand nous arriverons chez toi et qu'il te faudra essayer de les brosser.

Lexie hocha la tête. En général, elle avait un élastique sur elle. Elle fouilla dans son sac à main et trouva un vieux chou-chou en tissu. Elle savait qu'il faisait très années 80, mais elle s'en moquait. C'était mieux pour ses cheveux parce qu'ils étaient si épais.

Elle noua vite ses mèches en un chignon décontracté sur la nuque.

— Prête, déclara-t-elle joyeusement.

— Allez, viens, laisse-moi te montrer mon île, dit-il en ouvrant la portière du côté passager.

— *Ton* île ? le taquina Lexie en s'asseyant. Je ne savais pas qu'elle t'appartenait en entier.

Il gloussa en faisant le tour jusqu'au côté conducteur. Il monta et posa un bras sur le dossier du siège de Lexie.

— Lex ?

— Oui ? demanda-t-elle.

— Je vais faire tout mon possible pour que tu ne regrettes pas d'être venue.

Il semblait complètement sérieux.

— Je ne vais pas le regretter, quoi qu'il arrive.

— Je suis tellement heureux que tu sois ici, dit-il avant de se pencher vers elle.

Une fois de plus, Lexie le rejoignit à mi-chemin. Elle se voyait bien s'habituer à embrasser cet homme quand elle en avait envie.

Cette fois, leur baiser fut long, lent et profond. Lexie haletait quand Midas s'écarta. Il leva la main et fit courir le pouce sur sa lèvre inférieure de façon sensuelle, lui souriant tendrement avant de démarrer la voiture.

Pendant qu'ils traversaient le parking et qu'ils se dirigeaient vers l'autoroute, Lexie essaya de comprendre ce qui était si différent chez Midas par rapport à tous les autres hommes qu'elle avait fréquentés. C'était peut-être la façon dont il était entièrement en symbiose avec elle quand ils étaient ensemble. Il ne cherchait pas à savoir s'il y avait du monde alentour. Il n'était pas perdu dans ses pensées, songeant à quelqu'un ou quelque chose d'autre. Il était focalisé sur elle et sur ce qu'elle disait et faisait.

C'était un peu intimidant, mais aussi extrêmement flatteur.

Peut-être était-ce parce qu'il était très imposant. Pas seulement grand, mais musclé et clairement capable de gérer quelqu'un qui pouvait essayer de dire ou de faire quelque chose d'impoli. Peut-être était-ce parce qu'elle l'avait connu adolescent et qu'ils avaient cela comme base pour ce qu'ils ressentaient maintenant. Ou alors c'était simplement une histoire d'alchimie intense et d'attirance sexuelle.

Quelle que soit la raison qui les reliait, Lexie n'allait pas la remettre en cause.

Elle ne pouvait pas s'arrêter de sourire pendant qu'ils se

dirigeaient vers le centre d'Honolulu. Le vent frappait son visage, le soleil dardait ses rayons sur eux et même si elle était fatiguée par son voyage, Lexie était surexcitée.

Ensemble, ils découvrirent comment atteindre le bâtiment dans lequel se trouvait son petit studio en centre-ville. Il n'avait rien de spécial et le quartier entourant l'immeuble n'était pas dans la meilleure partie de la ville, mais Lexie avait vécu dans de pires endroits. Bien pires. Rien ne pouvait la décevoir en ce moment.

Ils s'adressèrent au gardien de l'immeuble et quand il eut vérifié ses papiers d'identité et qu'elle eut signé quelques paperasses, il lui donna une clé de son nouveau logement. Midas monta avec elle pour y jeter un coup d'œil. Elle était au vingtième étage et heureusement, pas trop proche de l'ascenseur. Lexie déverrouilla impatiemment la porte et entra.

Le décor datait sans doute des années 70, et il y avait une légère odeur de moisi, mais ça ne l'inquiétait pas trop. La cuisine se trouvait immédiatement à gauche en entrant. Il y avait un petit évier, un micro-ondes, une cuisinière avec deux plaques, et ce qui ressemblait à un minuscule four. Un petit réfrigérateur était calé contre le mur et un bar assez long pour s'installer confortablement à deux personnes séparait la zone de la cuisine du reste de la petite pièce. Il y avait un lit double au milieu du salon, une petite commode contre le mur à l'opposé, un tout petit bureau, et c'était tout.

Tout cela n'intéressait pas Lexie. Elle s'approcha immédiatement de la fenêtre et ouvrit les rideaux, impatiente de voir la vue.

Pendant une seconde, elle se contenta de fixer ce qu'elle voyait. Puis elle se mit à pouffer. Cela se transforma en éclats de rire. Puis elle partit d'un fou rire.

— Euh... waouh, dit Midas en venant se placer à côté d'elle.

Lexie riait trop fort pour répondre tout de suite. Elle regarda à nouveau par la fenêtre et au lieu de l'océan au loin, ou même des montagnes de l'intérieur de l'île, tout ce qu'elle voyait, c'était l'immeuble à côté du sien. Sa chambre était juste en face d'un autre appartement dans cet immeuble.

Et un homme âgé se baladait dans son salon en ne portant rien d'autre qu'un slip.

Elle referma immédiatement les rideaux et se tourna vers Midas. Il la regardait avec un mélange d'amusement et de pitié.

Lexie parvint à se contrôler et haussa les épaules.

— Enfin, la vue n'est pas telle que je l'espérais, mais je suis toujours à Hawaï, lui dit-elle.

— Tu es toujours optimiste, n'est-ce pas ?

— Comment pourrait-il en être autrement ? demanda-t-elle avec sérieux. Je suis en bonne santé, j'ai un toit au-dessus de ma tête, un travail, et je suis à Hawaï. Si j'ai envie d'aller voir la plage, je peux y aller en quelques minutes. Et... tu es là, termina-t-elle timidement.

— Je suis là, acquiesça-t-il en faisant un pas vers elle.

Le pouls de Lexie accéléra lorsqu'elle regarda Midas.

Il retira lentement le chouchou qu'elle avait mis dans ses cheveux en faisant attention à ne pas tirer trop fort. Puis il libéra ses boucles et sourit.

— Putain, j'adore tes cheveux, murmura-t-il avant de se pencher et de l'embrasser.

Mais au lieu du long baiser dont Lexie avait terriblement envie, il s'arrêta bien trop tôt.

— Je vais partir. Tu veux sans doute défaire tes bagages et je sais que tu es fatiguée. Je t'appellerai plus tard, si ça te va.

Lexie hocha la tête avec enthousiasme.

— Oui, ça me va vraiment. Je vais aller rencontrer mon nouveau patron et voir quel est mon emploi du temps afin que je puisse te tenir au courant pour samedi.

— Parfait. Que veux-tu faire en premier, maintenant que tu es à Hawaï ? demanda Midas.

— Manger un granité hawaïen, répondit-elle immédiatement.

Midas éclata de rire et le son résonna dans le petit espace.

— De tout ce que tu peux faire, c'est *ça* que tu choisis ?

— Eh bien... oui. J'ai entendu dire que c'était merveilleux.

— C'est surfait, rétorqua Midas. Mais si c'est ce que tu veux, nous ferons ça.

— Merci, dit-elle, émue par la générosité de cet homme.

— Il me tarde de te faire visiter.

Il se pencha, l'embrassa tendrement sur le front et se dirigea vers la porte. Avant de sortir, il se tourna et dit :

— Pour commencer, nous irons acheter des stores qui laissent entrer la lumière, mais qui empêchent les gens de voir à l'intérieur. D'accord ?

— D'accord, acquiesça Lexie.

La porte se referma derrière Midas avec un petit bruit et Lexie se rendit compte qu'elle souriait encore comme une folle.

Chaque fois qu'elle arrivait dans une nouvelle ville ou un nouveau pays, elle redoutait tout. C'était la première fois qu'elle ne ressentait pas autant cette appréhension. Lexie savait que c'était grâce à Midas.

Il lui tardait de passer plus de temps avec lui et de revoir ses amis. Elle les avait appréciés après le peu de temps qu'elle leur avait parlé et elle était impatiente de rencontrer Élodie. C'était un peu intimidant de penser à la force de cette femme. Elle avait traversé des choses très dures, et en plus, elle était apparemment une chef renommée. Lexie avait tout juste eu son diplôme de lycée et elle n'avait pas de compétences dont elle pouvait se vanter. Mais après tout ce qu'elle avait entendu sur la femme de Mustang, elle espérait qu'elles pourraient néanmoins devenir amies.

Lexie s'approcha des bagages laissés près de la porte. Elle aurait dû aller à l'épicerie qu'elle avait vue devant l'immeuble de son appartement, mais pour l'instant, elle avait plus besoin d'une sieste que de manger. Elle allait défaire ses valises, prendre une douche, puis une longue sieste. Ensuite, elle pouvait commencer sa vie ici, à Hawaï.

Son téléphone vibra, annonçant un texto, et elle le sortit de sa poche.

En souriant, elle lut le message que Midas venait de lui envoyer.

Midas : Je suis très content que tu sois ici. Bienvenue à Hawaï.

Lexie savait qu'elle avait encore un autre sourire mièvre sur le visage, mais elle ne put s'en empêcher. Elle porta le téléphone à ses lèvres pour dicter une réponse.

Lexie : Merci. Moi aussi. Merci d'être passé me prendre à l'aéroport.

Midas : Je t'en prie, Lex. Avec plaisir. Repose-toi. On se voit bientôt.

Au moment où elle posa le téléphone sur le comptoir, elle remarqua qu'elle avait reçu un e-mail qu'elle n'avait pas vu plus tôt. Il était sans doute arrivé quand elle était en avion. Il venait de Magnus Brander.

Elle lui avait envoyé deux messages en souhaitant lui offrir ses condoléances. Elle détestait ne pas avoir pu se rendre au Danemark pour les funérailles de Dagmar.

Mlle Greene,

Merci pour vos messages. Vous avez raison, mon frère me manque terriblement. Il m'a fallu tout ce temps pour pouvoir répondre à toute la correspondance. Comme vous étiez une des dernières personnes à l'avoir vu, j'aimerais beaucoup vous parler, découvrir plus de choses sur le temps que vous avez passé dans le désert. Je vous contacterai.

Sincères salutations,

Magnus Brander

Elle était soulagée que Magnus lui ait envoyé un e-mail. Elle était tout à fait prête à lui parler de son frère. Dagmar ne méritait pas ce qui lui était arrivé et elle avait encore des difficultés à croire qu'il était mort.

En se promettant de répondre au message plus tard, Lexie posa son téléphone sur le petit comptoir de la cuisine et attrapa sa valise. Elle avait du mal à se dire qu'elle était à Hawaï, dans la même ville que Midas. Sa vie s'était nettement améliorée.

CHAPITRE NEUF

— Arrête de faire les cent pas, enfin ! Tu es en train de me rendre nerveux, moi aussi, se plaignit Aleck.

Midas fronça les sourcils.

— Je ne suis pas nerveux.

— Mais bien sûr... rétorqua Aleck en levant les yeux au ciel.

— D'accord, très bien. Je suis un peu nerveux, mais c'est juste parce que Lexie ne voulait pas que je passe la prendre. Elle a dit vouloir apprendre le système des bus et qu'elle me rejoignait ici, termina Midas.

Cela faisait trois jours que Lexie était arrivée à Hawaï. Il lui avait parlé chaque jour et l'avait vue les deux premiers. Ceci allait être le troisième, et il était pressé de la revoir.

Lexie était... amusante. Pas du genre à bondir sur place et à attirer l'attention sur elle-même, mais Midas trouvait que lorsqu'il était avec elle, il souriait tout le temps. Il adorait la voir vivre pour la première fois tout ce qu'Hawaï avait à offrir. Il faisait également une liste mentale de toutes les choses qu'il voulait lui montrer.

Mais aujourd'hui, elle venait jusqu'à l'immeuble d'Aleck et ils allaient tous manger ensemble avec le reste de l'équipe et Élodie. Lexie lui avait dit qu'elle était enthousiaste à l'idée de rencontrer la jeune femme, mais aussi nerveuse. Il était tout à fait certain qu'elle n'avait pas à s'inquiéter. Élodie était tout aussi pressée de la rencontrer. Il était sûr que les deux femmes allaient très bien s'entendre.

Tout le monde était dehors dans un des pavillons près de la plage. Élodie se trouvait déjà près du barbecue, vérifiant que Mustang et Pid ne « gâchaient » pas les hamburgers. Elle était très minutieuse et protectrice de sa nourriture, ce que Midas trouvait hilarant. L'équipe adorait la taquiner en faisant semblant de faire quelque chose de monstrueux en cuisinant, juste pour voir s'ils arrivaient à l'agacer. Cela fonctionnait chaque fois.

Au départ, Midas avait cru que la présence d'Élodie allait changer la dynamique du groupe, mais ce n'était pas le cas. Elle était venue s'ajouter naturellement à la bande, et il espérait que la même chose se produirait avec Lexie.

Il n'était pas prêt à lui faire une demande en mariage, mais il était tout à fait certain de vouloir une relation de longue durée avec Lexie. Il se sentait à l'aise auprès d'elle, comme s'ils se connaissaient depuis des années. Elle le faisait rire, l'excitait et il voulait passer chaque seconde de libre avec elle. Ce dernier signe était le plus gros indice qu'elle était différente de toutes les autres femmes qu'il avait fréquentées.

Il avait même parlé de Lexie à sa mère, l'autre soir. Elle avait appelé pour avoir des nouvelles et Midas n'avait pas hésité à lui parler de la jeune femme connue au lycée avec laquelle il avait repris contact.

Il avait bavardé pendant vingt minutes sans s'arrêter avant que sa mère finisse par éclater de rire.

— Quoi ? avait demandé Midas.

— Je ne t'ai encore jamais entendu parler ainsi de qui que ce soit, avait répondu sa mère.

— Comment ?

— Sans t'arrêter. Comme si elle était parfaite.

Ce n'était pas comme si Midas pensait que Lexie n'avait pas

de défauts. Il savait qu'elle en avait. Tout comme lui. Mais ça ne l'inquiétait pas du tout. Ses bonnes qualités compensaient de très loin les défauts qu'il pouvait découvrir au cours des semaines et des mois suivants.

Bien sûr, sa mère était ravie pour lui et avait dit qu'il lui tardait de rencontrer Lexie. Midas ne savait pas du tout quand cela arriverait, car ses parents vivaient à Portland et il était ici à Hawaï, mais ils faisaient en sorte de lui rendre visite de temps en temps. Les vacances à Hawaï n'étaient pas une épreuve. Et s'ils pouvaient combiner un voyage pour voir leur fils avec une escapade romantique, c'était encore mieux.

Son téléphone vibra dans sa main et Midas le regarda immédiatement.

Lexie : Je viens de descendre du bus. J'arrive.

— Lex est là, dit-il à ses amis. Je reviens.

Tout le monde hocha la tête et Midas partit au pas de course. Il traversa l'accueil de l'immeuble et sortit par la porte d'entrée. À sa droite, il aperçut Lexie et se dirigea vers elle.

Elle avait les cheveux attachés en queue de cheval basse aujourd'hui et elle portait un short marron clair et un débardeur avec un gros ananas au milieu. Elle lui souriait et semblait rayonner.

À la seconde où elle fut à portée de bras, il agit sans réfléchir. Il l'attira contre lui et l'embrassa. Il ne put pas résister.

Elle fondit contre lui en tenant l'avant de son tee-shirt des deux mains.

Chaque fois qu'il la touchait, qu'il l'embrassait, elle semblait s'enfoncer plus loin dans son cœur.

— Salut, dit-il après s'être forcé à lever la tête.

— Bonjour, répondit-elle.

— Des problèmes avec le bus ?

— Non. Les transports publics sont très bien ici. Savais-tu que je peux prendre le bus tout autour de l'île ?

— Oui, mais ça te prendrait deux fois plus longtemps que si tu me laissais te conduire.

Lexie lui sourit.

— Du nouveau depuis que je t'ai parlé hier soir ?

Elle gloussa.

— Quoi, tu penses que je peux avoir gagné la loterie durant les quelques heures que nous ne nous sommes pas parlés ?

— Je ne sais jamais, avec toi. Tu es peut-être sortie te promener et tu as fini par sauver la vie du gouverneur, et tu as été invitée dans leur villa et tu es maintenant la meilleure amie de sa femme.

Lexie leva les yeux au ciel.

— En revanche, je suis bien allée à l'épicerie après notre discussion d'hier soir.

Midas fronça les sourcils.

— Il était tard, fit-il remarquer.

— Je sais, mais je voulais apporter quelque chose aujourd'hui.

— Je t'ai dit de ne pas t'inquiéter pour ça.

— Je sais ce que tu as dit, mais je suis incapable de venir les mains vides. J'ai acheté des ingrédients pour préparer des biscuits.

— Des biscuits ? demanda Midas en regardant le sachet qu'elle portait.

— Oui.

— Quel genre ?

Elle inclina la tête et lui sourit.

— Tu aimes les biscuits ? demanda-t-elle au lieu de répondre à ses questions.

— Bien *sûr* que j'aime les biscuits.

— Je pose la question parce que tu ne me donnes pas l'impression de manger autre chose que ce qui est bon pour toi, dit Lexie en tapotant son ventre plat.

Midas lui saisit la main et la porta à sa bouche. Il embrassa sa paume avant de la poser sur son torse en gardant sa main sur la sienne.

— Je mange des cochonneries, dit-il. Mais je fais beaucoup de sport pour compenser. Maintenant, quel genre de biscuits as-tu préparés ?

— Si je dis avoine-raisins secs, seras-tu déçu ?

— Pas du tout. Pourquoi ?

— Certaines personnes détestent les raisins secs.

— Pas moi. Est-ce ce que tu as préparé ?

— Non. Je veux dire, j'aime tous les biscuits. Tu connais déjà ma gourmandise. Mais j'ai décidé de préparer mes préférés : *pumpkin spice* [1] avec du glaçage au fromage frais et à la cannelle.

Midas se mit à saliver.

— Puis-je en avoir un ? demanda-t-il en tendant la main vers son sac.

Lexie rit en s'écartant.

— Non, ils sont pour le dessert.

Midas fit la moue et Lexie rit encore plus fort.

— Waouh, quel air pathétique !

— Je ne savais pas que tu cuisinais, dit-il en la guidant vers le bâtiment.

— Crois-moi, je ne suis pas une experte. Mais cette recette est très facile.

— Eh bien, je sais qu'ils vont faire un malheur. Les autres adorent les pâtisseries maison.

— J'espère qu'ils vont les aimer. Je sais que tout le monde n'aime pas le *pumpkin spice*. J'aurais bien essayé de faire quelque chose d'hawaïen, mais je n'ai pas eu le temps d'effectuer des recherches.

— Ils vont adorer, la rassura Midas. Et tu as été très occupée au travail depuis ton arrivée.

— C'est vrai. Mais j'aime vraiment beaucoup les gens avec lesquels je travaille.

Midas la couva du regard pendant qu'elle parlait sans s'arrêter des gens qu'elle avait rencontrés à Food For All. Le bâtiment dans lequel travaillait l'organisation se trouvait à quelques pâtés de maisons de son immeuble, et elle avait passé les deux derniers jours à prendre ses repères dans son nouveau travail. Elle avait rencontré les autres employés à plein temps qui travaillaient là, certains des travailleurs à mi-temps et des bénévoles, et elle s'était tout de suite lancée pour aider les gens qui venaient à la recherche de nourriture et d'assistance.

La veille, elle lui avait parlé d'une femme qui était venue demander de la nourriture gratuite pour son mari et elle, ils vivaient dans la rue. En général, ils recevaient assez d'argent en mendiant pour acheter à manger, mais ils avaient été tous les deux terrassés par la grippe et n'avaient pas eu l'énergie de rester assis au soleil en mendiant de la monnaie aux touristes : ils étaient donc épuisés, malades et affamés. Lexie avait emballé de la nourriture pour eux et elle avait accompagné la femme jusqu'à l'endroit où son mari se reposait.

D'un côté, Midas détestait que Lexie se mette si souvent en danger, mais d'un autre, il était terriblement fier d'elle. Elle voyait les gens que la majorité de l'humanité faisait de son mieux pour ignorer. Elle les voyait comme les êtres humains qu'ils étaient et elle les traitait avec respect.

Il lui ouvrit la porte de l'immeuble et suivit Lexie à l'intérieur.

— Waouh, s'exclama-t-elle en regardant l'opulence du bâtiment autour d'elle.

— Oui, c'est un peu exagéré. On se moque tout le temps d'Aleck pour ça.

— Comment peut-il se permettre de vivre ici avec un salaire de l'armée ? Sauf si je suis complètement perdue et que vous gagnez beaucoup plus que ce que je crois.

Midas gloussa.

— Ce n'est pas le cas. Je peux te l'assurer. Aleck est plein aux as. Enfin, ses parents le sont. Ils sont dans l'immobilier et ils ont acheté l'appartement-terrasse de cet immeuble et plus ou moins insisté pour qu'Aleck y vive. Il travaille à les rembourser, mais ses parents n'acceptent pas vraiment son argent.

— Oh, waouh, l'appartement-terrasse ?

— Oui.

— Je n'aurais jamais deviné, dit Lexie.

— Oui, il est vraiment terre-à-terre, mais je dois dire que nous aimons nous rejoindre ici pour faire la fête. Attends de voir son balcon, la vue est incroyable.

— Pas comme ce que je vois en ouvrant mes rideaux, hein ? plaisanta Lexie.

Ce fut au tour de Midas de froncer le nez.

— Euh, non.

Elle gloussa pendant que Midas lui ouvrait la porte de l'autre côté du hall d'entrée. Elle menait à une zone d'herbe derrière l'immeuble, là où étaient situés les pavillons et les grills.

Midas lui prit la main en marchant vers son équipe, et le geste fut aussi naturel qu'une respiration.

Slate fut le premier à les voir.

— Enfin, dit-il d'une voix assez forte pour que tout le monde l'entende. Maintenant, nous pouvons manger.

— Souviens-toi : l'impatient, c'est lui, dit Midas à Lexie lorsqu'ils s'approchèrent.

— Waouh, tout le monde a l'air très différent avec des vêtements, songea-t-elle à voix haute.

Midas se retint de rire.

— Oh merde, je ne voulais pas le dire comme ça, se rattrapa-t-elle presque immédiatement. Je voulais dire, avec des habits normaux. Des shorts et des tee-shirts, pas les uniformes que vous portiez quand je vous ai vus la dernière fois.

— Je savais ce que tu voulais dire, dit Midas, amusé.

— Bon sang, je vais dire autre chose pour me mettre la honte, je le sais.

— Mais non, tout va bien. De plus, je suis certain qu'un des gars va dire quelque chose de stupide dans peu de temps, alors ne t'inquiète pas.

— C'est bon de te revoir ! dit Aleck à Lexie lorsqu'ils entrèrent sous le pavillon.

— Oui, tu as l'air en moins piteux état que la dernière fois, acquiesça Pid.

Jag donna une tape à l'arrière de la tête de son ami.

— C'était impoli, crétin, dit-il.

— Je te l'avais bien dit, murmura Midas à Lexie.

Il était ravi de voir qu'elle souriait et qu'elle n'était pas du tout offensée par l'affirmation sincère bien que gênante de Jag.

— Salut, dit Slate en hochant la tête.

Mustang s'approcha d'eux avec un sourire.

— Je suis ravi que tu aies pu t'organiser pour venir à Oahu. Quand mes hommes sont heureux, je suis heureux. Et crois-moi, Midas est surexcité, putain.

— Scott, tu ne devrais sans doute pas jurer quand tu rencontres quelqu'un pour la première fois, le gronda Élodie.

— Je ne la rencontre pas pour la première fois, protesta Mustang. De plus, Midas est vraiment putain de surexcité. Il est de bien meilleure humeur depuis qu'elle est arrivée.

— Mustang, l'avertit Midas en voyant Lexie rougir.

— D'accord, pardon. Je dis juste... c'est très agréable que tu sois ici.

— Merci, je suis très contente d'être là, répondit Lexie poliment.

— Et moi, je suis Élodie, dit la moitié de Mustang en tendant la main. Scott m'a raconté tout ce qui t'est arrivé. D'accord, pas tout, parce qu'il ne peut pas le faire légalement, mais il m'en a dit assez. C'est fou que nous ayons toutes les deux eu des accrochages avec des Somaliens.

— Tous les habitants de la Somalie ne sont pas mauvais, dit Lexie immédiatement. J'ai rencontré des hommes et des femmes incroyables, là-bas.

— Oh, je sais, je ne voulais pas insinuer le contraire, dit Élodie en fronçant légèrement les sourcils.

— C'est juste que la pauvreté est très répandue là-bas. La plupart des habitants n'ont pas les opportunités que nous avons ici aux États-Unis, ou dans d'autres pays. Les pères et les mères doivent nourrir leur famille et ils font ce qu'il faut pour y arriver.

— Je comprends, vraiment, insista Élodie. Tu dois penser que je suis quelqu'un d'horrible, maintenant. Je ne le suis pas, je le jure.

Midas vit Mustang froncer les sourcils et faire un pas vers sa femme, comme pour la protéger.

— Non ! Ce n'est pas ce que je pense du tout, dit Lexie en plissant le front, consternée. C'est *moi* qui suis désolée. J'ai tendance à ne pas m'arrêter de parler de ce qui me passionne et je ne tiens pas compte des connotations de ce que je dis. Je n'approuve pas ce que les pirates ont fait à ton navire-cargo, ni les hommes qui ont enlevé Dagmar et moi, pas du tout.

— Ouf, dit Élodie en faisant semblant d'essuyer la sueur de son front. Pendant une seconde, j'ai cru avoir mis les pieds dans le plat.

— Non, pas du tout.

— Bien. Maintenant, si nos chiens de garde veulent bien se calmer, nous pouvons nous approcher du barbecue et vérifier que Slate n'est pas en train d'écraser les steaks. Je lui ai dit une centaine de fois de ne pas le faire, mais il semble ne pas pouvoir s'en empêcher.

Lexie sourit et Midas se détendit.

Mustang s'écarta également d'Élodie et Midas laissa échapper un soupir de soulagement. Il n'aurait jamais cru être capable d'affronter un de ses coéquipiers, mais quand il s'agissait de Lexie, il comprit qu'il était prêt à le faire. Il aurait cependant dû savoir que Lexie n'aurait jamais laissé dégénérer la situation. Elle était gentille depuis les pointes de ses cheveux indisciplinés jusqu'à ses orteils. Elle faisait le nécessaire pour apaiser les tensions, comme elle venait de le prouver.

— Ne laisse pas Slate te voler un biscuit, avertit Midas lorsque Lexie se dirigea vers le barbecue avec Élodie.

— Des biscuits ? demanda Mustang. Quel genre ?

— *Pumpkin spice*, lui dit Lexie.

— Je pense que tu devrais me laisser les prendre. Je vais les poser sur la table avec le reste de la nourriture, dit Mustang d'un air rusé.

— Ne le fais pas, dit Midas à Lexie. Il est pire qu'Aleck avec les desserts.

Élodie éclata de rire.

— Franchement, vous agissez comme si vous n'avez jamais mangé. Il me semble qu'il y avait une assiette de framboises trempées dans le chocolat il y a vingt minutes, et maintenant c'est complètement vide. Vous n'en avez même pas gardé pour la pauvre Lexie.

Mustang s'approcha de sa femme et la prit dans ses bras.

— Tu ne peux pas nous en vouloir. Tu es simplement trop douée en tant que chef.

— Flatteur, se plaignit Élodie, amusée.

Midas surprit le regard de Lexie et lui sourit. Elle ne semblait pas mal à l'aise et il avait anticipé le fait qu'elle allait très bien s'entendre avec tout le monde. Elle était ainsi. Elle acceptait les gens exactement comme ils étaient.

Élodie quitta son mari et prit Lexie par le bras.

— Viens, nous allons garder tes biscuits contre ces chacals affamés et vérifier que Slate ne gâche pas les steaks en même temps.

Aleck apparut à côté de Midas. Celui-ci arracha son regard à Lexie assez longtemps pour regarder son ami.

— Quoi ? demanda-t-il quand Aleck ne dit rien.

— Rien. Elle me plaît.

Ce n'était pas comme si Midas avait besoin de l'approbation de son ami, mais c'était vraiment agréable de l'avoir.

— Merci. À moi aussi.

— Oui, c'est évident. Mais...

Il s'interrompit.

— Quoi ? demanda encore Midas.

— C'est juste que ç'a été très... vite, termina Aleck en haussant les épaules.

— C'est vrai. Mais nous n'allons pas nous marier demain, lui dit Midas. Elle me plaît. Beaucoup. Nous apprenons encore à nous connaître. Mais je vais te dire une chose, elle ne ressemble à aucune femme que j'ai fréquentée auparavant. Attends un peu, un jour tu rencontreras une femme qui te bouleverse complètement et je te rappellerai cette conversation et ton scepticisme.

Aleck haussa les épaules.

— Ce n'est pas parce que Mustang et toi avez trouvé des femmes fabuleuses que ça nous arrivera.

— C'est vrai, mais parfois, quand on s'y attend le moins, la personne exactement parfaite pour nous tombe du ciel.

Aleck éclata de rire.

— C'est une autre version de la chanson « It's Raining Men », hein ?

— Je parlais au sens figuré, crétin, dit Midas en lui donnant une tape sur l'épaule.

— Sérieusement, je suis heureux pour toi, mon vieux, continua Aleck. C'est juste que je ne veux pas te voir souffrir.

— J'apprécie. Je ne sais pas du tout ce qui se passera entre Lexie et moi, mais j'ai un bon pressentiment. De plus, si ça foire, je sais que tu me soutiendras.

— Carrément, oui, dit Aleck.

— Allez, viens, ces hamburgers doivent être prêts. Je suis mort de faim.

Midas se dirigea vers le barbecue avec Aleck, observant Pid qui riait à cause de quelque chose que Lexie avait dit. Il ne fut pas du tout surpris qu'elle s'intègre aussi bien au groupe. Il imaginait que si on la déposait au milieu d'une tribu primitive cannibale dans la forêt amazonienne, elle deviendrait la meilleure amie de la femme du chef et des enfants en moins d'une heure, accueillie les bras ouverts par tout le monde. C'était un peu théâtral, peut-être... mais ça n'en était pas moins vrai.

* * *

Lexie eut l'impression de devoir se pincer. Deux heures s'étaient écoulées depuis son arrivée et elle avait mangé le hamburger le plus délicieux qu'elle ait jamais goûté, tout le monde avait adoré ses biscuits et les avait dévorés, et ils étaient maintenant dans l'appartement-terrasse de l'immeuble, en train de regarder un orage de l'après-midi arriver depuis l'océan.

L'appartement d'Aleck était tout ce qu'elle avait imaginé et bien plus. Il était luxueux et semblait très coûteux, mais il était aussi confortable. C'était peut-être grâce aux coussins et aux couvertures étalées sur les canapés. Ou aux livres posés un peu n'importe comment sur les étagères. Ou à la vaisselle sale dans l'évier de la cuisine. Il avait l'air habité. Pas comme une espèce d'appartement de démonstration dans lequel on avait peur d'abîmer ce que l'on touchait.

Elle était assise sur le balcon avec Élodie. Les hommes faisaient quelque chose à l'intérieur, Lexie ne savait pas du tout quoi, et elle était heureuse d'avoir l'occasion de parler en tête à tête avec Élodie. Elle supposait que Mustang et Midas avaient peut-être encouragé les autres à leur laisser un peu d'espace, et elle leur était reconnaissante.

— C'est vraiment incroyable, dit Lexie.

— N'est-ce pas ? La première fois que je suis venue ici, j'ai souffert d'une terrible envie de balcon, dit Élodie sans la moindre trace de jalousie.

— Je pense que ce balcon à lui tout seul est plus grand que mon studio, acquiesça Lexie. Et quand j'ouvre mes rideaux, j'ai une vue de près du vieux type dans l'immeuble à côté du mien, et il aime se promener en sous-vêtements.

— Sérieusement ?

— Malheureusement.

Élodie éclata de rire.

— Ça alors ! La même chose m'est arrivée avant que j'emménage avec Scott. Mais au moins, Midas a une belle vue.

— Je ne le savais pas, dit Lexie.

Élodie la regarda, surprise.

— Vraiment ?

— Vraiment. Je veux dire, je suis ici depuis moins d'une semaine.

— Je le savais, mais Midas et toi vous semblez si… proches. Je me suis dit que tu étais allée chez lui.

Lexie avait conscience de rougir, mais elle ne savait pas vraiment pourquoi.

— Nous apprenons encore à nous connaître.

— Vous êtes allés au lycée ensemble, n'est-ce pas ? demanda Élodie.

— Eh bien, plus ou moins. J'ai déménagé à Portland pour mon année de terminale. Nous avions quelques cours ensemble, mais nous ne nous connaissions pas vraiment.

— Ce n'est pas l'impression que j'ai eue d'après ce que m'a dit Scott.

— Eh bien, nous nous connaissions, mais nous ne traînions pas ensemble. Il était le capitaine de l'équipe de natation, champion national, et il était populaire auprès des filles. Moi j'étais… moi. Cependant, on nous a mis ensemble pour un projet, une fois.

— Et ?

— Et quoi ?

— Es-tu tombée follement amoureuse de lui et as-tu regretté son absence depuis ? demanda Élodie avec une lueur dans les yeux.

Lexie éclata de rire.

— Non. J'ai peut-être pensé à lui ici et là, mais il était juste un bon souvenir. Mais ne le lui répète pas, cela pourrait blesser son ego fragile.

Élodie pouffa.

— Oui, aucun de ces hommes ne manque d'estime de soi, hein ?

— Non. Mais d'un autre côté, ils sont tous beaux, honorables, et des SEAL de la Navy.

— C'est vrai.

— Mais sérieusement, c'était nul d'être toujours la nouvelle à l'école. Je n'ai jamais eu d'amis proches parce que quand j'arrivais, ils avaient déjà formé leurs cliques. J'étais toujours en marge, ce qui n'était pas si terrible une fois que je m'y suis habituée. Midas était très populaire et tout le monde savait qu'il allait rejoindre la marine après son diplôme. De mon côté, j'ai de la chance d'avoir eu mon diplôme tout court.

— Vraiment ? Pourquoi ? Ou bien... est-ce impoli ? Pardon. Je ne suis pas très douée pour les bavardages entre filles, dit Élodie, qui semblait un peu gênée.

— Non, ce n'est pas impoli du tout. C'est moi qui ai abordé le sujet. Et j'adore apprendre à te connaître. En général, quand j'ai une nouvelle mission dans une ville différente, je suis seule. C'était agréable d'être invitée aujourd'hui. Bref, je suis dyslexique et ça n'a pas été diagnostiqué quand j'étais à l'école.

— Quoi ? Pourquoi ? Ça n'a aucun sens, dit Élodie, clairement irritée pour elle.

C'était agréable d'avoir un soutien supplémentaire.

— Comme je l'ai dit, nous avons beaucoup déménagé, et je suppose que je suis passée entre les mailles du filet. Ça n'a pas aidé que mon père me dise toujours que j'étais stupide. Je pense qu'une partie de ces remarques se sont infiltrées dans mon esprit et je l'ai cru.

— Quel connard, s'exclama Élodie.

— Oui, il n'allait certainement pas gagner la médaille du père de l'année. Mais il a fait du mieux qu'il pouvait.

— Est-il toujours là ?

— Non. Il est mort il y a quelques années.

— Mmm.

Lexie ne put s'empêcher de rire.

— Quoi ? demanda Élodie.

— Ta réaction a été bien plus... calme que celle de Midas.

— Je peux l'imaginer. Il est comme Scott. Protecteur et avec un sale caractère quand les gens m'ennuient.

— Vous n'êtes pas ensemble depuis très longtemps, si ? demanda Lexie en espérant ne pas être trop curieuse.

— Pas vraiment. Mais à cause de tout ce qui est arrivé, nous avons très vite créé un lien. Je suppose que le danger y est pour quelque chose.

— Oui, acquiesça Lexie.

Élodie lui sourit.

— C'est vrai, tu le sais également, hein ? Est-ce que tu vas vraiment bien après tout ce qui t'est arrivé ? J'ai lu quelques articles dans les journaux et ça me paraît affreux. Bon, ce n'était pas vraiment agréable d'être sur ce navire qui a été pris par les pirates, mais tout a pris fin très vite si on le compare avec ton épreuve.

— Ça n'a pas été amusant, dit Lexie. Mais c'était surtout d'un ennui mortel.

— L'ennui ? répéta Élodie, surprise.

— Oui, en dehors de l'enlèvement. Ça, ç'a été très effrayant, je peux l'admettre. Mais quand nous sommes arrivés dans le désert, nous sommes restés assis et on nous ignorait la plupart du temps. Et quand Dagmar a eu son attaque, nous avons fait encore moins. Avant, nous essayions au moins de marcher un peu et de faire de l'exercice... continuellement sous surveillance, bien sûr. Mais après, je suis restée assise à l'ombre avec lui et j'essayais de lui remonter le moral. Le pire était de ne pas savoir ce qui allait se passer. Nous pouvions être là pour des mois, ou bien les négociations étaient peut-être terminées et nous allions être relâchés. Franchement, je ne pensais pas que quelqu'un allait venir comme l'ont fait Midas et son équipe. C'était complètement inattendu.

— Alors, les ravisseurs vous ont simplement ignorés ?

— Eh bien, pas exactement. Ils aimaient nous provoquer et nous dire que personne n'allait payer la rançon et que nous allions mourir... ce genre de choses.

— Waouh, je suis désolée. Ça doit être horrible.

Lexie haussa les épaules. Elle avait travaillé dur au cours du dernier mois pour dépasser cette épreuve. Ça ne la gênait pas d'en parler avec Élodie, parce qu'elle essayait sincèrement de la comprendre, pas d'obtenir des informations croustillantes qu'elle pouvait mettre dans un article de journal afin d'attirer plus de clics.

— Puis-je te demander quelque chose sans te donner l'impression de juger ? demanda Élodie.

— Bien sûr.

— Alors, après votre sauvetage, vous êtes tous retournés à la ville où vous aviez été enlevés, n'est-ce pas ?

— Oui.

— Pourquoi ? Ça ne me paraît pas logique. Pourquoi n'êtes-vous pas partis à toute vitesse du pays pour vous rendre directement sur le navire américain ?

Lexie soupira.

— Bien sûr, après coup on se dit que c'est ce que nous aurions dû faire. Mais le frère de Dagmar a beaucoup de pouvoir au Danemark et il a fait jouer ses relations et sans doute son argent pour envoyer le médecin personnel de Dagmar par avion jusqu'à Galkayo. Les forces spéciales danoises ont plus ou moins eu l'ordre de le ramener en ville afin qu'il soit examiné avant de le transporter jusqu'au navire.

— Oh.

Oui. C'était nul que Dagmar ait survécu à trois mois dans le désert et à une attaque pour ensuite mourir à cause d'une embuscade à l'hôpital quand des sympathisants – et peut-être même certains des ravisseurs absents lors de la descente sur le campement – ont essayé de le récupérer afin d'obtenir l'argent de la rançon.

— J'ai communiqué par mail avec Magnus et il se sent très mal pour ce qui est arrivé.

— Tu as fait ça ? demanda Midas derrière elles.

Lexie se retourna et vit que Midas, Mustang et Aleck se tenaient dans l'embrasure de la porte du balcon. Elle ne l'avait même pas entendu s'ouvrir.

— Oui.

— Je ne le savais pas, rétorqua Midas en s'approchant d'elle. Avance, dit-il et Lexie obtempéra sans réfléchir.

Il s'installa derrière elle sur la chaise longue, puis l'attira contre lui, de sorte qu'elle l'utilise plus ou moins comme un dossier. Il lui tendit une tasse de café et sans un regard, elle savait qu'il l'avait préparé exactement comme elle l'aimait. Avec une tonne de sucre et de lait et juste un trait de café.

En se détendant contre lui, Lexie continua :

— Je lui ai envoyé un mot juste après être arrivée en Allemagne, ainsi que le lendemain de l'enterrement de Dagmar. Je voulais qu'il sache comme je suis désolée pour ce qui est arrivé. Il lui a fallu un moment, mais j'ai fini par avoir des nouvelles. Il souffre, et il cherche désespérément la moindre information qu'il peut obtenir au sujet des derniers instants de son frère et de son temps passé dans le désert.

— Mmm.

— Qu'est-ce que ça veut dire ? demanda Lexie en étirant le cou pour regarder l'homme derrière elle.

— Du calme, Lex. Rien. C'est juste intéressant, c'est tout.

— Est-ce que vous croyez à cette histoire de lien entre jumeaux ? demanda Élodie à Mustang et Aleck.

Son mari l'avait soulevée et il s'était installé à sa place avant de la faire retomber sur ses genoux. Aleck était sur une troisième chaise, appuyé contre le mur en fixant l'océan et l'orage de pluie qui passait rapidement.

— Je ne suis pas un jumeau, mais si quelqu'un disait

pouvoir ressentir la même chose que son frère ou sa sœur, il me faudrait les croire, dit Mustang.

— Pareil, acquiesça Aleck. Même si ça doit être étrange. Vous imaginez être Magnus et sentir votre frère avoir une attaque, ou sa peur quand il a été enlevé, ou quand son cœur a fini par lâcher à l'hôpital à cause du stress ?

— Je pense que c'est pour cette raison que Magnus veut me parler, dit Lexie. Il veut comprendre ce qui est arrivé.

— Je dois le dire, ajouta doucement Midas. S'il n'avait pas insisté pour que nous nous arrêtions à Galkayo, Dagmar ne serait peut-être pas mort.

Un grand silence suivit son affirmation.

Lexie ne pouvait pas émettre d'objection, car il avait sans doute raison.

— C'est quand même nul, dit-elle au bout d'une minute. Ce n'est pas juste de juger ce que nous aurions dû faire ou pas après coup. Je veux dire, nous pourrions revenir en arrière et dire que nous n'aurions pas dû sortir du bâtiment de Food For All à ce moment précis. Si seulement nous étions restés dix minutes de plus, nous n'aurions peut-être pas été enlevés.

— Ce n'est pas vrai, intervint Slate en les rejoignant sur le balcon.

Il était suivi de près par Jag et Pid.

— Je pense qu'ils ont ciblé Dagmar. Il était un gros bonnet de l'organisation. Et avoir une femme, cela aide toujours la cause. Cela rend les gens plus pressés de la sauver.

— Sérieusement ? C'est stupide, fulmina Lexie.

— Stupide ou pas, c'est un fait, dit Jag en haussant les épaules avant de s'appuyer contre le mur à côté d'Aleck. S'ils avaient pu enlever un enfant, ç'aurait été encore mieux.

Lexie soupira.

— Pourquoi les gens sont-ils si cruels ? Je ne comprends pas.

Midas lui caressa le bras pendant qu'elle buvait une gorgée de café.

— Le bien contre le mal, dit-il doucement. C'est ainsi que va le monde.

— Eh bien, c'est pourri, dit Lexie en faisant une moue.

— Je suis d'accord. Mais tu fais ta part pour aider ceux qui ont moins de chance, dit Pid. Comment ça se passe, d'ailleurs ?

C'était la bonne question à poser. Lexie adorait parler des hommes, des femmes et des enfants avec lesquels elle travaillait.

— C'est intéressant de voir les différences des besoins dans chaque ville où j'ai travaillé. La faim et la nécessité d'un abri sont constantes, mais ici à Hawaï, il y a moins de familles entières sans domicile, et plus d'hommes et de femmes avec des problèmes mentaux que dans les autres endroits que j'ai vus.

— Oui, c'est un problème, acquiesça Aleck.

— Mais tu fais attention, hein ? demanda Midas.

— Bien sûr. Ils ne sont pas aussi effrayants que tu le penses.

— Euh... d'accord, si tu le dis, répondit Midas en ne la croyant apparemment pas du tout.

— C'est vrai, insista-t-elle.

— Waouh ! Regardez ! intervint Élodie dont l'émerveillement s'entendait facilement dans la voix.

En regardant l'endroit qu'elle montrait, Lexie retint son souffle. Deux arcs-en-ciel parfaits surplombaient l'océan devant eux.

— Oh, mon Dieu, c'est magnifique, chuchota-t-elle.

— Bof. Attendez deux minutes et les touristes vont revenir sur la plage, en criant à tue-tête et en gâchant tout, dit Aleck d'un ton cynique.

— Sérieusement ? dit Lexie.

— Oui.

— Non, je veux dire : tu vas sérieusement rester là et ne pas admettre que ces arcs-en-ciel sont incroyables ? précisa Lexie.

— Oui, répéta Aleck avec un sourire.

— Tu es pourri gâté, déclara Élodie.

— Totalement, acquiesça Lexie.

— Je déteste ne pas être du côté de mon frère, mais elles ont un peu raison, affirma Slate avec un sourire en coin.

— Nous devrions peut-être échanger nos appartements. Qu'il voie mon voisin nu pendant un moment, il apprendra à mieux apprécier cette vue incroyable.

— Est-ce une *femme* nue ? demanda Alex. Si c'est le cas, il se pourrait bien que j'accepte.

— Non. Pense plutôt à Homer Simpson en sous-vête-ments, en train de se gratter le cul avant d'attraper son repas du soir.

— Bèèèèh, dit Élodie.

— Dégoûtant, acquiesça Pid.

Lexie éclata de rire.

— Oui.

— Oh, waouh, regardez ces arcs-en-ciel sublimes, dit Aleck d'une voix traînante.

Tout le monde rit alors.

Lexie sentit Midas poser le menton sur son épaule, et elle lui jeta un coup d'œil.

— À l'aise ? demanda-t-elle.

— Extrêmement.

Elle aussi. Elle se détendit et lui donna un peu plus de son poids. Elle avait encore du mal à croire qu'elle était à Hawaï, dans un appartement-terrasse, sur un immense balcon avec une vue incroyable, à s'extasier devant un double arc-en-ciel avec des gens qui devenaient très rapidement des proches. Comment pouvait-il s'agir de sa vie ? Parfois il était même diffi-cile de se souvenir des longues journées et des nuits dans le désert.

— Heureuse ? demanda Midas quand les autres commen-cèrent une conversation sur ce qu'ils avaient envie de faire le week-end suivant.

Il lui avait déjà dit que l'équipe faisait de son mieux pour se voir au moins une fois par semaine en dehors du travail. Cela permettait de maintenir de vraies relations basées sur plus que les histoires de l'armée.

— Tellement que c'est un peu effrayant, lui dit Lexie avec sincérité.

— Veux-tu venir chez moi demain ? Je pourrais te conduire à Waikiki pour que tu puisses visiter.

— J'aimerais beaucoup.

— Mais je passe te prendre, dit-il d'un ton sévère.

Lexie rit.

— D'accord.

— Lex ?

— Oui ?

— Merci.

— Pour quoi ?

— D'être ici. Je sais que tu pouvais choisir tes missions et le fait que tu aies choisi Hawaï compte énormément.

Ce n'était ni le moment ni l'endroit d'être fleur bleue, mais elle allait faire en sorte que Midas sache qu'elle n'avait pas hésité. Elle avait ressenti quelque chose avec lui. C'était peut-être allé plus vite à cause de ce qu'ils avaient traversé ensemble, mais être ici lui donnait vraiment l'impression d'avoir pris la bonne décision.

— Avec plaisir, dit-elle doucement.

Elle méritait ceci. Elle méritait d'être heureuse. Et elle l'était tout à fait.

Midas l'embrassa sur la tempe avant de se laisser retomber contre le dossier. Elle serra le bras qu'il avait posé autour de sa taille et reporta son attention vers les arcs-en-ciel qui étaient en train de se dissiper. Elle pria pour que leur connexion soit plus solide que la beauté éphémère du soleil rencontrant la pluie.

* * *

Magnus ignora le téléphone qui sonna sur le bureau devant lui. Il savait qu'il devait répondre. C'était sans doute son assistant qui allait le supplier de regarder une feuille de calcul ou un e-mail. Mais comment pouvait-il se concentrer sur le travail alors qu'il ne ressentait qu'un énorme trou béant dans la poitrine ?

Il ressentait physiquement le lien rompu avec Dagmar. Les médecins se seraient moqués de lui. Ses amis ne pouvaient pas le comprendre. Mais Magnus savait ce qu'il ressentait. Une part de lui était partie pour toujours, elle était morte dans cet hôpital en même temps que son frère.

Il avait *senti* Dagmar mourir. Il avait senti sa terreur, sa douleur, sa colère.

Et c'était la colère qui commençait à bouillonner en Magnus maintenant. Il savait pourquoi son frère avait été en colère dans ses derniers instants. Il était outré d'être sur le point de mourir alors qu'il aurait dû être revenu en sécurité au Danemark.

Ce n'était pas un secret que Magnus avait personnellement récolté l'argent exigé par les ravisseurs. Dagmar l'aurait su, il l'aurait attendu de sa part. Mais quand ils avaient finalement doublé la somme, exigeant cinq millions pour chaque otage, cela avait scellé le sort de Dagmar.

Ç'aurait dû être cette connasse ! La femme pour laquelle personne ne voulait payer.

C'était *elle* qui aurait dû mourir, pas son frère intelligent, talentueux, sociable.

Et pendant que Magnus lisait l'e-mail devant lui, il en était encore plus certain.

Magnus,

Ton frère n'a pas été content quand nous avons appris que nous n'allions pas être libérés. Nous avions entendu nos ravisseurs parler d'une rançon. Ils ont dit que comme cinq millions avaient été rassemblés si vite, ça ne serait pas trop dur de rassembler cinq autres millions. Dagmar a essayé de leur dire qu'un geste de bonne volonté de leur part aurait été d'en relâcher un d'entre nous, mais ils se sont contentés de rire.

Il savait que tu avais fait ce que tu pouvais pour lui. Il t'aimait tellement. Il parlait du fait que vous pouviez toujours vous sentir l'un l'autre. Il a souvent dit qu'il s'inquiétait pour toi, que tu n'allais pas bien. Mais il savait aussi que tu faisais ton possible pour le libérer. Même quand il a eu son attaque, il a dit que tu le saurais et que tu ferais ce que tu pouvais pour l'aider.

Tu as eu de la chance de l'avoir pour frère.

~Lexie

Oui, il avait effectivement de la chance. Et sans elle, il aurait *toujours* son frère.

Magnus n'avait jamais compris le côté charitable de son frère. Il était bien plus heureux en restant chez lui au Danemark et en profitant des petits plaisirs de la vie. Il n'était pas marié, préférant payer la compagnie d'une femme quand il en avait envie, puis la jetant dehors le lendemain matin. Il aimait les cigares coûteux, le cognac de qualité et les draps en soie. Les mendiants l'ennuyaient. Tout comme ceux qui essayaient de le convaincre qu'ils ne méritaient pas leurs situations merdiques. S'ils étaient plus intelligents, s'ils avaient moins de foutus bébés et travaillaient un peu plus dur, ils ne seraient pas dans cette situation et n'auraient pas besoin d'aumône de sa part.

Mais Dagmar avait été plus facile à rouler. Il s'était rendu à un dîner de bienfaisance organisé par Food For All un soir, et ils l'avaient convaincu d'investir une tonne d'argent dans leur organisation.

Puisque Dagmar ne s'était jamais marié non plus, Magnus était son seul héritier. Et même si sa fortune avait doublé à la mort de son frère, la seule chose qui intéressait Magnus, c'était d'en apprendre autant que possible sur l'organisation qui avait contribué à la mort de Dagmar.

Il voulait savoir comment elle fonctionnait, qui était à sa

tête, qui décidait où travaillaient et vivaient leurs employés et quels étaient les salaires de tout le monde.

Magnus cliqua sur un dossier de son ordinateur intitulé *Elizabeth Lexie Greene*. Il voulait tout savoir sur son ennemie… et sa fiche d'employée chez Food For All était un bon début.

Il avait déjà contacté l'organisation et leur avait fait savoir qu'il voulait reprendre la place de son frère. Qu'il voulait être contrôleur de gestion comme l'avait été Dagmar. Il savait qu'ils allaient accepter : ils voulaient beaucoup trop l'argent qu'il avait agité sous leur nez pour lui refuser quoi que ce soit.

Il eut l'impression de sourire pour la première fois depuis un mois.

Oui, mademoiselle Greene allait payer pour la mort de Dagmar, mais d'abord, il voulait la faire souffrir. Il voulait qu'elle stresse. Qu'elle angoisse. Qu'elle ait peur. Tout comme son frère avant son dernier souffle. Elle allait vivre *tout* ce que Dagmar avait ressenti avant de mourir. C'était son dernier cadeau pour son frère.

CHAPITRE DIX

Lexie était enthousiaste pour la journée. Oui, elle voulait visiter la célèbre plage de Waikiki, mais elle était également impatiente de passer plus de temps avec Midas. Plus elle traînait et discutait avec lui, plus elle tombait amoureuse.

Elle savait qu'elle était déjà foutue et ça n'avait duré que quelques jours. Mais tout ce qu'elle apprenait sur cet homme la poussait à le respecter et à l'apprécier davantage. D'accord, c'était un SEAL de la Navy, et cela aurait suffi à garantir son admiration, mais il était bien plus que cela. Il était généreux, poli, et manifestement un très bon ami pour ses coéquipiers. Élodie lui avait dit qu'il était très protecteur d'elle – tout comme le reste de l'équipe – simplement parce qu'elle était la femme de Mustang. Il n'avait pas peur de se moquer de lui-même et il travaillait dur.

Il courait tous les matins, puis il travaillait à la base navale, mais il trouvait quand même le temps de bavarder avec elle et de lui envoyer des messages au cours de la journée. Il semblait sincèrement intéressé par le travail de Lexie et le déroulement de sa journée. Ils trouvaient toujours un sujet de conversation et elle n'avait jamais l'impression qu'il lui demandait des nouvelles de son travail uniquement parce qu'il se disait que c'était attendu.

Oui, on pouvait dire que Pierce Cagle était quelqu'un de bien. Et cela faisait terriblement peur à Lexie. Elle ne voulait pas le décevoir. Elle voulait être à la hauteur et c'était ce qu'elle avait eu du mal à faire toute sa vie. En tout cas, son père ne lui avait pas donné l'impression qu'elle méritait son attention ni celle des autres.

Être avec Midas la rendait heureuse, oui, mais cela lui donnait également envie d'une relation sur le long terme. Elle n'était pas tout à fait certaine qu'il ressente la même chose.

En mettant volontairement ses inquiétudes de côté, Lexie se promit de profiter de la journée. C'était dimanche, elle avait la journée de libre, et elle allait découvrir un peu plus de l'île.

Son téléphone sonna et en voyant que c'était Midas, Lexie décrocha à la deuxième sonnerie.

— Salut, dit-elle joyeusement.

— Salut à toi, dit Midas. Tu as l'air contente.

— Je le suis. C'est mon jour de repos, le temps est magnifique, et je peux passer la journée avec toi.

Elle parla sans réfléchir et pendant une seconde, quand Midas ne répondit pas immédiatement, elle se demanda si elle n'avait pas été un peu trop enthousiaste.

Mais il dit alors :

— Je n'aurais pas pu dire mieux. Tu es prête ?

— Oui.

— Très bien. Je vais me garer devant ton immeuble dans environ trois minutes.

— Je serai là, assura Lexie.

— Lex ?

— Oui ?

— Il me tarde aujourd'hui. De passer du temps avec toi.

Lexie déglutit. Elle ne s'était pas attendue à ce que Midas soit aussi sérieux de bon matin.

— Moi aussi, dit-elle.

— Bien. À tout de suite.

— À plus, répéta-t-elle en raccrochant.

Elle se tourna et attrapa son sac dont elle fit passer la sangle par-dessus la tête, puis elle se dirigea vers la porte.

Trois minutes plus tard, elle sortit de l'immeuble et vit la décapotable de Midas qui l'attendait au bord du trottoir. Il descendit et fit le tour de la voiture.

— Salut, dit-elle.

— Salut, répondit-il en se penchant.

Cela lui parut tout à fait naturel de se lever sur la pointe des pieds et de poser une main sur son torse pour maintenir l'équilibre. Le baiser fut court et tendre. Midas sentait le savon et le café. Elle se lécha les lèvres et le goûta sur sa bouche.

Il poussa un grognement.

Lexie ne put s'empêcher de sourire. Elle ne s'était jamais sentie particulièrement sexy dans sa vie. Elle était simplement elle-même. Mais avec Midas, son côté féminin faisait la belle et elle se lécha une nouvelle fois les lèvres.

Cette fois, Midas sourit et il fit passer une des mèches de Lexie derrière son oreille.

— Élastique ? demanda-t-il.

Lexie avait volontairement gardé les cheveux détachés, simplement parce qu'elle savait que Midas allait vouloir les toucher. Quand il était près d'elle, ses mains semblaient toujours graviter vers ses boucles. Elle n'avait jamais aimé que l'on joue avec ses cheveux dans le passé, pourtant elle brûlait d'envie de sentir le contact de Midas. Elle passa la main dans son sac et en sortit un chouchou avec un petit sourire.

— Puis-je ? demanda-t-il en désignant le tissu dans sa main avec la tête.

— Tu veux m'attacher les cheveux ?

— Oh, oui.

La réponse lui sembla étrange, mais elle sentit un pincement dans le bas-ventre. Elle hocha la tête, lui tendit l'élastique à cheveux, puis elle lui tourna le dos.

Elle eut la chair de poule lorsqu'elle sentit les doigts de Midas passer doucement dans ses cheveux bouclés pour les rassembler en queue de cheval. Il prenait son temps et Lexie savait qu'elle allait rester debout au milieu du trottoir aussi longtemps qu'il le fallait. Elle ignorait pourquoi la sensation de ses mains dans ses cheveux était aussi intime. Personne n'avait encore jamais fait cela pour elle. Pas sa mère dans ses souvenirs, et certainement pas son père.

Lexie ferma les yeux et sentit ses tétons durcir pendant que Midas continuait à caresser ses cheveux. Il fit passer plusieurs fois le chouchou autour de sa queue de cheval, d'une main experte, et la caressa une dernière fois avant de poser les mains sur les épaules de Lexie et de se pencher.

— Merci, dit-il d'une voix rauque à son oreille.

Son souffle chaud frôla la peau de Lexie qui eut envie de lui prendre la main, de le traîner jusqu'à sa chambre, de le jeter sur son lit et de le faire passer à la casserole. Elle n'avait encore jamais été aussi excitée et il n'avait rien fait de plus que toucher ses cheveux.

Elle était foutue.

Lexie commença à se retourner pour... Elle ne savait pas trop ce qu'elle avait l'intention de faire. Mais à cette seconde-là, un sans-abri passa et faillit lui donner un coup avec le gros sac qu'il portait sur son épaule.

Heureusement, Midas avait déjà les mains sur elle et il la tira facilement en arrière contre lui et hors du chemin de l'autre homme, l'empêchant de se faire frapper au visage par ses affaires.

— Qu'est-ce que ? souffla Midas, mais Lexie reconnut l'homme et elle avait déjà fait un pas vers lui.

— Bonjour, Theo, dit-elle doucement.

C'était un des habitués du bâtiment de Food For All. Il était assez grand, un peu plus d'un mètre quatre-vingt et dégingandé, avec des cheveux bruns assez longs. En général, ils étaient ébouriffés et gras, lui donnant un air un peu plus effrayant. Il ne semblait pas avoir pris de douche depuis long-temps. Elle devinait qu'il avait environ quarante-cinq ans. Il était également... intense. Il avait l'habitude de fixer les gens sans savoir ou sans se soucier que cela puisse les mettre mal à l'aise.

C'était sûrement en partie parce que Theo n'avait pas toute sa tête. Il marmonnait beaucoup dans sa barbe, et Lexie ne connaissait pas les détails de sa maladie mentale, mais les rares fois qu'elle l'avait vu, il ne semblait même pas savoir où il était.

Elle ne pouvait s'empêcher de s'inquiéter pour lui. Elle s'inquiétait pour toutes les personnes qu'elle rencontrait. Cela rendait son travail très stressant, mais elle avait un fort besoin de faire tout ce qu'elle pouvait pour aider ceux qui rendaient visite à Food For All.

Theo marmonna quelque chose, puis il se tourna pour la regarder dans les yeux. C'était une des premières fois qu'il la regardait directement, et pour une raison qu'elle ignorait, cela la surprit et elle eut le réflexe de faire un pas en arrière.

— Tu ne devrais pas être ici, dit-il assez clairement.

— Oh.

Lexie ne sut pas trop quoi répondre.

— Elle a le droit d'être sur le trottoir, intervint Midas en la décalant de façon à se placer devant elle.

— Le bâtiment de la nourriture, pas celui-ci, répondit Theo avant de baisser la tête pour fixer une fissure du trottoir à ses pieds.

Lexie posa la main dans le dos de Midas et se pencha autour de lui pour dire :

— Je ne travaille pas aujourd'hui, mais Jack et Natalie doivent y être. Ils te prépareront le petit-déjeuner, lui dit-elle.

— J'aime pas les gaufres, répondit Theo d'une voix de robot.

— Il y a beaucoup d'autres choses, le rassura Lexie.

Theo murmura alors et avança d'un pas traînant vers le bâtiment de Food For All sans un mot de plus.

Lexie sentit plus qu'elle n'entendit le soupir de soulagement de Midas.

— Il est inoffensif.

— Tu le connais depuis quoi, trois jours ? demanda Midas. Tu ne sais pas du tout de quoi il est capable.

— Je ne sais pas non plus de quoi tu es capable, rétorqua Lexie un peu plus énergiquement que voulu. Mais je ne me comporte pas mal avec toi et je ne change pas de trottoir quand tu t'approches, si ?

Midas passa une main dans ses cheveux.

— Je suis désolé, s'excusa-t-il immédiatement.

Lexie soupira.

— Non, c'est moi qui suis désolée. J'ai tendance à être un peu trop protectrice envers les gens que je sers au travail.

— Je suis également protecteur, répondit Midas. C'est dans ma nature. Je ne pense pas être un jour complètement à l'aise à l'idée que tu interagisses avec des personnes comme lui.

— Quoi ? Des gens qui ont faim et qui veulent juste manger ?

Midas ne mordit pas à l'hameçon.

— Non. Les malades mentaux. Ils sont imprévisibles et tu as beau les connaître, ils peuvent se retourner contre toi en un éclair.

Lexie savait qu'il avait raison, elle en avait personnellement fait l'expérience une fois ou deux. Mais ça ne voulait pas dire qu'elle appréciait. Et il n'était pas nécessaire d'être malade pour se retourner contre quelqu'un. Des gens soi-disant « normaux » le faisaient tous les jours.

— Je ne te ferai jamais de mal, jamais, dit doucement Midas, comme s'il lisait dans ses pensées.

Il la transperça de ses yeux bleus intenses.

Lexie soupira.

— Je sais. C'est juste que... il n'existe pas de bonne solution pour les gens comme Theo. Il a besoin d'aide, c'est évident, mais il n'y a personne pour faciliter l'obtention de cette aide. Il n'a pas d'argent, alors ce n'est pas comme s'il pouvait payer les médicaments ou un médecin, de toute façon. Remettre en place les asiles d'autrefois n'est pas la solution. Ils maltraitaient terriblement les patients et faisaient plus de mal que de bien. Mais laisser Theo et les gens comme lui errer dans les rues et se débrouiller seuls n'est pas acceptable non plus. Tout comme l'arrêter. Le système carcéral n'est pas un endroit pour quelqu'un avec des troubles mentaux. Parfois, je suis le seul visage amical qu'ils verront de toute la journée. Les gens sont cruels, Midas, et je fais ce que je peux pour atténuer cela.

Il se retourna brutalement et la serra contre son torse. Cela surprit Lexie, mais elle fondit contre lui en posant le front sur son épaule.

— Tu as raison, bien sûr. Mais l'idée que quelqu'un te fasse du mal me rend malade. Si je pouvais, je te mettrais dans une bulle afin que rien ni personne ne puisse jamais mettre la main sur toi.

Lexie ne put s'empêcher de rire.

— Quoi ? demanda-t-il en s'écartant un peu afin de voir son visage.

— Je suis en train de m'imaginer en ville dans une grande boule de hamster.

Midas sourit.

— Je sais que tu penses que je suis naïve, lui dit-elle sérieusement. Mais je ne le suis pas. Je suis toujours prudente au travail. Quand nos clients ne sont pas dans un bon jour, je garde mes distances. Crois-le ou pas, aujourd'hui est un très bon jour pour Theo. Je ne le connais pas encore très bien, mais je l'ai vu plusieurs fois et il vient d'avoir une conversation avec moi. Il ne l'a pas fait avec beaucoup de gens.

— C'était une conversation ? demanda Midas.

Lexie ne perçut aucun sarcasme dans son ton, alors elle hocha la tête.

— Oui.

— D'accord, Lex. Mais s'il te plaît, promets-moi de faire attention. Je viens de te trouver, je ne veux pas te perdre.

Lexie sentit ce qu'il venait de dire jusqu'au bout de ses orteils.

— D'accord, dit-elle doucement.

— Tes cheveux, ça va ? C'est assez serré ?

— C'est parfait. Dois-je être jalouse de la façon dont tu as appris à le faire ?

Il rit.

— J'ai vu ma sœur le faire tout le temps quand nous étions enfants. Et j'étais un nageur entouré de beaucoup de filles qui attachaient constamment leurs cheveux. Je ne les ai jamais attachés moi-même, alors je n'étais pas sûr de l'avoir bien fait.

— Si, si, le rassura Lexie et elle se sentit une nouvelle fois très attirée par lui.

Le regard de Midas descendit sur sa poitrine et elle refusa de se tortiller. Elle était une adulte et si elle trouvait que son... petit ami – elle supposait pouvoir appeler Midas ainsi, même si elle venait d'arriver en ville – canon, ça n'était pas un problème. Elle ne serait pas venue si elle n'avait pas ressenti une connexion avec lui. Et d'après tout ce qu'ils s'étaient dit depuis qu'elle était arrivée, elle pensait pouvoir l'appeler ainsi... du moins dans sa tête.

Midas fit remonter une main le long de sa colonne et jusqu'à l'arrière de sa tête, pendant que l'autre levait son menton.

— Tu es magnifique aujourd'hui, dit-il doucement.

Un astéroïde aurait pu atterrir juste à côté d'eux et Lexie ne pensait pas qu'elle l'aurait remarqué. Elle n'avait d'yeux que pour l'homme devant elle.

— Merci. Tu es très beau, toi aussi.

Il sourit.

— Il me tarde de sortir pour un vrai rendez-vous. Il faudra que j'éloigne les autres hommes avec un bâton. Toi en robe, talons hauts, et tes cheveux incroyables tout coiffés ?

Merde, j'aurais de la chance de finir la soirée sans m'humilier.

Il avança un peu et Lexie sentit son érection contre son ventre.

Elle était ravie par les mots et les actes de Midas.

— Pff, ricana-t-elle. Tu es terriblement canon dans ton uniforme, alors je n'imagine pas ce que ça donnerait en costume. C'est moi qui vais devoir empêcher les femmes de se jeter sur toi et de te glisser leur numéro de téléphone.

Midas sourit.

— Ça n'arrivera pas. Ton numéro est le seul que je veuille : les femmes peuvent se jeter sur moi, mais mes mains seront déjà pleines avec toi.

Ses paroles étaient très ringardes, mais Lexie eut quand même des papillons dans le ventre.

Midas baissa la tête une fois de plus, mais avant qu'il puisse l'embrasser, un gros bruit de klaxon effraya Lexie. Elle tressaillit dans ses bras et Midas la serra plus fort.

— Du calme, Lex.

— Bouge, crétin ! cria un homme depuis un gros SUV derrière la décapotable de Midas.

— Apparemment, on y va, dit Midas.

— On dirait bien.

Il lui prit la main et la guida jusqu'à la voiture avant de lui ouvrir la portière et de la refermer quand elle fut installée. Ensuite, il fit le tour de sa voiture en trottinant, fit un doigt d'honneur au con impatient derrière lui et grimpa sur le siège conducteur.

— Je pensais prendre la route la plus longue jusqu'à Waikiki, si ça te va. Tu verras un peu plus l'île. Il est encore tôt, et c'est dimanche, alors la circulation ne devrait pas être trop dense.

— Ça me va très bien.

Lexie se moquait de savoir où ils allaient, tant qu'elle pouvait passer du temps avec Midas.

— Super. Nous prendrons la 61 jusqu'à Waimanalo, au-delà de Makapu'u Point, Hanauma Bay, on coupera en direction de Kahala Avenue afin de dépasser Diamond Head et le zoo avant de trouver un endroit pour se garer à l'extrémité de Waikiki puis, nous pourrons marcher tout le long. Ça te convient ?

— Midas, je ne sais pas du tout de quoi tu viens de me parler. Je vais donc rester assise là, à profiter du vent, du soleil et de la compagnie et à apprécier ma présence ici.

Midas s'engagea sur la route, ignorant l'homme derrière eux qui continuait à vociférer contre lui parce qu'il était si lent, et il lui sourit. Il attrapa un gobelet de café à emporter dans le porte-gobelet entre eux et il le lui tendit.

— Je me suis dit que tu apprécierais un petit remontant, ce matin.

Lexie prit le gobelet et elle vit qu'il avait acheté exactement le café qu'elle aimait. Bon sang, cet homme alors ! Il était vraiment unique et elle avait du mal à croire qu'il était avec elle.

— Merci, dit-elle en buvant une gorgée.

— Il est bon ? demanda-t-il.

— Parfait.

Le sourire de satisfaction sur son visage ne dérangea pas du tout Lexie. Il avait très bien fait. Elle était vraiment impressionnée.

Pendant qu'ils roulaient vers l'autoroute, Midas lui faisait un commentaire en continu sur les bâtiments devant lesquels ils passaient et il désignait les choses intéressantes. Il n'était peut-être pas né ici, mais il connaissait l'île et une partie de son histoire. Lexie soupira de contentement en essayant de tout regarder en même temps.

* * *

Trois heures plus tard, Midas n'arrivait toujours pas à arracher son regard de Lexie. Ils marchaient main dans la main le long de la rue commerçante bondée de Waikiki. Ils avaient pris le sentier longeant le sable et la plage en descendant, et maintenant ils remontaient paresseusement vers l'endroit où il avait garé la voiture. Ils passèrent devant un magasin de luxe après l'autre, mais Lexie ne semblait pas avoir envie de faire les boutiques.

Il n'aurait pas râlé si elle en avait eu envie, bien que ça ne soit pas vraiment son truc. Apparemment, ça n'intéressait pas Lexie non plus. Il n'avait pas cru qu'une femme ayant vécu dans certains des endroits les plus pauvres du monde allait être accro au shopping, mais ce fut néanmoins un soulagement.

Ils avaient parlé sans s'arrêter toute la matinée, pourtant Midas brûlait d'en apprendre plus sur elle. Elle était aimable avec toutes les personnes qu'ils croisaient, souriant à tout le monde.

Elle s'était même arrêtée pour aider une mère qui était manifestement à bout de nerfs. Elle avait un petit dans une poussette qui hurlait et son fils d'environ six ou sept ans saignait du nez et elle essayait de s'en occuper. Lexie divertit le bébé tout en ordonnant à Midas de courir jusqu'au fast-food près de là afin de récupérer des serviettes pour la pauvre mère. Le temps qu'il revienne, Lexie et la femme semblaient être devenues les meilleures amies du monde. Il n'aurait jamais pu deviner qu'elles venaient de se rencontrer.

Le seul endroit où elle voulut s'arrêter, c'était dans un des magasins ABC, la boutique de babioles remplie de souvenirs d'Hawaï kitsch et pas chers. Elle finit par acheter un tee-shirt tie-dye sur lequel était écrit Honolulu, une paire de tongs en plastique, un sachet de chips à l'oignon Maui, une serviette de bain avec l'image d'un coucher de soleil, une poupée avec une jupe hawaïenne que l'on était censé poser sur le tableau de bord, du baume pour les lèvres et un stylo couvert de tortues de mer.

Elle souriait comme une gamine en sortant du magasin et Midas ne put s'empêcher de partager sa bonne humeur.

— Tu sais que la majorité de ces merdes sont fabriquées en Chine, n'est-ce pas ?

— Je m'en fiche, dit-elle sans que son sourire s'en trouve diminué. Maintenant, ne dis plus rien, ne gâche pas mon plaisir d'Hawaï.

— Ton plaisir d'Hawaï ? répéta Midas en gloussant.

— Oui.

Il lui prit le sac et entrelaça leurs doigts. Ils marchèrent un peu et lorsqu'ils se furent approchés de sa voiture, il demanda :

— Tu veux toujours venir traîner chez moi ?

Elle se tourna pour le regarder et hocha immédiatement la tête.

— Oui.

Midas sourit. Il ne savait pas pourquoi la question avait été si difficile à poser. Enfin… si, il le savait. C'était parce qu'il avait peur qu'elle change d'avis. Il voulait toute son attention. Il aimait comme elle était sympathique et extravertie, mais il se sentait égoïste et voulait que toute cette énergie positive débridée soit orientée vers lui.

Il l'installa sur le siège passager et fit le tour pour s'asseoir au volant. Lexie fouilla dans le sac du magasin ABC et elle finit par sortir la poupée hawaïenne d'un air triomphant.

— Non, dit-il d'une voix aussi sévère que possible.

— Si, rétorqua-t-elle.

Midas se contenta de secouer la tête. Il savait qu'il n'allait pas insister pour qu'elle laisse la poupée de mauvais goût dans sa boîte. Si ça la rendait heureuse de la poser sur son tableau de bord, il allait la laisser faire.

Lexie retira l'étiquette de l'autocollant collé dessous et Midas essaya de ne pas grimacer quand elle appuya la poupée dansante sur son tableau de bord. Cet adhésif allait être impossible à retirer, mais d'un autre côté, en voyant l'air ravi de Lexie, il n'eut pas le courage de faire une remarque.

— Regarde, Midas ! C'est génial !

Il se contenta de secouer la tête et démarra le moteur. La

poupée secoua les hanches quand il s'engagea sur la route et l'éclat de rire de Lexie le transperça. Merde, il allait tellement se faire chambrer par les autres. Mais ça lui était égal. Voir Lexie aussi heureuse et insouciante valait bien quelques moqueries.

Il ne put s'empêcher de se souvenir du moment où il avait vu Lexie morte de peur dans le désert, ébouriffée, mais bien décidée à ne pas être un boulet. Puis quand ils s'étaient cachés dans le trou sous le magasin, elle s'était inquiétée de ce qui allait arriver ensuite. Il préférait de loin la voir ainsi. Joyeuse et heureuse. Il avait l'impression qu'il n'en fallait pas beaucoup pour faire plaisir à cette femme, et il se promit intérieurement de faire son possible pour lui offrir une vie amusante et insouciante.

Sa maison n'était pas du tout aussi impressionnante que celle d'Aleck – celles des autres membres du groupe non plus, à vrai dire –, mais il l'avait rendue aussi confortable que possible. Ils passèrent devant l'aéroport et la base de Pearl Harbor-Hickam, où il travaillait. Il voulait conduire Lexie au mémorial de Pearl Harbor un jour, mais pour l'instant il se dirigea vers Barbers Point, où se trouvait sa petite maison.

Il avait eu de la chance quand il était arrivé sur l'île et qu'il avait pu reprendre le bail d'un autre SEAL. Celui-ci devait repartir sur le continent et il était heureux de le céder à un collègue SEAL et de ne pas perdre d'argent sur son bail. Il y avait deux petites chambres à coucher, une salle à manger-salon, une cuisine fonctionnelle, mais c'était le jardin qui plaisait le plus à Midas.

Il ne pouvait pas tout à fait voir l'océan de chez lui, mais il pouvait entendre les vagues et sentir l'air de l'océan. Et les manguiers et goyaviers dans son jardin étaient un gros point positif. Il avait passé pas mal de temps à construire une terrasse couverte et à choisir les chaises longues les plus confortables qu'il puisse trouver. Il avait même construit un bar sur un côté de la terrasse, avec un mini frigo et un évier. Ce n'était pas parfait, mais il était fier de l'avoir construit lui-même.

Il se gara dans l'allée et sauta de la voiture pour ouvrir la porte du garage. Il avait appris à ne jamais sous-estimer la météo hawaïenne. Il faisait peut-être soleil sans un seul nuage dans le ciel, mais dans une heure, il pouvait pleuvoir des cordes. Midas avança la voiture dans le garage et attendit que Lexie le rejoigne. Il tendit la main et elle la lui prit immédiatement.

— Prête ?

— Elle fronça le nez.

— Pour quoi ? As-tu une autruche domestique protectrice qui essaiera de me picorer les yeux quand j'entrerai ?

Midas éclata de rire.

— Non. Mais je dois te prévenir, je n'ai pas un énorme balcon comme Aleck.

Lexie haussa les épaules.

— Et alors ?

— Très bien.

Il se retourna pour ouvrir la porte de la maison, mais Lexie l'arrêta d'une main sur son bras.

— L'apparence de ta maison n'a pas d'importance pour moi, Midas. Sérieusement. Tu as vu mon tout petit appartement-placard. Et puis, je ne suis pas avec toi à cause de l'endroit où tu vis ou des biens matériels que tu pourrais posséder.

— Pourquoi, alors ?

La question était sortie toute seule, et Midas aurait aimé pouvoir la retirer dès l'instant où les mots quittèrent ses lèvres.

Elle sourit. C'était un sourire sexy et espiègle.

— À cause de ton corps canon, évidemment, le taquina-t-elle.

— Ah oui ? demanda Midas en passant un bras autour de sa taille et en la soulevant.

Lexie poussa un cri en riant et elle s'accrocha à ses épaules.

— Bien sûr. Pourquoi, sinon ?

— Eh bien, j'avais espéré que ma grande... personnalité avait un rapport.

Elle rejeta la tête en arrière et rit encore plus, et Midas fut incapable de détacher son regard d'elle. Elle était si belle. Et c'était plus que son apparence. Sa joie de vivre ne pouvait pas être contenue. Son esprit ressemblait beaucoup à ses cheveux bouclés, indisciplinés et sauvages.

Elle réussit à se contrôler et elle le fixa.

— Vas-tu me reposer ? demanda-t-elle.

— Non, l'informa Midas en la serrant contre lui et en tournant la poignée de la porte.

— Je pourrais bien m'y habituer, dit-elle dans un éclat de rire alors qu'il la portait dans la maison.

Il y avait un petit vestibule juste après la porte du garage, mais à partir du moment où l'on posait le pied dans la zone de vie principale, on pouvait voir toute la maison d'un seul coup d'œil.

La porte de sa chambre à coucher était ouverte et Midas fut soulagé d'avoir pensé à faire son lit ce matin-là. La deuxième chambre à coucher était fermée, parce qu'elle était pleine du bazar qu'il avait accumulé au cours des années. Des poids, un vélo, une étagère pleine de thrillers militaires, et d'autres affaires diverses. Lexie gigota contre lui et Midas se pencha à contrecœur pour poser ses pieds sur le sol. Elle posa le sac du magasin ABC sur la table et entra dans la cuisine. En tournant sur elle-même, elle examina la cuisinière avec quatre feux, le frigo blanc qui avait sans doute 20 ans, le grille-pain, le blender, la friteuse et la cafetière sur le comptoir, et le carreau ébréché de plan de travail avant de le regarder dans les yeux.

— Ça me plaît, dit-elle.

Midas éclata de rire.

— Quoi ?

— Lex, cette cuisine est plus vieille que moi. Rien n'est assorti, il n'y a pas d'espace supplémentaire sur le comptoir, il n'y a pas de lave-vaisselle et elle n'a absolument rien de spécial.

Elle secoua la tête.

— Tu as tort. Il y a de la vie. Je t'imagine ici le matin en train de boire ton café, réfléchissant à la journée à venir. Peu importe que rien ne soit assorti, tout ce qui compte, c'est que ça fonctionne.

— Viens là, ordonna Midas en tendant la main.

Il fallait qu'il l'embrasse. Tout de suite.

Elle lui fit un sourire rusé.

— Pourquoi ?

Il ne put s'empêcher de sourire.

— Parce que je veux t'embrasser, avoua-t-il.

— Ah, d'accord, dit-elle en s'approchant de lui.

Il la serra contre lui en faisant attention à ne pas lui faire mal et il pencha la tête.

Puis il l'embrassa comme il en avait eu envie toute la journée.

Chaque minute qu'il passait avec cette femme la rendait plus profondément enracinée en lui. Elle avait une façon de voir le monde dont il était incapable si elle n'était pas à ses côtés. Elle admirait les enfants dans l'océan qui apprenaient à surfer, riait en voyant les crabes s'agiter dans le sable, et observait avec beaucoup d'intérêt les danseurs employés pour divertir les foules dans le centre commercial à l'air libre. Elle donnait l'impression que tout était neuf et brillant, alors que Midas était plus souvent blasé et sceptique concernant les motivations des gens qui l'entouraient.

Elle le rendait meilleur en étant simplement elle-même.

S'il avait cru que Lexie allait le laisser prendre les rênes de leur baiser, il avait tort. Elle tira sur ses cheveux et inclina la tête pour avoir un meilleur angle, enfonçant sa langue plus loin dans sa bouche. En souriant, Midas la laissa faire ce qu'elle voulait. Son impatience et son enthousiasme l'excitèrent encore plus.

Même s'il avait très envie de faire reculer Lexie jusque dans sa chambre et de la déshabiller avant de lui faire longuement l'amour, il ne voulait pas qu'elle pense que c'était pour cette raison qu'il l'avait invitée chez lui. Il s'écarta et il apprécia le petit sourire sur le visage de Lexie et la façon dont elle soupira contre ses lèvres.

— Tu as soif ? demanda-t-il doucement.

Elle hocha la tête.

— De l'eau ? De la limonade ? Café ? Thé ?

— De l'eau, c'est très bien. Merci.

Midas l'embrassa sur le front et partit vers un placard. Il attrapa un gobelet en plastique, ouvrit le congélateur et mit quelques glaçons dedans, puis le remplit avec une carafe du frigo. Il retourna vers elle et elle accepta le gobelet avec un petit sourire.

— Pas d'eau en bouteille ? demanda-t-elle.

Midas haussa les épaules.

— Ce n'est pas bon pour l'environnement.

Le sourire de Lexie s'élargit.

— Non, effectivement.

Ils s'observèrent un moment avant que Midas finisse par se secouer mentalement. Il était à deux doigts de la traîner dans sa chambre malgré tout, et il savait qu'il devait penser à autre chose.

— Allez, viens, la cuisine et le salon ne sont pas très intéressants, mais je sais que tu vas adorer mon jardin.

Il posa la main dans son dos et il la guida vers la porte coulissante en verre qui menait dehors. Il l'ouvrit et attendit de voir sa réaction en retenant son souffle. Ceci était sa fierté, quelque chose qu'il aimait.

— Mince, Midas. C'est...

Elle se tut en scrutant l'endroit.

Les arbres fruitiers étaient alignés près de la palissade et il y avait une petite zone d'herbe au milieu. Ils se tenaient à l'ombre de la terrasse et la brise qui venait constamment de l'océan était fraîche contre son visage.

Elle traversa le jardin jusqu'aux arbres et elle tendit la main pour toucher une mangue. Puis elle fit de même avec les goyaves. Elle se retourna et étudia la terrasse qu'il avait construite, puis elle marcha vers lui. Lexie posa son gobelet sur la petite table entre les deux chaises longues et elle s'installa prudemment sur un coussin. La chaise s'inclina en arrière quand elle s'allongea, et elle lui sourit.

Midas lui rendit son sourire et poussa le repose-pied vers elle.

Elle poussa un soupir de contentement.

— Juste histoire que tu le saches... je ne partirai plus jamais d'ici.

Il gloussa et s'installa sur l'autre chaise. Il en avait quatre autres dans la deuxième chambre de sa maison, pour le reste de l'équipe. Mais il supposait devoir en trouver deux de plus maintenant qu'Élodie était là... et bien sûr, pour Lexie.

— Sérieusement, c'est... c'est mieux que le balcon d'Aleck, dit Lexie.

Midas ricana.

— Mais bien sûr...

— Si, insista-t-elle. Je veux bien admettre que le double arc-en-ciel était assez impressionnant, mais ceci est plus intime. Nous sommes là, juste à côté de l'herbe, j'entends le vent souffler dans les arbres, et si j'ai faim, je peux me lever et aller cueillir une mangue fraîche. Et cette terrasse est... elle est...

Sa voix devint inaudible.

Midas la regarda... et il vit qu'elle pinçait les lèvres comme si elle essayait de garder son sang-froid.

— Lex ? demanda-t-il, alarmé.

Elle agita la main.

— Ça va, dit-elle d'une voix tremblante. C'est juste que, chaque fois que j'ai rêvé d'avoir ma propre maison, c'était ce genre de jardin que je voulais. Rien de très grand, parce que c'est pénible à tondre, mais avec des arbres et une terrasse couverte exactement comme celle-ci. Un endroit où je peux me détendre sans m'inquiéter du soleil brûlant, un endroit où je peux prendre une couverture et m'allonger sur une chaise longue pour profiter simplement des bruits de la nature. C'est parfait, Midas, dit-elle sincèrement en tournant la tête pour le regarder.

Il voulut la soulever et la serrer contre lui, mais Midas se força à rester immobile.

— Merci. Ceci est mon endroit préféré au monde. Après une mission difficile, je rentre à la maison et je reste ici pendant des heures pour remettre les pieds sur terre et retrouver mon équilibre. C'est à l'abri des regards, alors je n'ai pas à m'inquiéter que l'on vienne m'interrompre et même s'il pleut, je peux rester ici et en profiter.

Lexie hocha la tête.

— Tu as de la chance, Midas.

C'était vrai. Il le savait. Et il en avait d'autant plus de pouvoir partager cet endroit avec elle.

Le reste de l'après-midi passa bien trop vite. Midas et Lexie parlèrent de tout depuis la politique jusqu'aux avantages et inconvénients des touristes à Hawaï, de son travail... ce qu'il pouvait lui en dire, du moins. Ils parlèrent de Food For All et Midas apprit que Lexie avait reçu quelques e-mails supplémentaires de la part de Magnus Brander. Ce dernier s'intéressait un peu plus à l'organisation et il voulait reprendre la place de son frère.

Midas lui parla de Baker Rawlins, l'ancien SEAL solitaire qui vivait au North Shore et qui avait aidé à rassurer Mustang et Élodie qu'elle n'était véritablement plus en danger à cause du mafieux de New York qui l'avait forcée à fuir.

Bien sûr, ce commentaire avait conduit à de nombreuses questions au sujet de Baker, et juste au moment où Midas commençait à croire qu'elle semblait plus intriguée par l'autre homme que par lui, elle se leva et s'approcha de sa chaise.

— Puis-je ? demanda-t-elle en indiquant ses genoux avec la tête.

Midas tendit les bras.

— Je pensais que tu n'allais jamais me le demander.

Lexie s'installa tranquillement dans ses bras, en gigotant et se tortillant jusqu'à être à l'aise. Midas n'avait jamais été aussi ravi d'avoir des chaises longues inclinables qu'il l'était à ce moment-là.

— Je dois dire que tu es bien plus confortable sans toutes les affaires accrochées à ta veste.

Il gloussa.

— Tu dis ça maintenant, mais tu ne semblais pas avoir de mal à t'endormir sur moi, dans ce trou.

— C'est vrai, dit-elle avec un petit soupir. C'est si dur de croire que c'était il y a peu de temps, dit-elle doucement.

Midas tendit la main et retira l'élastique de ses cheveux, ce qu'il avait eu envie de faire tout l'après-midi. Il éloigna les mèches de cheveux de son visage, puis il les caressa encore et encore. Pendant qu'il touchait ses cheveux d'un air absent, il la sentit pousser un soupir de contentement contre lui.

— Je me demande comment va Astur.

— Au risque de te faire tomber amoureuse de Baker et non de moi, je lui ai parlé d'Astur et de sa famille, dit Midas.

Lexie leva la tête et le regarda.

— Tu as fait ça ?

— Oui. J'avais promis à Shermake de faire tout ce que je pouvais pour eux, alors Baker travaille sur un projet pour moi.

— Lequel ?

— Je veux parrainer Shermake, Cumar et Hodan s'ils veulent étudier à l'université. L'université d'Afrique de l'Est possède un campus là-bas, à Galkayo. Ils sont spécialisés dans l'informatique et l'ingénierie. Il y a aussi quelques programmes de médecine. Mais si ça ne les intéresse pas, ils peuvent aller à l'université de Puntland State également à Galkayo, ou bien ils peuvent choisir un programme à l'université de Mogadiscio.

À ce moment-là de la discussion, Lexie eut des yeux grands comme des soucoupes.

— Respire, Lex, avant de t'évanouir, dit Midas, vaguement

inquiet.

— Tu... pourquoi... oh, mon Dieu, Midas !

— Je dois absolument tout à Shermake et à sa mère. Ils t'ont donné un endroit pour te cacher jusqu'à ce que je puisse te sortir de là.

— Ils t'ont aussi donné un endroit pour te cacher, lui dit-elle en se laissant retomber sur lui.

— Non. Astur n'en avait rien à faire de moi. Si elle m'avait simplement croisé dans cette ruelle, elle serait retournée dans son magasin sans y réfléchir à deux fois.

Lexie ne fit aucune remarque et Midas soupira. Elle savait qu'il avait raison.

— J'ai réfléchi à ce que Shermake a dit. Au sujet de vouloir apprendre à faire les choses lui-même pour subvenir aux besoins de sa famille et de son pays sans dépendre de la charité. Et même si je ne peux pas sauver le monde, je me suis dit que je pouvais essayer de faire en sorte que Shermake devienne le meilleur homme qu'il puisse être, afin que lui-même fasse du bien dans le monde en retour.

— Mince, maintenant je pleure, dit Lexie en reniflant bruyamment.

— Ne pleure pas, la réconforta Midas en posant la main sur l'arrière de sa tête et en la serrant contre lui.

Il aimait beaucoup la façon dont ses cheveux s'accrochaient à ses doigts comme s'ils avaient leur propre volonté.

— Je ne sais pas encore ce que Baker a pu trouver pour moi. D'abord, il lui faut localiser Shermake et sa famille. Je ne connais même pas leur nom de famille. Puis il doit parler aux universités et découvrir quel est le processus pour fournir une bourse. Ensuite, il faut mettre en place un fonds fiduciaire pour les petits afin que l'argent continue à augmenter et soit suffisant quand les plus jeunes seront prêts à se rendre à l'université. Et s'ils décident qu'ils n'en ont pas envie, l'argent leur appartient pour faire ce qu'ils veulent.

Midas sentit Lexie essuyer son visage sur son tee-shirt et il gloussa.

— Est-ce que tu viens de t'essuyer le nez sur moi ? la taquina-t-il.

— Non, marmonna-t-elle. Peut-être.

Putain, il aimait tant cette femme.

Waouh. L'amour... Était-ce possible après si peu de temps ?

Oui, totalement.

— Tu peux t'en donner à cœur joie. Mon tee-shirt passera à la machine, dit-il.

Elle renifla quelques minutes, mais Lexie finit par relever la tête. Son visage était marqué et elle avait les yeux rouges : il n'avait jamais vu quelque chose d'aussi précieux de toute sa vie.

— Personne n'a jamais rien fait de tel pour moi, dit-elle doucement.

— Tu le mérites, dit-il simplement.

— Maintenant, il me faudra trouver un moyen de vous dédommager, toi et ce Baker.

Toutes sortes de cochonneries vinrent à l'esprit de Midas, mais il les garda pour lui.

Lexie leva les yeux au ciel comme si elle lisait dans ses pensées.

— Pourquoi vous, les hommes, êtes-vous aussi pervers ? demanda-t-elle sous forme de question rhétorique.

— Hé, je tiens dans mes bras une femme magnifique, que j'admire beaucoup, et avec laquelle je viens de passer une journée merveilleuse. Tu ne peux pas m'en vouloir, lui dit Midas.

— Sérieusement, Midas. Merci. Tu n'as pas idée comme cela changera la vie de ces enfants. Et probablement de leurs parents également.

— Je n'y aurais jamais pensé sans toi, dit-il sincèrement. Tu me donnes envie d'être quelqu'un de meilleur.

Elle lui sourit. Puis elle dit :

— Je dois me lever. Me moucher. Et tu as sans doute des

choses à faire.

C'était le cas, mais Midas secoua quand même la tête.

— J'ai passé une journée incroyable, dit Lexie. Merci de m'avoir fait visiter.

— Avec plaisir. Et un jour, nous nous arrêterons dans tous ces endroits que nous avons vus sur la route jusqu'à Waikiki.

Son regard s'illumina.

— J'aimerais beaucoup.

— Bien.

Midas avait très envie de garder Lexie où elle était, mais il savait qu'elle avait des choses à faire, elle aussi. Il se redressa et il l'aida à se lever. Il prit ensuite son gobelet vide et ils entrèrent dans la maison. Il lui montra la salle de bains et posa le gobelet dans l'évier.

Midas avait une semaine chargée devant lui. Une nouvelle menace émergeait en Papouasie-Nouvelle-Guinée et ils surveillaient cela, et puis il y avait plusieurs séances d'entraînement intense prévues pour la semaine. Il avait beau vouloir passer chaque minute de son temps avec Lexie, il avait des responsabilités, tout comme elle.

Il savait qu'elle allait faire de longues journées à Food For All pour continuer à en apprendre le fonctionnement. Elle voulait apprendre à mieux connaître ses collègues et leur montrer qu'elle était prête à faire sa part. De plus, il y avait deux événements mobiles prévus par Food For All dans la semaine. Ils allaient s'installer au parc régional d'Ala Moana, qui était connu pour sa population de sans-abri, et se rendre au parc régional de Kapi'olani près de Diamond Head pour distribuer de la nourriture gratuite. Lexie avait organisé les deux, bien décidée à travailler dur non seulement pour l'organisation, mais aussi pour les gens qu'elle servait.

Quand Lexie sortit de la salle de bains, Midas la fixa un moment.

— Quoi ? demanda-t-elle en passant la main dans ses cheveux d'un air gêné.

— Rien, dit-il en secouant la tête et en s'avançant vers elle. Je suis simplement très content que nous ayons pu passer la journée ensemble.

— Moi aussi, acquiesça-t-elle. Et j'aime vraiment beaucoup ta maison.

— Bien. Parce que j'espère que tu voudras y passer plus de temps avec moi.

— Si c'était une invitation, j'accepte, dit-elle un peu timidement.

— C'en était une. Parfait. Allez viens. Nous pouvons nous arrêter en passant pour acheter à manger avant que je te ramène chez toi.

— Bonne idée.

— Il y a un endroit qui s'appelle Thelma's pas loin d'ici. On peut y acheter à emporter et ça devrait encore être chaud en arrivant chez toi.

— Merci, dit-elle.

— Je ferais n'importe quoi pour toi, dit Midas d'un ton sincère.

Il posa la main sur sa joue et caressa sa peau douce avec le pouce.

— Est-ce que ça va, maintenant ?

Elle hocha la tête.

— Puis-je t'embrasser à nouveau ?

— Je serais contrariée si tu ne le faisais pas, dit-elle franchement.

Midas sourit et il souriait encore quand ses lèvres rencontrèrent celles de Lexie.

Plusieurs minutes s'étaient écoulées quand il inspira profondément et s'écarta d'elle. Il avait glissé une main sous son tee-shirt et elle avait coincé une des siennes dans l'arrière de son pantalon. Il ne voulait toujours pas la presser, mais Midas avait l'impression qu'ils allaient finir au lit très bientôt.

Il était très impatient. Il était certain que faire l'amour avec Lexie allait être incroyable. Leur relation ne lui semblait pas du tout sans lendemain et quand il serait en elle, c'était fini pour lui. Il le savait.

Il ne parvint pas à lire l'émotion qui tourbillonnait dans ses yeux, mais il fut réconforté par le fait qu'elle avait autant de réticences à partir qu'il n'en avait de la laisser s'en aller.

— Allez, viens, Cendrillon. Je te ramène chez toi.

Elle fronça le nez de cette façon qu'il aimait tant.

— Je ne suis pas certaine que ce conte de fées me corresponde, se plaignit-elle.

— Hé, si le chausson te va...

Elle grogna en attrapant son sac à main et le sac de courses, puis ils se dirigèrent vers le garage.

Cette fois, Midas la laissa attacher ses cheveux sans l'aider : s'il la touchait encore, il allait vraiment l'entraîner dans sa chambre.

L'arrêt chez Thelma's ne prit pas longtemps et il se gara une fois de plus devant son immeuble. Il fit le tour de la voiture au pas de course et lui ouvrit la portière avant de l'embrasser sur le front.

— Passe une bonne nuit, lui dit-il.

— Toi aussi.

— Tu m'appelles plus tard ? demanda-t-il, incapable de résister.

Lexie hocha la tête.

— À très vite, dit-il en refusant de dire au revoir.

— À plus, répondit-elle.

Midas la regarda jusqu'à ce qu'elle soit en sécurité dans son immeuble avant de retourner vers sa voiture. Pendant le trajet, il se souvint du sourire de contentement sur le visage de Lexie quand ils roulaient, et ses cheveux qui faisaient de leur mieux pour s'échapper de leur élastique.

Il était complètement fou d'elle. Et sans la moindre trace de regret. Lexie était la meilleure chose qui puisse lui arriver. Midas savait maintenant exactement ce que ressentait Mustang quand il était avec Élodie.

CHAPITRE ONZE

Trois semaines plus tard, Lexie savait qu'elle ne trouverait jamais un autre homme comme Midas. Ils avaient parlé tous les jours et il avait commencé à passer la prendre tous les soirs pour la ramener dîner chez lui. Elle adorait passer du temps avec lui. Il lui donnait toujours l'impression d'être appréciée. Il l'écoutait pendant qu'elle parlait de sa journée et des personnes avec lesquelles elle avait travaillé. Elle ne s'était encore jamais sentie aussi proche de quelqu'un.

Ils avaient également traîné avec son équipe au cours des deux derniers week-ends. Lexie commençait à mieux connaître les autres et elle ne fut pas surprise de voir qu'ils étaient aussi merveilleux que Midas. Il n'aurait pas voulu traîner avec eux s'ils étaient des enfoirés.

Et elle avait trouvé une véritable amie en Élodie. Elle l'avait appelée un jour pour lui demander comment sauver un gâteau, parce qu'elle n'avait pas d'huile et pas envie d'aller au magasin. Élodie avait suggéré de la remplacer par de la compote de pommes et étonnamment, Lexie en avait. Ensuite, elles avaient parlé une heure de plus pendant que Lexie faisait de la pâtisserie.

Déménager à Hawaï avait été la meilleure décision qu'elle ait jamais prise et Lexie n'aurait pas pu être plus heureuse.

C'était le vendredi et il lui restait encore quelques heures de travail, mais il lui tardait déjà d'être le week-end qu'elle allait passer avec Midas. Elle était satisfaite par l'évolution de leur relation, même si elle n'aurait pas émis d'objection s'il l'invitait à passer la nuit.

Elle se tortilla un peu, gênée à l'idée de coucher avec Midas. Il était impossible de résister à cet homme, non pas qu'elle le voulait. En fait, elle avait très envie de coucher avec lui. Mais il était galant. Il avait dit ne pas vouloir la presser parce qu'elle était importante pour lui, parce qu'il voulait faire en sorte qu'elle sache que ce n'était pas simplement pour tirer son coup.

Ce qui était bien gentil, mais cela faisait longtemps que Lexie n'avait pas été avec un homme, et elle était plus que prête. Si embrasser Midas la rendait déjà toute émoustillée, elle n'imaginait pas l'effet de le voir nu et d'être touchée par lui.

Lexie était en train de préparer des cartons dans la réserve à l'arrière de Food For All quand son téléphone vibra. En baissant la tête, elle vit que c'était un appel d'un numéro inconnu. Elle répondit en fronçant les sourcils.

— Allô ?

— Êtes-vous Lexie Greene ? demanda l'homme à l'autre bout.

— Oui, qui est-ce ?

— Magnus Brander.

Pendant une seconde, Lexie ne sut pas qui c'était. Puis elle fit le rapprochement.

— Oh ! Bonjour. Est-ce que quelque chose ne va pas ?

— Non, non, non. Je suis désolé, je ne voulais pas t'inquiéter, dit Magnus. Je ne te dérange pas ?

Lexie ne savait pas du tout pourquoi le frère de Dagmar l'appelait, mais elle n'était pas certaine de le croire quand il affirmait que tout allait bien. Ils avaient échangé plusieurs e-mails au cours des dernières semaines. Ils avaient commencé très formellement, Lexie exprimant ses condoléances, et avaient évolué pour devenir plus amicaux et bavards.

C'était une surprise, à vrai dire. Lexie ne s'était pas attendue à se lier d'amitié avec Magnus, mais à chaque e-mail, elle avait un peu plus baissé sa garde.

— Non, pas du tout. Je suis simplement en train d'emballer quelques déjeuners pour l'équipe qui pourra les apporter dans la rue demain.

— Ah, oui, la distribution de nourriture mobile. C'est une bonne idée. C'était la vôtre, oui ?

Lexie haussa les épaules.

— Oui. Comment vas-tu ? Est-ce que ça va ? demanda-t-elle en essayant toujours de comprendre la raison de l'appel de Magnus. Ce n'était pas qu'elle ne voulait pas lui parler, c'était simplement inhabituel et elle voulait s'assurer qu'il allait bien. Il lui avait demandé des détails sur les derniers moments de la vie de son frère, et chaque fois qu'il envoyait un mail, il insistait pour avoir de plus en plus d'informations au sujet de ce qui était arrivé dans le désert, et plus précisément, de quoi Dagmar et elle avaient parlé.

Lexie avait fait de son mieux pour lui dire ce dont elle se souvenait, même si elle s'inquiétait pour lui. L'obsession concernant la mort de son jumeau n'était pas saine... mais elle essayait de se rappeler que tout le monde faisait son deuil différemment. Le fait que les deux hommes étaient des jumeaux augmentait la souffrance à un niveau qu'elle ne pouvait pas comprendre.

— Je vais bien, dit Magnus. Je suis certain que tu te demandes pourquoi j'appelle.

— Eh bien, oui. Je veux dire, ça ne me dérange pas, pas du tout, mais...

Sa voix s'estompa. Elle avait donné son numéro de téléphone à Magnus quelques e-mails auparavant, quand il avait paru particulièrement déprimé au sujet de la mort de Dagmar.

— Tu sais que Dagmar était très impliqué dans Food For All, dit Magnus.

Lexie hocha la tête même s'il ne pouvait pas la voir.

— Oui, c'était un des rares contrôleurs de gestion qui voyageaient d'un poste à l'autre pour faire leur rapport au conseil d'administration.

Elle avait été intimidée d'avoir la responsabilité de faire visiter Galkayo à Dagmar et de lui expliquer les programmes qu'ils avaient mis en place pour aider les résidents défavorisés. Elle avait été franche au sujet des défauts de leurs programmes et de leur façon de les améliorer. Puis, bien sûr, ils avaient été enlevés et n'étaient plus dans le rôle de l'employée et du patron.

— Oui, j'y ai beaucoup réfléchi et j'ai décidé que je voulais honorer mon frère en prenant sa place, dit Magnus.

— Je pense que c'est super, lui dit-elle.

— Oui. Je suis content. Et à cause des circonstances spéciales, j'ai demandé si je pouvais venir à Hawaï pour ma première mission.

Lexie sourient.

— Tu viens ici ? demanda-t-elle.

— Oui. Si ça ne te gêne pas.

— Bien sûr que non, assura Lexie.

— Tu as été si aimable, si attentionnée et compréhensive, que je voulais te rencontrer en personne. Afin de te remercier d'avoir été là pour mon frère.

— Oh, Magnus. Je suis impatiente de te rencontrer en personne également. Quand arrives-tu ?

— Il y a encore de la paperasse à faire, mais je crois que le conseil d'administration a dit que je pouvais partir dans un mois environ.

— C'est fabuleux !

— Oui. Et pendant que je serai là pour observer l'établissement de Food For All et que je prendrai des notes sur les employés, j'aimerais aussi passer un peu de temps avec toi. Pour parler de mon frère, bien sûr.

— Aucun problème. Et tu aimerais peut-être rencontrer mon petit-ami ? Il était en Somalie également. Il a brièvement rencontré Dagmar.

— Ah bon ?

— Oui. Même si, mince... je n'étais peut-être pas censée en parler, songea-t-elle en fronçant le nez avec remords.

— Ce n'est pas grave. Je ne dirai rien, promit Magnus.

— Merci. Quoi qu'il en soit, il a beaucoup entendu parler de Dagmar et toi et je suis certaine qu'il serait heureux de se joindre à nous.

— C'est très bien. J'aimerais en savoir autant que possible au sujet du temps que mon frère a passé en Somalie... il me manque.

Lexie fronça les sourcils.

— J'en suis sûre. Je suis vraiment désolée, Magnus.

— Oui. Bref, je ne voulais pas que mon arrivée soit une surprise. Je ne voudrais pas te faire tomber à la renverse en me voyant. Après tout, Dagmar et moi sommes... étions... jumeaux.

— Merci de me prévenir. Dois-je prévenir Natalie de ton arrivée ?

— Natalie ? demanda Magnus.

— Oh, je suppose que tu n'as pas encore eu la liste de tous les employés. Elle est la gérante de Food For All ici.

— Le conseil d'administration est censé la prévenir, dit Magnus. Ils enverront un mémo, mais tu sais comment ces choses-là passent parfois inaperçues. D'un autre côté, si j'ai bien compris, Dagmar faisait parfois des inspections surprises, alors ce serait peut-être mieux si tu ne disais rien. Je ne voudrais pas compromettre ma première mission pour Food For All, et si le conseil d'administration savait que nous nous parlions, cela pourrait être mal vu.

— Je comprends.

Elle ne voulait rien faire ou dire qui cause des ennuis à

Magnus. Elle n'avait jamais rencontré les gens du conseil d'administration de Food For All. L'organisation était basée au Royaume-Uni et les hommes et femmes aux commandes avaient la réputation d'être très stricts et de suivre toutes les règles. Malgré tout, elle était contente d'avoir été engagée toutes ces années auparavant et elle appréciait qu'ils acceptent qu'un homme qui faisait son deuil prenne la place de son frère.

— Merci, dit Magnus. Tu es occupée, alors je vais te laisser continuer à travailler. Tu y es depuis tôt ce matin, n'est-ce pas ?

— Oui, confirma Lexie.

Elle avait partagé son emploi du temps habituel dans un e-mail quelque temps auparavant. Il avait été curieux de savoir comment elle passait son temps et ce qu'elle faisait, et elle avait été heureuse de le lui dire. Comme elle vivait près de l'établissement, ça ne la gênait pas d'arriver tôt pour lancer le café et faire tout ce qui devait être préparé avant d'ouvrir les portes pour le petit-déjeuner.

— J'espère que tu ne travailles pas trop dur, dit Magnus.

Lexie gloussa.

— Mais non. J'aime ce que je fais et aider les autres n'est pas une épreuve. Et ce week-end, Midas va m'emmener à la plantation d'ananas de Dole. Ils ont un labyrinthe et il me tarde de l'essayer.

— Midas est l'homme qui connaissait Dagmar ?

— Oui.

— J'espère qu'il te traite bien.

— C'est le cas, le rassura Lexie.

Plus ils parlaient, plus elle était à l'aise. Ce qui était arrivé à Dagmar était tragique et horrible. Si elle obtenait un ami en la personne de son frère, elle allait se sentir un peu mieux.

— On dirait que tu es heureuse, dit Magnus.

— Je le suis.

— Bien. Je vais te laisser partir maintenant. Est-ce que ça te gêne si je te rappelle ?

— Pas du tout. Appelle quand tu veux.

— Merci. Je te contacte bientôt et je te ferai part de l'état d'avancement de ma venue.

— Il me tarde.

— Tout comme moi, dit Magnus. Au revoir.

— Au revoir.

Lexie raccrocha le téléphone et le remit dans sa poche.

Quelques secondes plus tard, Ashlyn, une des employées à plein temps, entra dans la réserve et demanda :

— Est-ce que ça va ? J'ai cru entendre parler.

— Tout va bien, dit Lexie, heureuse que l'autre femme ait pris la peine de vérifier. J'étais au téléphone.

— Ton homme ? demanda Ashlyn avec un sourire.

Lexie sourit à son tour.

— Non. Un ami, dit-elle en se souvenant qu'elle devait rester discrète au sujet de l'arrivée de Magnus.

— Cool. Quoi qu'il en soit, Natalie m'envoie pour voir si tu peux t'occuper de la salle avec Pika. Il y a un monde fou, comme la plupart des vendredis après-midi, et les gens ont l'air agités. Tu es si douée avec tout le monde qu'elle s'est dit que c'était peut-être mieux que tu te mêles aux autres.

— Oh, bien sûr. Avec plaisir. Mais je n'ai pas fini ici.

— Pas d'inquiétude. Jack et moi nous terminerons la préparation des déjeuners quand tu seras partie. Tu t'en vas plus tôt aujourd'hui, n'est-ce pas ?

— Je peux rester si nécessaire.

— Non, non, non, ce n'est pas pour ça que je le demandais, dit Ashlyn avec un autre sourire. Tu es la première arrivée depuis que tu as le travail et c'est un soulagement pour moi, parce que je ne suis pas du matin. Jack peut déposer ses enfants au bus maintenant et Pika aime surfer le matin, alors tu nous rends bien service à tous. Ça ne nous gêne pas du tout si tu pars en avance.

— Ouf, dit Lexie en faisant semblant de s'essuyer le front.

Elle posa les sacs en papier qu'elle avait ouverts pour les rendre plus faciles à remplir et sourit.

— Sérieusement, tu fais un travail incroyable et nous sommes ravis de t'avoir ici.

— Merci.

— Tu fais quelque chose de sympa ce week-end ? demanda Ash pendant qu'elles se dirigeaient vers la grande salle.

C'était là que tout le monde se rassemblait pour manger, pour s'abriter un moment de la chaleur, et simplement pour bavarder avec les autres. C'était parfois assez bondé et comme Ash l'avait laissé entendre, il y avait parfois des querelles à cause du stress que subissaient les personnes qu'ils servaient. L'équipe faisait de son mieux pour limiter cela et pour calmer tout le monde quand certains perdaient leur sang-froid.

— Midas me conduit à la plantation d'ananas de Dole pour que je puisse essayer le labyrinthe.

Ash leva les yeux au ciel.

— Sérieusement ? C'est pour les touristes.

— Eh bien, je *suis* toujours une touriste, dit Lexie en riant.

— Si tu veux d'autres activités sympas, fais-le-moi savoir et je verrai ce que je peux trouver. Ou mieux encore, demande à Pika. Il est né et il a grandi ici. Il saura ce que font les gamins cool.

— Merci. Je suis certaine que Midas et ses amis ont des idées d'autres choses qui ne sont pas aussi bondées et touristiques, mais jusqu'ici, j'adore tout ce que j'ai vu et fait.

Elles entrèrent dans la salle principale et Lexie vit immédiatement pourquoi Natalie avait demandé qu'elle vienne aider. Cela semblait encore plus rempli que d'habitude... et il y avait une sensation étrange dans l'atmosphère. Elle n'arrivait pas à mettre le doigt dessus, mais elle hocha la tête en direction de sa patronne de l'autre côté de la salle, en remarquant l'air soulagé de Natalie quand elle vit qu'Ashlyn et elle étaient revenues.

Lexie regarda alors Jack et Pika qui étaient en train de distribuer des boîtes à déjeuner à ceux qui en voulaient. Chaque boîte en carton contenait une pomme, un petit sachet de chips, des carottes, et un sandwich au jambon et fromage. Ce n'était rien d'extravagant, mais la nourriture était toujours bienvenue.

Pendant les quarante minutes suivantes, Lexie passa d'une personne à l'autre en faisant la conversation. Certains semblaient pressés de bavarder et d'autres l'ignorèrent complètement, mais elle fit de son mieux pour que tout le monde se sente bienvenu.

Theo était là, assis tout seul à sa place habituelle contre un mur. Son regard scrutait constamment la salle comme s'il cherchait quelque chose ou quelqu'un. Lexie se dirigea vers lui.

— Bonjour, Theo. Ça fait plaisir de te voir aujourd'hui. Comment vas-tu ?

Il grogna pour toute réponse.

— Il fait chaud aujourd'hui, n'est-ce pas ? Je veux dire, nous sommes à Hawaï, alors il fait toujours chaud, mais je pense qu'aujourd'hui c'est pire que d'habitude. C'est peut-être pour cela qu'il y a tant de monde, hein ?

— Des gens. Beaucoup de gens.

— Oui, je sais. As-tu eu à manger ? Je peux aller te chercher une pomme et un sandwich si tu veux.

— J'ai mangé un sandwich.

— Bien. C'est super. Y a-t-il quelque chose que je peux faire pour toi ?

Theo leva alors les yeux vers elle et Lexie dut se forcer à ne pas faire un pas en arrière. Il avait un regard qui la rendait nerveuse. Elle ne savait pas trop pourquoi. C'était peut-être seulement parce que toute son attention était concentrée sur elle.

— Tu es jolie, dit-il. J'aime tes cheveux.

— Euh… merci, répondit Lexie en passant la main sur ses cheveux d'un air gêné.

Elle les avait attachés en queue de cheval ce matin-là, comme d'habitude, et elle sentait qu'ils étaient particulièrement indisciplinés à cause de la chaleur et de l'humidité.

— Tu devrais faire attention, dit Theo. Il y a des gens fous, ici.

Lexie hocha la tête en sachant qu'il faisait référence à lui-même autant qu'aux autres. Il savait qu'il était différent.

— Mais tout le monde reste un être humain, dit-elle doucement. Ce n'est pas parce qu'ils ne pensent pas comme les autres qu'ils n'ont pas de valeur.

Theo inclina la tête et la fixa sans cligner des paupières. Lexie ne savait pas du tout ce qu'il se passait dans sa tête et elle pouvait admettre que ça la rendait nerveuse. Elle détestait cela, parce qu'elle s'enorgueillissait de ne pas juger les gens, mais son regard perçant l'inquiétait.

— Eh bien, si tu n'as besoin de rien, je vais aller parler aux autres.

Theo ne répondit pas et quand elle se fut éloignée et qu'elle eut parlé à quelques personnes près de là, elle jeta un coup d'œil vers lui. Il la fixait toujours intensément.

Un groupe de quatre hommes entra alors dans le bâtiment et attira l'attention de Lexie. Elle ne les avait pas encore vus, mais ce n'était pas très surprenant. Elle était nouvelle et elle rencontrait encore les personnes qui venaient régulièrement demander de l'aide.

Jack s'avança vers les hommes et les salua en indiquant une table près de l'endroit où elle se trouvait. Il y avait deux femmes déjà assises à cette table, mais elles se levèrent quand les hommes s'approchèrent.

— Bienvenue à Food For All. Puis-je vous apporter quelque chose à manger ? demanda Lexie poliment.

— Va te faire, marmonna un des hommes en tirant une des chaises de sous la table avec le pied avant de se laisser tomber dessus.

— J'aimerais bien quelque chose à manger, dit un autre avec un air lubrique en la dévisageant de haut en bas.

Pour la première fois, Lexie se sentit *très* mal à l'aise. En général, les hommes et les femmes, et même les enfants, qui venaient chercher de l'aide étaient respectueux et presque gênés d'être là. Mais ces hommes semblaient avoir envie de causer des problèmes.

Et pour la première fois également, Lexie fit quelque chose qu'elle ne faisait jamais. Elle s'éloigna sans essayer d'aider le groupe. Elle ne savait pas pourquoi ils étaient là, mais ça n'avait pas l'air d'être pour obtenir de la nourriture ou pour faire une demande d'aide de l'État.

Natalie avait manifestement vu les hommes agir d'une façon peu respectueuse, car Lexie la vit faire signe à Jack et Pika d'intervenir.

Lexie continua à faire le tour de la salle en disant bonjour et en souriant aux autres personnes devant lesquelles elle passait. Elle sentit son téléphone vibrer une fois de plus dans sa poche, et elle le sortit, ayant besoin d'une pause. Elle recula contre un mur afin de pouvoir garder un œil sur la salle et elle sourit en voyant que Midas l'appelait.

— Salut.

— Salut, ma belle. Je me suis dit que j'allais vérifier que tu pouvais toujours quitter le travail à trois heures.

— Oui. Attends, où es-tu ? Quel est ce bruit dans le fond ?

Midas gloussa.

— Je suis sur un bateau et nous rentrons à la base. Nous avions un exercice d'entraînement au large aujourd'hui. Je crois que le pilote a un rendez-vous, parce qu'il va très vite. Tu entends les vagues frapper le fond du bateau.

— Oh, waouh. D'accord. Tout s'est bien passé ?

— L'entraînement ? Oui. Bien sûr. Et ta journée ?

— Intéressante. Magnus a appelé aujourd'hui.

— Ah bon ? Tu lui envoies toujours des e-mails, n'est-ce pas ? demanda Midas.

— Oui. Il a dit qu'il venait à Hawaï dans un mois environ et il voulait me le faire savoir.

— Il vient ici ?

— Oui. Parce qu'il s'implique dans Food For All et il prend

le relais de Dagmar. Il fera des visites sur site. Il a demandé à ce que ceci soit sa première mission et a dit vouloir me rencontrer en personne.

Midas ne dit rien pendant un long moment.

— Midas ? Tu es toujours là ?

— Je suis là.

— Qu'est-ce qui ne va pas ? demanda Lexie.

— Je crois que je suis jaloux, dit-il.

Lexie resta bouche bée, incrédule.

— Sérieusement ?

— Eh bien, oui, je veux dire : tu lui as régulièrement envoyé des mails, et maintenant il fait de gros efforts pour pouvoir te rendre visite.

— Midas, il est beaucoup plus vieux que moi. Du genre, au moins vingt ans. Et crois-moi, il ne m'intéresse pas de cette façon-là. Il est comme un grand frère, ou même une figure paternelle. Je me sens mal pour lui parce que Dagmar lui manque beaucoup. Il a des difficultés à surmonter sa mort. Je pense qu'il ressent un lien avec moi parce que nous avons passé autant de temps ensemble dans le désert. C'est tout. Tu n'as pas à être jaloux. J'hallucine.

— D'accord.

Elle n'était pas certaine qu'il soit vraiment d'accord avec ce qu'elle avait dit ou pas, alors elle continua à essayer de le convaincre. Elle n'était pas contrariée qu'il soit mal à l'aise au sujet de la place de Magnus dans sa vie. Certains hommes étaient jaloux... et devenaient méchants en conséquence. Autoritaires et violents. Mais elle était certaine que Midas n'était pas ainsi. Cependant, elle pouvait l'imaginer bouder sur son bateau et elle voulait le rassurer.

Elle baissa la voix afin que personne ne puisse l'entendre.

— De plus, le seul type auquel je pense tard le soir quand je suis au lit, c'est toi.

— Ah oui ?

Encouragée, elle poursuivit :

— Oui. Je te jure que te regarder suffit à m'exciter.

— Merde, Lex, jura-t-il. Arrête, j'en peux plus.

— Je te signale… que je sais que tu ne sors pas avec moi pour le sexe. Tu m'as conduite partout, tu as supporté que je colle cette poupée hawaïenne sur ton tableau de bord, tu m'as emmenée à toutes les activités pour touristes que j'ai voulu voir, même ce luau le week-end dernier. Et tu vas te perdre dans un labyrinthe avec moi, alors que je suis certaine que ce n'est pas ainsi que tu veux t'occuper.

— Je serai avec toi et c'est exactement ainsi que je veux passer ma journée.

Argh. Il était si adorable.

— D'accord, quoi qu'il en soit, je veux simplement dire que je comprends. Et j'apprécie. Mais… je veux plus.

— Plus ? Tu veux que je t'emmène ailleurs ? Il te suffit de le dire et nous irons, assura Midas.

— Je veux que tu m'emmènes au lit, lâcha Lexie.

Elle crut entendre quelqu'un s'étrangler à l'autre bout du fil.

— Midas ?

Elle regretta d'avoir été si franche.

— Bon sang, Lex. Aie pitié de moi.

Elle sourit.

— Je veux juste m'assurer que tu comprends qu'il n'y a pas à être jaloux. Tu es le seul que je désire.

— Bien, grogna-t-il.

Il dit autre chose, mais l'attention de Lexie fut soudain focalisée sur un mouvement de l'autre côté de la salle.

— Attends, dit-elle d'un air tendu.

— Que se passe-t-il ? demanda-t-il, toute tendresse ayant quitté sa voix, comme s'il avait appuyé sur un bouton.

— Je ne sais pas… Oh, mince ! Theo est dans une bagarre.

— Le même type que nous avons vu dans la rue il y a quelques semaines ?

— Oui.

Quelques femmes hurlèrent et les gens semblèrent se ruer vers l'autre côté de la salle pour s'éloigner de la bagarre.

— Lexie ? demanda Midas, mais une femme trébucha alors sur le sac que quelqu'un avait placé à ses pieds pendant qu'ils étaient à table et elle heurta Lexie. Son téléphone portable atterrit sur le sol à quelques mètres de là.

D'autres gens crièrent et maintenant tout le monde semblait hurler.

Lexie saisit le bras de la femme qui avait foncé sur elle.

— Est-ce que ça va ?

Elle hocha la tête, mais se retourna immédiatement pour partir vers la sortie, en même temps qu'une majorité de la foule.

Ce fut le chaos total pendant une minute ou deux alors que la moitié de la salle faisait de son mieux pour disparaître en même temps par les portes d'entrée, l'autre moitié continuant à crier. Certains encourageaient la bagarre, d'autres essayaient d'intervenir. Lexie essaya de calmer quelques enfants qui étaient là et d'empêcher les gens de pousser les autres à terre et de les piétiner en essayant de parvenir jusqu'à la porte.

En se retournant, Lexie vit que son téléphone avait été envoyé sous une table près de là, et elle rampa à quatre pattes pour l'attraper.

— Midas ? cria-t-elle de façon un peu hystérique en portant le téléphone à son oreille.

— Que se passe-t-il, putain ? aboya Midas, l'air un peu hystérique, lui aussi.

— Tout va bien, dit-elle.

— Sérieusement, parle-moi maintenant, ordonna Midas. Que se passe-t-il ?

— Theo s'est retrouvé dans une bagarre, dit-elle.

— Foutu lui, maugréa Midas.

— Non, ce n'était pas de sa faute. Je veux dire, je ne suis pas à cent pour cent certaine de ça, mais je devine qu'il s'agit des autres types qui sont entrés. Ils n'étaient pas très agréables.

— Que veux-tu dire ? Bon sang, Lexie, il faut que tu commences à m'expliquer. Pid est au téléphone avec les flics en ce moment même. Ils ont besoin de savoir dans quoi ils vont mettre les pieds.

— Il est au téléphone avec la police ? demanda Lexie, perplexe. Mais vous êtes sur un bateau au milieu de l'océan.

— Exactement. Ce qui signifie que je ne peux pas arriver jusqu'à toi aussi vite que je le voudrais. Alors, nous envoyons la police. Maintenant, dis-moi ce qu'il se passe pour que je puisse le raconter à Pid qui le transmettra à la police.

— Oh, enfin... je pense que tout va bien maintenant. La plupart des gens sont partis quand la bagarre a mal tourné. Jack et Pika ont immobilisé deux des types désagréables en leur bloquant la tête, Ashlyn parle à Theo et... oh, merde.

— Oh, merde quoi ? demanda Midas impatiemment.

— Natalie a sorti son fusil de chasse. Elle le garde dans son bureau. Elle empêche les deux autres types de faire quelque chose de stupide. Je dois aller l'aider !

— Non ! Tu dois rester là où tu es, avec un peu de chance tu es hors de portée de ce fusil et des poings d'un de ces enfoirés.

— Je vais bien, Midas. Tout va bien. Natalie a la situation sous contrôle. Je t'appellerai quand tout le monde se sera calmé.

— Non, Lex, ne...

Mais elle avait déjà appuyé sur le bouton pour raccrocher. Elle se sentait coupable de lui raccrocher au nez, mais elle avait vraiment besoin d'aller aider ses collègues et pas de se cacher sous une table, complètement inutile.

Elle sortit de sous la table et marcha jusqu'à l'autre côté de la salle en se dirigeant vers Ashlyn.

— Est-ce qu'il va bien ?

— Il aura un sacré œil au beurre noir, mais bon sang, je ne savais pas du tout que Theo savait se battre comme ça, dit Ash.

Lexie regarda Theo... et cette fois, elle fit un pas en arrière quand elle vit son regard.

Il. Était. *Furieux.*

Contre elle ? Elle ne le savait pas. La colère qui émanait de cet homme était très effrayante. Malgré tout, elle n'arrivait pas à détourner son regard du ciel et ils se fixèrent longuement.

Un bruit à la porte rompit l'étrange connexion qu'il semblait y avoir entre Theo et elle et lorsque Lexie se tourna pour regarder l'entrée, elle vit une demi-douzaine de policiers qui se dirigeaient vers elle avec les armes au poing. Sans réfléchir, elle leva les mains en l'air pour leur faire savoir qu'elle n'était pas armée.

Elle vit Theo l'imiter du coin de l'œil, mais les policiers et policières ne semblèrent pas s'inquiéter à leur sujet. Toute leur attention était fixée sur Natalie.

— Laissez tomber votre arme !

— Posez votre arme !

Plusieurs secondes s'écoulèrent dans le chaos et la confusion pendant que les officiers donnaient l'ordre à Natalie de se désarmer, et que Jack et elle essayaient de leur expliquer ce qui s'était passé.

Trente minutes plus tard, Lexie était assise à une table et elle regardait un officier parler à Natalie, un autre prenant des notes pendant que Pika expliquait ce qui était arrivé. Un troisième et un quatrième essayaient de communiquer avec Theo qui était assis sur le sol contre le mur et regardait droit devant lui, sans parler. Les quatre hommes qui avaient apparemment commencé l'altercation avaient été conduits au commissariat. D'après ce que Lexie avait compris, trois d'entre eux avaient des mandats d'arrêt en cours et le quatrième homme avait essayé d'assommer un des policiers, alors il avait lui aussi été arrêté sur le champ.

Elle avait déjà fait sa déclaration à un policier quand la porte d'entrée s'ouvrit une fois de plus très brutalement.

Les policiers se retournèrent vers la nouvelle menace, les mains sur leurs armes, mais Lexie poussa un soupir de soulagement.

Elle ne savait pas du tout comment Midas et son équipe étaient arrivés si vite en centre-ville, surtout s'ils avaient été à bord d'un bateau au milieu de l'océan quelque part, mais elle était si heureuse de les voir, qu'elle se mit immédiatement à trembler.

Midas parcourut la salle du regard et à la seconde où il la vit, il se dirigea vers elle. Mustang rassura les officiers en expliquant qu'ils étaient de la base navale pendant que Midas la soulevait de sa chaise et la prenait dans ses bras.

Il enfouit la tête au creux de son cou et la serra si fort que c'était presque douloureux.

— Du calme, Midas, dit Aleck. Tu l'écrases.

Lexie sentit ses bras se détendre légèrement, mais il ne la lâcha pas pendant un moment. Puis il s'écarta, mais seulement assez pour la regarder dans les yeux.

— Est-ce que tu vas bien ?

— Très bien, dit-elle en caressant ses bras pour l'apaiser.

— Merde, murmura-t-il.

— Assieds-toi, ordonna Aleck. Avant de tomber.

— Je ne vais pas tomber, dit Midas à son ami en tournant la tête pour lui jeter un regard noir.

— Je voulais juste m'en assurer. Je crois que tu n'as pas respiré de tout le trajet jusqu'ici.

— Comment êtes-vous arrivés si vite ? demanda Lexie.

— Vite ? Putain, ça a duré une éternité, dit Midas.

Aleck secoua la tête.

— Nous avons dit au type qui conduisait le zodiac que s'il nous emmenait au port en sept minutes ou moins, nous lui donnions cent dollars. L'argent fait avancer les choses.

— Mais ensuite, il vous fallait encore venir ici depuis la base, dit Lexie, perplexe.

— Oui. La police navale nous a escortés, expliqua Aleck.

— Oh, mince. Je suis désolée, Midas. Je n'aurais pas dû te raccrocher au nez. Si j'avais tout expliqué, personne n'aurait eu à faire autant de choses compliquées. Je rembourserai celui qui a payé le type du bateau.

— Certainement pas, dit Aleck dans sa barbe au moment où Midas prit la parole.

— Tu n'aurais effectivement pas dû me raccrocher au nez, acquiesça Midas en la secouant un peu. Sais-tu l'enfer que j'ai traversé en me demandant ce qu'il se passait ici ? Si tu avais été blessée ?

— Je t'ai dit que je ne l'étais pas, expliqua Lexie.

— Non, tu ne l'as pas fait. Lex, tout ce que je savais, c'était qu'il y avait des cris et des hurlements, et puis tu as dit qu'il y avait eu une bagarre et que Natalie était armée. Quelqu'un aurait pu la maîtriser et lui prendre la carabine et te faire du mal à toi ou quelqu'un d'autre. Merde... dit-il en fermant les yeux. Je n'ai encore jamais eu si peur de ma vie.

Et voilà comment Lexie se sentit très mal. Elle n'avait pas eu l'intention d'effrayer Midas, ne savait pas que cet homme était capable d'avoir peur. Mais en le regardant maintenant, il était évident qu'il avait complètement paniqué. Elle posa la main sur sa joue.

— Je vais bien, dit-elle doucement.

Du coin de l'œil, elle vit Aleck s'écarter et leur laisser un peu d'intimité.

— Nous étions en train d'avoir une super conversation qui m'a ouvert les yeux, me donnant toutes sortes d'idées, puis tout à coup, il y a des cris et tu n'es plus à l'autre bout du fil. Ensuite, tu es revenue et tu as dit que tout allait bien, sauf que tu parles de façon hystérique et Natalie a une carabine et tu me raccroches au nez ! Je te jure, Lex, j'ai pris trente ans d'un seul coup. S'il te plaît, je t'en supplie, ne refais jamais ça. Mon cœur ne le supportera pas.

— Promis, répondit immédiatement Lexie.

Et elle était sincère. Elle n'avait jamais vu quelqu'un s'inquiéter autant pour elle que Midas. Elle n'avait vraiment pas pensé que c'était si terrible de raccrocher. Mais si les rôles avaient été inversés ? Si elle avait été en train de lui parler et qu'elle avait compris qu'il se passait quelque chose de dangereux autour de lui et qu'il lui avait raccroché au nez ? Elle n'aurait pas été ravie. Elle aurait mérité qu'il soit plus fâché, elle le savait, et elle se promit d'être une meilleure petite amie à l'avenir.

— Attention, dit Pid près de là.

Midas leva la tête vers son coéquipier, puis il passa un bras autour de la taille de Lexie et l'écarta du chemin de deux policiers qui guidaient Theo vers les portes.

— Oh, vous n'allez pas l'arrêter, n'est-ce pas ? demanda Lexie en fronçant les sourcils.

— Non. Nous le conduisons simplement à l'hôpital pour le faire examiner. Il ne semble pas avoir toute sa tête, dit l'un des policiers.

Theo la regarda, puis il fixa Midas.

— Tu devrais mieux veiller sur elle, grommela-t-il à voix basse.

— Pardon ? dit Midas.

Lexie sentit la colère émaner de lui.

— C'est de sa faute, dit Theo. Tu devrais la surveiller.

Midas grogna. Vraiment, il grogna du fond de la gorge et Lexie fut suffisamment inquiète pour se placer entre Theo et lui.

— Du calme, mon vieux, dit Mustang en posant une main sur le biceps de Midas.

Les policiers éloignèrent rapidement Theo et Midas demanda :

— C'était quoi ça, putain ?

— Il n'a pas toute sa tête, répondit Mustang. Tu ne peux pas prendre ce qu'il dit au sérieux.

— J'ai compris ça comme une menace, dit Midas à son ami. Et il la blâme pour ce qui est arrivé ici. Tu as dit que tu étais loin d'eux quand la bagarre a commencé, n'est-ce pas ?

Lexie ignora le ton légèrement accusateur. Il était stressé, et elle ne pouvait pas vraiment lui en vouloir. Elle n'était pas non plus ravie par ce que Theo lui avait dit. Elle avait fait des efforts pour être gentille avec lui, et elle devait admettre qu'il la rendait nerveuse.

— Tout à fait, dit-elle à Midas et au reste de l'équipe qui était maintenant rassemblée autour d'eux. J'ai bavardé un peu avec Theo, de tout et de rien, puis je suis venue ici quand tu as appelé.

— Les policiers ont mentionné que l'un des quatre hommes a dit quelque chose sur toi, ajouta Slate en prenant la parole pour la première fois. Puis il a affirmé que Theo lui a sauté dessus pour aucune raison valable. Ils ne lui avaient même pas dit deux mots quand il les a attaqués.

— Va-t-il avoir des problèmes ? demanda Lexie, maintenant inquiète pour l'homme mentalement handicapé.

Midas soupira et secoua la tête.

— Quoi ? demanda Lexie.

— Toi. Cet homme t'a plus ou moins menacée et tu t'inquiètes pour lui.

— La prison ne va pas l'aider, insista Lexie.

— Et pouvoir se promener librement en commençant des bagarres, si ? intervint Jag.

Lexie pinça les lèvres de frustration.

— Non, mais il a besoin d'aide médicale. Et peut-être plus besoin d'un ami que d'être enfermé à perpétuité.

— Lexie ! Est-ce que tu es sûre que ça va ? s'exclama Ashlyn en essayant de se frayer un chemin entre Slate et Pid pour se rapprocher. Mais Slate ne bougea pas.

— Hé, tu peux te pousser ? se plaignit Ash en poussant plus fort.

Slate sembla surtout amusé lorsqu'il fit enfin un pas de côté. Il montra bien que la seule raison pour laquelle elle pouvait passer, c'était parce qu'il le permettait.

— Je vais bien. Je n'étais même pas en danger, dit Lexie. Comment va Natalie ? Je n'arrive pas à croire qu'elle soit intervenue avec sa carabine.

— Elle n'accepte pas les mauvais comportements. C'est pour ça que c'est une si bonne gérante. Je suppose que ceci est Midas ? demanda Ash en hochant la tête en direction de l'homme qui la tenait.

— Oh, pardon ! Oui, les gars, voici Ashlyn, une des autres employées à plein temps de Food For All, et Ash, voici Midas et voici ses amis. Aleck, Pid, Jag, Slate et Mustang.

— Bon sang. Tu ne m'as pas dit que tu sortais avec M. Canon de la Canonitude... ni que ses amis étaient si agréables à regarder.

Pid se redressa un peu et gonfla le torse. Tout le monde rit. Sauf Slate.

— Arrête tes conneries, crétin, maugréa-t-il en donnant un coup de poing dans le bras de Pid.

Ashlyn fronça les sourcils.

— Regardez qui traite l'autre de crétin, maugréa-t-elle à son tour en s'écartant de Slate afin de ne pas être à sa portée.

Cela ennuya Lexie. Même si Slate et elle partaient du mauvais pied, il ne lui aurait pas fait de mal. Mais apparemment, Ashlyn n'était pas convaincue. Lexie essaya vite de faire retomber la tension.

— Natalie est incroyable. Elle n'aura pas de problèmes, n'est-ce pas ?

— Non, tout va bien, dit Ashlyn. Je pense que les choses sont à peu près aussi calmes qu'elles peuvent l'être. Tu peux y aller, si tu veux.

— Oh, mais n'avez-vous pas besoin d'aide pour ranger et rassurer tout le monde quand ils reviendront ?

— Ça ira. Passe un bon week-end. Quand tu reviendras lundi matin, la même routine ennuyeuse sera rétablie.

— Si tu en es sûre...

— Je le suis. J'ai déjà eu le feu vert de Natalie. Et elle m'a dit qu'elle allait peut-être engager de la sécurité supplémentaire. Tu sais, des gros durs qui seront là pendant les moments les plus fréquentés, comme les vendredis après-midi, juste au cas où.

— Oh, c'est une bonne idée. Je suis sûre que cela rassurera tout le monde.

Ash se tourna vers Slate.

— As-tu besoin d'un peu d'argent en plus ? Tu as l'air assez méchant... tu feras peur à tous les casse-pieds.

Slate plissa les yeux et lui jeta un regard noir.

Elle rit, mais ce ne fut pas un bruit détendu et insouciant.

— Du calme. Je plaisantais. Si tu continues à froncer les sourcils, ton visage va rester coincé comme ça.

Puis elle sourit à Lexie avant de partir dans la salle à l'arrière.

— Elle me plaît, déclara Jag.

Slate tourna son regard noir vers son ami.

Jag leva les mains comme pour capituler.

— Si les regards pouvaient tuer, marmonna-t-il.

— Elle n'a pas tort, ajouta Aleck. Tu es particulièrement grognon aujourd'hui.

— Bref, dit Slate. On sort d'ici, ou quoi ?

— Bien sûr. Maintenant que toute l'excitation est passée, Slate est impatient de partir. C'est normal, gloussa Pid.

Il ne put s'empêcher de sourire. Elle commençait déjà à s'habituer à ces hommes. La façon dont ils plaisantaient presque comme des brutes.

— Merci à vous tous de vous être précipités à mon secours, leur dit-elle.

— Nous sommes un peu nerveux, dit Mustang. Depuis l'incident d'Élodie, nous réagissons un peu plus vite... ou de façon excessive, c'est selon.

— Eh bien, j'apprécie. Je n'ai encore jamais vraiment eu quelqu'un qui s'inquiétait pour moi avant.

— Nous, on se soucie de toi, dit Aleck sérieusement.

Lexie lui sourit.

— Je te raccompagne à ton appartement, dit Midas.

Lexie fronça les sourcils lorsque ses coéquipiers se diri-gèrent vers la porte.

— Oh, mais tu es venu avec eux.

— Je ne vais pas te quitter, lui dit-il.

D'accord. Apparemment, il était encore un peu sur les nerfs. Lexie ne pouvait pas lui en vouloir.

— Très bien.

— Nous pouvons prendre un taxi pour aller chez moi.

— Le bus y va aussi, dit Lexie.

— Non. Ça prendra trop de temps. Taxi ou Uber.

Lexie haussa les épaules.

— D'accord. Ça marche.

— Allez, viens, on s'en va.

Lexie laissa Midas lui prendre la main, et elle salua ses collègues pendant qu'il la guidait jusqu'à la porte, puis son appartement.

CHAPITRE DOUZE

Midas savait qu'il était un peu autoritaire et pénible, mais il ne pouvait pas s'en empêcher. Lexie lui avait fait terriblement peur. Il ne se souvenait pas de la dernière fois où il avait été aussi terrifié. Il avait entendu des gens hurler et crier au téléphone et il n'avait pas su ce qu'il se passait. Puis Lexie avait dit qu'il y avait des armes dans le bâtiment avant de lui raccrocher au nez.

La demi-heure qu'il lui avait fallu pour venir avait été la plus longue de sa vie. Il ne supportait pas l'idée de la lâcher ou de la laisser hors de sa vue.

Il fit de son mieux pour contrôler ses émotions en escortant Lexie jusqu'à son immeuble. Il resta juste à côté d'elle dans l'ascenseur et dès qu'elle eut déverrouillé la porte et qu'ils étaient entrés dans l'appartement, il l'avait reprise une fois de plus dans ses bras.

— Je vais bien, le rassura-t-elle pour la énième fois. Je suis désolée. Je n'ai pas réfléchi. J'ai tellement l'habitude de me défendre toute seule que l'idée ne m'est même pas venue que tu pourrais t'inquiéter.

— M'inquiéter ? demanda Midas. Merde, Lex, j'étais bien plus qu'inquiet.

La lèvre de Lexie se mit à trembler et il appuya son visage contre lui.

— Chhh, je suis désolé. Ne pleure pas.

— C'est juste que je me sens très mal pour tout ça.

— Je sais.

— Je te promets que je ne referai jamais une chose pareille.

— Je le sais.

— Est-ce que ça...

Sa voix devint inaudible.

— Est-ce que ça quoi ? demanda Midas en plaçant le doigt sous son menton et en l'inclinant pour qu'elle soit obligée de le regarder. Parle-moi, Lex.

— Est-ce que ça t'a fait changer d'avis à mon sujet ?

Perplexe, Midas cligna des paupières.

— Que veux-tu dire ?

— Je ne sais pas. Es-tu si contrarié que tu veux faire une pause dans notre relation ? Nous ne sommes pas obligés de passer le week-end ensemble.

L'estomac de Midas se noua.

— Non ! s'exclama-t-il. Pourquoi demandes-tu cela ?

— C'est juste que... je sais que je t'ai déçu, et parce que je suis restée seule si longtemps et que je n'ai jamais eu quelqu'un qui s'inquiétait pour moi, j'ai tendance à ne pas penser aux autres autant que je le devrais. Tu ne veux peut-être pas supporter ça.

— Veux-tu être avec *moi* ? demanda Midas.

Elle fronça les sourcils.

— Oui. Bien sûr que je le veux, mais...

— Prépare un sac, l'interrompit Midas.

— Quoi ?

— Prépare un sac. Avec assez d'affaires pour deux nuits. Nous allons chez moi et nous allons passer le week-end ensemble. Tout le week-end. Les jours et les nuits. Je te ramènerai ici dimanche soir, pour que tu puisses être de bon matin à ton travail le lundi.

Elle écarquilla les yeux.

— Vraiment ?

— Oui. Je ne pense pas pouvoir te laisser hors de ma vue au cours des quarante-huit heures qui viennent. Cela devrait suffire à faire baisser mon adrénaline. Peut-être. Lexie, au cas où tu ne l'aurais pas remarqué, tu comptes pour moi. C'est le cas depuis l'instant où nous nous sommes échappés de cette chambre d'hôpital ensemble. Peut-être même avant. Et je te montrerai que tu n'es plus obligé de prendre chaque décision toute seule. Je veux être ton partenaire. Ton oreille attentive. La personne vers laquelle tu te tournes quand tu es heureuse, ou effrayée, ou triste. Je fêterai les moments heureux avec toi, je te serrerai contre moi quand tu pleures, et je te répondrai quand tu en auras besoin. Je veux être *tout* pour toi, car tu es vite en train de devenir tout pour moi.

— Midas, chuchota-t-elle.

— Et même s'il s'est passé beaucoup de choses au cours des dernières heures, je n'ai pas oublié ce que tu as dit avant que ça dégénère. Tu veux que je te mette dans mon lit ? Parfait. Maintenant, va faire tes bagages. Je vais me placer là et garder la porte afin que personne ne vienne nous interrompre avant que nous arrivions chez moi.

Elle sourit et cela illumina son visage.

— J'ai un lit, dit-elle jetant un coup d'œil au matelas double au milieu de son studio.

— Je vois ça. Et crois-moi, je te ferai l'amour dedans très bientôt. Mais pas maintenant. Et pas ce week-end. Ce week-end, tu es entièrement à moi. Et je veux que tu sois chez moi. J'admets que c'est un peu primitif de ma part. Mais je veux te prendre pour la première fois dans mon lit.

— D'accord, dit-elle.

— D'accord, répéta-t-il. Tu vas faire ton sac, ou quoi ?

— Tu vas me lâcher, ou quoi ? rétorqua-t-elle.

— Je ne suis pas certain de pouvoir.

Lexie posa les bras autour de son cou et se leva sur la pointe des pieds en se collant encore plus contre lui.

— Tu sais ce qu'il me tarde ? demanda-t-elle d'un ton sensuel et sexy.

— Quoi ? l'interrogea-t-il en pensant qu'elle allait dire « te voir nu » ou quelque chose d'aussi excitant.

— Une glace Dole, murmura-t-elle à son oreille

Sa réponse fut si inattendue que Midas éclata de rire.

— Sale gosse !

Elle souriait jusqu'aux oreilles, manifestement très contente de sa plaisanterie.

Celle-ci fonctionna cependant, car il se détendit assez pour pouvoir lâcher ses mains autour de la taille de Lexie. Elle s'écarta de lui en souriant toujours. Et quand elle parvint à la porte de sa salle de bains, elle dit :

— Oh... et te sentir si loin en moi que je ne sais plus où je m'arrête et où tu commences.

Puis elle tourna les talons et disparut dans la salle de bains avec un éclat de rire qui résonna autour de lui.

Midas grogna à cause de l'image que ses paroles évoquaient en lui et il s'appuya contre le bar qui séparait la cuisine du reste de la pièce. Il regarda le lit, puis il ferma les yeux.

Non. Il voulait la dorloter. Il voulait lui montrer comme cela pouvait être bien entre eux. Et pas seulement au lit. Il était certain que vivre avec elle vingt-quatre heures sur vingt-quatre devait être merveilleux. Comment aurait-il pu en être autrement ?

Il était très impatient de la mettre dans son lit, mais il voulait surtout être certain qu'elle soit à l'aise avec le changement de leur relation. Il allait progresser aussi lentement que nécessaire pour qu'elle soit à cent pour cent sûre de lui. Il ne pouvait pas imaginer une vie sans elle et il voulait qu'elle ressente la même chose avant d'aller plus loin dans leur relation.

Midas réajusta son érection et inspira profondément. La vie

avec Lexie n'allait pas être ennuyeuse, il en était absolument certain.

* * *

En l'espace de vingt minutes, Midas et Lexie se retrouvèrent dans un Uber en route vers chez lui. Ils se tenaient la main sur la banquette arrière et Midas fit de son mieux pour contrôler sa libido. Beaucoup pensaient qu'après une mission difficile, les militaires voulaient seulement baiser ou se battre. Et ils n'avaient pas complètement tort. Midas et le reste de son équipe avaient appris à contrôler leurs montées d'adrénaline quand ils étaient déployés, mais à ce moment précis, il se sentait comme un bleu qui venait de finir sa première mission réussie.

Il ne pouvait même pas regarder Lexie, parce qu'il avait l'impression d'être à quelques secondes de lui sauter dessus. Elle avait retiré le jean et le chemisier qu'elle portait au travail et elle avait enfilé un short qui montrait ses jambes bronzées et toniques, et un débardeur. Il voyait sa bretelle de soutien-gorge sur son épaule quand elle bougeait et cela lui donna très envie de voir ses seins nus.

Ils s'étaient embrassés à de nombreuses reprises et il l'avait pelotée, mais ils n'avaient jamais été nus ensemble.

Merde, il devait arrêter de penser à Lexie sans vêtements. Il était trop tendu. Il fallait qu'il la ramène chez lui, qu'il la mette à l'aise. Il allait peut-être commander quelque chose pour le dîner afin qu'il ne soit pas obligé de cuisiner : se tenir à côté des fourneaux brûlants n'était peut-être pas la meilleure idée à ce moment précis. Il allait lui servir un verre de vin ou lui préparer un cocktail et ils allaient pouvoir s'asseoir sur sa terrasse et profiter de la soirée hawaïenne. Si elle était trop fatiguée – parce qu'elle avait eu une sacrée journée, tout comme lui –, il allait la prendre dans ses bras et la tenir toute la nuit, comme il l'avait fait quand ils avaient dû se cacher dans ce trou.

Il pouvait faire ça.

Peut-être.

Puis Lexie prit sa main et la posa sur sa cuisse. Sa cuisse nue.

Merde. Toutes les idées de détente et de conversation sur la terrasse s'évanouirent dans un nuage de fumée.

Elle lui fit un sourire espiègle et bougea lentement sa main vers le haut, jusqu'à ce que ses doigts se trouvent sous le bord de son short. Midas aurait pu jurer sentir la chaleur de son intimité. Il lui suffisait de bouger sa main de quelques centimètres et il pouvait la toucher.

Lexie écarta très légèrement les jambes, comme si elle arrivait à lire dans ses pensées.

Midas sentit son cœur battre de façon incontrôlable dans sa poitrine. Il voulut la renverser et la prendre tout de suite.

— Ça doit être une belle journée demain, leur dit le conducteur en ramenant brusquement Midas au présent. Et surtout, au fait qu'il n'était pas seul avec Lexie.

Il entendit Lexie rire doucement.

Midas eut envie de répondre, mais il serrait les dents avec trop de force.

— Je pense que nous allons à la plantation de Dole demain. Y êtes-vous déjà allé ? demanda Lexie.

Midas n'écouta pas le conducteur, se concentrant sur ses grands doigts posés à l'intérieur de la cuisse de Lexie. Il caressa sa peau sensible avec le pouce et sourit quand il l'entendit inspirer brusquement. Elle avait peut-être commencé à le titiller, mais il pouvait lui aussi jouer à ce jeu-là.

Il déplaça le regard depuis ses cuisses jusqu'à sa poitrine et fut content de voir ses tétons pointer sous son débardeur. Il était évident qu'elle aimait cela autant que lui.

Une voiture klaxonna près de là et Midas leva la tête... et surprit leur conducteur en train de mater Lexie dans le rétroviseur. Il lui jeta un regard noir et grogna :

— Fais gaffe.

— Oh, ils ne klaxonnaient pas pour nous, dit Lexie en lui tapotant le bras.

Midas ne parlait pas des autres véhicules, et lui et le chauffeur le savaient.

Le trajet fut assez calme après ça et Midas prit soin de garder la main sur une partie sans danger de la jambe de Lexie. Même s'il aimait l'exciter, il n'avait pas l'intention de se donner en spectacle pour le crétin qui conduisait.

Ils arrivèrent chez lui sans autre incident et Midas était assez content de lui de ne pas avoir dévoré Lexie sur le siège arrière. Il la guida dans sa maison avec une main au creux de son dos. Il déverrouilla la porte et soupira de soulagement quand elle se referma derrière eux.

Ils étaient enfin seuls. Mais il se rappela alors qu'il essayait de progresser lentement. Il ne voulait surtout pas brusquer Lexie.

Il commença à lui tendre le sac qu'elle avait préparé en lui disant de faire comme chez elle, mais quand il se tourna après avoir fermé la porte, il poussa un grognement quand Lexie se jeta dans ses bras.

En laissant tomber le sac pour pouvoir la rattraper, Midas gémit lorsqu'elle passa les doigts dans ses cheveux et baissa sa tête vers elle.

Elle l'embrassa comme si elle voulait le dévorer. Durement, vite et très profondément. La verge de Midas durcit à nouveau. Il passa un bras autour de sa taille et la tira contre lui. Lexie commença immédiatement à onduler des hanches, levant une jambe comme si elle essayait de s'approcher autant que possible.

Quand elle glissa les mains sous son tee-shirt et le remonta sans ménagement, Midas inspira profondément. Il avait besoin de retrouver son sang-froid légendaire, parce qu'il était sur le point de la baiser ici, dans l'entrée de sa maison.

— Lex, dit-il en arrachant ses lèvres aux siennes.

Elle secoua la tête et parvint à faire passer le tee-shirt de

Midas par-dessus sa tête. Midas grogna quand elle se pencha en avant et posa les lèvres autour d'un de ses tétons qu'elle suça avec force.

— Bon sang, jura-t-il en posant la main sur l'arrière de sa tête pour la serrer contre lui.

Sa bouche était si agréable et il était à deux secondes de craquer.

Le fait de savoir cela aida Midas à serrer ses doigts dans ses cheveux et à les utiliser pour écarter légèrement la tête de Lexie. Elle leva les yeux vers lui : ses pupilles étaient dilatées et elle respirait bruyamment. Elle se lécha les lèvres en le fixant.

Elle était si belle ainsi. Presque perdue dans son désir. Pour *lui*. Mais il avait beau la désirer, Midas ne voulait pas qu'elle fasse quoi que ce soit qu'elle pourrait regretter plus tard.

— Lex ? dit-il. Il faut que tu sois sûre.

— Je suis sûre, répondit-elle immédiatement.

Mais pour une raison qu'il ne comprenait pas, Midas hésitait encore.

Puis Lexie fit courir ses mains le long de son torse nu et il lui fallut faire de gros efforts pour ne pas perdre les pédales.

— Je te veux, dit-elle succinctement. Je n'ai pas pu arrêter de penser à toi. Je suis vraiment désolée pour aujourd'hui, de t'avoir inquiété. Personne n'a jamais fait ce que tu as fait. Tu as tout laissé tomber et tu es venu jusqu'à moi dès que possible, parce que tu pensais que je courais un danger. Il se pourrait que tu te lasses de moi, que tu décides que je suis trop bête, que je travaille trop, que je me lie d'amitié avec trop d'inconnus, ou un million d'autres choses qui font que je suis bizarre. Mais tant que je vivrai, je n'oublierai jamais la vision de toi et tes amis débarquant dans ce bâtiment aujourd'hui pour moi. Tu n'as pas idée de ce que j'ai ressenti. Comme c'était incroyable de savoir que tu te souciais autant de moi. S'il te plaît, Midas. Baise-moi. J'ai besoin de toi !

C'était fini. Il avait terminé de protester. Toutes ses intentions de lenteur et de séduction de cette femme furent déchiquetées par ses paroles. Il n'allait jamais se lasser d'elle et elle n'était certainement pas trop bête. Il avait peut-être besoin d'avoir une discussion avec elle sur le fait de se lier d'amitié avec des inconnus, mais elle était à lui. Point final.

Il serra un peu plus la main dans ses cheveux et l'entendit inspirer brusquement.

— Ça ira vite et fort. Peux-tu le supporter ? demanda-t-il.

Il allait s'agir de son seul avertissement.

— Vas-y, dit-elle avec un sourire.

C'est donc ce qu'il fit. Midas la fit marcher en arrière jusqu'à ce qu'elle heurte le mur derrière elle. Puis il baissa une fois de plus la tête et l'embrassa brutalement. Elle donna tout ce qu'elle avait, ne protestant pas contre son agressivité sexuelle, qu'elle partageait au contraire avec lui. Elle gémit dans sa gorge et il la sentit fébrilement chercher à défaire son pantalon.

Pendant un instant, il regretta qu'elle ne porte pas une jupe qu'il lui aurait suffi de remonter pour accéder à son entre-jambe, mais son short n'allait pas l'empêcher d'atteindre ce dont il avait désespérément besoin.

Il voulait se trouver profondément en elle, la baiser avec force ici dans l'entrée de sa maison, mais il ne voulait pas non plus lui faire de mal.

Midas sentit Lexie frôler sa verge pendant qu'elle essayait de pousser son boxer hors de son chemin, et il prit alors une décision en une fraction de seconde.

Il s'agenouilla et descendit brusquement son short et sa culotte le long de ses jambes. Puis il posa les mains sur ses fesses nues et la tira contre sa bouche.

— Midas ! s'exclama-t-elle.

Elle serra les mains autour de sa tête, s'accrochant pendant qu'il dévorait son sexe.

À la seconde où il la goûta, il sut qu'il allait faire cela souvent.

Midas *adorait* les cunnilingus. Il n'y avait rien de plus

personnel et intime, et apparemment, Lexie était fan également. Elle bougea immédiatement les hanches contre lui, son excitation couvrant l'intérieur de ses cuisses pendant qu'il faisait de son mieux pour lui faire plaisir.

En se concentrant sur son clitoris, Midas s'y accrocha et suça. Un peu comme elle l'avait fait à son téton auparavant. Il voulait qu'elle jouisse. Il voulait qu'elle soit trempée afin de pouvoir l'accueillir sans douleur. Il ne voulait jamais faire de mal à cette femme. Midas savait qu'il était plus généreusement pourvu que certains hommes et il voulait que Lexie dégouline au moment où il la baisait.

— Oh, mon Dieu, Midas, souffla-t-elle en se tortillant.

En la serrant fermement d'une main, Midas passa l'autre entre ses jambes et fit entrer deux doigts tout au fond de son corps. Elle serra immédiatement ses muscles internes autour des doigts de Midas et il ne put s'empêcher de gémir en pensant à la sensation que cela allait donner à sa queue.

Il continua à sucer son clitoris en rythme tout en la baisant avec les doigts. Le bruit de succion humide était terriblement sexy. En tournant la main, il ajouta un troisième doigt et commença un va-et-vient plus fort.

— Oui, s'il te plaît... exactement là. Merde !

Midas aurait ri à cause des marmonnements presque incohérents de Lexie, sauf qu'il se concentrait pour arriver à garder la bouche sur son clitoris pendant qu'elle ruait contre lui. Quand elle finit par jouir, ce fut une des plus belles choses dont Midas ait fait l'expérience. Les muscles de son ventre se serrèrent et elle trembla de façon incontrôlable.

Il avait les doigts trempés par elle et il savait que son visage était couvert, lui aussi. En se léchant les lèvres, il passa la main dans sa poche arrière. C'était très cliché de garder un préservatif dans son portefeuille, mais il avait voulu être prêt à protéger Lexie peu importe le moment où ils allaient faire l'amour. Il avait une nouvelle boîte de préservatifs dans sa table de nuit, une dans sa salle de bains, quelques sachets dans la boîte à gants de sa voiture, et il en avait mis un dans son porte-feuille. Au cas où. Il n'avait pas su que ça allait se passer ainsi, mais il ne le regrettait pas. Et il était vraiment ravi d'avoir eu l'idée d'être préparé, parce qu'il lui était impossible d'attendre d'aller dans sa chambre.

Il fallait qu'il pénètre cette femme. Maintenant.

Il se leva et déchira le petit sachet avec les dents, puis il descendit le pantalon sur ses hanches. C'était presque douloureux de toucher sa queue, mais il déroula vite le préservatif sur son érection. Il posa le pied sur le short de Lexie qui était coincé autour de ses chevilles, libérant une de ses jambes. Il posa une fois de plus les mains sur ses fesses et il la souleva en la calant contre le mur.

— Je vais te baiser, Lex. Ici. Si tu ne le veux pas, si tu ne *me* veux pas, c'est le moment de le dire, dit-il en lui laissant une chance supplémentaire de tout ralentir, de l'arrêter...

Mais Lexie se contenta de sourire et elle posa les bras autour de ses épaules.

— Entre. Maintenant, ordonna-t-elle.

Utilisant un bras pour la maintenir en hauteur, Midas se servit de l'autre pour remonter sa queue. Il la sentit pulser dans sa paume. Il frotta les plis trempés de Lexie avant de s'enfoncer en elle d'un mouvement long et puissant.

Lexie gémit quand Midas la remplit. Il était plus pourvu que les hommes qu'elle avait pu fréquenter, mais elle était si mouillée que sa pénétration lui fit un pincement, mais rien de plus. Il resta immobile quand il fut profondément en elle, comme pour lui donner une seconde pour s'acclimater à sa taille.

Elle n'avait encore jamais vu quelqu'un lui faire un cunnilingus avec autant d'enthousiasme. Les hommes avec lesquels elle avait été dans le passé – et il n'y en avait pas tant que ça –

l'avaient léchée quelques fois sans grande conviction avant de commencer à baiser.

Mais il était évident que Midas avait aimé. Elle avait joui si vite qu'elle aurait été gênée si elle n'avait pas été aussi excitée. L'orgasme en étant debout était une expérience complètement différente. C'était aussi une première fois pour elle.

Et elle appréciait qu'il soit préparé en ayant un préservatif. Elle en avait une boîte dans un sac, mais il aurait fallu trop longtemps pour l'attraper. Et le fait qu'ils étaient à côté de sa porte d'entrée, son pantalon autour des chevilles et elle qui portait encore son débardeur était excitant aussi.

— Je ne vais pas tenir, souffla Midas. Tu es trop agréable.

Elle serra ses muscles de Kegel et il bougea enfin. Il se retira, puis il s'enfonça en elle. Il recommença. Et encore.

Lexie ferma les yeux et laissa sa tête heurter le mur derrière elle.

Midas grogna à chaque poussée, ce qui rendit l'instant encore plus charnel. Elle voulait bouger, voulait écarter les jambes, se pousser contre lui, mais elle ne pouvait rien faire d'autre que prendre ce qu'il lui donnait.

Et même si Midas était assez brusque, il faisait attention à ne pas lui faire mal. Il ne la faisait pas taper contre le mur, ne la serrait pas au point de lui faire des bleus. Et soudain, ça ne lui suffit plus. Elle voulut davantage.

Sachant qu'il n'allait pas la laisser tomber, Lexie faufila ses mains entre eux jusqu'à ce qu'elle puisse attraper le bord de son débardeur. Elle le fit passer par-dessus sa tête, sentant ses cheveux retomber en vagues contre ses épaules quand ils furent libérés. Elle ne pouvait pas atteindre l'agrafe de son soutien-gorge dans le dos, alors elle descendit brutalement les bretelles jusqu'à ce que ses seins soient libérés.

Lexie se pencha autant que possible en arrière et dit :
— Suce-moi.
Elle n'avait encore jamais été aussi entreprenante pendant

le sexe. Mais quelque chose chez Midas faisait tomber ses inhibitions. Elle se sentait plus sexy que jamais.

Sans un mot, Midas pencha la tête et prit un téton dans sa bouche. La position était compliquée, et il arrêta de la baiser en suçant. Lexie gémit. Bon sang, il suçait son téton comme il l'avait fait pour son clitoris. Avec force et sans hésitation. Une décharge électrique descendit de son sein jusqu'à son entre-jambe et elle se tortilla contre lui.

Il lâcha son téton avec un petit bruit et sourit.

— Un problème ? demanda-t-il.

— Bouge, ordonna Lexie.

— Comme ceci ? dit-il en se retirant paresseusement avant de revenir lentement dans son corps.

— Non ! se plaignit-elle.

— Hé, j'ai été interrompu, dit Midas avec une lueur dans les yeux.

— Tu te plains ? demanda Lexie en saisissant son sein et en titillant le téton dur avec ses propres doigts.

— Mince, ta poitrine est magnifique, souffla Midas.

Elle voyait à peine la couleur bleue de ses iris parce qu'il avait les pupilles très dilatées. Elle se sentait belle. Et puissante. Mais elle avait quand même besoin de plus.

— S'il te plaît, le supplia-t-elle.

Elle n'avait encore jamais supplié un homme de la baiser, mais elle aurait fait n'importe quoi pour qu'il la fasse jouir encore.

Elle n'eut pas besoin de le lui demander deux fois. Midas commença à la pilonner, les yeux fixés sur ses seins qui rebondissaient à chaque va-et-vient.

— Touche-toi, ordonna-t-il. Je veux te sentir jouir partout sur ma queue.

Lexie n'hésita pas. Elle s'agrippa à son épaule de la main gauche pendant que sa main droite se faufila entre eux. Ce ne fut pas facile, car leurs ventres se frappaient à chaque poussée, mais elle réussit à stimuler son clitoris pendant qu'il continuait à la prendre avec force contre le mur.

En utilisant deux doigts, elle se toucha fébrilement, caressant son érection avec le petit doigt chaque fois qu'il se retirait.

Ils grognaient tous les deux maintenant, perdus dans leur plaisir. Pendant un moment, Lexie resta accrochée au bord du précipice, prise entre un orgasme monstrueux et la peur de se désintégrer si elle jouissait. Mais Midas se pencha alors et attrapa le lobe de son oreille entre les dents. Il mordit, pas assez fort pour lui faire mal, mais suffisamment pour faire pulser son clitoris.

Elle poussa un cri en jouissant pour la deuxième fois ce soir-là, chaque muscle se raidissant en tremblant et en frissonnant de plaisir.

— Oh, oui, putain... Lex ! haleta Midas en s'enfonçant aussi loin que possible en elle et en explosant.

Elle sentit les muscles de Midas trembler pendant qu'il jouissait et elle pria pour qu'il ne la laisse pas tomber. Mais elle n'aurait pas dû s'inquiéter. Midas ne lui aurait jamais fait de mal. Il la serra contre lui et inspira profondément en s'écartant du mur. Elle le sentit se pencher en avant et d'une main, il parvint à retirer ses chaussures et ses chaussettes avant d'enlever les jambes de son pantalon, laissant tout dans le vestibule avant de traverser le salon jusqu'à sa chambre.

Lexie ne put s'empêcher de rire. Ils étaient en sueur, elle sentait comme elle était humide entre les jambes, son soutien-gorge était accroché autour de son ventre et Midas était entièrement nu. Ils devaient avoir l'air ridicules, mais elle continua à sentir sa verge en elle pendant qu'il marchait.

Même s'il avait joui, il donnait l'impression d'être encore à moitié en érection.

Voilà comment elle fut tout à coup de nouveau excitée.

Au lieu de la ramener jusqu'à son lit, Midas se dirigea vers la grande salle de bains. Elle l'avait admirée en la voyant pour la première fois, mais maintenant elle jeta à peine un coup d'œil sur ce qui l'entourait. Elle n'avait d'yeux que pour Midas.

Il posa doucement ses fesses sur le comptoir et elle grimaça à cause du froid contre sa peau.

— Pardon, marmonna-t-il en se retirant lentement de son corps.

En baissant les yeux, Lexie vit que le préservatif brillait à cause de son suc. Sans hésiter, Midas le retira et le jeta à la poubelle. Puis il fit passer les bras autour d'elle et dégrafa son soutien-gorge qu'il jeta sur le sol derrière lui.

Elle fit de son mieux pour rentrer le ventre, car elle n'était pas dans une position très flatteuse, mais c'était inutile. Le regard qu'il posait sur elle était complètement admiratif. Il plaça les mains de chaque côté de ses hanches et se pencha vers elle.

— Tu es tellement belle, dit-il. Et tu es à moi.

Lexie n'avait aucun souci avec le fait qu'il se l'approprie. Elle fit courir les mains le long de ses biceps. Elle sentit la pointe de sa queue frôler l'intérieur de ses cuisses et elle sourit.

— Seulement si tu es à moi.

— À toi, acquiesça-t-il avant de pencher la tête.

Elle s'attendait à ce qu'il l'embrasse profondément, mais à la place, il suçota ses lèvres, prenant son temps en la léchant et la mordillant. C'était… adorable. Et après ce qu'ils venaient de faire, c'était la dernière chose à laquelle elle s'attendait de sa part.

— Es-tu irritée entre les jambes ? demanda-t-il contre ses lèvres.

En rougissant, Lexie secoua la tête. Pour le moment, elle n'avait pas mal du tout. Demain ? Oui, elle se doutait qu'elle allait sentir les effets de leur sport en chambre, mais pour l'instant elle se sentait seulement… excitée.

Midas se déplaça et écarta encore les jambes de Lexie. Elle se pencha en arrière, le laissant regarder autant qu'il le voulait. Cela aurait dû être gênant, mais ça ne l'était pas. Cet homme avait déplacé des montagnes pour venir jusqu'à elle quand il avait cru qu'elle était en danger. Elle n'arrivait toujours pas à se sortir cette idée de la tête. Il n'était pas un homme à femmes. Il n'était pas avec elle juste pour le sexe. Elle lui plaisait réellement, ce qui était assez incroyable pour une gamine qui avait été traitée d'idiote et qui avait eu l'impression d'être dans l'ombre toute sa vie.

Elle aimait être au centre de l'attention de Midas. Lexie cambra légèrement le dos et il déplaça le regard vers sa poitrine.

— Tu vas jouir encore, puis je vais te prendre lentement, l'informa Midas.

— Tu penses pouvoir le faire lentement ? demanda-t-elle, sincèrement curieuse.

Il grimaça.

— Je ne sais pas. Mais je vais essayer, dit-il.

Puis il remit la main entre ses jambes et Lexie gémit. Il n'était pas maladroit, pas hésitant. Comme pour le cunnilingus, il savait exactement ce qu'il faisait.

— As-tu déjà eu un orgasme du point G ? demanda-t-il.

Lexie ne pouvait pas parler, elle put seulement secouer la tête.

— Excellent, dit-il. Je n'ai jamais fait ça, mais j'ai regardé des vidéos.

— Du porno ? souffla-t-elle en se trémoussant sur son comptoir.

— Non. Pas vraiment. Des vidéos explicatives, dit-il. Ça pourrait laisser des traces, c'est pourquoi nous sommes ici.

— Tu as prévu ça ?

— Dès la seconde où tu as joui sur ma langue. Maintenant, détends-toi et laisse faire. Je te promets que ça va être incroyable.

Lexie n'en doutait pas. Tout ce qu'il avait fait jusqu'ici avait déjà dépassé ses attentes.

Midas commença à faire entrer et sortir ses doigts de son

corps comme des pistons, en frottant contre ce qu'elle savait être son point G tout au fond de son corps. De l'autre main, il la tenait en place en utilisant le pouce pour titiller son clitoris.

Elle sentit une douleur érotique croître en elle.

— Midas ! cria-t-elle.

— C'est ça, laisse venir.

Elle voulut s'écarter. Elle essaya de s'écarter, mais elle ne pouvait pas échapper à ses mains et ses doigts. La pièce commença à tourner alors que Lexie s'étirait vers l'orgasme qui montait tout en essayant de s'en éloigner.

— Ne résiste pas. Tu es si belle, Lex. C'est tellement incroyable. Tu es *trempée*. Tu vas voir. Jouis partout sur moi. C'est ça. Putain, oui…

Lexie ne sut pas du tout combien de temps s'était écoulé, elle savait seulement que cet homme la possédait. Elle était une marionnette dans ses mains, et s'il la quittait, elle ne s'en remettrait jamais.

Elle eut soudain la pire envie de faire pipi de sa vie, et l'instant d'après, elle faillit s'évanouir de plaisir. L'orgasme qui la traversa ne ressemblait à rien de ce qu'elle avait vécu auparavant. Il ravagea tout. Comme si chaque molécule de son corps se retournait sur elle-même. Ses jambes tremblaient et elle n'arrivait plus à penser.

— Oh, mon Dieu, c'était incroyable, dit Midas d'un ton déférent pendant que ses doigts entraient et sortaient doucement du corps de Lexie.

— Je crois que c'est à moi de dire ça, chuchota Lexie.

Il gloussa puis il la serra contre lui et la souleva. Il la porta jusqu'à sa chambre, utilisant une main pour enlever les couvertures avant de la poser doucement sur le dos.

Tout le corps de Lexie vibrait et elle sentait l'humidité entre ses jambes, pouvait même sentir sa propre passion. Elle entendit le froissement d'un emballage, puis Midas revint entre ses jambes. Sans un mot, il s'enfonça une fois de plus dans son corps.

Lexie le vit fermer les yeux pendant un moment, alors qu'il restait complètement immobile. Il baissa alors le visage vers elle et elle inspira brusquement à cause de son regard. C'était un regard de...

Dévotion.

Elle ne pouvait pas utiliser le mot amour, car c'était de la folie, n'est-ce pas ?

Puis il bougea et elle fut incapable d'autre chose que ressentir. Il n'y eut pas de douleur cette fois, pas même un petit pincement. Elle ne perçut que du plaisir pendant que Midas lui faisait lentement l'amour. Il n'y avait pas d'autre mot pour cela. Au début, il l'avait baisée, mais maintenant ils faisaient l'amour.

Il se pencha et vénéra ses seins pendant qu'il continuait à entrer et sortir de son corps. Il tirait avec force, puis il léchait et suçait doucement. Ensuite, il s'écartait et utilisait ses mains pour masser et jouer avec ses tétons. Partout où il la touchait, il avait l'impression que des étincelles électriques étaient projetées de chaque point de contact, tout droit vers son sexe.

Pendant qu'elle le regardait, des larmes tombèrent de ses yeux. Elle ne savait pas du tout pourquoi elle pleurait. Sans doute une surcharge de sentiments et d'émotions. Mais Midas ne paniqua pas. Il sourit tendrement.

— Je sais, chuchota-t-il. C'est bouleversant, mais d'une bonne façon, n'est-ce pas ?

Lexie déglutit et hocha la tête.

— C'est ainsi que ce sera à partir de maintenant. Peut-être pas aussi intense chaque soir, mais ceci est notre nouvelle normalité.

Elle ne put s'empêcher d'être excitée par la certitude qu'il avait concernant leur couple. Lexie en avait envie. Plus que tout ce qu'elle avait pu vouloir de sa vie.

Midas continua à lui faire l'amour lentement, jusqu'à ce qu'il n'en puisse plus. Ensuite, ces va-et-vient devinrent plus durs. Plus rapide. Lexie aimait sa façon de faire l'amour, mais elle *adorait* sa façon de baiser. Il y avait une véritable différence.

Elle sentit monter un petit orgasme qui s'installa sur elle comme une couverture confortable au lieu du tsunami qu'elle avait ressenti plus tôt. Midas grogna et la pénétra encore une fois avec force, rejetant la tête en arrière en jouissant.

Il tomba immédiatement sur elle, prenant soin de ne pas l'écraser, puis il se tourna en la serrant contre lui. Il la tenait comme il l'avait fait en Somalie et Lexie commença à jouer avec son téton pendant qu'elle restait allongée, toute molle, contre lui.

— Vais-je baisser dans ton estime si j'avoue que j'ai pensé à toi nue contre moi, comme ceci, dans ce trou où nous étions ? demanda Midas.

Lexie rit.

— Non. Parce que j'ai eu les mêmes pensées.

Plusieurs minutes passèrent en silence, puis il dit :

— Il faut que je me lève.

En soupirant, Lexie hocha la tête et roula sur le côté. Pendant qu'il marchait jusqu'à la salle de bains, elle ne put s'empêcher d'admirer son fessier. Midas était un beau spécimen masculin et il était entièrement à elle.

Elle sourit encore quand il revint.

— C'est quoi, ce sourire ? demanda-t-il.

— Rien.

Midas tenait un gant de toilette.

— Écarte les jambes, ordonna-t-il.

Cette fois, Lexie rougit. C'était une chose de s'exposer devant lui sur son comptoir quand elle était perdue dans son désir, mais c'était complètement différent après l'acte.

— Je dois te laver, dit-il doucement. Ne sois pas gênée.

— Je peux le faire.

— Je sais que tu le peux. Tu es une adulte. Mais j'en ai envie. Je veux m'assurer que tu vas bien. J'y suis allé un peu fort. Je t'ai bousculée.

— Je vais bien, dit-elle.

Midas se contenta de la regarder.

En soupirant, elle repoussa les draps et écarta légèrement les jambes.

Midas s'assit sur le côté du matelas et posa une main sur le ventre de Lexie, ce qui lui rappela la façon dont il l'avait tenue en la pelotant dans la salle de bains.

— Tes lèvres sont gonflées, dit-il en passant tendrement le gant de toilette entre ses jambes. Et ton clitoris sort toujours de sa capuche.

Lexie ne sut pas trop quoi dire. Elle n'avait jamais eu ce genre de conversation avec un homme. Elle resta donc silencieuse.

Midas sourit, mais il semblait savoir comme ceci était difficile pour elle, et il ne dit rien d'autre. Après l'avoir lavée, il se pencha et posa un léger baiser sur le sommet de son clitoris. Lexie gémit lorsque ses muscles internes furent pris d'un spasme.

— Ne t'inquiète pas, j'ai fini. Pour l'instant, lui dit-il en jetant le gant de toilette de l'autre côté de la pièce.

Il atterrit en s'écrasant sur le carrelage de la salle de bains.

— Je m'en occuperai demain matin, lui dit-il avant de se rallonger et de la serrer une fois de plus contre lui. Il remonta le drap et le duvet sur eux et Lexie poussa un soupir de contentement.

— Tout à l'heure ? dit-il au bout d'une minute ou deux. C'était la chose la plus belle que j'ai jamais vue. Tu m'as fait confiance pour te donner du plaisir d'une façon nouvelle pour nous deux.

— C'était assez étourdissant, avoua Lexie.

Il l'embrassa sur le front.

— Je sais, dit-il simplement.

Elle supposa qu'il le savait effectivement. Mais il l'avait poussée à le faire quand même. Elle comprit que cet homme allait toujours la pousser. Il voulait qu'elle vive pleinement sa vie. Que ce soit émotionnellement, professionnellement ou au lit, simplement pour le plaisir.

Et elle l'aimait. Du fin fond de son être.

C'était terriblement effrayant de l'admettre, mais d'un autre côté, être avec Midas la rendait courageuse. Elle n'était pas encore prête à lui dire ce qu'elle ressentait, mais elle allait le faire au moment approprié.

Elle bâilla et elle sentit ses muscles se détendre.

— Midas ?

— Oui, Lex ?

— Tu m'emmènes toujours manger cette glace Dole, demain ? Je veux aussi me perdre dans ce labyrinthe.

Elle le sentit rire sous sa joue.

— Oui, je te conduirai à la plantation d'ananas de Dole.

— Merci.

— Ensuite, nous reviendrons ici et nous passerons le reste de la journée au lit.

Elle sourit contre son torse.

— D'accord, si tu insistes.

Il passa une main sur ses cheveux et elle soupira de contentement. Ça lui semblait un peu déplacé d'admettre que son enlèvement avait été la meilleure chose qui lui soit arrivée, mais cela lui avait apporté Midas. Pour cela, elle allait toujours être reconnaissante.

CHAPITRE TREIZE

Lexie salua Midas de la main lorsqu'il démarra devant le trottoir à l'extérieur de Food For All. La semaine passée avait été incroyable. Elle avait dû se pincer pour être sûre qu'il s'agissait vraiment de sa vie. Pendant si longtemps, elle avait été complètement seule et maintenant, non seulement elle avait un petit ami *très* attentionné, mais elle se faisait rapidement des amis très proches.

Quand elle ne travaillait pas, elle était avec Midas. Quand elle n'était pas avec Midas, elle bavardait au téléphone avec Élodie. Elle était aussi devenue plus proche d'Ashlyn, au travail. Comme elle passait beaucoup de temps avec elle pendant la journée, il était naturel qu'elles apprennent à se connaître. Elles étaient sorties déjeuner plusieurs fois ensemble et elles s'envoyaient même régulièrement des textos.

On pouvait dire sans crainte que Lexie était ravie par son travail à Hawaï et elle ne s'imaginait pas être ailleurs. Pour la première fois de sa vie, elle avait l'impression d'avoir trouvé sa « tribu ».

Elle avait passé chaque nuit avec Midas depuis qu'ils avaient fait évoluer leur relation. Certains soirs, il passait la prendre après le travail et il la ramenait chez elle. Ils parlaient de leur journée, riaient, préparaient le dîner ensemble, puis ils passaient les soirées à apprendre à se connaître... au lit et en dehors.

D'autres fois, il la rejoignait à son appartement où ils faisaient pareil. Lexie devait admettre qu'elle préférait de loin passer du temps chez lui, car c'était plus grand et l'atmosphère était plus détendue que chez elle. Mais le fait que Midas accepte de faire un détour pour venir la voir en ville comptait énormément.

Et tous les matins, il la déposait tôt à Food For All afin qu'elle puisse commencer à préparer les choses pour la journée. Quelques employés à mi-temps la rejoignaient un peu plus tard, mais la demi-heure où elle était toute seule était parfaite pour songer à la chance qu'elle avait.

En général, Theo attendait près du bâtiment quand elle arrivait, mais il n'essayait jamais d'entrer en même temps qu'elle. La plupart du temps, il l'ignorait... sachant qu'il n'avait pas le droit d'entrer tant que les autres employés n'étaient pas là.

Ces derniers jours, Midas était revenu au bâtiment après l'avoir déposée, lui apportant un grand café d'une chaîne connue, préparé exactement comme elle l'aimait. Il n'était pas obligé de faire ça, et Lexie le lui disait chaque fois : le café qu'elle préparait au travail était très bien. Mais il insistait en disant qu'il aimait la gâter.

Lexie avait envie de faire la même chose pour lui. Midas travaillait dur. Son équipe et lui s'entraînaient constamment pour les horreurs que le monde pouvait leur présenter. Quand il l'avait déposée au travail, il partait directement à la base pour rejoindre les autres et faire leurs exercices d'entraînement physique. Ensuite, ils avaient des réunions au cours de la journée, et bien sûr des entraînements.

Il lui avait avoué qu'il était possible que son équipe et lui soient bientôt déployés, ce qui faisait très peur à Lexie, mais elle savait mieux que les autres à quel point son travail était important. Même si elle allait s'inquiéter pour lui pendant son absence, elle devait croire qu'il allait revenir sain et sauf après la mission.

Lexie traversa la salle principale du bâtiment en allumant les lampes, en ramassant ici et là un déchet restant de la veille et en replaçant les chaises. Elle passa dans la cuisine pour brancher les cafetières et sortir la nourriture pour le petit-déjeuner. En dehors de Theo, il n'y avait pas grand monde si tôt le matin, mais ils faisaient toujours en sorte d'avoir du pain grillé, des fruits et du café pour ceux qui venaient.

Dix minutes après son arrivée, Lexie entendit la porte d'entrée s'ouvrir et elle longea le petit couloir pour vérifier qu'il s'agissait bien d'un des autres employés. C'était le cas. Elle salua Stephen, puis elle dit bonjour à Theo qui entra derrière lui. Celui-ci l'ignora et partit s'asseoir sur sa chaise.

Cinq minutes plus tard, Lexie entendit encore une fois la porte d'entrée. En souriant, elle se tourna vers l'ouverture de la cuisine et elle attendit que Midas apparaisse.

Il entra avec un gobelet de café sucré dans la main et elle retint son souffle en le voyant. Oui, elle l'avait déjà vu ce matin-là, et il l'avait baisée avec force par-derrière pendant qu'elle se tenait au lavabo de la salle de bains, mais elle avait le souffle coupé chaque fois qu'elle le voyait.

Il portait un short noir et un tee-shirt bleu marine avec un aigle doré sur le côté gauche du torse. C'était « l'uniforme » officiel utilisé par la marine pour les entraînements physiques. Les muscles de ses cuisses ondulèrent quand il marcha vers elle et Lexie eut des difficultés à retenir ses pensées cochonnes.

— Merci, dit-elle quand il se fut approché. Sérieusement, tu n'es pas obligé de continuer à m'apporter du café. Je sais que c'est cher. Et c'est pénible de me déposer, d'aller le chercher, puis de revenir.

— Ce n'est rien, dit Midas. Ça ne me dérange pas du tout. Ça me donne une excuse pour revenir te voir avant de commencer ma journée.

Arg. Il était incroyable.

— Eh bien, j'apprécie. Je te montrerai peut-être combien ce soir.

— Peut-être que je te laisserai faire, dit Midas d'une voix traînante.

Il l'attira contre lui et ils s'enlacèrent longuement.

— Tu viens chez moi ce soir où je viens chez toi ? demanda Midas.

Lexie le regarda.

— Je sais que je ne vis pas sur ta route, lui dit-elle.

Parce qu'elle n'avait pas de voiture et qu'il n'aimait pas vraiment qu'elle prenne le bus jusque chez lui, il devait toujours faire des allers-retours.

— Même si tu vivais sur le North Shore, je trouverais quand même le moyen de passer autant de temps que possible avec toi.

— Tu es trop bon avec moi, dit-elle.

— Non. C'est ce qui s'appelle une relation. Et ce n'est vraiment pas pénible. Il y aura de nombreuses fois où nous ne pourrons pas être ensemble et je veux profiter du temps que nous avons, quand nous l'avons.

Lexie savait qu'il parlait de ses départs en mission. Ils en avaient discuté un peu et elle avait fait de son mieux pour le rassurer que son travail ne la gênait pas. En fait, elle était extrêmement fière de lui, même en sachant qu'il se mettait en danger pour aider les autres.

— Chez toi ? demanda-t-elle en fronçant le nez.

Il sourit.

— Compris. Je pense que nous travaillons plus tard ce soir, alors je ne pourrai pas passer te prendre ici.

— Ce n'est pas grave, dit Lexie. Je peux marcher jusqu'à l'appartement. Tu pourras m'appeler quand tu arrives et je descendrai te rejoindre, comme ça tu n'auras pas à chercher une place dans le garage et à monter.

— Fais attention, l'avertit Midas.

— Promis. Pika ou Jack me raccompagneront si je le leur demande. Ou bien un des employés à mi-temps.

— Je ne veux pas qu'il arrive quelque chose à ma copine.

— J'ai vécu seule pendant longtemps et dans des endroits bien plus dangereux qu'ici, lui rappela Lexie.

— Mais je ne te connaissais pas alors, rétorqua Midas.

Il se pencha et l'embrassa brièvement en passant doucement la main sur sa tête.

— Passe une bonne journée, dit-il.

— Toi aussi.

— À ce soir.

— À plus.

Lexie but son café en regardant Midas sortir de la cuisine. Elle écouta la porte du bâtiment se refermer et elle poussa un soupir de contentement. Puis elle se retourna et se mit au travail.

* * *

— On dirait que quelqu'un a passé une bonne nuit, fit remarquer Aleck pendant que l'équipe s'étirait avant de faire une longue course.

Midas se contenta de sourire.

— Sérieusement, Mustang et toi, vous commencez à nous donner des complexes, grommela Slate.

— Hé, il te suffit de te trouver une femme, rétorqua Mustang.

— Ouais, c'est plus facile à dire qu'à faire, se plaignit Jag. C'est dingue qu'après toutes nos missions, vous ayez branché des filles rencontrées *en* mission, intervint Pid.

— Tout d'abord, je ne sais pas si on peut appeler ça « brancher des filles », dit Mustang. On l'utiliserait plutôt pour un coup d'un soir. Et Élodie n'a jamais été ça, pas même au début.

— Pareil avec Lex, ajouta Midas.

— Je ne sais pas comment vous avez su la différence. Je

veux dire, qu'est-ce qui les rendait différentes de toutes les autres femmes que nous avons sauvées au cours des années ? demanda Aleck avec sérieux.

Midas échangea un regard avec Mustang avant de dire :

— Je ne sais pas si je peux l'expliquer. Pour moi, c'est peut-être parce que je la connaissais quand nous étions au lycée. D'un autre côté, je ne veux pas avoir de relation avec une des autres filles que je connaissais à l'époque. Au début, je pense avoir été attiré par la combinaison de son courage et de sa force. Et bien sûr, ça m'a aidé de passer des heures à apprendre à la connaître quand nous étions cachés.

Mustang hocha la tête.

— C'était un peu pareil pour Élodie et moi. Je ne peux nier que le mystère de son faux nom m'a intrigué. Je voulais savoir pourquoi, je voulais régler le problème qu'elle avait, quel qu'il soit.

— C'est donc une histoire de demoiselle en détresse ? demanda Jag.

— Non, répondirent Midas et Mustang en même temps.

Midas sourit à son ami.

— Nous avons sauvé des femmes dans le passé et je n'ai jamais été attiré par elles. Pas comme avec Lexie. C'est peut-être une histoire d'alchimie. Ou l'intervention d'une puissance supérieure. Je ne sais pas. Mais je ne le remets pas en question. Tout ce que je sais, c'est que quand je suis avec elle, je ne pense pas constamment au travail ou aux merdes que nous avons pu avoir. Pour la première fois, elle me fait croire que je peux avoir une relation comme celle de mes parents.

— C'est pareil pour moi, avoua Mustang. Mon père et ma mère n'ont pas le mariage le plus conventionnel, ils se sont beaucoup disputés quand j'étais petit, mais ils n'allaient jamais se coucher tant qu'ils étaient fâchés et j'ai toujours su que leur amour était incassable. Quand j'ai rencontré Élodie, quelque chose m'a dit que ça valait le coup de me battre pour elle. Je nous imagine ensemble pendant les cinquante prochaines années. Et au lieu de me faire paniquer, cette idée me calme.

Slate ricana.

— Quoi ? Tu ne veux pas trouver quelqu'un avec qui passer le reste de ta vie ? demanda Mustang.

— Ce n'est pas ça. Je veux dire, j'aime beaucoup Élodie et Lexie à l'air sympa. C'est simplement que ce n'est pas très facile de trouver quelqu'un qui peut supporter ce que nous faisons, dit Slate.

— Et aussi, quelqu'un qui n'est pas irritant, ajouta Pid.

Mustang ramassa un bâton et le jeta sur son coéquipier.

— Je plaisante ! dit Pid en levant les mains.

Midas sourit. Il savait ce que voulaient dire ses amis. Il avait ressenti la même chose avant de rencontrer Lexie. Il aimait vivre seul et il ne pouvait pas imaginer avoir quelqu'un dans son espace tout le temps, pendant le reste de sa vie. Pourtant, maintenant, il lui tardait d'arriver à la fin de la journée parce qu'il pouvait voir Lex. Oui, le sexe était incroyable. Le meilleur qu'il ait jamais eu. Eh oui, la compatibilité sexuelle était importante dans une relation saine. Mais il lui tardait aussi d'être assis sur sa terrasse à discuter de leur journée. De rire dans la cuisine. De lui tenir la main quand il conduisait.

Comme Mustang, il pouvait s'imaginer avec elle quand ils seraient vieux et grisonnants, continuant à rire et à apprécier la compagnie de l'autre.

— Oh, merde, maintenant il ne dit plus rien, marmonna Aleck.

— Il pense sans doute à tout le sexe qu'il aura et pas nous, ajouta Jag.

Ce n'était pas le cas, mais maintenant qu'ils en parlaient... Midas ne put s'empêcher de se souvenir de la sensation délicieuse de Lexie ce matin-là. Oui, il avait de la chance et il le savait.

— Assez parlé de sexe, dit Slate. Certains d'entre nous n'en ont pas et ces seize kilomètres ne vont pas se courir tout seuls.

— Pourquoi es-tu si impatient, mon vieux ? rouspéta Jag en secouant la tête. Franchement, n'as-tu pas entendu que les meilleures choses arrivent aux gens qui attendent ?

— Pas pour moi. Si je dois attendre quelque chose trop longtemps, en général c'est décevant, rétorqua Slate. Allez, les paresseux. Allons-y.

Il se mit alors à courir d'un bon pas.

Parce qu'ils avaient tous l'esprit de compétition, le reste de l'équipe le suivit en un clin d'œil.

* * *

Plus tard ce jour-là, Midas se gara devant l'appartement de Lexie. L'après-midi avait été long et stressant et il n'imaginait rien de mieux que voir et passer du temps avec sa femme. Elle le réconfortait toujours.

Il l'avait appelée quand il s'était approché de son immeuble et elle avait dit qu'elle allait l'attendre. Dès qu'il se gara, elle sortit du bâtiment et se dirigea vers sa voiture. Il commença à sortir pour lui ouvrir la portière, mais elle fut plus rapide. Elle s'installa et il se sentit nettement mieux en voyant le sourire sur son visage.

— Salut ! dit-elle joyeusement en se penchant vers lui.

L'embrasser était devenu naturel maintenant, et Midas s'empressa d'accepter son invitation. Il passa la main dans ses cheveux et la tira vers lui au-dessus de la console, l'embrassant presque désespérément. Quand il s'écarta, une partie de la joie s'était dissipée des yeux de Lexie.

— Est-ce que ça va ?

Merde. Il n'avait pas voulu l'inquiéter.

— Je vais bien. Longue journée, dit-il. Mais en te voyant, je me sens bien mieux.

— Pareil, acquiesça-t-elle. Ce n'est pas que j'ai eu une mauvaise journée, mais en te voyant...

Il sourit, fit courir le pouce le long de sa lèvre inférieure avant de la lâcher à contrecœur.

— Je me suis dit que nous pouvions passer prendre quelque chose à manger en chemin. Est-ce que tu as faim ?

— Ça se pourrait bien, dit-elle.

— Bien.

Le trajet jusque chez lui fut relativement rapide, car ils eurent de la chance et il n'y avait pas d'embouteillage sur l'autoroute. Lexie appela le Dixie Grill en avance et elle commanda du barbecue à emporter. L'estomac de Midas se mit à gargouiller lorsque l'odeur délicieuse de la nourriture emplit la voiture.

Ils travaillèrent dans sa cuisine comme s'ils étaient ensemble depuis des années. Lexie sortit les assiettes et les couverts pendant que Midas prenait des boissons pour tous les deux. Sans avoir à se concerter, ils sortirent sur la terrasse avec leur nourriture. Ils bavardèrent pendant le repas et quand ils eurent terminé, Lexie posa leurs assiettes sur une petite table pour les ramener à l'intérieur plus tard, avant de s'asseoir à cheval sur les genoux de Midas.

Ils avaient fait l'amour de cette façon une fois, et Midas savait qu'il ne pourrait plus jamais être assis ici sans penser comme elle était sexy en le chevauchant, mais pour le moment, il était évident qu'elle avait plus envie de faire des câlins que l'amour. Elle posa la tête sur son torse et il passa les bras autour d'elle un la tenant en sécurité contre lui.

— Tu veux en parler ? demanda-t-elle doucement.

Oui, elle savait qu'il n'était pas comme d'habitude, même s'il avait fait de son mieux pour cacher ses inquiétudes. Midas n'envisagea même pas de ne pas lui parler.

— Nous devons partir dans quelques jours. Je ne peux pas dire où ni combien de temps.

— D'accord.

Midas écarquilla les yeux en entendant sa réponse toute simple.

— D'accord ? demanda-t-il.

Lexie leva la tête.

— Oui.

Il fronça les sourcils.

— Je pensais que tu aurais des questions. Ou que tu aurais une réaction plus marquée que « d'accord ».

— J'ai des questions. Mais je sais que tu ne peux pas y répondre. Ça ne sert donc à rien que je les pose et que je nous stresse tous les deux. Midas, je sais quel est ton travail. Est-ce que j'aime ne pas savoir où tu seras ni quand tu reviendras ? Non. Puis-je y faire quelque chose ? Toujours non. Je dois croire que tu me reviendras sain et sauf. Tes amis sont avec toi et je vous ai tous vus dans l'action. Alors au lieu de te bombarder de questions inutiles et de nous angoisser, je choisis d'être décontractée.

— Est-ce que tu *es* décontractée à ce sujet ?

Lexie se rallongea contre lui.

— Non, répondit-elle doucement.

Midas caressa ses cheveux.

— Et c'est pour cette raison que je ne suis pas dans mon état normal. Avant, je ne m'étais jamais posé la question avant de partir. C'était mon travail. C'était simplement ce que je faisais. En fait, il me tardait de partir en mission. Mais maintenant, ça me semble différent. Comme s'il y avait un plus gros enjeu. Je suppose que c'est ce qui arrive quand on aime quelqu'un.

Les mots s'étaient échappés sans qu'il y réfléchisse.

Midas se raidit. Merde. Avait-il tout fait foirer ?

Lexie se redressa. Elle le fixa longuement. Juste au moment où il commençait à prendre peur et cherchait à trouver un moyen de faire machine arrière et de l'empêcher de paniquer, elle sourit.

— Moi aussi, je t'aime, avoua-t-elle.

Midas laissa échapper un long soupir.

— Heureusement, putain.

Lexie gloussa et reposa sa tête.

— Tu étais vraiment inquiet ? demanda-t-elle.

Midas haussa les épaules.

— Eh bien, si tu n'étais pas prête à entendre ça de ma part, ça n'aurait pas été une bonne chose. D'autant que je suis sur le point de partir un moment.

— Je serais stupide de ne pas t'aimer, dit Lexie. Et sérieusement, que peut-on ne pas aimer chez toi ? Tu es incroyable au lit, tu prends soin de me donner un orgasme chaque fois, tu as un corps de rêve, tu m'apportes mon café sucré, tu me conduis partout et tu es allé dans tous les pièges à touristes de cette île simplement parce que je voulais y aller.

— N'oublie pas cette danseuse de hula sur mon tableau de bord, la taquina Midas.

— Oui. Ça aussi. Mais sérieusement, je suis restée seule très longtemps. J'ai fréquenté quelques hommes dans le passé. J'ai vu des exemples de relations dans lesquelles je ne voudrais pas me retrouver, et j'ai vu d'autres couples qui sont restés ensemble pendant des années et des années. Je le sais quand j'ai trouvé quelque chose de bien, et toi, Pierce Cagle, tu es le meilleur des meilleurs.

— Je suis juste un homme, rétorqua-t-il.

— Oui, acquiesça-t-elle. Mon homme.

Il sourit.

— Ouais.

L'angoisse que Midas avait ressentie toute la journée depuis qu'il avait appris qu'ils allaient être bientôt déployés s'évapora pendant qu'il était allongé là, avec Lexie dans ses bras. Au bout d'un moment, il dit :

— Tu feras attention pendant mon absence, n'est-ce pas ?

— Oui, répondit-elle immédiatement.

— Je te laisserai ma voiture, tu pourras l'utiliser.

Elle secoua la tête.

— Inutile. Ashlyn a dit qu'elle me conduirait partout où j'avais besoin d'aller.

— Tu as parlé de ça avec Ashlyn ?

— Eh bien, pas spécifiquement. Je veux dire, je ne savais pas que tu partais si vite, mais nous avons parlé du fait que tu allais être déployé à un moment donné et elle l'a proposé. Bien sûr, elle suppose que tu seras parti pour six mois ou plus, puisqu'elle ne sait pas que tu es un SEAL.

— Tu ne le lui as pas dit ?

— Ai-je le droit ?

— Ce n'est pas quelque chose que nous crions sur les toits, mais ce n'est pas non plus top secret, dit Midas. Si tu lui fais confiance, et il est évident que c'est le cas, alors tu peux le lui dire.

— D'accord.

— Malgré tout, je peux te laisser ma voiture.

— Non. Avec la chance que j'ai, je risque d'avoir un accident. De plus, ça ne m'intéresse pas autant de faire des visites touristiques si tu n'es pas avec moi.

— Je suis certain qu'Élodie voudra passer du temps avec toi quand nous partirons.

— J'avais déjà prévu de l'appeler. Je pense que j'ai besoin d'une soirée entre filles avec Ashlyn et elle.

— Elle adorera ça, j'en suis sûr.

— Midas ?

— Oui, mon amour ?

Elle ne dit rien pendant un long moment.

— Lexie ? Tu voulais me poser une question.

— Pardon, oui. Je profitais juste une seconde du fait que tu m'appelles « ton amour ».

Midas sourit en sachant qu'il l'appellerait ainsi autant que possible désormais.

— Je voulais juste que tu saches que je suis heureuse. Pendant très longtemps, j'ai vécu les choses machinalement. Je voyageais d'un pays à l'autre, cherchant quelque chose qui me comble véritablement. Je ne dis pas que j'ai besoin d'un homme pour sentir que ma vie est complète, mais je suis vraiment ravie de t'avoir rencontré.

Ces mots le touchèrent beaucoup. Il aimait l'indépendance de Lexie. Qu'elle n'ait pas peur d'essayer de nouvelles choses. Mais il était carrément ravi d'être important pour elle.

— Pareil pour moi, dit-il en posant un baiser sur le haut de sa tête.

Après cela, ils restèrent longtemps sur sa terrasse. Ils discutèrent du travail à Food For All et des événements qu'elle avait à organiser. Il lui parla de sa journée, comment Pid avait trébuché sur son propre pied en courant ce matin et s'était égratigné les genoux. Cet homme était un SEAL mortellement dangereux, mais terriblement maladroit, ce qui était hilarant.

Au bout d'un moment, comme cela arrivait fréquemment, leur étreinte platonique commença à changer. Les mains de Lexie se mirent à se balader, glissant sous le tee-shirt de Midas et caressant ses abdos. Elle joua avec les cheveux de sa nuque pendant qu'il faisait pareil. Quand elle se redressa et se positionna de façon à être juste au-dessus de sa verge, il sourit.

— Essaies-tu de me dire quelque chose, mon amour ?

Elle haussa les épaules, mais elle sourit en disant :

— Je pensais juste que comme l'occasion est importante, tu sais, de se dire le mot avec un grand A pour la première fois, nous devrions fêter ça.

— Qu'avais-tu en tête ? J'ai peut-être une bouteille de champagne au fond de mon placard.

— Hmm, je pensais que nous avons tous les deux besoin d'une douche après nos longues journées de travail difficile.

— Ah oui ? demanda Midas dont la queue grandissait à l'idée de Lexie nue et couverte de savon dans sa douche.

— Oui. Je veux dire, évidemment nous ne sentons pas comme quand nous étions dans ce trou en Somalie, mais tu sais… nous ne sommes pas vraiment propres non plus.

— Tu as raison. Je sais à quel point tu aimes être propre.

Et c'était vrai. Ce n'était pas une exagération. Depuis qu'elle avait passé trois mois dans le désert sans se doucher, elle aimait prendre une douche le matin et le soir. Ce qui n'était absolument pas un problème pour lui, car il pouvait la voir nue et mouillée deux fois par jour, au lieu d'une seule.

— C'est vrai. Alors ?

Midas était plus que prêt à faire tout ce que voulait sa copine dans le domaine du sexe, mais il devait d'abord dire quelque chose. Il s'assit en posant une main au creux du dos de Lexie afin qu'elle ne tombe pas en arrière. De l'autre, il caressa sa joue en regardant ses beaux yeux noisette qui semblaient plus verts que d'habitude.

— Je t'aime, Lexie Greene. J'admire ta force et ton courage. J'aime que tu n'hésites pas à aider les autres sans penser à ta propre sécurité. Ça me fait aussi peur, mais j'aime quand même ça chez toi. Tu es littéralement la personne la plus gentille que j'ai pu rencontrer, eh oui, c'est un compliment. Je ne sais pas du tout pourquoi tu es avec moi, mais je ne prendrai jamais ton amour pour un dû.

Ses yeux s'emplirent de larmes quand elle souffla :

— Midas.

— Ne pleure pas. Tu ne devrais jamais pleurer quand quelqu'un te fait des compliments. Dis merci.

— Merci, chuchota-t-elle.

— Bien. Maintenant, tu veux baiser ou quoi ?

Lexie éclata de rire, ce qui était son objectif. Il n'aimait pas qu'elle pleure, même quand il s'agissait de larmes de bonheur.

— Je t'aime, lui dit-elle.

Et bon sang, ces mots lui faisaient du bien. Midas se promit de lui dire chaque jour qu'il l'aimait. Il ne voulait pas qu'elle doute un jour de ses sentiments.

Il se leva alors en serrant Lexie contre son torse. Elle gloussa lorsqu'il se dirigea vers la porte.

— La vaisselle sale, rappela-t-elle.

— On s'en occupera demain matin.

Ils avaient des choses plus importantes à faire. Comme elle l'avait dit, il leur fallait fêter le premier jour du reste de leur vie.

<h1 style="text-align:center">CHAPITRE QUATORZE</h1>

Midas manquait horriblement à Lexie. Elle avait su que ça allait être difficile quand il était en mission, mais elle n'avait pas compris exactement à quel point. Particulièrement après l'avoir vu et lui avoir parlé tous les jours au cours du mois précédent. Le sevrage brutal sans savoir comment il allait était une torture.

Elle avait beaucoup travaillé au cours de la semaine précédente, essayant de ne pas penser à ce manque. Natalie appréciait le temps qu'elle avait passé à Food For All, et elle avait appris à connaître assez bien tous les employés à mi-temps : Courtney, Christine, Stephen, Richard, Aolani, Lopaka, Mandi, Tabitha, Josie, Ramon et Beth. Elle se familiarisait avec les bénévoles.

Pour l'essentiel, ses journées avaient été assez calmes. Elle avait commencé par aider Natalie avec de la paperasse, décidant quelles familles ils allaient aider et discutant au téléphone avec des entreprises pour essayer de rassembler des dons.

Theo passait encore fréquemment et Lexie l'observait d'un œil prudent. Il l'étudiait, lui aussi, ce qui était un peu perturbant, parce qu'elle ne connaissait pas ses motivations. Ashlyn l'avait remarqué et même Jack avait dit quelque chose à ce sujet : comme quoi elle avait un admirateur. Lexie n'en était pas certaine et pour sa tranquillité d'esprit, en dehors de lui dire bonjour le matin, elle ne lui parlait pas beaucoup.

Ils n'avaient revu aucun des quatre hommes ayant causé le chaos deux semaines auparavant, mais de temps en temps, il y avait d'autres visiteurs qui semblaient déterminés à perturber la tranquillité pour une raison ou pour une autre.

En général, le travail était routinier. Lexie supposait que ce n'était pas une mauvaise chose. Elle n'avait pas besoin d'excitation dans sa vie, pas comme la bagarre qui avait été déclenchée pendant qu'elle était au téléphone avec Midas. Et il n'allait pas être content s'il se passait quelque chose alors qu'il n'était pas en ville. Lexie savait prendre soin d'elle-même, mais si les rôles avaient été inversés, elle aurait été extrêmement inquiète pour lui, alors elle comprenait sa réaction.

Même si Midas lui manquait, elle était impatiente pour la soirée qui allait être plus amusante que d'habitude : au lieu de rentrer chez elle et d'écouter un livre audio avant de se coucher tôt, elle avait invité Élodie et Ashlyn à dîner. Bien sûr, comme elle savait qu'Élodie était une chef et que tout ce que Lexie pouvait préparer n'allait pas être à la hauteur, elle avait eu l'idée de faire un dîner de hors-d'œuvre, et tout le monde apportait une entrée. C'était beaucoup moins de pression que de préparer un grand plat principal, surtout dans sa petite cuisine.

Lexie avait préparé une autre fournée de biscuits au *pumpkin spice*, car elle savait qu'Élodie les avait aimés lors du barbecue et elle avait aussi préparé des œufs mimosas, une planche de charcuteries avec de la viande, du fromage et des crackers, et elle avait cuit des torsades au fromage. Elles avaient l'air très chic, mais il ne s'agissait que de pâte feuilletée coupée en lamelles torsadées avec du fromage râpé.

Elle avait aussi un peu exagéré avec les boissons, ne sachant pas ce qu'appréciaient les deux jeunes femmes. Elle avait acheté de l'eau en bouteille, de la White Claw, des mimosas

Smirnoff Ice, une bouteille de vin rouge suggérée par une gentille dame qui avait vu que Lexie semblait perdue dans l'allée du vin, et de la bière légère, au cas où. Tout ce qui allait lui rester, elle pouvait l'apporter au travail et laisser ses collègues choisir ce qu'ils voulaient.

Lexie ne buvait pas beaucoup, mais elle appréciait une boisson alcoolisée de temps en temps. Elle était surtout enthousiaste à l'idée d'apprendre à mieux connaître Élodie et Ashlyn. On était vendredi, alors elle avait deux journées entières de congé pour récupérer si elle exagérait avec l'alcool. Bien sûr, les week-ends n'étaient pas aussi enthousiasmants sans Midas.

On frappa à la porte et Lexie se précipita pour jeter un coup d'œil par le judas. Elle vit ses deux invitées de l'autre côté de la porte. Elle ouvrit vite et les invita à entrer.

— Bienvenue ! Je sais que ce n'est pas très grand, mais...

— C'est très bien, l'interrompit Élodie avant que Lexie puisse terminer sa phrase. Ça me rappelle la chambre que je louais quand je suis arrivée ici au début. J'adorais ma propriétaire, Kalani, et ma chambre était tout aussi minuscule.

— Chez moi, ça ressemble beaucoup à ton appart, dit Ashlyn. Ne t'inquiète pas.

— Je devrais sans doute vous présenter.

— Pas besoin ! Nous avons bavardé en montant. Nous sommes arrivées en même temps. Nous sommes pratiquement meilleures amies maintenant.

Ashlyn sourit à Élodie et hocha la tête.

— D'accord, super. Vous pouvez apporter la nourriture ici et nous verrons ce qui doit être mis dans le four pendant un moment pour être réchauffé ou cuit, puis nous commencerons par ce qui n'a pas besoin d'être chaud.

Les deux femmes posèrent leurs sacs sur le comptoir et commencèrent à tout déballer.

— C'était une si bonne idée d'avoir un dîner de hors-d'œuvre, dit Élodie. Surtout parce que j'adore les hors-d'œuvre !

— N'est-ce pas ? acquiesça Ashlyn. Ce que je préfère quand je sors, ce sont les amuse-gueules.

— Et ne me lancez pas sur le sujet des chips et de la sauce dans les restaurants mexicains, les avertit Élodie en gloussant.

Lexie sourit. Elle aimait que les deux autres femmes soient aussi enthousiastes.

— Qu'est-ce que vous avez préparé ? demanda Ashlyn.

— Des châtaignes d'eau enveloppées dans du bacon, des mini poivrons farcis aux pois chiches, et des wontons [1]à la saucisse en forme d'étoiles.

Ashlyn et Lexie se regardèrent un moment avant d'éclater de rire.

Élodie leva la tête.

— Quoi ? demanda-t-elle sans comprendre ce qui était si drôle.

Quand Lexie parvint à nouveau à se contrôler, elle dit :

— Oh, mon Dieu, tu es tellement chic !

— Non, pas du tout ! Je voulais apporter des choses qui étaient faciles à manger, mais délicieuses en même temps.

— Ça m'a l'air super, dit Ashlyn. Combien de temps as-tu mis à tout préparer ?

— Pas longtemps du tout. J'ai commencé ce matin, puis je les ai assemblés à l'heure du déjeuner. J'ai fait en sorte d'avoir fini juste avant de venir ici, afin que tout soit encore chaud. Un petit coup au four serait pas mal, mais ce sera bon quand même. Pourquoi ?

Cette dernière question était un peu comme une arrière-pensée, quand elle vit Lexie et Ashlyn se retenir de rire.

Mais il leur fut impossible de se contenir et elles partirent d'un fou rire.

— Sérieusement, qu'est-ce que vous avez ?

— Pardon, dit Lexie quand elle reprit son sang-froid. C'est juste que ce que j'ai préparé a pris environ vingt minutes et n'est pas du tout aussi compliqué ou élégant que ce que tu as fait. Une assiette de fromage et de crackers, des œufs mimosas et des torsades de pâte feuilletée.

— Et j'ai apporté des Fritos, une sauce au fromage et des gelées alcoolisées, ajouta Ashlyn en continuant de rire.

— Oh, merde, j'en ai fait trop, hein ? demanda Élodie en fronçant les sourcils.

— Non ! insistèrent Lexie et Ashlyn en même temps.

— Ce que tu as apporté est sans doute le plus sain. Et moi, il me tarde de tout goûter, la rassura Lexie.

— J'ai tendance à ne pas très bien manger parce que je n'y connais rien en cuisine, et puis je suis souvent trop fatiguée et affamée quand je rentre à la maison après le travail pour penser à préparer quelque chose de plus compliqué qu'un sandwich. Je suis très excitée à l'idée d'essayer ces choses au bacon et aux châtaignes d'eau. J'en ai l'eau à la bouche rien que d'y penser, dit Ashlyn.

— Je suppose que j'aurais dû poser quelques questions de plus sur ce qu'il fallait apporter... se tortura Élodie.

— Non. Et, à partir de maintenant, je vais toujours rester très vague pour ce genre de choses, en espérant que tu continues à utiliser tes talents merveilleux de chef pour apporter un peu de classe à nos soirées, dit Lexie en tendant la main et en lui serrant doucement le bras.

— Quoi ? Les Jello shots[2] ne sont pas classes ? demanda Ashlyn.

Cette fois, elles se mirent à rire toutes les trois.

— J'ai réglé le four à cent degrés, je sais que ce n'est pas beaucoup, mais je me suis dit que ça suffirait à réchauffer la nourriture ? demanda Lexie plus qu'elle ne l'affirma.

— C'est parfait, dit Élodie.

— Super. Je te nomme chef de la nourriture, déclara Lexie. Je m'occupe des boissons.

— Et moi de l'ambiance. Il fait très sombre ici ! dit Ashlyn en traversant la pièce jusqu'à la fenêtre.

— Non, ne fais pas ça ! l'avertit Lexie, mais trop tard.

Ashlyn avait déjà ouvert les rideaux. Elle s'attendait évidemment à une vue incroyable, mais quand ce ne fut que le vieux voisin assis sur son canapé en train de manger des chips directement dans le sachet en ne portant rien d'autre qu'un slip blanc – *encore* – elle cria comme si elle avait été électrocutée.

Elle essaya fébrilement d'attraper le rideau pour le refermer, mais il lui fallut quelques longues secondes pour démêler le tissu avant d'y parvenir.

Pendant ce temps, Lexie et Élodie étaient pliées en deux. Elles riaient si fort qu'elles en pleuraient et Ashlyn se joignit bientôt à elles. Il fallut plusieurs minutes pour que les trois femmes reprennent leur calme.

— Oh, mon Dieu, je sais que tu as prétendu qu'il ressemblait un peu à Homer Simpson, et tu avais tellement raison ! dit Élodie avec un énorme sourire.

Ashlyn eut un frisson exagéré.

— Je n'arrive pas à croire que tu ne m'aies pas prévenue ! Sérieusement, j'aurais pu avoir une attaque !

— Hé, j'ai essayé, mais tu es simplement allée trop vite, lui dit Lexie en souriant.

— D'accord. Tu as dit quelque chose au sujet de boissons ? Je crois qu'il m'en faut une, ajouta Ashlyn.

Au bout de quelques minutes, Ashlyn buvait un cocktail Mimosa en bouteille, Élodie avait un verre de vin et Lexie avait choisi une White Claw. Elles parlèrent de tout et de rien pendant qu'Élodie s'occupait de ses hors-d'œuvre. Vingt minutes plus tard, le comptoir était rempli d'assiettes de nourriture.

Les trois filles assises sur des tabourets autour du bar commencèrent à manger.

— Ces choses au bacon sont tellement bonnes, s'extasia Ashlyn avec la bouche pleine, car elle venait d'en prendre une autre.

— Je vais avoir besoin de la recette de cette sauce au fromage, répondit Élodie en se léchant les lèvres.

— Et cet œuf mimosa est délicieux ! Et je suis une connaisseuse des œufs mimosas, alors je peux vous l'affirmer, dit Ashlyn en faisant un clin d'œil à Lexie.

Après qu'elles se furent empiffrées jusqu'à en avoir mal au ventre et nettement réduit la quantité de nourriture, Lexie sauta du tabouret et attrapa l'assiette qu'elle avait posée dans un coin, à l'écart.

Elle retira le papier aluminium en annonçant :

— Ta-da ! Le dessert !

— Dis-moi que ce sont tes biscuits au *pumpkin spice* avec le glaçage au fromage frais et à la cannelle ? demanda Élodie.

— Oui, c'est ça.

— Attends de les goûter, dit Élodie à Ashlyn. Tous les autres biscuits te sembleront moins bons pour le restant de ta vie.

— Je ne peux plus avaler une seule bouchée, gémit Ashlyn.

— Même pas une petite menthe ? demanda Lexie en citant un des films les plus drôles de tous les temps.

— Je ne peux plus rien avaler. Je n'en peux plus, répondit Ashlyn sans hésiter. Allez vous faire voir.

Lexie prit une serviette en papier et la posa sur son bras comme s'il s'agissait d'une serviette en tissu. Puis elle en prit une autre et posa un biscuit dessus avant de le tendre à Ashlyn comme une serveuse dans un restaurant chic.

— Juste une petite, Madame.

— D'accord, juste une, dit Ashlyn en souriant.

— Juste une, répéta Lexie en faisant une petite courbette.

— Mais qu'est-ce que vous fabriquez ? demanda Élodie.

Lexie et Ashlyn se contentèrent de sourire. Quand Ashlyn lui prit le biscuit des mains, Lexie traversa la pièce en courant jusqu'à la fenêtre et se cacha derrière les rideaux en jetant un coup d'œil vers Ashlyn comme si quelque chose d'excitant allait se produire.

— Sérieusement, vous faites quoi, les filles ?

Lexie et Ashlyn éclatèrent de rire.

Lexie ne se souvenait pas d'avoir déjà ri autant. Elle sortit de derrière les rideaux et expliqua en revenant vers la petite cuisine :

— Ça vient du film *Le Sens de la Vie* de Monty Python. Tu ne l'as jamais vu ?

— Non, dit Élodie en secouant la tête.

— Oh, tu rates quelque chose ! affirma Ashlyn en croquant un petit bout de biscuit avant de pousser un gémissement. Merde alors, c'est orgasmique !

— Eh bien, je ne suis pas certaine d'aller aussi loin, dit Élodie avec un sourire en coin.

— Oui, c'est bon, mais orgasmique ? ajouta Lexie. Je vais devoir te contredire là-dessus.

— C'est parce que tu as un petit ami terriblement canon, dit Ashlyn.

— C'est vrai, admit Lexie avec un petit sourire. Et le mari d'Élodie n'est pas trop moche non plus.

Élodie donna une tape enjouée sur le bras de Lexie.

— Il est plus que pas trop moche, dit-elle pour défendre son mari.

Ashlyn soupira.

— Je dois dire que le sexe me manque.

Lexie faillit s'étrangler avec la gorgée qu'elle venait de boire. Cela faisait longtemps qu'elle n'avait pas consommé autant d'alcool. Son ivresse était tout juste suffisante pour baisser ses inhibitions et lui donner le courage d'être plus ouverte que d'habitude. Ashlyn avait les joues rouges et elle se dit que sa nouvelle amie ressentait probablement aussi les effets de l'alcool.

Élodie attrapa la bouteille de vin et se servit un autre verre. Lexie remarqua qu'elle avait déjà bu les trois quarts de la bouteille. Oui, on pouvait dire qu'elles étaient toutes un peu éméchées. Mais comme elle était en sécurité dans son appartement, ça n'inquiétait pas du tout Lexie. Les deux femmes allaient devoir rentrer chez elles en taxi.

— Tu es belle et célibataire, dit Élodie en appuyant les coudes sur le comptoir. Avec tes cheveux bruns frisés, tes yeux noisette, ton joli sourire... pourquoi ne sors-tu pas pour trouver de beaux Hawaïens ?

Ashlyn secoua la tête.

— Je suis venue à Hawaï avec un type, avoua-t-elle. Ça n'a pas marché.

Lexie inclina la tête, surprise. Avant ce soir, elle ne savait pas qu'Ashlyn était venue habiter ici avec quelqu'un, et même si elle regrettait que leur couple n'ait pas tenu, elle était contente qu'elle soit restée sur l'île.

— Qu'est-il arrivé ? demanda-t-elle.

— Je vivais et je travaillais près de San Diego. Je sortais de la fac et je n'étais pas prête à commencer une carrière, alors j'ai trouvé un travail dans un endroit qui s'appelle Aces Bar et Grill. C'était fantastique. La propriétaire est une fille très cool qui a épousé un ancien SEAL.

— Pas possible ! s'exclama Élodie. Je me demande si Scott le connaît ?

— Arrête de l'interrompre, dit Lexie à son amie.

— Oh, pardon, s'excusa Élodie, qui ne semblait pas du tout désolée.

— Quoi qu'il en soit, le salaire était super, les gens qui venaient donnaient de bons pourboires et j'avais même d'excellents avantages. Un homme a commencé à venir tous les soirs et il me draguait avec insistance. Il était canon et un peu plus vieux que moi...

— Attends, quel âge as-tu ? demanda Élodie.

— Elle ne finira jamais cette histoire si tu continues de l'interrompre, gronda Lexie.

Elle n'aurait jamais été si franche si elle n'avait pas bu, mais Élodie ne se vexa pas : elle se contenta de hausser les épaules d'un air gêné en faisant semblant de fermer sa bouche comme une fermeture éclair.

— J'ai vingt-huit ans, dit Ashlyn avant de lever une main. Je sais, je sais, juste un bébé. Bref, il avait la trentaine. Il était respectueux et attentionné. Nous avons commencé à nous voir en dehors du bar et je suis tombée amoureuse de lui. Il a dit qu'il vivait ici à Oahu, et qu'il avait prévu de revenir bientôt pour aider sa famille. Je détestais l'idée de ne plus jamais le revoir, alors quand il a dit qu'il se voyait passer le reste de sa vie avec moi... J'ai accepté de venir à Hawaï avec lui.

— Que faisait-il en Californie du Sud ? demanda Élodie.

Ashlyn soupira et but une autre longue gorgée de sa boisson.

— Oui, c'est une des centaines de questions auxquelles j'aurais vraiment dû essayer de trouver une réponse avant de bouleverser toute ma vie et de parcourir des milliers de kilomètres pour venir ici.

Lexie posa sa main sur celle de son amie et Ashlyn lui fit un petit sourire triste.

— Disons simplement que tout n'était pas rose quand nous sommes arrivés ici. Le travail qu'il disait avoir n'existait pas et la connaissance qu'il avait prétendu avoir pour m'aider à trouver un appartement pas trop minable s'est avérée être un mensonge également.

— C'est nul ! dit Lexie.

— Oui. Enfin, bref, Franklin a dit que ce n'était pas grave, que je pouvais vivre avec lui.

— Franklin ? dit Élodie avec un sourire. Il s'appelle Franklin ?

Lexie se retint de rire.

— Voulez-vous entendre le reste de ma triste histoire d'infortune et de manque de sexe, ou pas ? demanda Ashlyn en faisant la tête.

— Pardon, oui. Continue, dit Élodie.

— Bien, alors même si j'avais déménagé à Hawaï parce que

c'était ici qu'il vivait, je n'étais pas prête à emménager avec lui à plein temps. Surtout pas dans le studio qu'il avait. J'ai commencé à avoir l'impression qu'il m'avait convaincue de venir à Hawaï simplement pour vivre à mes crochets. Inutile de dire que la relation n'a pas duré très longtemps après ça.

— Oui, je te comprends, dit Élodie.

— Évidemment, ça ne me gêne pas qu'une femme gagne plus d'argent qu'un homme dans une relation, ou que l'homme reste à la maison avec les enfants pendant que la femme travaille, mais je pensais que je déménageais à Hawaï pour être avec un homme qui avait un travail stable, et avec qui c'était agréable de traîner et de visiter l'île. À la place, j'avais un crétin paresseux qui était très doué pour vendre son mensonge.

Ashlyn fit un petit sourire.

— Mais cela fait presque un an depuis, et j'ai obtenu le travail avec Food For All, et je suis heureuse. Alors pour revenir au début de cette conversation déprimante... c'est pour cela que le sexe me manque. Ça fait si longtemps que je pense être redevenue vierge.

— C'est vraiment nul, Ash, dit Lexie. As-tu appelé la police ?

— Parce que je n'ai pas couché depuis des mois ? Je pense que c'est un peu extrême, pas toi ? plaisanta Ashlyn.

Lexie gloussa et leva les yeux au ciel.

— Non, parce que c'est un prédateur qui profite des femmes.

— Techniquement, ce n'est pas un prédateur. Un crétin et un menteur, oui. Et j'aurais dû poser plus de questions et ne pas aller aussi vite avec lui. Je n'aurais pas dû être aussi pressée de déraciner toute ma vie pour déménager ici, dit Ashlyn. J'ai appris ma leçon. Je suis bien moins disposée à m'engager dans une relation sérieuse que je l'étais à l'époque. Je veux dire, je ne suis pas contre quelques rendez-vous, ou le sexe, mais je vais faire très attention avant d'accepter d'emménager avec quelqu'un ou de l'épouser.

— C'est assez triste, dit Lexie.

— Mais non, insista Ashlyn. C'est juste que je suis prudente. De plus, les choses n'ont pas si mal tourné pour moi ici, à Hawaï. Ça ne fait que quelques mois que je travaille pour Food For All, mais ça me plaît beaucoup. Ce n'est pas comme travailler dans un bar, ce qui n'est pas une mauvaise chose. Comme toi, ils me paient un appartement. Il était meublé également, ce qui était une bénédiction. Cependant, j'ai une meilleure vue que toi, dit-elle avec un sourire. J'ai la chance de voir l'étage supérieur d'un parking à côté de mon immeuble.

— Eh bien, je suis contente que tu sois ma collègue, lui dit Lexie.

— Et je suis ravie d'être ton amie maintenant, intervint Élodie. Et si jamais tu es curieuse d'apprendre ce qu'il en est de Franklin, il te suffit de le dire. Scott et les autres connaissent un type qui s'appelle Baker et je suis certaine que ça lui ferait plaisir de faire des recherches.

— Oui ! s'exclama Lexie. Midas m'a parlé de lui. Il vit sur le North Shore, n'est-ce pas ? C'est une espèce de surfeur ?

— Il surfe, mais...

Élodie baissa la voix jusqu'à chuchoter, comme si elle avait peur que quelqu'un écoute leur conversation.

— Il est aussi une sorte de super espion.

— Je ne crois pas que ce soit un espion, dit Lexie en fronçant les sourcils.

— D'accord, ce n'est pas un espion, mais il arrive à faire changer les choses. Il est allé à New York et il a déjeuné avec le chef de la famille mafieuse qui m'a causé tant de problèmes.

— Il a fait ça ? demanda Lexie.

— Merde alors ! Des mafieux ? souffla Ashlyn.

— Oui. Et il a promis que j'étais en sécurité. Et pour une raison qui m'échappe, je le crois. D'autant plus que Scott et les autres se sont visiblement détendus quand il m'a dit ça.

— Je te raconterai toute l'histoire des mafieux plus tard, dit Lexie à Ashlyn dans un aparté théâtral.

Puis elle ajouta d'une voix plus forte :

— Baker a été capable d'obtenir des bourses d'études pour Shermake et son frère et sa sœur dans des universités somaliennes, expliqua Lexie. Ça ne couvrira pas tous les frais, mais une grande partie.

Élodie hocha la tête.

— Je ne suis pas surprise. En tout cas, je suis certaine qu'il pourrait découvrir ce que fabrique Franklin.

— Baker a l'air un peu effrayant, se déroba Ashlyn.

— Je ne l'ai pas rencontré, avoua Lexie. Mais apparemment, il a un réseau assez impressionnant.

— Je l'ai rencontré. Et il est plus mystérieux qu'effrayant, dit Élodie. Mais c'est vrai qu'il fait très surfeur. Il est bronzé, couvert de tatouages, et il a des cheveux assez longs. Ils sont plutôt gris, alors c'est un surfeur canon aux tempes argentées.

Ashlyn et Lexie poussèrent un soupir.

— N'est-ce pas ? dit Élodie. Je ne sais pas du tout quelle est son histoire, mais ce qui est certain, c'est qu'il y a des démons dans son passé. Je lui dois tout parce qu'il a fait en sorte qu'il n'y ait plus de tueur à gages à ma poursuite, mais il continue à me faire un peu peur. Il y a quelque chose dans ses yeux qui me donne envie de garder mes distances tout en voulant le serrer dans mes bras.

— Pourquoi est-ce un mélange si redoutable ? demanda Ashlyn. Les femmes en général devraient fuir ce genre d'homme, mais à la place, nous sommes attirées par eux comme les papillons de nuit sont attirés par la lumière.

— Tu es intéressée ? demanda Élodie.

— Par ce vieux surfeur ? Non, répondit fermement Ashlyn.

— Je ne pense pas qu'il est vieux, songea Lexie.

— Dans ce cas, qui t'intéresse ? insista Élodie.

— Personne, répondit Ashlyn en fixant sa boisson.

— Attends... il y a donc bien quelqu'un, dit joyeusement Élodie. Qui ?

— Personne. J'en ai fini avec les hommes, marmonna Ashlyn.

— Mais tu as dit que le sexe te manquait, la taquina Lexie. Nous savons toutes que le sexe est possible avec un vibromasseur, mais c'est loin d'être aussi agréable. Crois-moi, je le sais. Comment l'as-tu rencontré ? Allez, dis-le-nous !

— Je ne l'ai vu qu'une seule fois... avoua Ashlyn.

— Crache le morceau ! s'exclama Élodie.

— Si tu ne peux pas le dire à tes meilleures amies, à qui peux-tu le dire ? demanda Lexie.

Il était certain que l'alcool avait délié sa langue. Elle se sentait extrêmement proche de ces femmes. Dire qu'elles étaient ses meilleures amies correspondait davantage à ce qu'elle souhaitait qu'à la réalité.

— Slate.

Élodie et Lexie fixèrent Ashlyn avec de grands yeux... avant de se mettre à crier d'excitation.

— Oui ! exulta Élodie.

— Ce serait merveilleux ! acquiesça Lexie.

— Mais il est assez grognon, ajouta Élodie.

— Les filles, je ne le connais même pas, dit Ashlyn.

— Ashlyn serait de la taille parfaite, parce qu'elle est grande, dit Lexie. Il fait quoi, seulement quelques centimètres de plus qu'elle ?

— Quelque chose comme ça. Mais ses muscles sont énormes, précisa Élodie.

— Ash pourra peut-être brider son impatience, plaisanta Lexie.

— Les filles... commença Ashlyn, mais les deux autres femmes l'ignorèrent.

— En même temps, l'impatience a des qualités... répondit Élodie avec un sourire en coin.

Lexie hocha la tête.

— Oh oui, et ils...

— Assez ! cria Ashlyn, et Lexie et Élodie se tournèrent vers elle, surprises.

Elle soupira encore.

— Pardon. Mais sérieusement, je n'aurais rien dû dire. Je l'ai vraiment vu une seule fois et il était irritant. Il jouait des mécaniques et il était arrogant en entrant à Food For All. Il a aussi essayé de m'empêcher de m'approcher de toi, poursuivit Ashlyn.

Lexie hocha la tête.

— Et après Franklin, j'en ai fini avec les hommes plus âgés. Non merci.

— Je crois que Midas m'a dit qu'il avait notre âge, trente-deux ans, lui dit Lexie. Ce qui n'est pas beaucoup plus vieux que toi. Et c'est toi qui as abordé le sujet.

— Ce que je regrette, maugréa Ashlyn.

— D'accord, d'accord, nous allons la fermer, concéda Élodie. Mais parlons sérieusement d'abord. J'ai été intimidée par Scott et son équipe quand je les ai rencontrés, mais il y avait quelque chose chez mon mari qui a attiré mon attention à la seconde où je l'ai vu. Et je ne pense pas que c'était uniquement parce que j'étais morte de peur. Oui, Slate est plus vieux que toi. Oui, il est un peu grognon et, d'après ce que me raconte Scott, très impatient. Mais je ne pense pas que tu puisses trouver quelqu'un de plus respectueux que Slate.

— N'essayez *pas* de me caser avec lui, dit Ashlyn ferme-ment. Je suis sérieuse. Je viens de sortir d'une mauvaise rela-tion, je n'ai pas besoin de me jeter dans une autre.

— Très bien, pourtant je n'ai pas l'impression que tu as vraiment eu une relation avec ce Franklin. Et ça fait plus d'un an, fit remarquer Élodie.

— Tu peux peut-être te renseigner pour savoir si une liaison sans lendemain l'intéresse, suggéra Lexie. Les SEAL n'ont-ils pas la réputation d'être des hommes à femmes ?

Ashlyn soupira, mais pas de façon très convaincante.

— J'ai vu de mes propres yeux combien de femmes se

jetaient sur les SEAL de la marine à Aces, en Californie. C'était dégoûtant. Je ne suis pas comme ça.

— Bien sûr que non, lui dit Lexie. Mais ça ne veut pas dire que tu ne peux pas sortir avec lui.

— C'est juste que... est-ce trop demander de vouloir un homme qui me soutienne sans m'étouffer ? Qui aime ma personnalité extravertie, mais qui comprend que je veux de temps en temps rester à la maison et ne pas être sociable ? Qui sait où se trouve mon foutu clitoris sans qu'il me faille lui montrer ? demanda Ashlyn.

Lexie et Élodie partagèrent un sourire lors de sa dernière question.

— Oh, c'est pas vrai, je n'ai pas envie de vous entendre parler de vos merveilleuses vies sexuelles, dit Ashlyn en roulant en boule une serviette en papier qu'elle jeta sur Lexie.

— Hé, les hommes parlent entre eux. Et puisque Scott n'a aucun problème pour trouver mon clitoris, je me dis que c'est pareil pour Slate.

— D'accord, je vais officiellement changer de sujet, dit Lexie. Je ne peux pas penser de cette façon à un des amis de Midas.

— Très bien. Ashlyn, j'ai une question, dit Élodie.

— Vas-y.

— Tu as dit que tu adorais travailler au bar, alors comment savais-tu que tu allais aimer ce que tu fais maintenant ?

— Que veux-tu dire ?

— Et bien... j'adorais être chef cuisinière, mais ensuite mon monde m'a plus ou moins explosé au visage et je ne peux plus imaginer travailler dans ce domaine.

— Tu n'aimes plus cuisiner ? demanda Lexie.

— Ce n'est pas ça. J'aime encore. J'ai beaucoup aimé cuisiner pour ce soir, mais c'était pour vous. Pas pour des inconnus. Et j'adore traîner avec Scott et les autres pour les barbecues. Mais j'ai du mal à découvrir ce que je veux faire de ma vie. Évidemment, je ne serai plus guide sur un bateau de pêche... être sur l'océan, ça n'a pas été très sympa pour moi.

— J'avais pensé à quelque chose... commença Ashlyn.

— Oulala, lâcha Lexie.

— Non, sérieusement. Tu sais combien de gens nous aidons à Food For All. Mais il y a tant de nourriture qui se perd. Les supermarchés jettent le pain périmé et les légumes fanés. Les boîtes de conserve abîmées sont jetées également. Les restaurants jettent des tonnes de nourriture. Nous essayons d'obtenir une partie de tout cela pour la donner, mais nous n'échangeons qu'avec les endroits proches de chez nous. Et pense à toutes les familles qui voyagent depuis le North Shore ou l'est, pour venir jusqu'à nous et avoir à manger. Ce doit être cher, et puis il faut beaucoup de temps pour venir jusqu'en centre-ville.

— Qu'essaies-tu de me dire ? demanda Élodie. Et quel est le rapport avec moi ?

— Je songeais à parler à Natalie de lancer une autre antenne de l'association, mais avec une orientation légèrement différente, dit Ashlyn, et même si ce n'est pas exactement faire la cuisine, une grande partie des déjeuners que nous préparons ne sont pas très sains. Ce sont juste des chips et une pomme avec un sandwich pas très appétissant. Si nous pouvions nous adresser à d'autres magasins et obtenir la nourriture qu'ils ont l'intention de jeter ? Et les restaurants également. Cela nous aiderait si nous avions quelqu'un qui pourrait transformer ces dons en des repas plus attrayants et nourrissants.

— Quel âge as-tu, déjà ? demanda Élodie.

— Vingt-huit ans. Pourquoi ?

— Parce que tu sembles bien plus âgée. Et... cela ressemble à un énorme défi, dit Élodie. Et beaucoup de travail acharné.

Ashlyn se contenta de lever un sourcil. Puis elle se tourna vers Lexie.

— Je me disais qu'il y a sans doute beaucoup de familles de militaires qui vivent ici et pourraient avoir besoin d'un peu d'aide. Et des personnes âgées. J'avais envisagé de relancer ma propre organisation caritative, mais j'aime travailler pour Food For All, et c'est rassurant de travailler pour un organisme aussi connu et bien établi. La zone de Barbers Point serait un bon endroit pour commencer. Pour voir si ça peut fonctionner. Et si j'arrive à convaincre Natalie de parler aux gens de Food For All, et qu'ils me donnent le feu vert, il me faudra de l'aide. Tu sais, pour tout lancer et faire fonctionner les choses, parler aux gérants des magasins et des restaurants, faire passer le mot. Et je sais que ton homme doit faire un trajet terrible chaque matin pour te conduire au travail en centre-ville.

Lexie sentit monter l'excitation en elle. Elle adorait aider les gens, et l'idée de pouvoir porter assistance à plus de personnes dans le besoin était très intéressante.

— Merde, elle est douée, chuchota Élodie.

— Tu es donc partante ? insista Ashlyn. Une chef professionnelle aiderait beaucoup.

— Je suis partante, dit Élodie avec un sourire.

— Lex ?

— Tu sais bien que moi aussi, promit Lexie.

— Il faut trinquer ! dit Ashlyn en levant sa bouteille.

Elles firent tinter leurs boissons et burent de longues gorgées.

Puis Élodie demanda :

— Alors, c'est quoi l'histoire de Theo ?

— Bon sang, Midas te donne des leçons pour changer brutalement de sujet de conversation, ou quoi ? dit Lexie d'un ton ironique.

— Pas vraiment. Je pensais à Food For All et aux personnes que nous pourrions aider, ce qui m'a fait penser aux hommes et femmes sans domicile autour d'ici, et combien se trouvent dans les rues simplement par malchance. Ce qui m'a fait penser à Theo. Scott m'a parlé de lui après l'altercation de l'autre fois. Est-il toujours dans les parages ?

— Oui, confirma Ashlyn. Et il surveille Lexie comme le lait sur le feu.

— Mais non, pas du tout, protesta Lexie en essayant de minimiser le problème.

— Si, insista Ashlyn. La seule raison pour laquelle Jack et Pica ne l'ont pas encore viré, c'est parce qu'il ne fait rien de plus. Il n'a rien dit de mal sur toi et n'a pas essayé de te parler. Mais il te surveille quand vous êtes là-bas en même temps.

— Est-il dangereux ? demanda Élodie.

— Non, dit Lexie.

Au même moment, Ashlyn haussa les épaules.

— Il est simplement... différent, dit Lexie. Parfois, il semble très lucide, et d'autres fois il reste assis dans un coin et il parle tout seul. Cependant, il semble un peu tendu depuis que les autres hommes sont venus causer des problèmes.

— C'est vrai, acquiesça Ashlyn.

— Tu dois faire très attention, lui dit Élodie.

— C'est mon intention. C'est ce que je fais, la rassura Lexie.

— Les autres nous raccompagnent à la maison depuis, expliqua Ashlyn. Créer une autre antenne pour Food For All est également une bonne idée pour des raisons de sécurité. J'espère me concentrer sur la fourniture de repas à des personnes qui ne sont pas nécessairement sans domicile, mais qui ont des difficultés financières et auraient besoin d'un peu d'aides. Il ne s'agit pas nécessairement de distribuer de la nourriture aux sans-abri.

Lexie hocha la tête. Elle n'avait jamais avoué à Midas comme elle était mal à l'aise en rentrant chez elle à pied.

Si elle lui avouait, elle était certaine qu'il allait faire son possible pour passer la chercher, lui ou une de ses connaissances. Et elle ne voulait pas être un tel fardeau. De plus, elle était une adulte qui savait très bien se débrouiller seule. Elle l'avait fait toute sa vie.

— On dirait que vous avez des choses à dire à votre patronne. Et du travail pour la convaincre. Mais je sais que vous y arriverez ! les encouragea Élodie.

Les trois femmes échangèrent des sourires. Cette soirée

n'était pas seulement agréable, elles avaient commencé à forger une solide amitié. Lexie avait voulu avoir des amies toute sa vie, et apparemment, elle en avait maintenant.

— Voulez-vous rapporter des restes chez vous ? demanda-t-elle.

— Oui ! dirent Ashlyn et Élodie en même temps.

— Et je vais manger tous les biscuits avant le retour de Scott ! s'exclama Élodie.

Lexie décida de ne pas réagir, car elle ne savait pas s'il fallait attendre un jour, ou douze, ou plus avant leur retour, et elle passa dans la petite cuisine pour commencer à préparer les restes de nourriture. Les autres l'aidèrent, puis chacune se servit une autre boisson et elles se dirigèrent vers le lit pour traîner et continuer à bavarder.

Cinq heures plus tard, Lexie avait mal au ventre à force de rire et son visage était douloureux parce qu'elle avait trop souri.

Elle n'avait jamais passé un aussi bon moment que ce soir-là. Quand Ashlyn et Élodie partirent en taxi, elle était épuisée, mais plus heureuse qu'elle l'avait été depuis des années. La seule chose qui aurait pu rendre la nuit plus parfaite aurait été de se lover contre Midas pour s'endormir.

Elle ne savait pas où il était ni quand il allait rentrer, mais elle devait croire qu'il lui reviendrait sain et sauf. L'alternative était impensable. Midas était fort et intelligent, et il avait cinq des meilleurs SEAL pour le soutenir. Six, si elle comptait le mystérieux Baker. Lexie était à peu près certaine que si Midas et son équipe avaient besoin de lui, Baker le saurait d'une façon ou d'une autre, et il ferait ce qu'il fallait pour envoyer la cavalerie. Elle voulait vraiment le rencontrer. Il semblait à la fois effrayant et incroyable. C'était un homme qu'elle voulait avoir de son côté. Elle allait peut-être lui faire une assiette de biscuits au *pumpkin spice* pour le caresser dans le sens du poil.

La pièce tournait autour d'elle quand Lexie finit par grimper dans son lit, mais elle ne pouvait s'empêcher de sourire. Elle était enthousiaste au sujet de l'idée d'Ashlyn pour la nouvelle antenne de Food For All. Son trajet jusqu'au travail allait être plus long... sauf si elle dormait chez Midas. Cela la fit sourire encore davantage.

Oui, on pouvait dire sans se tromper que Lexie était plus qu'heureuse de la façon dont sa vie avait tourné. Elle avait un petit ami incroyable, des amies fabuleuses et un bon travail. Quelques mois auparavant, quand elle regardait les étoiles depuis le désert africain, elle n'aurait jamais pu imaginer être aussi contente en ce moment même.

En repensant à sa prise d'otages, son sourire s'estompa quand elle songea à Dagmar. Il n'avait pas eu autant de chance. Elle détestait qu'il n'ait pas pu s'en sortir vivant.

Elle ferma les yeux et formula une courte prière.

— Repose en paix, Dagmar. Et s'il te plaît, aide ton frère à guérir. Tu lui manques terriblement.

Elle savait que Magnus avait des difficultés à cause de la façon dont il parlait de Dagmar dans ses e-mails et au téléphone. Peut-être irait-il mieux en voyant comme elle s'en sortait bien ? Ça, et puis le fait de s'impliquer dans l'organisation que Dagmar aimait tant.

En se tournant sur le côté, Lexie chassa Dagmar, Magnus, et même Élodie et Ashlyn de son esprit. Elle se focalisa sur Midas, le jeune garçon qu'elle connaissait autrefois et qui était devenu un homme incroyable. Et il était à elle.

— Rentre vite à la maison, chuchota-t-elle avant de sombrer dans un sommeil profond, aidée par l'alcool qu'elle avait consommé.

CHAPITRE QUINZE

Magnus Brander avait une mine renfrognée en sortant de l'aéroport international d'Honolulu, un peu plus d'un mois après avoir dit pour la première fois à Lexie qu'il allait venir visiter l'île. Il aurait voulu arriver plus tôt, mais il y avait eu beaucoup de complications administratives et de paperasse à surmonter. Il avait commencé à penser que Food For All n'allait pas du tout lui permettre de voyager à Hawaï, mais après avoir reçu un très généreux « don » de la famille Brander, le bureau avait finalement approuvé sa visite.

Il aurait pu venir n'importe quand, bien sûr. Mais il avait besoin d'une raison officielle d'être là pour éloigner les soupçons quand la pauvre Lexie allait être retrouvée morte.

Il n'était pas certain à cent pour cent de son plan, en dehors du fait de ne pas quitter Hawaï avant d'avoir tué la connasse responsable de la mort de son frère. Il y avait trop d'inconnues pour planifier à distance de façon efficace, mais le fait que Lexie travaille avec les sans-abri en centre-ville d'Honolulu allait lui donner de nombreuses occasions pour une stratégie solide. Il avait toujours été doué pour réfléchir dans l'urgence. Il allait improviser après avoir observé Lexie et Food For All.

Dans moins d'une semaine, la mort de son frère serait vengée. C'était tout ce qui importait.

Magnus inspira profondément. Il faisait beaucoup trop chaud à Honolulu. Et humide. Le Danemark lui manquait déjà. Mais avec chaque jour qui passait depuis la mort de son frère, il se sentait de plus en plus vide. Le trou en lui était en train de grandir, de pourrir, d'envahir petit à petit son corps tout entier. Bientôt, il ne serait plus qu'une coquille vide et il avait besoin de faire payer la personne responsable.

Chaque fois qu'il recevait un e-mail ou un message de la part de cette petite pétasse, l'envie de la tuer se renforçait. Elle semblait si *heureuse*. Si contente. Elle n'arrêtait pas de parler de son petit ami et de son amour pour Hawaï. C'était n'importe quoi, putain ! Ça lui était égal qu'à cause d'*elle*, un des meilleurs hommes qu'il ait connu était maintenant mort !

Et pire, elle avait utilisé ses ruses féminines pour s'échapper de l'hôpital où les ravisseurs étaient revenus récupérer ce qui leur avait été volé. Il avait lu le rapport des Jaeger Corps. Il savait *exactement* ce qui était arrivé. Il n'était pas surpris qu'elle baise le SEAL qui l'avait sauvée. Elle avait sans doute écarté les jambes pour lui alors même que les ravisseurs se rapprochaient de l'hôpital. Quelle pute ! C'était *elle* qui aurait dû mourir dans ce cloaque de Somalie. Pas son frère. Pas Dagmar !

Magnus grimpa dans un taxi et donna l'adresse du siège social de Food For All au chauffeur. Il avait besoin de connaître la configuration du terrain avant de se rendre à son hôtel. Lexie lui avait parlé d'un incident avec des hommes qui avaient des mandats d'arrêt contre eux, et qui avaient causé des problèmes à Food For All. Elle avait également mentionné quelqu'un qui s'appelait Theo, un fou, apparemment, et qui lui avait fait peur une fois ou deux.

Il espérait exploiter ses peurs de son mieux.

Il allait passer quelques jours à solidifier un plan, tout en perturbant Lexie. Il se foutait complètement du contrôle qu'il était censé faire ici. En ce qui le concernait, toute l'organisation pouvait brûler. C'était sa cible suivante, après avoir abattu Lexie Greene. Food For All était tout aussi irresponsable. Sans cette entreprise, Dagmar ne serait pas allé en Somalie, il n'aurait pas été pris en otage, il ne serait pas mort.

Oui, il avait beaucoup de travail à faire avant de pouvoir retourner dans son cher pays natal. Il n'allait pas se reposer tant que tout et tout le monde en rapport avec la mort de Dagmar n'avait pas été réduit en cendres. Cela n'allait pas ramener son frère, mais peut-être que l'énorme trou dans son âme allait pouvoir rétrécir.

Lexie s'agitait impatiemment à côté d'Ashlyn, Jack et Pika. Natalie attendait à l'extérieur pour accueillir Magnus, qui venait directement depuis l'aéroport. Elle allait lui faire visiter le bâtiment et lui montrer comment ils travaillaient. C'était mercredi après-midi et il n'y avait pas beaucoup de monde venant chercher de la nourriture pour le moment, ce qui était sans doute mieux pour le contrôle.

Theo continuait à passer, et Lexie essayait de l'éviter autant que possible. Elle se sentait coupable, mais comme Midas lui avait dit qu'il était inquiet au sujet de cet homme, elle faisait de son mieux pour soulager ses craintes. Elle continuait cependant à veiller sur Theo et elle avait demandé à Ashlyn de faire en sorte qu'il mange correctement.

Les quatre hommes qui s'étaient battus avec Theo n'étaient toujours pas revenus, mais il y avait eu d'autres hommes, et même quelques femmes, qui avaient rendu Lexie nerveuse. Apparemment, elle était devenue plus méfiante depuis son enlèvement. Midas aurait dit que ce n'était pas une mauvaise chose, mais cela l'ennuyait quand même. Elle n'était pas tout à fait aussi naïve ou innocente qu'elle avait pu l'être dans le passé.

Elle fut ravie quand Midas rentra de sa mission sans une égratignure, juste quelques jours après sa soirée entre filles. Lexie savait très bien que ça n'allait pas toujours être le cas, mais elle était soulagée que les choses se soient bien passées, cette fois.

Elle était également très satisfaite par les progrès de leur relation. Il était revenu depuis une semaine et demie et ils avaient passé chaque nuit ensemble. En général chez lui, mais parfois, quand il travaillait particulièrement tard, il venait dormir chez elle. Il faisait de longues journées, mais il l'avait rassurée en expliquant que c'était normal après une mission. La marine avait également augmenté leurs entraînements, car il y avait eu quelques incidents avec les autres équipes, ce qui signifiait qu'il n'avait pas pu passer la chercher les après-midi.

Ça ne gênait pas Lexie, car elle le voyait quand même chaque soir après son travail. Même si Midas était généralement fatigué, il lui demandait quand même comment s'était passée sa journée, les conversations qu'elle avait eues avec Magnus, des nouvelles de Theo, et de son amitié croissante avec Ashlyn et Élodie.

Dans l'ensemble, Lexie était incroyablement satisfaite par sa vie actuelle. Elle savait que Midas et elle finiraient par avoir des désaccords et qu'ils auraient de mauvais jours, mais elle était de plus en plus confiante en se disant qu'ils allaient pouvoir traverser les moments difficiles et rester aussi proches qu'ils l'étaient maintenant.

Aujourd'hui, elle était excitée de voir et de parler à Magnus. La communication entre eux était devenue plus régulière et elle avait l'impression qu'ils étaient amis, désormais. Du moins autant que deux personnes qui ne s'étaient jamais rencontrées pouvaient l'être. Il ne devait rester en ville que quatre jours, alors il allait être très occupé, mais elle espérait qu'il trouve le temps de se rendre à la plage ou de faire quelque chose d'agréable pendant son séjour.

À la seconde où Magnus passa la porte, Lexie eut l'impression qu'un poids de vingt kilos lui appuyait sur la poitrine. Il ressemblait *exactement* à Dagmar.

Évidemment. Ils étaient jumeaux, après tout… mais pour une raison inconnue, cela la surprit malgré tout. Magnus avait les mêmes cheveux blonds, la même taille – un peu moins d'un mètre quatre-vingt – les mêmes yeux bleus. Et même si Magnus avait la cinquantaine, il était toujours assez en forme.

— Est-ce que ça va ? demanda Ashlyn doucement.

Lexie hocha la tête. Voir Magnus en si bonne santé était douloureux. Elle se souvenait de l'époque où Dagmar était ainsi, mais après des mois dans le désert, et son attaque, son état s'était vite détérioré.

Magnus scruta la salle et quand son regard atterrit sur elle, il s'arrêta net. Lexie lui avait dit à quoi elle ressemblait et il avait sans doute vu la photo que Food For All avait dans ses dossiers. C'était un peu perturbant d'être au centre de toute son attention.

Il marcha vers elle, Natalie le suivant en hésitant un peu. Magnus s'arrêta devant elle.

— Tu dois être Lexie.

— C'est moi. Bonjour, Magnus. J'espère que tu as fait bon voyage.

— Ça allait.

Il la fixa d'un air que Lexie n'arrivait pas à interpréter. Après tous leurs e-mails et leurs coups de fil, elle s'était attendue à quelque chose de… différent. Une embrassade. Un sourire. Quelque chose. Mais à la place, il se contenta de la fixer avec un regard indifférent.

— Oui, voici Lexie. Et Ashlyn, Pika et Jack. Ce sont nos employés à plein temps, dit Natalie en rompant le silence gênant.

Comme s'il sortait d'une transe, Magnus secoua la tête et sourit. Il serra la main des autres et se tourna vers Lexie.

— Pardonne-moi d'être aussi maladroit. La journée a été longue et je suis un peu bouleversé de te rencontrer.

— Inutile de t'excuser. Je dois admettre que c'est assez bouleversant de te voir également. Je suis vraiment désolée pour Dagmar. Je sais que j'ai déjà exprimé mes sympathies, mais c'était un homme bien.

— Oui, c'est vrai, acquiesça Magnus.

Puis il se tourna vers Natalie.

— J'ai beaucoup de travail à faire au cours des jours qui viennent. Si nous faisions cette visite, ensuite vous pourriez me montrer votre bureau où je pourrais commencer à vérifier les comptes.

Il parlait d'un ton très professionnel et Lexie fronça les sourcils. Elle savait qu'il était là pour contrôler la gestion de leur succursale, mais tout de même.

— Bien sûr. Je vais sortir les dossiers pour que vous puissiez commencer aujourd'hui.

— Merci. J'apprécie, dit Magnus. J'étais content de vous rencontrer, ajouta-t-il en hochant la tête vers Lexie et les autres avant de se tourner et de suivre Natalie le long du couloir jusqu'à son bureau.

— Waouh, il a un peu un balai dans le cul, non ? demanda Pika.

— Chut, le gronda Ashlyn. Il ne faudrait surtout pas qu'il t'entende.

— Je pensais que tu avais dit qu'il était cool, fit remarquer Jack.

Lexie haussa les épaules.

— C'est ainsi qu'il m'a semblé dans nos conversations. Il est peut-être un peu fatigué à cause du long vol.

— Ou alors il est perturbé de t'avoir rencontrée, suggéra Ashlyn. Non pas que tu n'es pas super gentille, mais tu es un lien avec son frère. Et tu as dit qu'ils étaient très proches.

— C'est le cas, acquiesça Lexie. Je suis sûre que tu as raison.

Les trois autres employés partirent travailler, mais Lexie resta un long moment sur place. Cette rencontre ne s'était pas du tout passée comme elle l'avait pensé. Elle ne s'était pas dit que Magnus allait bondir d'enthousiasme, mais elle s'était attendue à plus qu'un regard étrange et un comportement grognon.

Elle finit par secouer la tête. Il était fatigué, comme elle l'avait dit. Elle se souvenait de son épuisement quand elle était arrivée sur l'île. Il fallait qu'elle soit plus indulgente. Il allait être plus reposé demain et ils allaient pouvoir bavarder.

Elle hocha la tête pour elle-même, se tourna... et faillit heurter Theo qui se tenait juste derrière elle. Elle ne l'avait pas entendu s'approcher.

— Oh, je suis désolée, Theo. J'aurais dû regarder où j'allais. Est-ce que ça va ? Puis-je t'apporter quelque chose ?

— Tu devrais faire attention. Très attention, marmonna Theo. Tu es gentille. Les personnes gentilles peuvent être blessées.

Lexie l'examina.

— Toi aussi, tu es gentil, dit-elle doucement.

Theo secoua la tête.

— Non. Je suis bizarre. J'ai un problème ici, dit-il en indiquant sa tête. Mais je vois les gens. Les gens méchants. Tu devrais faire attention.

— D'accord, dit Lexie en essayant de le rassurer. As-tu mangé aujourd'hui ? Si tu vas t'asseoir, je t'apporte un sandwich.

— Pas de fromage, dit Theo en se balançant un peu sur place. Et pas de croûte.

— Je m'en souviens, sourit Lexie. Je ne mettrai que du jambon et je retirerai la croûte du pain.

— Bien... c'est bien, dit Theo en commençant à repartir vers l'endroit où il avait laissé ses affaires sur une des tables.

Puis il se retourna et la fixa d'un regard si lucide, si intense, que Lexie en fut paralysée.

— Ce n'est pas quelqu'un de bien.

— Quoi ? Qui ? demanda-t-elle, mais Theo s'était déjà retourné et il avançait vers sa table.

Frustrée par la tournure de son après-midi, Lexie soupira et partit faire le sandwich de Theo à la cuisine.

* * *

Quelques heures plus tard, la journée de Lexie ne s'était pas améliorée. Apparemment, tout le monde était tendu. C'était peut-être la météo : la journée avait été inhabituellement pluvieuse et nuageuse. C'était peut-être la présence de Magnus qui était sorti du bureau et s'était assis d'un côté de la salle, regardant et observant leurs opérations quotidiennes. C'était peut-être parce que Theo n'était pas dans un bon jour et qu'il avait commencé des disputes avec d'autres personnes venues chercher des repas et des informations sur des aides de longue durée.

Mais Lexie savait qu'elle était perturbée à cause de Magnus. Il l'avait observée toute la journée, même s'il ne s'était pas approché. Elle devait admettre qu'elle était déçue. Elle avait eu de grands espoirs en le rencontrant, et jusqu'ici, ses attentes avaient été bien trop élevées.

Quand son téléphone vibra pour annoncer un message, elle le sortit avec empressement de sa poche. En voyant que Midas lui avait envoyé un texto, elle sourit.

Midas : Je suis vraiment désolé, je ne vais pas pouvoir passer te prendre cet après-midi. Notre commandant avait promis que nous pouvions rentrer tôt à la maison, mais il y a eu une énorme explosion dans une base militaire à l'étranger et nous devons discuter de la situation.

Midas : Je te promets de me faire pardonner.

Lexie soupira. Étant donné comment se déroulait sa journée, il lui avait tardé de passer une longue soirée avec Midas. Elle porta le téléphone à ses lèvres et dicta une réponse.

Lexie : Ça ne fait rien.

Des points de suspension apparurent immédiatement, indiquant qu'il lui répondait. Lexie attendit de voir ce qu'il avait à lui dire de plus.

Midas : Les gens sont particulièrement grognons aujourd'hui. Ça doit être la pleine lune. Fais très attention en rentrant chez toi et envoie-moi un message quand tu y seras. Je te préviendrai quand je serai en route.
   Lexie : Toi aussi, tu l'as remarqué ? J'espère que le soleil sortira bientôt, parce que je ne sais pas gérer la bizarrerie des gens. Tout ira bien. Je t'aime.
   Midas : Moi aussi je t'aime, Lex. Merci d'être aussi compréhensive.
   Lexie : Si j'avais piqué une crise, serais-tu rentré plus tôt ?
   Midas : lol. Non, mais j'aurais bien aimé.
   Lexie : Bon. Je te verrai donc après ton travail. Fais attention sur la route.
   Midas : Toujours.

Lexie rangea son téléphone dans sa poche et réfléchit à ce qu'elle pouvait faire. Il n'y avait pas de raison pour elle de partir à l'heure habituelle, car elle n'avait rien de mieux à faire que grommeler dans son appartement. Elle pouvait peut-être faire les courses en rentrant et récupérer de quoi préparer un bon dîner pour Midas ? D'un autre côté, elle ne savait pas à quelle heure il finissait le travail, et il était possible qu'il mange avant de quitter la base.

Ses réflexions furent interrompues par un cri à la cuisine. Elle se précipita vers l'arrière-salle et grimaça en voyant Jack allongé sur le dos sous l'évier. Apparemment, il y avait une autre fuite, parce que l'eau giclait partout. Ça ne donnait pas vraiment une bonne impression pour Magnus, mais au moins Lexie savait ce qu'elle allait faire du reste de son après-midi.

Elle courut vers le robinet de l'arrivée d'eau. Quand elle l'eut fermé, elle regarda autour d'elle et fronça le nez. Il y avait de l'eau partout. Il allait vraiment falloir tout l'après-midi pour nettoyer ce bazar. En se retroussant les manches, Lexie se mit au travail.

* * *

Magnus savait qu'il aurait dû être fatigué, mais il carburait à l'adrénaline. À la seconde où il avait vu Lexie Greene, un brouillard rouge était descendu devant ses yeux. Il s'imagina immédiatement tendre les mains et les poser autour de sa gorge pour l'étrangler.

Elle avait l'air en si bonne santé. Et heureuse. Et ce n'était pas juste ! Elle aurait dû se sentir coupable. N'aurait pas dû pouvoir manger, dormir. Mais à la place, elle brillait de vitalité.

Connasse.

Il était resté assis une heure ou deux dans le bureau de la directrice en faisant semblant de regarder des fichiers sur son ordinateur, mais il s'en foutait. L'organisation pouvait se planter royalement. En fait, il allait faire tout son possible pour que cela arrive.

Quand il ne supporta plus de ne pas savoir ce qu'elle faisait, il quitta le bureau et rôda dans la salle principale, observant Lexie qui passait d'une personne à la suivante. Toujours souriante, toujours positive. Il avait envie de lui retirer ce foutu sourire avec une claque, et c'était ce qu'il allait faire. Bientôt.

Magnus avait déjà remarqué que le bâtiment de Food For All semblait se trouver dans un quartier assez dur. Il savait également que Lexie s'était vue attribuer un appartement dans un immeuble près de là et elle lui avait dit qu'elle rentrait parfois à pied chez elle, quand son petit ami ne pouvait pas passer la prendre. Il ne connaissait pas l'emploi du temps de ce crétin, mais il comptait sur le fait qu'il ne puisse pas venir la chercher au moins une fois au cours des trois prochains jours.

Quand un tuyau d'eau s'était rompu dans la cuisine, cela lui avait donné une occasion pratique. Il se faufila hors du bâtiment. Il scruta le quartier en marchant, jusqu'à ce qu'il voie ce dont il avait besoin.

Quand il jeta un coup d'œil dans une ruelle sombre et étroite entre deux immeubles, il vit un grand homme assis contre un mur avec un chariot de supermarché à côté de lui. Il fixait le mur opposé en buvant d'une bouteille enveloppée dans un sac en papier.

En regardant autour de lui et en ne voyant personne, Magnus fila dans la ruelle.

Il put sentir l'odeur corporelle du sans-abri en s'approchant. C'était ignoble, mais ça n'avait pas d'importance. Son visage était couvert d'une barbe hirsute, avec ce qui semblait être des morceaux de nourriture coincés dans les poils épais. Il portait un pantalon marron sale et déchiré et un tee-shirt avec des trous de différentes tailles. Il n'avait pas de chaussures à ses pieds, mais une paire de claquettes usées était posée à côté de lui.

— Qu'est-ce que tu veux ? grogna l'homme quand Magnus s'approcha.

— Juste discuter un instant.

— Foutus étrangers, dit l'homme. Tu pourrais me donner un peu d'argent. Tu as l'air d'en avoir plein.

— C'est le cas, dit Magnus sans tenir compte du froncement de sourcils de l'autre homme.

Il était évident qu'il ne s'était pas attendu à cette réponse.

— Et je serais heureux de t'en donner un peu. Mais d'abord, j'ai besoin d'un service.

L'homme eut un air dégoûté.

— Je suis pas homo, dit-il d'un ton agressif.

Magnus eut un rictus de mépris.

— Je ne veux pas de sexe.

Puis il expliqua ce qu'il voulait.

L'air incrédule de l'autre homme ne quitta pas son visage.

— C'est tout ?

— C'est tout, lui dit Magnus. Et pour te montrer que je suis sérieux, je vais te donner vingt dollars maintenant, et les quatre cent quatre-vingts restants quand tu auras fait ce que je veux.

Il sortit une liasse de billets de sa poche et retira un billet de vingt dollars du dessus qu'il tendit vers l'homme.

— La moitié. Je veux la *moitié* maintenant, négocia le sans-abri.

Magnus haussa les épaules et rangea l'argent dans sa poche avant de tourner les talons.

— Attends !

Magnus sourit en attendant.

— Très bien. Donne-moi l'argent.

Magnus sortit le billet de sa poche et se tourna vers lui. Le sans-abri le lui prit des mains et froissa dans son poing.

En se penchant, Magnus fit de son mieux pour ne pas inspirer.

— Si jamais tu me fais un coup foireux, t'es un homme mort. Je connais vingt façons de te tuer et de donner l'impression que c'est un suicide.

— Ouais, ouais, dit l'autre sans paraître impressionné. Comment aurai-je le reste de mon argent ? demanda-t-il.

Magnus se leva et redressa sa cravate. Son pantalon et sa chemise à manches longues étaient trop chauds pour ce climat, mais il avait une réputation à tenir.

— *Si* tu fais du bon travail, je te trouverai après.

— T'as intérêt, marmonna l'homme.

La jambe de Magnus s'élança. Il donna un coup de pied de toutes ses forces contre le flanc de l'autre homme.

Le SDF tomba sur le côté en poussant un cri. Magnus s'accroupit vite et posa la main autour de sa gorge… puis il serra.

L'homme essaya immédiatement de retirer la main autour de son cou afin de pouvoir respirer, mais Magnus était trop fort.

— Ne joue pas avec moi, l'avertit Magnus. Compris ?

L'homme hocha fébrilement la tête, écarquillant les yeux de panique alors que de plus en plus de secondes filaient sans qu'il puisse mettre de l'air dans ses poumons.

Magnus n'avait pas su qu'il aimait autant cela ! Voir la peur désespérée dans les yeux de l'autre homme changeait tout. Pour la première fois depuis la mort de Dagmar, il se sentait puissant. Il était resté impuissant pendant si longtemps, et maintenant il tenait la vie d'un homme entre ses mains.

Il adora la sensation.

Mais il savait aussi qu'il ne pouvait pas le tuer. Pas maintenant, au milieu de la journée. Et il avait encore besoin de lui. Une bonne dose de peur allait faire en sorte que le sans-abri fasse exactement ce qu'il fallait.

Magnus le lâcha en le bousculant, puis il se leva. Il regarda l'autre minable chercher son souffle avec un sourire satisfait. Il se tourna et repartit le long de la ruelle jusqu'à la rue en jetant un coup d'œil de chaque côté, et il vit encore une fois que personne ne regardait dans sa direction.

La façon dont les Américains faisaient semblant de ne pas voir les personnes en marge de la société allait travailler en sa faveur. En souriant et en se sentant bien mieux que vingt minutes auparavant, Magnus retourna à Food For All. Il regarda ses mains et fléchit les doigts. Il sentait encore la gorge de l'autre homme dans sa paume. C'était délicieux.

Mais ce serait encore mieux de tenir cette putain de Lexie Greene entre les mains.

Il devait être patient. Il devait préparer le terrain afin que personne ne le soupçonne lors de son départ d'Hawaï.

CHAPITRE SEIZE

Lexie était plus que prête à rentrer chez elle quand le bazar dans la cuisine avait été nettoyé. Elle voulait seulement voir Midas et ne penser à rien pendant quelques heures. Elle passa la sangle de son sac par-dessus sa tête et marcha jusqu'à la porte.

Des cris de colère à l'extérieur la poussèrent à s'arrêter.

En regardant par-dessus son épaule, elle vit que Jack n'était pas là, et Pika était parti quinze minutes auparavant. Il y avait quelques employés à mi-temps, mais ils semblaient tous occupés.

— Je vais te raccompagner chez toi, lui dit Magnus sur sa droite, ce qui fit sursauter Lexie.

Elle gloussa nerveusement.

— Je ne t'avais pas vu.

— Je l'ai remarqué. De toute façon, j'aimerais un peu de temps pour te parler. Je suis désolé de ne pas avoir pu discuter aujourd'hui.

— Ce n'est pas grave, dit Lexie. Tu étais occupé. De plus, tu n'es pas là pour traîner avec moi, tu es là pour travailler. J'espère que le contrôle se passe bien ?

— Oui, ça va. Allez, viens, on dirait que quelqu'un est fâché là dehors. Tu devrais rentrer chez toi.

— Merci.

Elle était extrêmement soulagée de ne pas avoir à rentrer chez elle toute seule. Particulièrement avec ce qu'il se passait à l'extérieur.

— Attends ici un instant, dit Magnus en se dirigeant vers la porte.

Il disparut sur le trottoir et Lexie se balança nerveusement d'un pied sur l'autre. Il revint au bout de deux minutes et lui tendit le bras.

Lexie passa son bras autour du sien et ils sortirent dans la soirée humide d'Honolulu. En regardant autour d'elle, elle ne vit personne qui aurait pu causer le raffut qu'elle avait entendu. Soulagée, elle leva les yeux vers Magnus. Il semblait tout aussi bien habillé et propre sur lui que lorsqu'il était arrivé. Sa chemise blanche était toujours immaculée et sa cravate était parfaitement nouée. Il avait le dos droit en marchant, sa démarche était un peu raide.

— Que penses-tu d'Hawaï jusqu'ici ? demanda-t-elle en marchant.

— Il fait chaud. Et humide, dit Magnus.

Lexie rit.

— Oui, c'est vrai. Mais aujourd'hui était assez inhabituel. Il y a souvent des orages dans l'après-midi, mais ça dure rarement longtemps et puis le solcil ressort. Vas-tu prendre un peu de temps pour aller à la plage ou visiter ?

— J'en doute. Il y a beaucoup de travail à faire pour l'audit et mon avion part dans trois jours.

— Oui.

Elle connaissait son emploi du temps. Elle ne savait pas trop pourquoi il n'avait pas prévu plus de temps. Mais il semblait bien plus coincé et… « comme il faut » que l'avait été son frère. Dagmar aussi avait été très professionnel, mais

Magnus semblait perpétuellement tendu pour une raison qu'elle ignorait.

— Veux-tu sortir dîner un soir avec Midas et moi ? demanda-t-elle. Il y a quelques restaurants hawaïens incroyables où nous pourrions t'emmener.

— Nous verrons, dit Magnus en hochant la tête.

Bon. Elle avait espéré une réponse plus enthousiaste. Il était peut-être simplement fatigué. En se creusant la cervelle pour chercher autre chose à dire pendant le trajet, Lexie sursauta brusquement quand un homme cria juste derrière elle.

— Hé, salope !

Elle se tourna et vit un grand homme avec une barbe hirsute qui se tenait bien trop près d'elle.

— Oui, toi, dit-il quand elle le regarda. T'as de l'argent ? J'ai besoin d'argent.

— Je suis désolée, je n'en ai pas, dit-elle sincèrement.

Elle ne portait jamais d'espèces sur elle, car ce n'était pas une bonne idée dans cette partie de la ville.

— Menteuse ! s'exclama l'homme.

Il chercha à l'attraper, mais Magnus la plaça hors de portée.

— Il est temps de partir, dit-il au barbu.

Mais l'homme dépenaillé se contenta de faire un sourire mauvais.

— Ooooh. Le grand méchant protecteur. Et toi ? T'as de l'argent ?

— Ignore-le, dit Magnus en tournant le dos à l'homme et en continuant le long du trottoir.

Lexie ne savait pas si c'était une très bonne idée de quitter l'autre homme des yeux, mais elle emboîta le pas à Magnus.

Le type les suivit en les harcelant verbalement pendant qu'ils marchaient.

— Joli cul. Je parie que tu as une belle chatte, aussi. Tu ne peux pas aimer ce pépère. Je parie qu'il a une toute petite queue. La mienne est énorme. Je te remplirai.

Lexie grimaça. Elle n'était pas du tout à l'aise. Elle n'avait encore jamais vécu ce genre de harcèlement sexuel ici, et cela semblait complètement incongru. De plus, c'était très effrayant.

— Dégage, lui dit Magnus en continuant à marcher.

— Je t'ai déjà vue, dit l'autre homme. Tous ces beaux cheveux. Rentrant seule chez toi. Je peux être ton petit ami. Je m'occuperai de toi.

Lexie frissonna, elle n'aimait pas le fait qu'il l'ait surveillée. Elle se sentait vulnérable et elle détestait cela.

Sans un mot, Magnus se tourna et avança vers l'autre homme. Lexie le lâcha et regarda, incrédule, Magnus donner un coup de poing au visage de l'autre homme.

Il tomba avec un bruit sourd, et il rit en les regardant d'en bas. Du sang coulait de son nez lorsqu'il dit :

— C'est tout ?

— C'est tout, grogna Magnus.

— Cette pétasse est sûrement frigide, rétorqua l'homme avant de se lever péniblement et de repartir de là où il était venu, en direction de Food For All.

— Merde, alors ! s'exclama doucement Lexie. Est-ce que ça va ?

— Oui. Allez, viens, on te ramène chez toi avant qu'il se passe autre chose. Ceci n'est pas une bonne partie de la ville.

— En général, ce n'est pas si terrible, dit-elle.

— Je ne suis ici que depuis un jour et il y a eu beaucoup... d'effervescence, rétorqua Magnus.

— Je sais, mais sérieusement. Je suis ici depuis un moment et personne n'est jamais venu m'ennuyer de cette façon.

— On ne peut pas faire confiance aux gens, lui dit Magnus alors qu'ils marchaient un peu plus vite jusqu'à son immeuble. Je pensais que tu l'aurais appris après ce qui est arrivé.

— Je préfère voir la bonté chez les gens, dit-elle.

— Parfois, il n'y en a pas, rétorqua Magnus.

Lexie fronça les sourcils. Elle n'aimait pas que l'on pense cela, tout particulièrement quelqu'un qui travaillait pour Food

For All. Trop souvent, les gens qu'ils rencontraient avaient subi une discrimination et de nombreux problèmes. Certains étaient allés en prison et essayaient de se remettre sur pied, d'autres étaient alcooliques ou accros aux drogues. Et même si Lexie avaient conscience que tout le monde n'avait pas de bonnes intentions, elle préférait néanmoins leur donner le bénéfice du doute.

Ils atteignirent les portes de son immeuble et Magnus se tourna vers elle. Elle vit qu'il avait du sang sur les articulations des doigts.

— Tu devrais nettoyer ça.

Pour une raison qu'elle ignorait, elle ne lui proposa pas d'entrer dans son appartement pour s'en occuper.

— Je ferai ça, dit-il. Écoute. Je suis désolé que cet homme t'ait fait peur. Mais il y en a beaucoup comme lui qui aimeraient faire du mal à une jolie femme comme toi.

— Il était une anomalie, insista-t-elle avec entêtement.

— Comme lui ? demanda Magnus en se tournant et en utilisant la tête pour désigner l'autre côté de la rue.

Lexie regarda dans la direction qu'il indiquait et vit une ruelle. Elle fut sur le point de demander de quoi il parlait quand elle aperçut un mouvement. Un homme se leva et la fixa.

— Je pense que c'est... Theo ? dit Magnus. Tu m'as parlé de lui dans ta correspondance. Tu as dit qu'il t'avait fait peur.

— Ce n'était qu'une seule fois. Les choses sont devenues un peu tendues pendant la bagarre, dit Lexie un peu nerveusement.

— Dans ce cas, pourquoi surveille-t-il ton immeuble ? Pourquoi rôde-t-il dans l'obscurité en te suivant ?

Lexie n'avait pas de réponse à cela. Elle voulut protester, dire que Theo dormait sans doute seulement dans cette ruelle pour la nuit. Que sa présence était une coïncidence. Mais en réalité, elle n'en était pas certaine. Il avait tendance à partir avant elle l'après-midi, et elle ne savait pas du tout où il allait ni ce qu'il faisait la nuit. En général, il était l'une des premières personnes présentes au petit-déjeuner. Parfois, il restait toute la journée, et d'autres fois il partait juste après son repas.

— Il ne va pas bien mentalement, dit doucement Magnus. Ce n'est pas bien qu'il soit ici. Il te surveille. Je l'ai vu aujourd'hui. Et tu m'as dit plus tôt qu'il attend toujours l'ouverture de Food For All le matin, non ?

— Oui.

— Et tu es généralement la première à entrer dans le bâtiment. Il pourrait t'agresser quand tu arrives là-bas. Tu dois faire attention, Lexie.

Perturbée, Lexie hocha la tête et pinça les lèvres. Pour la première fois depuis des mois, elle ne se sentait pas en sécurité. Elle n'avait eu aucun problème à se promener seule à Galkayo. Elle avait parcouru les rues de Berlin et de New York toute seule. Elle avait même vécu un temps à East Saint Louis et elle avait noué des amitiés avec les gens qu'elle côtoyait quotidiennement.

Et elle ne s'était pas une seule fois sentie aussi nerveuse qu'en ce moment même. Elle détestait cette sensation. Il fallait qu'elle rentre chez elle.

— Je ferai attention. Merci de m'avoir raccompagnée, dit-elle à Magnus.

— C'était avec plaisir. Tu seras là-bas demain matin, comme d'habitude ?

— Oui. Pourquoi ?

— Natalie m'a donné une clé, alors je peux aller et venir autant que nécessaire pour être sûr d'avoir assez de temps pour finir le contrôle. Je pense que j'irai tôt demain, afin de veiller sur toi.

Lexie hocha la tête, ne se sentant que légèrement soulagée.

— D'accord. Je te verrai demain.

— Au revoir. À demain.

Lexie laissa échapper un soupir de soulagement quand les portes se refermèrent derrière elle. Elle se rassura en se disant que Theo ne savait pas dans quel appartement elle vivait. De plus, Midas allait arriver bientôt. Tout allait bien. Elle était en sécurité.

Mais la chair de poule dans sa nuque contredisait ses pensées positives.

* * *

Midas tapa patiemment du pied pendant que l'ascenseur montait jusqu'à l'étage de Lexie. Il avait détesté ne pas pouvoir passer la prendre plus tôt. La réunion avec le commandant était importante, mais il voulait être là pour savoir comment s'était passée sa rencontre avec Magnus. Cela faisait des semaines qu'elle attendait cela.

L'ascenseur s'ouvrit et il longea le couloir jusqu'à la porte. Il avait envoyé un message à Lexie pour lui faire savoir qu'il montait. En général, elle le rejoignait à la porte et elle l'ouvrait avant même qu'il arrive. Mais ça ne fut pas le cas aujourd'hui. Midas frappa à la porte, inquiet à cause de ce changement de routine.

Il fut encore moins content quand il vit Lexie lorsqu'elle ouvrit enfin la porte.

Il y avait des cernes sombres sous ses yeux et elle semblait terriblement stressée. Il n'eut pas beaucoup de temps pour l'examiner avant qu'elle se jette dans ses bras.

Midas avança dans l'appartement et ferma la porte derrière lui avant de poser les mains sur ses épaules et de la faire reculer pour qu'il puisse la regarder dans les yeux.

— Qu'est-il arrivé ?

— Rien. Je suis simplement contente de te voir.

— Ne raconte pas n'importe quoi, Lex. Quelque chose ne va pas.

Elle soupira et ses épaules tombèrent.

— La journée a été longue.

En décidant de changer de tactique, Midas lui prit la main

et la conduisit jusqu'au lit. Il était trop tôt pour aller se coucher, mais comme elle n'avait pas de canapé, le lit devait faire l'affaire.

Il la fit asseoir et elle lui sourit.

— Tu es si pressé de faire l'amour ? le taquina-t-elle.

Il l'ignora et il se pencha pour enlever ses chaussures.

— Pousse-toi, lui dit-il.

Elle obéit sans un mot et Midas s'assit à côté d'elle. Il fit gonfler les oreillers derrière lui, étira les jambes et la serra contre lui.

Lexie se laissa faire, fondant contre lui avec un long soupir.

Pendant plusieurs minutes, ils ne dirent rien. Midas se contenta de caresser ses cheveux et de la serrer contre lui.

— Comment s'est passée ta réunion ? demanda-t-elle au bout d'un moment.

— Elle était longue, dit-il. Parle-moi, mon amour.

— Je vais bien. C'est juste que la journée a été stressante.

Bon. Il allait devoir lui tirer les vers du nez. Il en était capable.

— Magnus est bien arrivé ici ?

— Oui.

— As-tu pu lui parler un peu ?

— Pas vraiment. Il est parti directement travailler sur l'audit.

— Comment va Ashlyn ?

— Bien. Pourquoi ?

— Je me demandais. À quelle heure es-tu rentrée à la maison ?

Il la sentit se raidir un peu contre lui et il sut qu'il s'approchait de ce qui la troublait. Il détestait ne pas pouvoir régler immédiatement ce qui avait pu lui arriver.

— Je suis restée un peu plus longtemps, parce que je savais que tu avais cette réunion. Le tuyau dans la cuisine a fini par éclater et nous avons dû nettoyer beaucoup d'eau.

— C'est nul, dit Midas.

Elle haussa les épaules.

— Tu es donc partie plus tard... as-tu mangé quelque chose ?

Lexie hocha la tête.

Bon, apparemment il n'était pas doué pour découvrir ce qui la contrariait. Midas décida d'arrêter de tourner autour du pot.

— Tu dois me parler, Lex. Qu'est-il arrivé ? Et ne dis pas rien. Tu n'es pas toi-même et ça me fait paniquer.

— Je suis désolée. Il y a juste eu beaucoup de choses aujourd'hui. Magnus était... je ne sais pas comment l'expliquer. Différent de l'homme que j'ai appris à connaître à travers les mails et nos quelques conversations téléphoniques.

— De quelle façon ?

— Plus formel, je suppose. Je veux dire, je ne m'attendais pas à ce qu'il saute de joie en me rencontrant, mais ça ne m'aurait pas gêné qu'il me serre dans ses bras, par exemple.

— Il se sentait peut-être mal à l'aise de le faire devant les autres.

— Je sais.

Quand elle ne dit rien de plus, Midas continua à la sonder.

— Tu as dit qu'il y avait beaucoup de choses. Alors quoi d'autre ?

— L'évier. Magnus. Ne pas te voir avant maintenant. Theo. Le retour à la maison...

Elle se tut.

— Le retour à la maison ? demanda-t-il en n'aimant pas la façon dont elle s'était tendue en disant cela.

— Je vais bien, dit-elle.

— Qu'est-il arrivé ?

— Magnus m'a raccompagnée à la maison parce qu'il y a eu du chahut dehors juste avant que je parte. Un type nous a suivis pendant un moment. Il a dit des choses méchantes. Magnus l'a frappé et c'est tout.

Midas se sentit impuissant et il détestait cette sensation. Le fait que Lexie essaie de minimiser ce qui était arrivé ne l'aidait pas du tout.

— Et Theo ? demanda-t-il.

— Il était dans la ruelle de l'autre côté de la rue. Magnus a dit qu'il l'a vu me fixer pendant toute la journée. Je ne sais pas pourquoi il était là-bas, mais si cela faisait un moment qu'il me suivait jusque chez moi maintenant ? C'est juste que... je déteste me sentir effrayée par quelqu'un que nous aidons à Food For All. Ça ne me ressemble pas et c'est injuste pour lui.

— Ce n'est pas injuste si cette personne représente un danger pour toi, dit Midas.

Lexie ne répondit pas et se contenta de le regarder.

Il vit la frustration dans ses yeux. Une des choses qu'il aimait le plus chez Lexie, c'était son côté positif. Sa vision optimiste de la vie. Ce qu'il avait vu comme de la naïveté au départ, ce qui l'avait inquiété, il le reconnaissait maintenant comme une bonté innée, une part naturelle de sa personnalité. Elle contrebalançait le caractère cynique et trop prudent de Midas. Il savait également qu'elle voulait faire confiance à Theo... mais ça ne voulait pas dire qu'il était obligé de faire pareil.

Il n'était pas très surpris que Theo ait traîné dans une ruelle sombre en la surveillant. Et ça ne lui faisait certainement pas plaisir.

— À partir de maintenant, je passerai te chercher.

Elle secoua la tête contre lui.

— Nous savons tous les deux que ça ne sera pas toujours possible. Regarde ce qui est arrivé aujourd'hui. Tu as du travail et des choses que tu ne peux pas laisser tomber.

Elle avait raison.

— Très bien. Mais si je ne peux pas passer te chercher, je m'organiserai pour que quelqu'un d'autre le fasse.

Lexie leva la tête et posa la main sur la joue de Midas.

— J'apprécie. Plus que je ne peux le dire. Mais je n'ai encore jamais dépendu d'un homme pour quoi que ce soit dans ma vie, et je n'ai pas envie de commencer maintenant.

— Je ne suis pas n'importe quel homme, rétorqua Midas. Et il est hors de question que je te laisse continuer à rentrer à pied chez toi alors que des hommes te harcèlent, alors que Theo te surveille au-dehors.

— En général, Jack ou Pika me raccompagnent s'ils sont disponibles, lui dit Lexie. Et Magnus m'a beaucoup aidée aujourd'hui. Il a frappé cet homme et n'a même pas montré que c'était douloureux. Je sais que c'était le cas, parce que ce type était immense et les articulations de Magnus saignaient. J'aime que tu veuilles me protéger, mais tu ne peux pas toujours être avec moi. Je dois découvrir comment être en sécurité par moi-même. Aujourd'hui, c'était juste... beaucoup. Demain, je serais redevenue moi-même et j'aurais retrouvé mon optimisme. Promis.

Midas prit la main qu'elle avait mise sur sa joue et embrassa sa paume avant de la placer sur son torse. Lexie posa la joue sur son épaule et se colla contre lui.

Il avait entendu ce qu'elle disait, mais il allait quand même faire son possible pour mieux s'occuper d'elle. Elle avait raison, il ne pouvait pas toujours faire tout le trajet jusqu'en centre-ville depuis la base pour aller la chercher quand il travaillait, mais il connaissait beaucoup de monde et il pouvait demander quelques services.

Il était sûr que s'il racontait ce qu'il se passait à Baker, celui-ci allait venir depuis le North Shore tous les jours pour passer la prendre et la ramener chez elle.

— Pourquoi souris-tu ? demanda Lexie avec méfiance.

— Je pensais demander à Baker de passer te chercher quand je ne le peux pas.

— *Le* Baker ? Oui ! Fais-le !

Midas écarquilla les yeux de surprise.

— Je pensais que tu allais taper du poing et me dire que j'étais ridicule, avoua-t-il.

Elle haussa les épaules d'un air un peu gêné.

— D'accord, c'est effectivement ridicule. Mais Élodie m'a beaucoup parlé de lui et je suis curieuse.

— Tu veux le rencontrer ?

— Eh bien oui, bien sûr.

— Alors, je ferai en sorte que ça arrive, dit Midas.

Plus il y pensait, plus l'idée lui semblait bonne. Baker n'avait aucune patience pour les imbéciles et il allait être ravi de se renseigner sur les menaces contre Lexie. Il détestait la violence contre les femmes et Midas savait que Lexie aurait un nouveau protecteur quand Baker allait apprendre ce que Lexie avait vécu.

— Pourquoi est-ce que ça m'inquiète, tout d'un coup ? demanda Lexie en le regardant de travers.

— Je ne sais pas. Baker est cool.

— Midas ?

— Oui, mon amour ?

— Tout est mieux quand tu es là.

Merde, il l'aimait tellement.

— Je ressens la même chose. Peu importe la longueur de ma journée ou la difficulté d'une mission : savoir que tu seras ici à m'attendre m'aide à tout supporter.

— As-tu faim ? demanda-t-elle doucement. Je peux te préparer quelque chose.

— Non. Je suis bien comme ça.

Il pensait à tout ce qu'il devait faire le lendemain. Il devait parler à Natalie au sujet de Theo. Et à Baker. Si quelqu'un pouvait découvrir ce qu'il se passait avec Theo, c'était lui. Il était sans doute aussi capable de trouver l'homme que Magnus avait frappé.

Midas voulait également rencontrer Magnus. Il aurait été là aujourd'hui, si cette réunion d'urgence n'avait pas eu lieu.

— Tu réfléchis beaucoup, l'accusa Lexie au bout d'un moment.

Il gloussa.

— Pardon.

— Ce n'est pas grave. Tu peux continuer à réfléchir. Je vais faire mon propre truc pendant ce temps.

Elle descendit lentement la main le long de son torse et joua avec les boutons de son pantalon d'uniforme. En baissant les yeux, il vit qu'elle souriait en restant allongée contre lui.

Il lui prit la main et demanda :

— Est-ce que ça va, maintenant ?

Lexie leva les yeux et hocha la tête.

— Promis.

— Je suis désolé pour ta journée difficile et de ne pas avoir été là pour toi.

— Tu es là maintenant, dit-elle.

— C'est vrai, acquiesça Midas avant de se décaler vers le bas jusqu'à être allongé sur le dos. Lexie rit quand il roula au-dessus d'elle. Il descendit la bouche et aima sentir son sourire contre ses lèvres.

Quand il leva la tête, ils respiraient fort.

— Je t'aime, Lexie. Je déteste que tu aies eu peur aujourd'-hui. Je tuerai n'importe qui osant te traiter comme cet enfoiré qui t'a suivi. Et si Theo pose la main sur toi, il va le regretter.

Elle frissonna et Midas regretta ses mots pendant une seconde, jusqu'à ce qu'elle prenne la parole.

— Pourquoi est-ce si excitant de t'entendre parler comme un mâle dominant ?

— Parce que ça signifie que je t'aime.

— Et je t'aime aussi, répondit-elle en faisant descendre les mains entre eux pour tirer une fois de plus sur le bouton du pantalon de Midas.

— Tu veux quelque chose ? plaisanta-t-il.

— Oui. Toi, dit-elle, complètement sérieuse, désormais.

Il baissa à nouveau la tête et se mit au travail pour faire oublier cette journée merdique à la femme qu'il aimait.

* * *

Magnus s'installa sur le lit king size de sa chambre d'hôtel ridiculement chère. Il n'avait pas demandé l'avis du conseil d'administration de Food For All. L'hébergement était inclus dans les frais des contrôleurs de gestion, et personne n'avait précisé où il devait loger ni quel était le budget.

Aujourd'hui, c'était mieux passé qu'il aurait pu l'espérer. Le crétin qu'il avait engagé pour harceler Lexie pendant son trajet jusqu'à chez elle avait fait exactement ce qu'il lui avait demandé. Magnus avait perçu la tension de Lexie et il savait qu'elle avait peur. Il avait pu jouer au héros et obtenir sa confiance.

Le fait qu'il ait aperçu Theo, qui était complètement taré, dans la ruelle en face de son bâtiment avait été la cerise sur le gâteau. Il avait suggéré qu'il la suivait... afin que ça ne soit pas une surprise si elle se faisait attaquer dans un jour ou deux par cet homme mentalement instable.

La seule question en suspens était son petit ami. Le SEAL. Mais grâce à ses conversations avec Lexie, il savait qu'il la déposait le matin avant de se rendre à la base navale.

Il n'était pas venu en ville avec un plan définitif en tête, mais jusque-là, les choses se passaient mieux qu'il ne s'y était attendu. Food For All se trouvait dans un quartier merdique de la ville et Lexie était bêtement ignorante des dangers autour d'elle. C'était parfait. Il espérait pouvoir placer Theo au bon endroit au bon moment. Il avait l'intention d'arriver très tôt le lendemain matin, d'observer la routine de Theo, puis de préparer son plan final.

Magnus inspecta ses mains dont les paumes picotaient. Elles ne semblaient pas différentes de ce matin-là, mais il sentait toujours la peau sale du sans-abri sur ses mains. Il sentait la lutte de l'homme essayant de respirer sans y parvenir.

Sauf que quand il pensait à ce qui était arrivé, ce n'était pas le visage du barbu qu'il avait en tête. C'était celui de l'autre pétasse.

Elle était trop naïve. Trop joyeuse. Trop *heureuse*, putain.

Magnus ne savait pas comment elle pouvait être heureuse alors qu'il ne restait plus qu'un vide béant en lui. De toutes les personnes au monde, Lexie Greene était la dernière personne qui aurait dû être heureuse. Elle aurait toujours dû être aussi terrifiée qu'elle l'avait été ce soir-là. Elle devait ressentir de la peur et de la crainte chaque seconde de sa vie inutile.

La seule consolation de Magnus était le fait que la dernière chose qu'elle allait vivre était la terreur. Comme Dagmar.

Satisfait de penser que tout allait fonctionner comme il l'espérait, Magnus ferma les yeux. Il était vraiment fatigué d'avoir voyagé, puis d'avoir travaillé toute la journée. Son horloge interne était complètement perturbée. Mais il allait bientôt être chez lui, et peut-être, vraiment peut-être, Dagmar allait pouvoir reposer en paix. Et en retour, le trou béant en Magnus allait commencer à guérir.

CHAPITRE DIX-SEPT

Le jour suivant l'arrivée de Magnus fut relativement calme et Lexie en fut reconnaissante. Midas l'avait déposée tôt à Food For All, comme d'habitude, et elle avait pris de l'avance sur la journée. Magnus arriva peu de temps après et il partit tout droit dans le bureau pour se mettre au travail. Quand Stephen arriva et qu'il ouvrit les portes, Theo était entré, comme toujours. Elle avait été inquiète au début, mais il s'était installé à l'autre bout de la salle pendant qu'elle était à la cuisine et il ne lui avait rien dit. Il se balançait d'avant en arrière, et même quand elle déposa une tranche de pain grillé devant lui, sans la croûte, il ne leva pas les yeux.

Décidant de ne pas lui demander d'explication sur la raison pour laquelle il se trouvait dans la ruelle en face de son immeuble, d'autant plus qu'elle ne savait pas comment il allait réagir à un interrogatoire, Lexie se remit au travail. Elle n'avait encore jamais vu Theo dans cette ruelle auparavant ; elle ne pouvait donc pas vraiment l'accuser de la surveiller alors qu'elle n'avait pas de preuve.

Midas appela aux alentours de quatorze heures et dit qu'il avait le reste de la journée de libre et qu'il venait la chercher. Lexie se rendit au bureau de Natalie pour le lui faire savoir.

— Je suis désolée de t'interrompre, mais je voulais te prévenir que Midas vient me chercher maintenant, dit Lexie.

— Aucun problème. Tu as fait beaucoup d'heures ces derniers temps.

— Puis-je le rencontrer ? demanda Magnus derrière le grand bureau où il était assis pour regarder des fichiers informatiques.

— Si tu le souhaites.

— Oh, oui. J'ai beaucoup entendu parler de lui. Et il pourra peut-être m'en dire plus sur mon frère.

Lexie grimaça mentalement. Elle ne savait pas si c'était le moment ni l'endroit pour parler de ce qui était arrivé en Afrique, mais comme Magnus n'avait pas accepté sa proposition de dîner ensemble, et que Midas ne pouvait pas avoir de congés quand il en avait envie, elle supposait qu'il n'y aurait pas vraiment de meilleur moment.

— Je vous préviens quand il arrive, leur dit-elle.

Natalie hocha la tête pendant que Magnus se contentait de la fixer avec son regard pénétrant.

En fermant la porte, Lexie inspira profondément. Bon sang, Magnus était très différent de ce qu'elle avait imaginé d'après ses messages et ses conversations téléphoniques. Elle supposait qu'il était encore en deuil, peut-être même un peu stressé parce qu'il s'agissait de son premier audit.

Lexie repartit dans le couloir et rendit visite aux hommes et aux femmes dans la salle principale jusqu'à ce que Midas arrive. Heureusement, Theo était déjà parti. Elle avait l'impression que Midas aurait voulu avoir une petite « discussion » avec le pauvre homme.

— Salut, dit Midas en marchant tout droit vers elle.

— Salut, dit Lexie avec un énorme sourire.

C'était presque gênant de voir comme elle était heureuse de le voir. Midas parvenait toujours à la faire se sentir mieux.

— Comment s'est passée ta journée ? demanda-t-il.

— Bien.

Il leva un sourcil en le regardant.

— Sérieusement. Bien, insista-t-elle. Sauf que... je crois que Magnus veut te parler au sujet de son frère.

— Ça ne me gêne pas.

— Vraiment ? Je me suis dit que ce serait gênant.

— Ça ne l'est pas. Mais j'ai peur qu'il ne soit pas très impressionné par ce que j'aurais à lui dire. J'étais avec toi, pas Dagmar, quand l'hôpital a été attaqué et même avant ça, les forces spéciales danoises ont géré ses soins sur place et lors du déplacement vers Galkayo.

— C'est vrai.

— Allez, viens. Débarrassons-nous de ça pour pouvoir sortir. J'ai une surprise pour toi.

— Ah bon ? Laquelle ?

— Ça ne serait pas une surprise si je te le disais, répondit Midas avec un sourire.

Ils longèrent le couloir jusqu'au bureau de Natalie et Lexie frappa une nouvelle fois à la porte avant de passer la tête à l'intérieur.

— Midas est ici, dit-elle.

Ils entrèrent dans la pièce et Midas hocha la tête vers Natalie.

— Content de vous revoir, lui dit-il.

— Pareillement. J'espère que vous allez bien ? dit Natalie.

— Oui, merci.

— Et voici Magnus. Je vous ai beaucoup parlé de l'un à l'autre, dit Lexie, un peu nerveusement.

Lorsque Magnus se leva, Midas fit un pas en avant et tendit la main. Magnus la fixa une seconde de trop avant de la serrer.

— Je suis content de vous rencontrer enfin. Lexie m'a beaucoup parlé de vous, dit Magnus.

— Moi aussi. Je suis désolé pour votre frère, dit Midas.

Magnus hocha la tête.

— Je vais vérifier comment ça se passe là-bas, dit Natalie en se dirigeant vers la porte.

Dès qu'elle fut partie, Magnus dit :

— J'aimerais en savoir plus sur Dagmar et ce qui est arrivé.

Ce n'était pas une question, et ça n'avait pas été dit d'un ton très amical non plus. Lexie se raidit, mais Midas posa la main au creux de son dos, comme pour lui faire savoir qu'il maîtrisait la conversation.

— J'aurais aimé pouvoir vous dire ce que vous avez envie d'entendre. Mais mon équipe et moi n'avons pas été très impliqués dans son transport ou ses soins après notre retour à l'hôpital. Nous avons été surpris de repartir à Galkayo. Nous n'avons appris cet arrêt inattendu qu'au moment où nous étions dans l'hélicoptère en route vers la piste d'atterrissage dans le désert.

Magnus se raidit visiblement.

— Mon frère était malade. Il avait besoin d'un médecin. Immédiatement. Le vol jusqu'au navire américain aurait pu le tuer.

Midas hocha la tête, mais il ne répondit pas.

— Alors, vous ne savez rien ? demanda Magnus.

— Je suis désolé, mais non. J'étais avec Lexie quand l'hôpital a été attaqué. Je n'ai appris la mort de votre frère que bien plus tard, après que nous avons pu rejoindre mon équipe. Je ne savais même pas que les Jaeger Corps avaient quitté le pays.

Magnus fit une sorte de ricanement guttural et il retourna vers sa chaise. Il s'assit et il se concentra sur l'écran de l'ordinateur devant lui.

— J'ai été content de vous rencontrer, dit-il d'un air absent. J'ai beaucoup de travail à faire en très peu de temps ici à Hawaï.

— Très bien. Toutes mes condoléances, dit Midas avant d'appuyer dans le dos de Lexie pour la guider vers la porte.

— Je te vois demain, dit Lexie par-dessus son épaule. Nous pourrions aller déjeuner ensemble ?

— Ce serait agréable, dit Magnus.

Quand la porte du bureau se referma derrière eux, Lexie fronça le nez et regarda Midas.

— Waouh. Il a été assez impoli. Je suis désolée.

— Ne le sois pas, dit Midas. Cela donne une mauvaise image de lui, pas de toi.

— Mais je vante ses mérites depuis des semaines, s'inquiéta-t-elle.

— Peu importe. Les gens ne sont pas toujours ce qu'ils semblent. Tu le connais essentiellement à travers les e-mails, Lex. Et quelques conversations téléphoniques ne révèlent pas toujours la véritable personnalité de quelqu'un.

— Je sais, mais tout de même. Et j'apprécie que tu n'aies pas parlé du bien-fondé du retour à Galkayo ou du trajet direct vers le navire.

— Je pense toujours qu'il avait tort. Il a utilisé son argent et son influence et il a obtenu que le gouvernement approuve le transport de Dagmar à l'hôpital, mais c'était la mauvaise décision. Je ne dis pas qu'il ne serait pas mort quand même, parce que d'après ce que j'ai compris, il n'était pas bien du tout, mais je n'avais pas l'intention de raconter cela à son frère endeuillé. Ce dont nous sommes sûrs, c'est que s'il était parti directement au navire, les ravisseurs n'auraient pas eu une deuxième chance pour essayer de vous mettre la main dessus.

Lexie hocha la tête. La réponse de Midas prouvait que c'était un homme bien. Il aurait pu défendre ses actes de ce jour-là, préciser que c'était à cause de l'insistance de Magnus pour faire examiner son frère par son médecin que Dagmar était mort. Mais il ne l'avait pas fait.

— Allez, viens. Assez de discussions de travail pour nous deux. J'ai des plans.

— De quel genre ?

— Tu verras.

— Arg. Je meurs de curiosité, se plaignit Lexie.

— Tout sera bientôt révélé, dit mystérieusement Midas.

Lexie dit au revoir à Natalie et aux autres employés présents, puis Midas et elle quittèrent le bâtiment. Pendant le trajet jusqu'au parking, Lexie faillit s'arrêter lorsqu'elle vit

Theo du coin de l'œil. Il était assis sur un banc de l'autre côté de la rue par rapport à Food For All.

— Ignore-le, dit Midas avec douceur.

Lexie hocha la tête. C'était déjà ce qu'elle avait l'intention de faire. Theo ne faisait rien de menaçant. Il était simplement assis là. Mais elle ne put s'empêcher de frissonner en marchant avec Midas jusqu'à sa voiture.

Lexie sourit en observant Midas dévorer le taco aux crevettes qu'il avait acheté au camion garé sur le bord de la route. Elle en avait déjà mangé un et elle était sur le point d'entamer le deuxième. Midas avait dit que les meilleurs food trucks se trouvaient sur le North Shore et que rien ne battait celui de Giovanni. Selon elle, il avait raison.

Il avait déjà promis de s'arrêter à la Plantation de Dole pour qu'elle puisse manger une crème glacée avant de rentrer chez lui, mais d'abord il avait une autre surprise pour elle. Ils étaient à Waimea Bay, un des coins les plus célèbres et les plus populaires pour surfer. Pendant les compétitions, il était presque impossible d'arriver jusqu'au North Shore. Apparemment, les embouteillages étaient terribles, pare-chocs contre pare-chocs sur la route à deux voies quand les gens venaient voir les athlètes affrontant les vagues immenses.

Aujourd'hui, la mer était relativement calme et il n'y avait que quelques mordus de surf dans la baie. Peu importe pour Lexie. Elle était ravie d'être ici.

Du coin de l'œil, elle vit un homme s'approcher à sa droite. Midas se tourna vers elle.

— Baker n'a pas promis d'être là, mais j'espérais qu'il serait assez intrigué pour accepter de te rencontrer.

— Merde alors, souffla-t-elle en fixant l'homme qui venait vers eux.

Il venait de sortir de l'océan et il portait une combinaison de plongée qui ne cachait pas ses muscles. Il était exactement comme Élodie l'avait décrit. Grand. Les cheveux bruns – saupoudrés de cheveux gris – qui tombaient sur son front, les yeux verts de jade qui semblaient capables de la transpercer. C'était vraiment un charmeur aux tempes argentées... entouré par une aura de danger extrême.

Midas se leva et tendit la main en hochant la tête vers l'homme plus âgé.

— Baker. Ça fait plaisir de te voir.

— Pareil, dit Baker avant de se tourner vers elle. Et tu es Lexie.

— C'est moi, dit-elle en se levant.

Elle s'essuya nerveusement la main sur son tee-shirt avant de la lui tendre.

— Je suis ravie de te rencontrer. Élodie ne dit que du bien de toi.

Baker lui serra la main, mais il ne la lâcha pas immédiatement. Il se contenta de la fixer pendant un long moment.

— Baker, l'avertit Midas.

Il sourit en lâchant sa main.

— Pardon. Je suis simplement stupéfait par tous ces cheveux.

Lexie rougit en jetant un regard noir à Midas.

— Je t'ai *dit* qu'il me fallait un élastique.

Puis elle se retourna vers Baker.

— Nous sommes venus ici directement après mon travail. Midas ne m'a pas dit où nous allions, et si j'avais su que nous allions faire un si long trajet en décapotable, j'aurais insisté pour qu'il s'arrête afin que je m'attache les cheveux. En général, ils ne sont pas aussi ébouriffés.

— Si, intervint Midas en riant.

— La ferme, siffla doucement Lexie.

— Oh, au fait, dit Baker en se tournant vers Midas. J'ai rapporté le plat d'Élodie pour que tu puisses le lui rendre. Son crumble aux pommes était incroyable. Tu peux aller l'attraper dans ma voiture ?

— Tu veux simplement parler à Lexie sans moi, hein ? demanda Midas.

Baker haussa les épaules.

— Très bien. Mais ne fais pas le con.

Baker ouvrit une petite poche dans sa combinaison et en sortit une clé unique sur un porte-clefs qu'il jeta vers Midas. Celui-ci l'attrapa, puis il se pencha et embrassa brièvement Lexie avant de se diriger vers le parking.

— Je suis tout au bout, cria Baker.

— Ça m'étonne pas ! cria Midas à son tour.

Lexie ne savait pas du tout de quoi cet homme pouvait vouloir lui parler, mais elle devait admettre qu'elle était curieuse.

Baker s'installa à cheval sur le banc de la table de pique-nique où Midas et elle avaient été assis. En suivant son mouvement, elle se rassit également.

Baker posa un coude sur la table et la fixa un instant avant de dire :

— Tu ne ressembles pas à ce que je m'étais imaginé.

C'était une façon étrange de lancer la conversation, mais Lexie joua le jeu.

— À quoi pensais-tu que je ressemblais ?

— Je ne sais pas vraiment. Je veux dire, après avoir vu les vidéos, je me suis dit que tu devais être jolie sous la saleté, mais tu n'es pas aussi... solide que je m'y étais attendu.

Lexie ne savait pas du tout ce qu'il voulait dire, alors elle se contenta de hausser les épaules.

— Alors comme ça, Midas et toi vous êtes ensemble, dit-il.

Lexie hocha la tête.

— Et vous vous connaissiez au lycée.

— Oui. J'ai déménagé à Portland en terminale, confirma Lexie.

— Ça ne doit pas t'étonner que je me sois renseigné sur toi et ta situation, dit Baker.

Lexie le fixa, ne sachant pas vraiment quoi dire.

— Tu n'étais pas bonne élève, mais je suppose que la dyslexie non diagnostiquée ferait ça à tout le monde.

— Waouh, comment le sais-tu ? demanda Lexie, pas du tout gênée par son handicap.

En réalité, elle avait été soulagée à l'époque où elle avait enfin eu un diagnostic.

— C'était assez évident en regardant ton dossier, expliqua Baker. Tu as dû avoir de très mauvais professeurs pour qu'aucun ne suggère même cette possibilité. Enfin bref, alors... maintenant, tu es avec Midas... je suppose que tu te sens assez chanceuse.

Lexie hocha la tête. C'était effectivement le cas.

— Le grand SEAL de la Navy costaud te sauve du désert, tu viens ici à Hawaï, et il est fou de toi. Tu pensais sans doute que tu ne valais rien, comme ton père l'a toujours prétendu, hein ? Le fait que quelqu'un d'aussi beau et fort que Midas s'intéresse à toi a dû être assez grisant.

Lexie fronça les sourcils et secoua la tête.

— Non. Je veux dire, je suis ravie d'être avec Midas, mais ce n'est pas...

— Il est bien payé, il a un bon travail, mais tout n'est pas rose. Il y a beaucoup de problèmes qui accompagnent son apparence de joli garçon.

Bon, Lexie commençait vraiment à s'énerver maintenant. Elle pensait que ce type était un ami de Midas. Et dès que ce dernier était parti, il s'était retourné contre elle.

— Tu as l'impression que tous tes rêves sont devenus réalité, Lex ? Que feras-tu s'il revient d'une mission qui a mal tourné ? Et crois-moi, il finira par y en avoir une. Et s'il rentre à la maison avec une jambe en moins ? Ou un bras ? Ou *tous* ses membres ? Penseras-tu avoir de la chance alors ? Il pourrait avoir une lésion cérébrale traumatique... et ne plus être le même homme que tu connais aujourd'hui. C'est dur d'être avec un SEAL. Il t'a peut-être sauvée, et tu es peut-être fière de l'avoir à ton bras maintenant, mais auras-tu encore l'impression d'être aussi chanceuse s'il est brûlé sur quatre-vingt-dix pour cent de son corps ?

— Pourquoi es-tu aussi cruel ? demanda-t-elle.

— Tu penses que c'est cruel ? Ça ne l'est pas. Ça s'appelle la vie réelle. J'essaie de découvrir si tu es forte. Si tu es capable de vivre avec lui.

— Je le peux, dit Lexie en serrant les dents.

Baker leva un sourcil en montrant son scepticisme.

Cette fois, Lexie en eut assez. Élodie appréciait peut-être cet enfoiré, mais pas elle.

— Tu es un vrai con, dit-elle doucement. Oui, j'ai été stupéfaite que Midas s'intéresse à moi, mais ça n'a pas duré longtemps. Je suis aussi plus forte que tu ne le crois. Si Midas était blessé, je le soutiendrais à cent pour cent. C'est ça, l'amour. Et je l'aime et il m'aime. La question n'est pas de savoir si je suis assez bien pour lui. Je le suis. Je n'en doute pas. J'ai beaucoup changé depuis l'adolescente marginale que tu penses manifestement que je suis encore. J'ai survécu trois mois dans le désert après avoir été enlevée sans perdre l'esprit, j'ai probablement vécu dans plus d'endroits dangereux que toi, et je suis quelqu'un de bien. Tu devrais peut-être demander à Midas s'il est assez bien pour *moi*, grogna Lexie.

Étonnamment, Baker sourit. Cela transforma son visage : de presque effrayant, il devint... presque amical.

— Exactement, dit-il en hochant la tête. Et je tiens à te dire que je doute sérieusement qu'il le soit. Comme je l'ai dit, être avec un SEAL, ou avec n'importe quel soldat ou marin n'est pas facile. Leurs partenaires doivent être indépendantes, pas du genre à paniquer si un petit détail – ou même le plus gros – se passe mal pendant leur déploiement. Et surtout, Midas a besoin de savoir que sa partenaire sera là quand il revient à la maison, et qu'elle restera à ses côtés quoiqu'il arrive.

Lexie fronça les sourcils.

— Alors, quoi… tu… me testais ?

— Oui, dit Baker sans gêne ni remords.

— Si j'avais fondu en larmes, j'aurais échoué à ton test ?

Baker haussa les épaules.

— T'es un peu un pauvre con, fit remarquer Lexie.

— Oui.

— Mais… je ne peux pas te reprocher de vouloir veiller sur Midas.

— C'est ce que dirait une femme avec une grande estime d'elle-même, dit Baker en riant. Et juste pour que tu saches… je suis impressionné par ton travail à Food For All. Tu as effectivement vécu dans des endroits merdiques, mais tu sembles te faire des amis partout où tu passes. Et d'ailleurs, Astur et Yuusuf ont pleuré quand ils ont appris que leurs enfants allaient recevoir des bourses grâce à Midas et toi.

Lexie écarquilla les yeux.

— Tu leur as parlé ?

— Eh bien, pas directement, mais je sais de source sûre que Shermake va accepter votre offre généreuse. Tout comme les enfants plus jeunes.

Lexie ne savait pas très bien comment elle était passée de l'irritation à une envie de pleurer, mais elle retint ses larmes. Elle examina l'homme assis à côté d'elle.

— Quoi ? demanda-t-il.

— Tu es un peu effrayant.

Il sourit.

— Ce n'était pas un compliment, se sentit-elle obligée de préciser.

Son sourire grandit encore.

— Je suis de retour, dit Midas. J'ai mis le plat dans ma voiture.

Lexie sursauta de surprise : elle ne l'avait pas vu ni ne l'avait entendu s'approcher.

— Pardon, je ne voulais pas te faire peur.

Lexie remarqua que Baker ne semblait pas du tout surpris. Cet homme était tout à fait perturbant. Mais elle l'aimait bien.

— Ça va ? demanda Midas à Lexie.

— Bien sûr, pourquoi ça n'irait pas ? dit-elle avec un peu trop d'enthousiasme.

Midas fronça les sourcils et se tourna pour jeter un regard noir à Baker.

— Nous avons eu une bonne petite conversation, dit Baker en se levant. Elle a un tempérament de feu. Un peu comme ses cheveux.

Lexie se leva également, ravie quand Midas posa immédiatement un bras autour de ses épaules.

— Arrêtez de faire des commentaires sur mes cheveux indisciplinés, grommela-t-elle. Vous allez me faire complexer.

— Non. Tu as bien trop d'assurance pour ça, dit Baker.

C'était vrai. Lexie s'en moquait si les autres n'aimaient pas ses cheveux. Ou elle. Elle ne ressentait plus le besoin d'être appréciée par tous les gens qu'elle rencontrait. Et Baker lui avait fait comprendre que oui, Midas avait effectivement de la chance de l'avoir pour partenaire. Elle était loyale, ne le tromperait jamais, le soutiendrait quoiqu'il arrive, et elle n'était peut-être pas très bonne cuisinière, ne gagnerait jamais beaucoup d'argent, mais elle était quelqu'un de bien. Elle sourit à Baker.

Il hocha la tête vers elle. Même s'il avait été con, Lexie savait qu'il l'avait fait pour son ami.

— Tu vas repartir surfer ? demanda Midas.

Baker regarda la mer un moment, puis il haussa les épaules.

— Je n'ai pas encore décidé.

— Si c'est le cas, fais attention, dit Lexie.

Baker parut amusé.

— Tu t'inquiètes pour moi ?

— Je m'inquiète pour tout le monde. À cause des requins, des baïnes[1], des vagues scélérates...

— Tu parles comme quelqu'un d'autre que je connais, maugréa Baker.

Lexie ne savait pas du tout de qui il parlait, mais elle n'insista pas quand il se tourna vers Midas et qu'ils se mirent à parler de gens qu'elle ne connaissait pas. Elle supposait qu'il s'agissait d'autres SEAL, ou en tout cas de personnes avec lesquelles Midas travaillait à la base navale.

Plusieurs minutes s'écoulèrent avant que Midas dise enfin :

— Merci d'être venu nous voir aujourd'hui.

— Je n'aurais pas voulu manquer ça, dit Baker. Faites attention à vous.

— Toujours.

— On se parle bientôt, dit Baker en hochant le menton et en se dirigeant vers le parking.

Un van Volkswagen très coloré venait de s'y garer et il marcha tout droit dans cette direction. Une petite femme brune était au volant.

— Qu'a-t-il dit ? demanda Midas en détournant son attention de Baker et de la femme au volant du van très cliché des surfeurs hawaïens.

— Rien.

Midas leva un sourcil en la regardant.

— Bon, d'accord. Il m'a fait savoir qu'il s'était renseigné sur mon passé et il voulait être certain que j'étais assez bien pour toi.

— Sérieusement ? Quel con, dit Midas en ayant l'air de vouloir poursuivre Baker.

Lexie lui attrapa le bras et tira dessus. Elle se colla contre lui et leva la tête.

— Tu ne m'as pas demandé ce que j'ai répondu.

— Qu'as-tu répondu ? demanda scrupuleusement Midas.

— Je lui ai dit que j'étais largement assez bien pour toi.

— Oui, c'est vrai, acquiesça Midas. Trop bien.

Lexie sourit.

— Et si nous disions que nous étions parfaits l'un pour l'autre ?

— Ça me va. As-tu fini tes tacos ?

— Ne touche pas à ma nourriture, l'avertit-elle. Je t'aime, mais pas assez pour céder mes tacos.

Il gloussa.

— Que dirais-tu de les prendre avec toi et de finir dans la voiture ? Si nous devons passer à la Plantation Dole pour ta glace, nous ferions mieux de partir. De plus, j'ai très envie de m'installer sur la terrasse et de me détendre, ce soir.

— Ça m'a l'air parfait, dit Lexie.

Ils rangèrent leur nourriture et partirent vers sa décapotable. Lexie sourit et salua Baker et la femme avec laquelle il parlait. L'autre femme la salua avec un sourire amical et cria :

— Aloha !

— Aloha ! répondit Lexie.

— Allez, viens, dit Midas en la pressant pour avancer.

— Quoi ?

— Tu envisages d'aller là-bas, de découvrir son nom, comment elle connaît Baker, et ce qu'il y a entre eux.

Elle sourit.

— D'accord, je pensais effectivement à ça. Je veux dire, as-tu vu la façon dont le visage de Baker a changé quand il l'a vue se garer ?

— Oui. Mais je ne vais pas là-bas. Et toi non plus.

— Mais il était tout gonflé à bloc pour s'assurer que j'étais bien assortie à toi, il me semble juste de soutenir cette femme par rapport à *lui*.

— Non, dit Midas en posant une main sur ses cheveux et en la tenant fermement, faisant en sorte qu'elle le regarde dans les yeux.

Il passa l'autre bras autour de son dos et l'attira contre lui.

— Il sait prendre soin de lui-même.

— Et elle ?

— Baker ne serait pas avec une femme qui ne le peut pas, dit Midas.

Et il semblait certain à cent pour cent de cela. Puis il posa la main sur ses fesses et colla Lexie entre ses jambes, et la sensation de sa verge fit oublier Baker, la femme, les tacos et même la glace à Lexie. Elle désirait cet homme de toutes les fibres de son être. Même la main dans ses cheveux prenait une autre signification, faisant pointer ses tétons sous son tee-shirt.

— Nous pouvons peut-être laisser tomber la glace, souffla-t-elle.

Elle vit les yeux de Midas se dilater.

— Ainsi, nous pourrons rentrer plus vite à la maison.

— Je suis pour, dit Midas.

Puis il baissa la tête et l'embrassa. Longtemps, lentement et si passionnément que Lexie était complètement ramollie quand il s'écarta.

Il ouvrit la portière pour elle et l'installa sur le siège avant de faire le tour de la voiture. En se tournant vers elle, il sourit et leva la main pour faire passer une mèche de ses cheveux derrière son oreille.

— J'adore tes cheveux, putain. Et toi.

— Je t'aime aussi. Maintenant, conduis.

— Oui, m'dame, dit-il avec un sourire en manœuvrant la voiture hors du parking pour se diriger vers sa maison.

CHAPITRE DIX-HUIT

Le lendemain matin, Lexie se pencha et embrassa Midas avant de descendre de la voiture. Elle avait quelques courbatures parce qu'il avait fait l'amour de façon assez exubérante la veille, mais elle n'allait pas se plaindre. Non. Elle avait été plutôt brutale elle-même. Il y avait quelque chose chez Midas qui faisait disparaître ses inhibitions.

— Passe une bonne journée, lui dit-il.

Lexie leva les yeux au ciel.

— Tu sais que je vais te voir dans peu de temps quand tu m'apporteras mon café, lui dit-elle.

C'était devenu leur routine. Il la déposait à Food For All afin qu'elle puisse ouvrir le bâtiment et lancer le café. Puis il allait lui acheter son café sucré et il le ramenait, leur donnant à tous les deux une excuse de se voir une fois de plus avant de commencer leur journée.

Midas se contenta de sourire en coin.

À vrai dire, Lexie adorait leur façon de plaisanter.

— D'accord. Passe une bonne journée, mon chéri. Je te vois plus tard.

Il sourit lorsqu'elle se dirigea vers la porte d'entrée de Food For All. La veille, en rentrant du North Shore, ils avaient parlé du fait qu'elle arrive tôt et seule. Après ce qui était arrivé deux jours auparavant, quand elle était rentrée à la maison avec Magnus, et après avoir vu Theo traîner dans l'ombre près de son immeuble, elle avait accepté de parler à Natalie afin que l'un des employés à mi-temps arrive une demi-heure plus tôt, pour qu'elle ne soit jamais seule dans le bâtiment. C'était moins dangereux en groupe.

En parcourant la rue du regard, Lexie ne vit personne. Il était encore assez tôt, alors ce n'était pas surprenant. Elle se tourna et salua Midas de la main en sachant qu'elle le voyait bientôt. Il attendit qu'elle soit à l'intérieur avant de s'engager sur la route.

Lexie alluma les lampes et partit vers la cuisine au fond du bâtiment. Quelques minutes plus tard, elle remplissait une des carafes de cafetière avec de l'eau quand elle entendit la porte d'entrée s'ouvrir. Elle se dit qu'il devait s'agir de Stephen. Il était encore un peu tôt pour lui, mais ça ne pouvait être personne qui cherchait de la nourriture, puisqu'elle avait verrouillé la porte derrière elle en entrant.

Malgré tout... après ce qui était arrivé dernièrement, elle attrapa un couteau dans un bloc près d'elle et elle le plaça à portée de main sur le comptoir. Elle se sentait bête d'être aussi paranoïaque, mais elle préférait prévenir plutôt que guérir.

Une seconde plus tard, un bruit à la porte de la cuisine attira son attention. Elle leva la tête en s'attendant à voir Stephen, et à la place, elle vit Magnus. Il portait une fois de plus une chemise blanche à manches longues qui semblait avoir été repassée tout récemment, et une cravate. Son pantalon marron avait aussi des plis le long des jambes. Elle avait essayé de le pousser à être plus décontracté, mais il se sentait manifestement à l'aise dans sa tenue formelle.

Elle se tourna vers l'évier pour remplir une deuxième carafe, se reprochant d'être aussi paranoïaque.

— Bonjour, Magnus. Tu arrives très tôt, dit tranquillement Lexie.

— Je veux commencer tôt sur l'audit aujourd'hui. Je me suis dit que j'allais suivre tes conseils et me rendre à la plage plus tard.

— C'est super ! répondit Lexie avec enthousiasme. Si tu veux des suggestions, je pourrais poser la question à Midas pour toi. Je ne suis pas très plage moi-même, mais je parie qu'il connaît tous les bons endroits qui ne seront pas trop bondés.

Magnus s'approcha jusqu'à se trouver juste à côté d'elle.

— Est-ce que ça va ? demanda-t-il en hochant la tête vers le couteau.

Lexie eut un sourire gêné.

— Oui. Je fais juste attention, je suppose.

Elle reporta son attention sur l'eau.

Elle se concentrait pour ne pas trop remplir la carafe quand le premier coup frappa son visage.

Elle laissa tomber le contenant en verre avec un grognement et elle l'entendit se briser dans l'évier. Avant de reprendre ses repères et de comprendre ce qui était arrivé, Magnus l'avait tournée vers lui... et il avait posé les mains autour de son cou.

Lexie était complètement stupéfaite.

De plus, elle sut immédiatement qu'elle avait de graves problèmes. Magnus ne plaisantait pas. Il serrait son cou avec tant de force qu'elle n'arrivait pas à prendre même le plus petit souffle d'air.

Elle leva immédiatement les mains en griffant les doigts posés autour de sa gorge.

Elle se rendit compte avec horreur qu'il portait des gants.

Il ne les avait pas quand il était entré dans la cuisine. Elle l'aurait remarqué. Il avait dû les mettre pendant qu'elle se concentrait sur la cafetière.

Il avait prémédité ceci.

— Espèce de connasse, grogna Magnus d'un ton guttural qu'elle n'avait encore jamais entendu de sa part. C'est *toi* qui aurais dû mourir là-bas dans le désert. Pas mon frère ! Dagmar en valait dix comme toi. Cent !

Lexie ouvrit la bouche pour le supplier d'arrêter, mais rien ne sortait.

— Voilà, dit-il en fronçant les sourcils. À la seconde où j'ai appris que ces enfoirés avaient doublé leur prix et qu'ils refusaient de laisser partir Dagmar, je me suis juré de te le faire payer. Et tous tes e-mails. Ces foutus appels téléphoniques. Même ce putain de travail. Tout était un moyen d'atteindre mon objectif. Ta mort.

Pour une raison étrange, une scène qu'elle avait vue en regardant une série policière à la télé lui vint soudain à l'esprit. Un père était endeuillé par le meurtre de sa fille... et le fait qu'il lui avait fallu sept minutes et demie pour qu'elle meure par strangulation. Il avait dit ne pas croire à quel point ces sept minutes et demie étaient longues.

Pour Lexie, à ce moment précis ? Cela semblait trop court. Bien trop court.

Elle pensa instantanément à Midas. À leur bonheur...

Elle n'était pas prête à mourir.

Elle lutta pour survivre, lui griffant le visage. Quand il ne la lâcha pas, Lexie donna un coup de genou avec autant de force que possible dans son entrejambe.

Elle n'atteignit pas directement ses bourses, mais elle avait au moins dû les frôler, parce que Magnus grogna et il relâcha son emprise pendant une fraction de seconde. Cela suffit pour que Lexie reprenne un peu d'oxygène dans les poumons... mais pas à le faire lâcher sa gorge.

Magnus changea de position et jeta plus ou moins Lexie sur le sol en lui tenant toujours le cou.

Elle sentit sa tête rebondir par terre, mais ça ne faisait pas mal. Rien ne faisait mal.

— Pétasse, grogna-t-il en s'asseyant à cheval sur son torse, plaçant tout son poids sur elle.

Lexie chercha à trouver une prise avec ses pieds sur le carrelage, mais en vain. Elle essaya de ruer pour faire tomber Magnus, mais il était trop lourd. Trop fort.

Elle essaya de placer une main entre eux pour attraper sa queue et la tordre, mais elle ne pouvait pas l'atteindre. Elle n'avait plus tellement de solutions.

— Mais *meurs*, putain ! cria Magnus qui haletait maintenant en lui serrant la gorge. Tout est prévu. Theo est déjà mort. Je l'ai invité à entrer quand je suis arrivé et je l'ai poignardé dans le dos. Et quand *tu* seras morte, je traînerai ton corps dehors et je te poserai sous lui. Je raconterai aux autorités que je l'ai trouvé t'étranglant. Il m'a fallu le poignarder pour qu'il arrête... mais c'était trop tard. Je vais leur parler du fait qu'il te suivait... et du fait qu'il est complètement taré. Tout le monde confirmera ce que je dis ! Et je serai libre de partir chez moi, en sachant que j'ai vengé Dagmar.

L'obscurité gagna les bords de la vision de Lexie. Ce qui était vraiment merdique, c'était que son plan avait de bonnes chances de réussir.

Et elle n'avait eu aucune idée de l'ampleur de sa haine envers elle.

— Meurs, pétasse ! grogna l'homme qu'elle était venue à considérer comme un ami, pendant qu'il se penchait en avant en appuyant plus de pression sur son cou.

Lexie ne savait pas du tout combien de temps s'était écoulé. Trois minutes ? Quatre ? Elle essaya une dernière fois de donner des coups de pied pour le déloger, mais en vain. Il était plus grand et plus lourd, et il avait la rage de son côté.

Elle repensa à Midas. Comme il allait être contrarié de ne pas l'avoir protégée. Et l'idée de Magnus jouant le rôle du collègue endeuillé, de tout le monde le considérant comme un héros, la répugnait totalement.

La dernière chose que vit Lexie avant de perdre connaissance fut une paire d'yeux bleus diaboliques la regardant d'un air mauvais.

* * *

Midas était irrité. Quand il se gara dans le parking du café, la queue au drive-in était de huit voitures. Il allait mettre une éternité à obtenir le café de Lex, à retourner à Food For All, puis à se remettre en route. À cette heure-là du matin, il n'y avait en général qu'une ou deux voitures devant lui. Il détestait ne pas apporter sa gourmandise à Lexie, mais il ne voulait pas être en retard pour l'entraînement physique.

Il fit donc demi-tour sans le café et imagina des moyens de se faire pardonner en repartant en centre-ville.

Il y avait une place de parking pas très loin de Food For All, ce qu'il prit pour un signe qu'il fallait s'arrêter, avec ou sans café. C'était bête de revenir si vite après l'avoir déposée, mais c'était devenu une petite tradition entre eux, et de plus, il adorait être en sa présence. Même si ce n'était que cinq minutes supplémentaires chaque matin.

Midas marcha vers le bâtiment en repensant à la nuit précédente. Lexie et lui étaient particulièrement compatibles, au lit comme en dehors. Il n'avait encore jamais autant aimé le sexe qu'avec Lex, mais plus que cela, il adorait dormir avec elle. Il aimait la façon qu'elle avait de se poser contre lui et d'utiliser son épaule comme un oreiller. Cela lui rappelait ce qu'ils avaient fait pendant des heures à Galkayo. Évidemment, ils étaient maintenant bien plus à l'aise, et personne n'essayait de les pourchasser.

Il sourit en repensant qu'elle avait grommelé parce qu'il avait trop remué ce matin-là, et Midas tendit la main vers la porte de Food For All, se préparant à frapper...

Mais la poignée bougea facilement sous sa main. La porte n'était pas verrouillée.

Il entra en fronçant les sourcils... et immédiatement, toutes ses pensées aimantes lui sortirent de la tête.

Un chemin sanglant menait du milieu de la salle jusqu'au petit couloir conduisant à la cuisine.

Midas voulut immédiatement attraper son couteau KBAR et il poussa un juron quand il se souvint qu'il avait son uniforme d'entraînement physique – un tee-shirt et un short. Il ne portait pas d'armes, en dehors de ses mains.

Il ne vit pas immédiatement la source du chemin sanglant sur le sol, et il avança en silence vers le couloir, en priant de toutes ses forces pour qu'il ne s'agisse pas du sang de Lexie.

En passant le coin du mur, Midas vit un homme essayer de se traîner jusqu'à la cuisine. Il le reconnut immédiatement. Theo.

Midas savait qu'il avait pour habitude d'arriver tôt le matin. Même s'il était méfiant, Lex l'avait rassuré en disant qu'elle n'était jamais seule avec lui, et que si quelque chose se passait, un de ses collègues était présent pour l'aider.

Mais quelque chose s'était passé, et il était évident que Theo n'était pas l'agresseur. Il ne s'était pas lui-même poignardé dans le dos, et Midas était certain à cent pour cent que ce n'était pas Lexie non plus. Elle n'en était pas capable.

Cela signifiait qu'il y avait quelqu'un d'autre.

Midas s'arrêta assez longtemps pour poser une main sur l'épaule de Theo.

— Du calme, dit-il en chuchotant tout bas.

Theo l'entendit. Il leva la tête et Midas vit du sang sortir de sa bouche. Celui qui l'avait poignardé avait sans doute touché un poumon. Il avait de la chance que ça n'ait pas été son cœur, ce qui était sans doute le plan de l'agresseur.

— Lexie ! chuchota Theo d'une voix torturée.

— Je vais la chercher. Accroche-toi.

Theo ne répondit pas, il se laissa tomber sur le sol avec un long soupir.

Midas se faufila tout doucement jusqu'à la cuisine et jeta un coup d'œil à l'intérieur. Au début, il ne vit personne, mais il entendit une voix profonde, indiquant qu'il y avait quelqu'un à l'intérieur.

En sachant que l'élément de surprise allait certainement jouer en sa faveur, Midas bougea rapidement. Il contourna le comptoir... et il agit avant même que son cerveau ait le temps de traiter ce qu'il voyait.

L'entraînement prit le relais et Midas bondit vers l'homme assis à cheval sur Lexie.

Il passa un bras autour de sa gorge et le tira loin d'elle. Il avait la surprise de son côté, et l'agresseur sursauta en poussant un cri quand Midas le traîna en arrière.

Il eut un très court moment pour enregistrer le fait que des hématomes se formaient déjà autour de la gorge de Lexie et qu'elle était complètement immobile, avant que l'homme dans ses bras se mette à se débattre.

— J'ai essayé de l'aider ! cria-t-il. Laissez-moi partir !

Magnus.

Midas ne savait peut-être pas ce qu'il se passait, mais il était certain que Magnus n'avait pas essayé d'aider Lexie.

Les deux hommes se débattirent, mais Midas avait l'avantage d'avoir peur pour l'amour de sa vie. Ils luttèrent pour se relever, mais Midas n'avait pas relâché sa prise. Magnus s'agitait dans tous les sens et essayait de faire tomber Midas de son dos.

Midas arrivait à peine à le retenir. L'autre homme avait peut-être la cinquantaine, mais il possédait le genre de force seulement donnée aux fous. Il se battait violemment, empêchant Midas de le maîtriser ou de l'assommer pour aller voir Lexie.

Le combat fut étrangement silencieux, les deux hommes se concentrant pour essayer de prendre le dessus. Magnus grognait et grondait pendant que Midas se battait en silence comme il y était entraîné. Après ce qui sembla être des lustres, mais qui ne représentait sans doute que quelques minutes, l'entraînement au combat rapproché de Midas commença à prendre le dessus sur le poids mort de Magnus.

Ce dernier attrapa un couteau posé sur le plan de travail, près de l'évier. Il jeta violemment son bras en arrière visant n'importe quelle partie du corps de Midas à sa portée. Ce dernier pivota et Magnus le rata, cherchant immédiatement à le frapper à nouveau.

En sachant que ce n'était qu'une question de temps avant que l'homme le touche par chance, Midas lutta pour tenir Magnus tout en essayant de le désarmer.

Magnus retrouva soudain sa voix.

— Cette pétasse aurait dû mourir dans ce désert ! Ils auraient dû laisser partir mon frère et la garder ! Laisse-moi mettre fin à tout ça ! *Dagmar mérite une justice !*

Midas ne savait pas du tout pourquoi Magnus avait soudain craqué en essayant de tuer Lexie, mais en entendant les mots fébriles et passionnés de l'autre homme, il comprit tout.

Tout avait été une ruse. Les messages, les appels téléphoniques... l'amitié avec Lexie. La décision de reprendre le travail de son frère à Food For All.

Il avait fait tout cela pour s'en prendre à Lexie.

Et si ça ne prenait pas fin ici et maintenant, il allait encore essayer. Midas l'entendait dans la voix de l'autre homme. Il n'allait pas s'arrêter.

Theo n'avait pas été une menace. Depuis le début, c'était Magnus.

— Pose le couteau, ordonna-t-il d'une voix grave et dure, en essayant de bien se faire comprendre.

— Je t'emmerde !

Midas regarda Lexie. Elle n'avait pas bougé depuis qu'il avait retiré Magnus. Chaque seconde qu'il dépensait en essayant de le maîtriser était une seconde qu'elle n'avait peut-être pas. Il devait mettre fin au combat et la rejoindre...

Midas fit donc ce à quoi il avait été entraîné. Il élimina la menace.

Ce n'était pas facile de tuer quelqu'un en lui cassant le cou. En fait, c'était presque impossible. Cependant, Midas pouvait faire beaucoup de dégâts. En inspirant profondément, et en n'écoutant plus les cris de Magnus, Midas le força à lever le menton, puis il lui tordit brusquement le cou d'un côté, en lâchant son corps en même temps.

Comme c'était prévisible, le corps de Magnus vola sur le côté, atterrissant face contre terre.

Midas trébucha jusqu'à lui. Il allait frapper la tête de l'autre homme contre le sol pour l'assommer, ou passer un bras autour de son cou et lui couper la respiration pour lui faire perdre connaissance. S'il avait déjà paralysé Magnus en lui tordant le cou qu'il en soit ainsi. Au moins, il ne pourrait plus faire de mal à Lexie.

Mais Midas avait oublié le couteau de l'autre homme. Quand Magnus était tombé, il avait atterri sur sa propre main.

Et sur le couteau.

Du sang commença immédiatement à s'étaler sous son corps. Magnus tressaillit plusieurs fois et il gargouilla, mais il ne se releva plus pour attaquer Midas.

En prenant de précieuses secondes supplémentaires pour s'assurer que l'homme ne représentait plus une menace, Midas roula Magnus sur le dos. Le couteau était enfoncé dans sa poitrine. D'après son regard vide, il était évident que la menace était éliminée.

Midas n'eut plus d'autres pensées pour lui. Toute sa concentration bascula vers Lexie.

Il s'agenouilla à côté d'elle et sentit son pouls.

— Allez, supplia-t-il en essayant de contrôler ses mains tremblantes pour voir si elle avait besoin d'un massage cardiaque.

Juste au moment où il était sur le point de se pencher pour lui faire du bouche-à-bouche, elle ouvrit les yeux et leva les mains vers lui. Elle se débattit. Lutta pour survivre.

Midas essaya d'attraper ses poignets, mais elle était trop désespérée, lui griffant le visage, les bras, tout ce qu'elle pouvait atteindre.

— C'est moi, Lex ! Tout va bien. Tout va bien ! cria-t-il en essayant de traverser la terreur qui imprégnait son regard.

Il lui fallut un moment, mais elle se calma légèrement.

— C'est moi, Midas. Tout va bien. Respire profondément, mon amour.

Elle ouvrit la bouche et elle prit la plus longue et la plus déchirante respiration qu'il ait jamais entendue de sa vie. Puis elle recommença, et encore. Presque jusqu'à l'hyperventilation.

— Ralentis. Tout va bien. Tu peux respirer, maintenant. Tout l'air que tu veux. Du calme, Lexie.

— Magnus, dit-elle d'une voix rauque.

— Je sais. Il ne fera plus de mal à personne.

Elle regarda fébrilement autour d'elle, puis elle leva la tête et grimaça quand les muscles de son cou protestèrent contre le mouvement.

— Non, rallonge-toi, ordonna Midas en reposant doucement sa tête sur le sol.

Mais c'était trop tard. Elle avait vu Magnus allongé près de leurs pieds.

— Mort ? demanda-t-elle.

— J'en suis à peu près certain. Et je l'espère vraiment, lui dit Midas franchement. Je dois appeler les secours.

Et pendant juste une seconde, elle serra les doigts autour de ses biceps, mais ensuite elle inspira profondément et hocha la tête de façon presque imperceptible.

Merde, cette femme était incroyable.

— Je reviens.

— Theo ? demanda-t-elle.

— Il est blessé, lui dit Midas en ne souhaitant pas lui dire la vérité : que ce serait un miracle s'il survivait, mais en la respectant assez pour ne pas mentir complètement.

Elle le poussa alors, comme pour le presser d'appeler la police.

Midas eut envie de sourire, mais il n'en était plus capable. Évidemment, elle était plus inquiète pour Theo que pour elle-même.

Il trouva le téléphone portable de Lexie posé sur le comptoir près de la cafetière et il composa immédiatement le 9-1-1. Il expliqua ce qui était arrivé à l'opératrice et prit soin de vérifier qu'elle connaissait l'urgence de la situation. Midas savait qu'il devait rester en ligne, mais il ne le pouvait pas. Il raccrocha, reposa le téléphone sur le comptoir, poussa Magnus avec son pied – et fut satisfait quand celui-ci ne bougea pas – puis il s'agenouilla une fois de plus à côté de Lexie.

— Ils arrivent, lui dit-il.

Il prit une de ses mains et la serra dans la sienne. Il voulait s'allonger à côté d'elle. Voulait être certain qu'elle respirait et que son cœur battait toujours. Mais tout ce qu'il put faire, c'était s'accrocher à elle en espérant.

* * *

Trois heures plus tard, Midas eut des difficultés à garder Lexie dans son lit d'hôpital.

— Je vais bien, Midas, insista-t-elle.

Sa voix éraillée suggérait le contraire. Tout comme les marques sur sa gorge. Il n'arrêtait pas de penser au fait que s'il était resté dans la queue pour lui récupérer son café, il serait arrivé trop tard. Magnus l'aurait étranglée à mort.

— Fais-moi plaisir, supplia-t-il.

— Je veux aller voir Theo, dit-elle en faisant la moue.

— Je sais, mais il vient de sortir de la salle d'opération, lui dit Midas.

— Il essayait de ramper jusqu'à la cuisine pour m'aider, chuchota-t-elle.

Midas pinça les lèvres et hocha la tête. C'était vrai. Absolument. Et en faisant cela, il avait fait foirer le plan de Magnus. S'il avait réussi à tuer Lexie et à traîner son corps jusque dans l'autre salle, Magnus aurait eu du mal à expliquer la trace de sang sur le sol. Mais heureusement, l'enfoiré n'avait pas réussi. Il avait raté le cœur de Theo en le poignardant, et Midas était arrivé à temps pour l'empêcher d'étrangler Lexie.

Il y eut de l'agitation de l'autre côté de la porte et Midas se leva en tournant sur lui-même, prêt à défendre Lexie contre une quelconque menace. Mais ce n'était pas une menace. C'était Élodie. Et Ashlyn. Et Slate et Mustang. Les autres étaient dans la salle d'attente. Ils avaient refusé de partir tant que Midas était là.

— Lex ! s'exclama Élodie en se précipitant vers le lit.

Midas essaya de s'écarter, mais Lexie refusa de lâcher sa main. Il se déplaça alors pour se tenir au niveau de ses hanches pendant qu'elle saluait ses amies.

— Je vais bien, dit-elle d'une voix rauque.

Ashlyn renifla derrière Élodie.

— Ne pleure pas, ordonna Lexie. Sinon, je vais commencer aussi.

— P-pardon, dit Ashlyn... puis elle fondit en larmes.

Soudain, Midas fut entouré par trois femmes en train de sangloter. Mais il ne dit rien, et Mustang et Slate non plus. Le mieux pour elles était de relâcher leurs craintes et leur stress. Il caressa le dos de la main de Lexie avec le pouce pendant qu'elle essayait de se calmer.

Enfin, Ashlyn se tourna vers lui et demanda :

— Il est mort. N'est-ce pas ?

Midas hocha la tête. Il n'était pas du tout désolé par la mort de Magnus. Il regrettait simplement de ne pas avoir lui-même mis fin à sa vie. Si la torsion du cou n'avait pas interrompu son attaque, Midas avait eu l'intention de lui casser la tête sur le sol, mais le couteau sur lequel il était tombé avait percé son aorte, lui faisant perdre son sang en quelques secondes et faisant le travail à sa place.

— Bien, dit Ashlyn avec véhémence.

— Je n'arrive pas à croire qu'il avait tout prévu, dit Élodie.

— Les policiers ont trouvé le type qui t'a harcelée l'autre soir, leur dit Slate. Il a prétendu que Magnus l'avait payé pour le faire.

— Ce qui est une bonne chose, dit Ashlyn.

— C'est bien ? demanda Élodie en fronçant les sourcils.

— Oui, ça signifie qu'il ne l'aurait jamais fait s'il n'avait pas été payé.

— C'est vrai, acquiesça Élodie. Et Theo n'a jamais représenté une menace pour toi. Magnus avait l'intention de lui faire porter le chapeau pour tout le reste.

Lexie hocha la tête et Midas vit la culpabilité dans ses yeux.

— Nous apprécions votre venue, mais nous pourrions parler de tout cela plus tard ? suggéra-t-il.

Élodie et Ashlyn hochèrent immédiatement la tête.

— Venez chez moi demain après-midi. Vous pourrez rester aussi longtemps que vous le voulez, leur dit Midas.

— D'accord. Mais sache que nous allons vraiment le faire, l'avertit Élodie.

— Tu en auras sûrement marre de nous avoir dans les parages, ajouta Ashlyn.

— Jamais, assura Midas.

— Merci d'être venus, vous tous. Je vous promets que je vais bien. Je retourne bientôt au travail.

— Absolument pas. Natalie m'a dit de te prévenir qu'elle te donne deux semaines de congés. Et si elle te revoit au travail avant ça, elle sera furieuse, l'informa Ashlyn.

— Mais...

— Pas de mais, lui dit Ashlyn. Et... je n'ai pas pu te le dire avant, mais j'avais l'intention de te révéler la chose cet après-midi, nous avons eu le feu vert pour créer une succursale de Food For All à Barber's point.

Lexie fit un grand sourire.

— C'est vrai ?

— Oui.

Ashlyn sourit, puis elle regarda Élodie.

— Tu es toujours intéressée ?

— Oui ! dit immédiatement l'autre femme.

— Merveilleux. Quand tu reviendras, nous aurons plus d'infos, dit Ashlyn à Lexie.

— C'est super.

— Bon, il est temps de partir, intervint Slate en avançant vers Ashlyn et en attrapant son coude.

Midas fut assez surpris qu'Ashlyn ne retire pas immédiatement son bras de son emprise. À la place, elle se contenta de hocher la tête.

— On te voit demain, Lex, cria-t-elle pendant qu'elle laissait Slate la conduire jusqu'à la porte.

— Je suis vraiment contente que tu ailles bien, dit Élodie. Je vais te rapporter une partie des quatre cent vingt magazines que Scott m'a achetés pendant que j'étais en convalescence.

— Merci.

Midas hocha la tête vers ses amis.

— Dites aux autres qu'ils peuvent rentrer. Lex devrait sortir demain matin.

— D'accord, dit Mustang. Attends-toi à tous nous voir là-bas.

Midas hocha la tête. Il n'avait pas besoin de ses amis pour l'aider à installer Lexie chez lui, mais il appréciait quand même leur présence.

Quand ils furent seuls tous les deux, Midas s'assit sur le bord du lit et passa une main sur les cheveux de Lexie. Il essaya d'ignorer les marques sombres dans son cou. Elles allaient s'estomper, et avec un peu de chance, le souvenir de la voir allongée sans connaissance sur le sol avec Magnus au-dessus d'elle également.

— Est-ce que ça va ? demanda-t-elle.

Midas sourit. Il n'était pas surpris qu'elle s'inquiète pour lui.

— Oui. Et *toi* ?

— Je suis triste, dit-elle. Je pensais que Magnus était mon ami.

— Je sais.

Et c'était vrai. Elle allait rester longtemps obsédée par ce qui était arrivé. Il savait qu'il allait faire pareil. Il allait penser aux signes qu'il pouvait avoir manqués. À ce qui aurait pu se passer différemment.

— Mais à vrai dire, je comprends un peu pourquoi.

— Pourquoi il a essayé de te tuer ? demanda Midas, incrédule.

— Non, pas ça. C'était dégueulasse. Je veux dire comment il a perdu la boule. Dagmar et lui étaient jumeaux. Ils étaient reliés d'une façon que peu de gens comprennent. Savais-tu que certains le sentent quand leur jumeau est blessé ? Même s'ils vivent à des milliers de kilomètres de distance ? J'imagine que la mort de Dagmar a sans doute laissé un énorme vide en Magnus. Je ne cautionne pas ce qu'il a fait. Mais la douleur qu'il ressentait devait être accablante.

Midas pinça les lèvres. Il ne comprenait pas. Pas du tout. Il avait perdu des hommes proches de lui. Aussi proches que des frères. D'accord, aucun n'avait été son jumeau, mais la douleur avait été intense.

Magnus aurait dû accepter l'amitié de Lexie. Il en aurait retiré tant de choses. Mais à la place, il était plein de haine et de colère mal placée envers elle. Elle n'avait pas tué Dagmar. Elle n'avait pas demandé aux ravisseurs d'augmenter le montant de la rançon. D'après ce qu'elle lui avait raconté, elle les avait suppliés de laisser partir Dagmar. Mais bien sûr, ce n'était pas arrivé. Et Dagmar était mort. C'était une tragédie. Il était vraiment ravi que les choses ne se soient pas terminées différemment aujourd'hui.

— Tu n'es pas d'accord, dit Lexie au bout d'une minute.

— Non, dit Midas en secouant la tête. Mais j'aime ton cœur tendre. J'aime ta gentillesse et ta capacité à pardonner.

— Je ne lui pardonne pas, expliqua Lexie. Je n'oublierai jamais comment il s'est accroupi au-dessus de moi et a craché sa haine pendant que ses mains serraient ma gorge. Mais il est parti. Et je suis toujours là. Il a échoué. Qu'il aille se faire foutre. Je t'ai toi. Et Élodie et Ashlyn. Et ton équipe. Même Baker. Et Theo.

Midas soupira.

— Il va être ton nouveau projet, hein ?

Elle lui fit un petit sourire.

— Oui. Il a besoin que quelqu'un veille sur lui, comme il a essayé de le faire pour moi.

— Et c'est nous, c'est ça ?

— Oui.

— Ça ne me gêne pas, dit Midas.

En effet, cet homme avait désespérément essayé de rejoindre Lexie quand elle avait le plus besoin de lui. Il avait l'impression que lorsqu'il avait été vu regardant Lex, c'était pour *veiller* sur elle, pas pour la harceler en ayant l'intention de lui faire du mal. L'avenir allait le dire, mais pour l'instant, il comptait faire son possible pour aider Theo.

— Penses-tu qu'il sera sorti de réanimation et assez réveillé pour recevoir des visiteurs avant que nous partions ? demanda Lexie.

Midas ne put s'empêcher de sourire.

— Quoi ?

— Toi. Je ne sais pas. Mais nous allons le découvrir.

— Merci. Midas ?

— Oui, mon amour ?

— Je n'ai jamais eu mon café, ce matin, dit-elle en faisant la moue.

Là-dessus, Midas éclata de rire.

— Je t'aime.

— Et je t'aime, répondit-elle.

Ses paupières tombèrent et Midas sut qu'elle devait être épuisée.

— Dors.

— Tu ne partiras pas ?

— Rien ne pourrait m'éloigner de toi.

Il lui prit la main et en embrassa le dos.

— D'accord, peut-être pendant une heure. Mais ensuite, je veux que tu ailles voir Theo.

— Promis.

Midas resta assis à côté d'elle pendant qu'elle s'endormait. Il n'arrivait pas à détourner son regard d'elle.

La vie était fugace, il le savait mieux que beaucoup de gens, mais il voulait autant de minutes, d'heures, de jours et d'années avec cette femme que possible.

Il ne savait pas comment il avait eu assez de chance pour avoir attiré son regard, mais il comptait faire ce qu'il fallait pour qu'elle ne regrette jamais de l'avoir choisi.

ÉPILOGUE

Chère Lexie,

Merci est trop peu vu ce que tu as fait pour moi et ma famille. Je ne t'ai pas aidé pour l'argent. Tu as sauvé ma famille quand nous avions besoin, et je n'ai pas oublié. Avec la bourse à l'université j'aurai une éducation et je pourrai avoir un travail et aider ma famille. Et mon frère et ma sœur pourront aussi y aller. Maman a pleurer quand elle a appris. C'est comme je l'ai dit, je veux apprendre à faire moi-même pour aider mon pays. Je suis désolé mon anglais n'est pas très bon, mais je vais améliorer.

Salutations,

Shermake

Lexie essuya une larme de sa joue et posa la lettre qu'elle avait reçue par la poste. Elle partit chercher Midas et savait exactement où le trouver. Il était dans le jardin, en train de cueillir des mangues pour le dessert.

Elle s'approcha de lui par-derrière et entoura sa taille de ses bras, appuyant le visage contre son dos.

— Ça va ? demanda Midas.

— Parfaitement, dit-elle avec un soupir.

Midas se tourna dans ses bras et posa un doigt sous le menton de Lexie, inclinant son visage vers lui afin qu'il puisse voir ses yeux. Depuis qu'il avait surpris Magnus essayant de la tuer, il était extrêmement protecteur. Mais Lexie ne pouvait pas lui en vouloir.

— Tu as pleuré, dit-il.

— Shermake m'a envoyé une lettre.

— Il va bien ?

— Très bien. Il m'a remercié. Même si c'est plutôt Baker et toi qu'il devrait remercier, dit Lexie.

Midas haussa les épaules.

Cela faisait un mois depuis l'incident à Food For All. Parfois, il était difficile de croire que tant de temps s'était écoulé, et d'autres c'était comme si c'était hier. Les plans pour la nouvelle antenne de l'association avançaient et avec un peu de chance, dans un mois ou deux, elles pourraient ouvrir. Ashlyn et Lexie avaient travaillé sans relâche pour rencontrer les commerçants de Barbers Point et leur faire savoir ce qu'elles avaient prévu. Jusqu'ici, il n'y avait eu que des réactions positives.

Élodie s'enthousiasmait aussi à l'idée de les aider, et elle avait commencé à rassembler des recettes pour les boîtes à déjeuner qu'elle était chargée de préparer. Le nouveau lieu n'allait pas proposer des repas chauds, mais il y aurait des repas nourrissants à emporter pour ceux qui en avaient besoin.

Midas tendit la main et attira Lexie vers les chaises sur la terrasse. Il posa la mangue qu'il avait ramassée et il s'assit avec Lexie sur lui. Elle s'installa sans se plaindre, se collant contre Midas. Il était plus tactile dernièrement, ce qui lui convenait parfaitement.

— Alors, vas-tu enfin emménager officiellement ? demanda-t-il.

Lexie écarquilla les yeux de surprise, alors qu'elle n'aurait pas dû l'être. Elle s'était habituée aux changements de sujet brutaux de Midas.

Et elle vivait plus ou moins avec lui depuis qu'elle était rentrée de l'hôpital. Il avait pris des congés pour rester avec elle et s'assurer qu'elle allait bien, puis il la conduisait au travail chaque jour et il passait la chercher également. Elle était impatiente que la succursale s'ouvre afin que Midas ne soit plus obligé de faire autant de route chaque jour.

— J'en ai envie, dit-elle avant d'hésiter.

— Mais ? demanda doucement Midas.

— Je ne veux pas m'imposer. Et je ne suis pas prête à me marier.

Elle avait beaucoup réfléchi à cette dernière chose. Élodie et Mustang s'étaient mariés assez rapidement après leur rencontre, mais c'était une grande étape pour Lexie, et elle n'était pas sûre d'être déjà prête.

— Tout d'abord, tu ne t'imposes pas. Je t'aime, et j'aimerais t'avoir ici. Je n'ai jamais vraiment pensé à vivre avec une femme avant, mais maintenant que tu as été ici, je ne peux pas m'imaginer me réveiller sans toi chaque jour ou m'endormir sans toi dans mes bras. Deuxièmement, je ne suis pas non plus prêt à me marier. Je t'aime, et ça ne changera pas, mais la situation me convient pour l'instant.

— Moi aussi, dit Lexie avec un soupir de soulagement.

— Je voudrais que tu rencontres mes parents. Et mon frère et ma sœur. Je veux t'épouser sur une plage avec une cérémonie très simple et décontractée.

Elle sourit.

— Et si je voulais une énorme fête formelle ?

Midas la fixa comme pour essayer de comprendre si elle était sérieuse ou pas. Elle parvint à maintenir le regard sérieux assez longtemps avant de sourire.

— Ce n'était pas gentil, dit-il en faisant la moue.

— Je sais, désolée. Je ne veux pas quelque chose d'énorme, le rassura-t-elle. Sur la plage, ça m'a l'air merveilleux. Si ta famille ne m'aime pas, est-ce un motif de rupture ? demanda-t-elle nerveusement.

— Tu n'as pas à t'inquiéter. Ils vont t'apprécier, lui dit Midas. C'est déjà le cas. Tu sais que ma mère me harcèle pour que je lui donne une date où elle pourra venir nous rendre visite.

Lexie se colla un peu plus contre son torse et soupira.

— Je vais emménager, dit-elle. Et puis, la vue est bien plus belle ici que dans mon appartement.

Midas ricana.

— On se sert de moi pour ma vue, dit-il dans sa barbe.

— Eh bien, il y a ça, et puis le fait que je t'aime follement. Penses-tu que Theo aimera vivre à Barbers Point ?

Mince, maintenant elle le faisait aussi : elle passait du coq à l'âne. Midas déteignait sur elle.

Il gloussa comme s'il savait ce qu'elle pensait.

— Je crois qu'il va adorer.

Midas avait travaillé avec Baker pour trouver un tout petit appartement d'une pièce dans lequel Theo pouvait vivre. Il aurait ainsi toujours un toit au-dessus de sa tête et n'aurait pas à s'inquiéter du loyer. Lexie n'était pas millionnaire, mais elle avait économisé une jolie petite cagnotte après des années de logement gratuit, grâce à Food For All. Lexie n'aurait pas de problème à payer le loyer pour le petit espace de Theo. Après avoir appris qu'il s'était traîné sur le sol pour l'aider, alors même que le couteau était toujours planté dans son dos, elle avait l'intention de faire tout ce qu'il fallait pour cet homme.

Elle aurait aimé pouvoir lui obtenir une aide psychologique, mais Theo avait vécu seul dans les rues pendant trop longtemps pour être enfermé dans un hôpital. Elle avait donc fait ce qu'elle pouvait en lui fournissant un endroit sûr pour dormir la nuit. La chambre n'était pas loin du nouveau bâtiment de Food For All et Lexie allait pouvoir le voir chaque jour.

— Je t'aime, Lex.

— Je t'aime aussi, Midas.

Il passa la main sous son tee-shirt et commença à caresser son dos nu. Soudain, toute pensée de Theo, des parents de

Midas, et de ce qu'elle avait prévu de préparer à dîner s'évapora.

Elle désirait Midas. Terriblement.

Après sa sortie de l'hôpital, il avait hésité à amorcer une relation sexuelle, mais Lexie n'avait eu aucun souci à le convaincre qu'elle était complètement guérie.

En s'asseyant à cheval sur ses jambes, Lexie se déplaça en avant jusqu'à sentir sa queue dure entre ses jambes. Sans un mot, elle attrapa le bas de son tee-shirt et le retira par-dessus sa tête.

Midas sourit, posa les mains sur ses fesses et se pencha en avant pour mettre le nez entre ses seins.

Oui, on pouvait dire sans craindre de se tromper qu'elle était heureuse à cent pour cent.

* * *

Kenna Madigan faisait de son mieux pour ne pas faire le bruit d'un hippopotame obèse en courant près du parc d'Ala Moana en direction du Lagon de Magic Island. C'était au bout d'un morceau de terre de l'autre côté du port de plaisance d'Ala Wai. Il était tôt, mais il y avait d'autres personnes en train de s'entraîner comme elle. Kenna n'aimait pas beaucoup courir, mais c'était le meilleur moyen de rester en forme et d'empêcher les Malasadas qu'elle aimait tant d'ajouter vingt kilos à sa silhouette de taille moyenne.

C'était une des rares matinées de congés pour elle, et elle avait décidé de sortir sous le soleil hawaïen et de profiter de la journée.

Elle réfléchissait aux courses qu'elle devait faire avant d'entamer son service chez Duke's, où elle était serveuse, ne faisant pas très attention à ce qu'il se passait autour d'elle, quand quelque chose attira son regard sur la droite. Il lui était difficile de distinguer ce qu'elle regardait, mais en se rapprochant, elle écarquilla les yeux d'horreur.

Un *corps* flottait dans l'océan, juste de l'autre côté du lagon !

C'était un homme. Elle le savait à cause de sa taille. Il portait une espèce de combinaison de plongée noire et il flottait sur le ventre.

En regardant autour d'elle, Kenna ne vit personne tout près. En tout cas, personne semblant s'inquiéter de la noyade.

Sans y réfléchir à deux fois, Kenna piqua un sprint le long du lagon. Elle scruta les eaux sombres et vit que l'homme n'avait pas bougé. Elle retira immédiatement ses tennis et son débardeur. En ne portant rien d'autre que ses chaussettes, son short et sa brassière, Kenna sauta dans l'océan.

Malheureusement, mais peut-être pas étonnamment, elle jugea mal son saut dans l'eau et au lieu d'atterrir *près* de l'homme qui se noyait, elle sauta sur lui. Kenna n'était pas connue pour être très gracieuse. La plupart de ses collègues la taquinaient parce qu'elle était maladroite.

Ravie d'avoir touché ses jambes et pas son dos, Kenna utilisa ses bras pour remonter à la surface avant de tendre les mains vers l'homme qui se noyait.

Mais quand sa tête surgit à la surface de l'eau, elle se trouva nez à nez avec l'homme qu'elle avait essayé de sauver, perplexe et inquiet. Il n'était ni mort ni en train de se noyer, et à la place, il la regardait comme si elle avait une araignée au plafond.

Il portait un masque noir et elle voyait maintenant le tuba qui y était accroché. Pendant qu'elle faisait du surplace et qu'elle le regardait avec surprise, il remonta le masque sur le haut de sa tête.

— Est-ce que ça va ? Vous êtes tombée ? demanda-t-il.

Pour empirer son embarras, cinq autres têtes sortirent de l'eau autour d'eux. Chacun portait le même masque noir, mais ils avaient également des bouteilles d'oxygène sur le dos.

— Oh, merde, dit-elle en sachant que ses joues étaient sans doute écarlates.

Elle ne savait pas du tout pourquoi ce groupe d'hommes

faisait de la plongée ici, mais il était évident qu'elle avait merdé. Beaucoup.

— M'dame ? insista l'homme sur lequel elle avait sauté.

— Je vais bien, dit-elle. J'ai juste...

Kenna regarda autour d'elle en essayant de trouver le chemin le plus rapide pour monter sur les rochers et rentrer chez elle pour mourir de honte.

L'homme lui saisit le bras et la maintint facilement au-dessus de l'eau. Elle était bonne nageuse, mais cela lui facilitait quand même la tâche.

— Qu'est-il arrivé ? demanda un des autres hommes.

— Elle est tombée ?

— Elle est blessée ?

— J'essaie de le découvrir, si vous voulez bien la fermer et me donner une seconde, dit l'homme qui la tenait.

Kenna ne put s'empêcher de sourire légèrement.

— Bien, alors... vous êtes tombée dans l'eau ? demanda-t-il une fois de plus.

En regardant ses yeux sombres, Kenna fut encore une fois gênée.

— Pas exactement. Vous voyez, je courais là-haut, dit-elle en indiquant le chemin près du lagon. Je me mêlais de mes propres affaires quand je vous ai vu. Sur le ventre. En train de flotter.

Les lèvres de l'homme esquissèrent un sourire et Kenna se mit à parler plus vite, souhaitant que tout soit fini.

— Je pensais que vous étiez en train de vous noyer, d'accord ?

— Alors vous avez sauté pour me sauver ?

— Oui, dit Kenna timidement. Mais il est évident que vous n'étiez pas en train de vous noyer et je suis une idiote. Alors, je vais partir, maintenant.

Elle jeta un regard appuyé vers les rochers.

— Nous sommes des SEAL, dit un des autres hommes, essayant clairement de ne pas éclater de rire.

Voilà, voilà. Son humiliation était maintenant totale.

— N'avez-vous pas vu le drapeau de plongée ? demanda sa victime de non-noyade.

En tournant la tête, Kenna vit le drapeau rouge et blanc qui flottait sur l'eau près de là.

— Clairement pas, dit-elle en haussant les épaules. Je pensais simplement que vous étiez en train de vous noyer et j'ai agi.

— Eh bien, j'apprécie. Je suis chargé de la sécurité de notre entraînement aujourd'hui, alors mon travail est de traîner ici pendant que mon équipe est sous l'eau. C'est pour cela que je devais ressembler à un cadavre. Quoi qu'il en soit, on peut se tutoyer. Je m'appelle Marshall.

— Kenna, dit-elle en ayant l'impression d'avoir atterri dans la quatrième dimension.

Elle ne s'était pas attendue à faire du surplace dans l'océan et à rencontrer un type canon, un SEAL de la Navy, en plus.

— Je reviens, les gars, dit-il à ses amis.

— Ne fais pas attention à nous, Aleck, dit l'un d'entre eux.

— Oui, l'entraînement peut attendre, ajouta un autre.

— Les jolies filles passent avant la plongée, cria un troisième.

— Je pensais que tu disais t'appeler Marshall.

— C'est le cas. Mon surnom est Aleck, c'est comme ça que la plupart des gens m'appellent, expliqua-t-il. Mais tu peux m'appeler Marshall.

Il continua à tenir son bras et se mit à nager avec elle vers des rochers un peu à l'écart de ses copains, où elle semblait pouvoir grimper hors de l'eau assez facilement.

— Je sais nager, lui dit-elle.

— Je sais, répondit-il sans la lâcher.

Quand elle atteignit les rochers, Kenna voulut y grimper aussi vite que possible, mais il était évident qu'il avait une autre idée en tête.

— Ne sois pas gênée d'avoir essayé de m'aider, dit Marshall.

Sérieusement, si plus de gens intervenaient en voyant que quelque chose ne va pas, je pense que le monde serait meilleur.

— Mais tout allait bien, lui dit-elle.

Marshall haussa les épaules.

— Bon. D'accord, eh bien... amuse-toi avec ton entraînement, dit-elle maladroitement en attrapant un des rochers pour se tirer hors de l'eau.

Cela faisait un moment qu'elle avait accepté son corps, et elle avait une estime d'elle assez saine, mais s'exposer dans sa brassière aux yeux de cet homme qui n'avait pas un gramme de graisse en trop sur lui – d'après ce qu'elle voyait malgré la combinaison qu'il portait – n'était pas exactement en haut de sa liste de choses à faire.

Elle ne pouvait cependant pas traîner toute la journée dans l'océan. Plus vite elle sortait, plus vite elle pouvait retourner à son appartement pour essayer de faire comme si tout ceci n'était jamais arrivé.

— Puis-je te revoir ? demanda-t-il soudain.

Kenna se figea.

— Quoi ?

— Je veux dire, j'aimerais te remercier correctement... parce que tu as essayé de me sauver la vie.

Elle eut l'impression que Marshall semblait... hésitant. Elle ne savait pas du tout pourquoi cet homme ressentait le besoin d'hésiter en demandant à quelqu'un de sortir.

— Euh... d'accord, dit-elle sans réfléchir.

Puis elle grimaça intérieurement.

— Super, dit-il en souriant. Où ? Quand ?

— Chez Duke's ? J'y serai ce soir.

Dès que les mots sortirent de sa bouche, Kenna eut envie de les retirer.

— Très bien. Dix-neuf heures, ça te va ?

Kenna hocha la tête.

Elle aurait pu jurer sentir le pouce de Marshall frôler son bras avant qu'il s'éloigne d'elle en nageant.

— À plus tard, alors. Fais attention à toi.

— Promis.

Kenna commença à grimper hors de l'eau, refusant de jeter un coup d'œil en arrière pour voir si Marshall la regardait. Quand elle arriva en haut, quelques personnes passèrent en courant, mais aucune ne lui proposa de l'aide. Heureusement, ses chaussures étaient toujours là où elle les avait laissées.

Incapable de résister, elle jeta un coup d'œil vers l'eau et elle vit Marshall la fixer.

Elle le salua maladroitement, puis elle se précipita vers ses affaires. Elle prit son tee-shirt et ses chaussures et retourna chez elle. L'entraînement était fini pour la journée.

Pourquoi lui avait-elle dit de venir chez Duke's ? Oui, c'était un restaurant très populaire sur la plage de Waikiki, alors, elle n'avait pas à s'inquiéter d'être en danger s'il venait. Mais elle travaillait ce soir, et en tant que serveuse, ce n'était pas comme si elle pouvait s'asseoir et traîner avec lui.

— Crétine, maugréa-t-elle.

Elle ne put s'empêcher de jeter un dernier regard derrière elle en marchant vite sur le trottoir. Marshall était revenu auprès de ses amis maintenant, et ils étaient tous en train de sourire pendant qu'il leur parlait.

Kenna secoua la tête et elle se retourna pour rentrer chez elle, complètement trempée.

NOTES

Chapitre Six

1. *Smart aleck* signifie petit malin, Monsieur je-sais-tout en anglais.

Chapitre Huit

1. Le *Plumeria*, également nommé frangipanier, est un genre botanique se composant principalement de buissons et d'arbres feuillus originaires des régions tropicales et subtropicales d'Amérique et acclimaté en Asie et en Afrique.
2. Le luau est une fête traditionnelle hawaïenne qui s'accompagne généralement de divertissements, de repas et de musique traditionnelle hawaïenne.

Chapitre Neuf

1. Pour obtenir ce savant mélange, il vous faut de la cannelle, du gingembre moulu, de la noix de muscade, du quatre épices et des clous de girofle moulus. Il vous suffit ensuite de l'ajouter à tout ce qui vous fait de l'oeil, de vos flocons d'avoine à votre thé de 16h, en passant par votre soupe au potiron.

Chapitre Quatorze

1. Un wonton est un ravioli courant dans la cuisine chinoise.
2. Un shot de Jell-O, familièrement connu sous le nom de jello, est un mélange de gélatine et d'alcool consommé sous forme de shooter. Le shot est généralement composé de vodka ou d'autres liqueurs fortes, et est généralement associé aux vacances de printemps.

Chapitre Dix-sept

1. Une baïne est une dépression temporaire ou mare résiduelle ressemblant à une piscine naturelle formée entre la côte et un banc de sable. À marée basse, les baïnes se présentent comme une succession de cavités régulières.

DU MÊME AUTEUR

<u>Autres livres de Susan Stoker</u>

<u>Hawaï : Soldats d'élite</u>

Un paradis pour Élodie

Un paradis pour Lexie

Un paradis pour Kenna (19 Oct 2021)

Un paradis pour Monica

Un paradis pour Carly

Un paradis pour Ashlyn

Un paradis pour Jodelle

<u>Forces Très Spéciales : L'Héritage</u>

Un Sanctuaire pour Caite

Un Sanctuaire pour Brenae

Un Sanctuaire pour Sidney

Un Sanctuaire pour Piper

Un Sanctuaire pour Zoey

Un Sanctuaire pour Avery

Un Sanctuaire pour Kalee

<u>Mercenaires Rebelles</u>

Un Défenseur pour Allye

Un Défenseur pour Chloé

Un Défenseur pour Morgan

Un Défenseur pour Harlow

Un Défenseur pour Everly

Un Défenseur pour Zara

Un Défenseur pour Raven

Ace Sécurité

Au Secours de Grace

Au Secours d'Alexis

Au Secours de Bailey

Au Secours de Felicity

Au Secours de Sarah

Forces Très Spéciales Series

Un Protecteur Pour Caroline

Un Protecteur Pour Alabama

Un Protecteur Pour Fiona

Un Mari Pour Caroline

Un Protecteur Pour Summer

Un Protecteur Pour Cheyenne

Un Protecteur Pour Jessyka

Un Protecteur Pour Julie

Un Protecteur Pour Melody

Un Protecteur pour l'avenir

Un Protecteur Pour Les Enfants de Alabama

Un Protecteur Pour Kiera

Un Protecteur Pour Dakota

Delta Force Heroes Series

Un héros pour Rayne

Un héros pour Emily

Un héros pour Harley

Un mari pour Emily

Un héros pour Kassie

Un héros pour Bryn

Un héros pour Casey

Un héros pour Wendy

Un héros pour Mary

Un héros pour Macie

Un héros pour Sadie

Un héros pour Annie (Feb 2022)

En Anglai
Delta Force Heroes Series

Rescuing Rayne

Rescuing Emily

Rescuing Harley

Marrying Emily (novella)

Rescuing Kassie

Rescuing Bryn

Rescuing Casey

Rescuing Sadie (novella)

Rescuing Wendy

Rescuing Mary

Rescuing Macie (novella)

Rescuing Annie (Feb 2022)

Delta Team Two Series

Shielding Gillian

Shielding Kinley

Shielding Aspen

Shielding Jayme

Shielding Riley

Shielding Devyn

Shielding Ember (Sep 2021)

Shielding Sierra (Jan 2022)

Eagle Point Search & Rescue

Searching for Lilly (Mar 2022)

Searching for Elsie (Jun 2022)

Searching for Bristol (Nov 2022)

Searching for Caryn (TBA)

Searching for Finley (TBA)

Searching for Heather (TBA)

Searching for Khloe (TBA)

SEAL of Protection: Legacy Series

Securing Caite

Securing Brenae (novella)

Securing Sidney

Securing Piper

Securing Zoey

Securing Avery

Securing Kalee

Securing Jane

SEAL Team Hawaii Series

Finding Elodie

Finding Lexie (Aug 2021)

Finding Kenna (Oct 2021)

Finding Monica (May 2022)

Protecting Summer

Protecting Cheyenne

Protecting Jessyka

Protecting Julie (novella)

Protecting Melody

Protecting the Future

Protecting Kiera (novella)

Protecting Alabama's Kids (novella)

Protecting Dakota

Badge of Honor: Texas Heroes Series

Justice for Mackenzie

Justice for Mickie

Justice for Corrie

Justice for Laine (novella)

Shelter for Elizabeth

Justice for Boone

Shelter for Adeline

Shelter for Sophie

Justice for Erin

Justice for Milena

Shelter for Blythe

Justice for Hope

Shelter for Quinn

Shelter for Koren

Shelter for Penelope

À PROPOS DE L'AUTEUR

Susan Stoker est une auteure de best-sellers aux classements du New York Times, de USA Today et du Wall Street Journal. Elle a notamment écrit les séries Badge of Honor: Texas Heroes, SEAL of Protection et Delta Force Heroes. Mariée à un sous-officier de l'armée américaine à la retraite, Susan a vécu dans tous les États-Unis, du Missouri jusqu'en Californie en passant par le Colorado, et elle habite actuellement sous le vaste ciel du Tennessee. Fervente adepte des fins heureuses, Susan aime écrire des romans où les sentiments laissent place au grand amour.

http://www.StokerAces.com

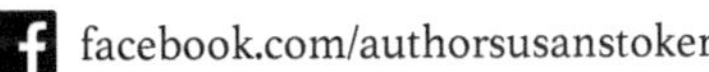 facebook.com/authorsusanstoker

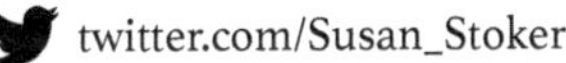 twitter.com/Susan_Stoker

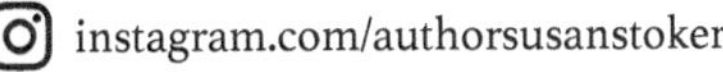 instagram.com/authorsusanstoker

 goodreads.com/SusanStoker